ein Ullstein Buch

ÜBER DAS BUCH:

Die Geschichte eines britischen Minensuchers, der HMS *Rob Roy*, unter ihrem jungen Kommandanten Kapitänleutnant Ian Ransome umfaßt die vierzehn Monate von April 1943 bis Anfang Juni 1944 mit ihren zwei Invasionen: in Sizilien und in der Normandie.

Während die Schlacht um England tobt, räumt Ransomes kleine Flottille von Minensuchern die Zufahrten für die lebenswichtigen Geleitzüge frei. Stets sind seine Schiffe die ersten in minenverseuchten Gewässern, ob nun an der Südküste Englands oder später im Mittelmeer bei der Invasion Siziliens. Erzählt wird die Geschichte Ian Ransomes, der mit seinen 28 Jahren schon als Veteran gilt, und seiner achtzig Männer an Bord von *Rob Roy*. Erfahrene Salzbuckel oder blutjunge Rekruten – sie alle leben unter ständiger Bedrohung aus der Luft, von See und Land her und vor allem durch ihren lauernden Erzfeind unter Wasser, die Mine. Sie tritt in immer neuer Gestalt auf, konfrontiert sie mit immer raffinierterer Technik – und sie gibt keinem eine zweite Chance. Kapitänleutnant Ransome auf der Brücke aber trägt noch einen zweiten, viel privateren Kampf aus: den mit seiner Sehnsucht nach einer viel zu kurzen Liebe und seiner Angst vor dem eigenen Versagen.

ÜBER DEN AUTOR:

Alexander Kent kämpfte im Zweiten Weltkrieg als Marineoffizier im Atlantik und im Mittelmeer und erwarb sich danach einen weltweiten Ruf als Verfasser spannender Seekriegsromane. Seine marinehistorische Romanserie um Richard Bolitho machte ihn zum meistgelesenen Autor dieses Genres nach C. S. Forester. Seit 1958 sein erstes Buch erschien (*Schnellbootpatrouille*, UB 20798), hat er über dreißig Titel veröffentlicht, von denen die meisten bei Ullstein vorliegen oder vorbereitet werden. Sie erreichten eine Gesamtauflage von 15 Millionen und wurden bisher in 14 Sprachen übersetzt. – Alexander Kent, dessen wirklicher Name Douglas Reeman lautet, ist aktiver Segler, Mitglied der Royal Navy Sailing Association und Governor der Fregatte *Foudroyant* in Portsmouth, des ältesten noch schwimmenden britischen Kriegsschiffes.

Alexander Kent

In der Stunde
der Gefahr

Roman

ein Ullstein Buch

ein Ullstein Buch/maritim
Nr. 22509
Herausgegeben von J. Wannenmacher
im Verlag Ullstein GmbH,
Frankfurt/M – Berlin
Titel der Originalausgabe:
In Danger's Hour
von Douglas Reeman,
erschienen bei
William Heinemann Ltd., London 1988
Übersetzt von Walter Klemm

Deutsche Erstausgabe

Umschlagentwurf:
Hansbernd Lindemann
Umschlagillustration: Brian Sweet
Alle Rechte vorbehalten
© Highseas Authors Ltd. 1988
© Übersetzung 1991
Verlag Ullstein GmbH,
Frankfurt/M – Berlin
Printed in Germany 1991
Druck und Verarbeitung:
Ebner Ulm
ISBN 3 548 22509 8

Juni 1991

Vom selben Autor
in der Reihe der
Ullstein Bücher:

Kanonenboot (20302)
Rendezvous im Südatlantik (20318)
Duell in der Tiefe (20339)
Wrack voraus! (20437)
Die Ersten an Land, die
Letzten zurück (20511)
Unter stählernen Fittichen (20549)
Aus der Tiefe kommen wir (20574)
Ein Schiff soll sterben (20646)
Die Faust der Marine (20715)
Torpedo läuft! (20735)
Freiwillige vor! (20765)
Schnellbootpatrouille (20798)
Feindpeilung steht! (20857)
Der Eiserne Pirat (20893)
H.M.S. Saracen (20937)
Feuer aus der See (22043)
Mittelmeerpartisanen (22081)
Atlantikwölfe (22151)
Die Zerstörer (22219)
Insel im Taifun (22297)
Die weißen Kanonen (22403)

Außerdem 19 marinehistorische
Romane um Richard Bolitho

Kent/Mayger:
Bolitho-Bildmappe (20187)

CIP-Titelaufnahme
der Deutschen Bibliothek

Kent, Alexander:
In der Stunde der Gefahr:
Roman / Alexander Kent. [Übers. von
Walter Klemm]. – Dt. Erstausg. –
Frankfurt/M; Berlin: Ullstein, 1991
    (Ullstein-Buch; Nr. 22509: Maritim)
    ISBN 3-548-22509-8
NE: GT
Vw: Reeman, Douglas [Wirkl. Name]
→ Kent, Alexander

Für meine Kim –
mit Dank für all die Hilfe
und all die Liebe,
die mir so großzügig zuteil wird.

Das Leben ist der Güter höchstes nicht,
doch junge Männer halten es dafür.
Und die hier liegen waren jung.

(Inschrift auf einem Gedenkstein im alten Marinefriedhof Vis an der Adria, 1944)

Ein anderes Schlachtfeld, aber der gleiche Opfermut.

Inhalt

I Offiziere . . . 9

II . . . und Mannschaften 25

III Keine eingefahrenen Geleise 37

IV Auf dem Schlachtfeld 50

V Die nächsten Angehörigen 66

VI An der Heimatfront 77

VII »Wann mußt du zurück?« 88

VIII Kein leerer Tag 100

IX Opfer 112

X Der Tiefe übergeben 125

XI Das Tor zum Mittelmeer 133

XII »Einer von uns« 150

XIII Operation Husky 162

XIV Die Feigen und die Tapferen 173

XV Nachwirkungen 187

XVI Lebensadern 197

XVII Ein Wiedersehen 216

XVIII Signale 231

XIX Liebe und Erinnerung 242

XX Tag der Abrechnung 250

Anmerkung des Verfassers

Minensuche . . . Das ist ein Krieg ohne Glanz und Ruhm, bei dem der Tod in der Tiefe der See lauert oder aus der Luft herabstürzt. Ein Krieg ohne Gnade und Unterschied. Die Mine ist immer unparteiisch und kennt keine Vorwarnung.

Die Männer, die diesen einsamen Kampf ausfochten, wußten immer, daß er äußerst wichtig war. Jeden neuen Tag mußte jede Ein- oder Durchfahrt von neuem freigeräumt werden, sonst wären die Lebensadern Englands versiegt und die lebenswichtigen Güter nicht ins Land gelangt.

Die Besatzungen der Minensucher waren eine Mischung aus jungen Männern und alten Seeleuten; viele der älteren hatten den größten Teil ihres Lebens auf Fischdampfern verbracht, während die anderen bis Kriegsausbruch noch Schuljungen gewesen waren.

Vierhundert britische Minensuchboote, die »kleinen Schiffe«, gingen verloren als Preis dafür, daß die Seestraßen minenfrei blieben, und nahezu fünftausend Offiziere und Mannschaften starben bei diesen Einsätzen.

A. K.

I Offiziere . . .

Der Himmel über dem Hafen von Dover war von einem klaren, aber verwaschenen Blau, so daß die Vormittagssonne die Illusion von Wärme und Frieden verbreitete. Hin und wieder trieb eine flaumige Wolke mit der frischen Brise vorbei, aber kein Kondensstreifen als Zeichen der schweigenden Luftkämpfe war zu sehen, auch kein flammender Absturz in den Kanal, sei es von Freund oder Feind.

Man schrieb April 1943. Der Tag war gerade angebrochen, und der Hafen schien genau wie das Wetter noch zu ruhen. Nur wenige Kriegsschiffe lagen in Dover an der Pier, denn die meisten gingen lieber in sichere Häfen »um die Ecke«, wie die Seeleute es nannten: in die Mündungen von Themse und Medway oder noch weiter, nach Harwich an der Ostküste.

Hier in Dover herrschte niemals längere Zeit Ruhe. Dafür sorgten schon plötzliche Angriffe deutscher Jagdbomber oder das Donnern der mächtigen Granaten, die vom gegenüberliegenden Kap Gris-Nez in die Stadt oder auf einen durch den Kanal schleichenden Geleitzug abgefeuert wurden.

Nebeneinander lagen zwei Minensucher mit Tarnanstrich an der Pier; ihre in der leichten Brise flatternde Gösch und Heckflagge bildeten leuchtende Farbflecke in dem eintönigen Grau. Sie waren Schwesterschiffe, und man konnte sie wohl für kleine Fregatten halten.

Mit ihren senkrechten Steven, den sparsamen Brückenaufbauten und dem einzigen Schornstein wirkten sie nüchtern und sachlich; lediglich das Gewirr von Minensuchgerät und Ladebäumen auf ihrem niedrigen Achterdeck unterschied sie von den sonstigen Geleitfahrzeugen. An Bord waren keinerlei Anzeichen von Leben zu erkennen. Es war Sonntag vormittag, und der für die Wache angesetzte Zeugdienst bot genügend Gelegenheit, sich nach den Wochen des tödlichen Suchens – oft in Sichtweite der besetzten französischen Küste – ein wenig auszuruhen.

Dover Castle mit seinen darunterliegenden bombensicheren Hauptquartieren stand wie ein Wachtposten über Hafen und Einfahrt; schließlich lag die feindliche Küste nur zwanzig Meilen entfernt

– eine Bedrohung, an die niemand eigens erinnert zu werden brauchte.

In seiner Kammer im außen liegenden Minensuchboot öffnete Kapitänleutnant Ian Ransome das Bullauge, so daß der schwache Sonnenschein auf sein Gesicht fiel. Es war gut, dachte er, daß die Nächte jetzt allmählich kürzer wurden, wenn auch das Risiko entsprechend wuchs. Er kniff die Augen zusammen und betrachtete den Teil der Stadt, der von seiner Kammer aus zu sehen war: ein trotziger, zerbombter Ort an der *Hellfire Corner*, wie die Zeitungen diese Ecke nannten. Ransomes Mund verzog sich zu einem leisen Lächeln. *Shit Street* war der Name, den die Seeleute für dieses Gewässer gebrauchten.

Das Lächeln ließ ihn jünger erscheinen, als sei ein Schatten plötzlich aus seinem Gesicht gewichen. Er musterte sein Spiegelbild im blanken Glas des Bullauges und fuhr sich mit den Fingern durchs Haar. Es war dunkel und durch die vielen Tage und Nächte im Gischt auf der offenen Brücke lockig geworden. Er wandte sich in seine Kammer zurück. Sie war klein – und doch geräumig im Vergleich zu dem winzigen Raum hinter der Brücke, seiner Seekabine, wo er beim Einsatz mitunter eine Stunde ausspannen konnte und doch sofort wieder auf der Brücke war, wenn der Alarm durch das Boot schrillte.

Er sah den Kalender auf seinem kleinen Schreibtisch, und eine Erinnerung drängte sich ihm auf: 4. April 1943 ... Seit genau einem Jahr war er nun Kommandant dieses Schiffes, *seines* Schiffes. Es lag vollkommen ruhig da, nur das ferne, gedämpfte Murmeln eines Generators verriet Leben.

Ransome setzte sich an den Schreibtisch und starrte auf das Bündel von Funksprüchen, die ihn bei der Rückkehr nach Dover erwartet hatten. Er wußte, daß die Crew aus diesem Anlaß einen feierlichen Umtrunk in der Messe veranstalten würde. Vielleicht sollte er ein paar der älteren Besatzungsmitglieder dazu einladen.

Seine Uniformjacke hing achtlos über dem einzigen anderen Stuhl, die zweieinhalb wellenförmigen Streifen auf den Ärmeln* leuchteten golden: die *Royal Naval Volunteer Reserve*, eine Marine der Kriegszeit, der Amateure, die jetzt die wirklichen Profis geworden waren. Über der Brusttasche des Jacketts war ein blau-weißes Band aufgenäht, das *Distinguished Service Cross*, eine Auszeichnung für Tapferkeit, so hieß es. Fürs Überleben, das käme der Wahrheit wohl näher,

---

* Abzeichen der Reserveoffiziere

dachte er und blickte auf die Uhr. Bald war es soweit. Er stand auf und öffnete ein Wandschränkchen, aus dem ihm die unberührte Whiskyflasche im reflektierenden Sonnenlicht zuzuzwinkern schien, die er für den heutigen Tag sorgsam gehütet hatte.

Einen Augenblick spielte er mit dem Gedanken, sich ein Glas einzuschenken; zum Teufel mit allen Bedenken! Nein, lieber später, dann konnte er auch den Kommandanten ihres Schwesterschiffes *Ranger* dazu einladen. Aber noch während er den Gedanken erwog, war ihm klar, daß er dies nicht tun würde.

Mit hastigen Bewegungen begann er eine seiner Pfeifen zu stopfen, mit Tabak aus einem hübschen alten Krug, den er in einem Trödelladen in Plymouth gefunden hatte. Wie sehr er David vermißte!

Niemanden traf eine Schuld. So etwas hatte sich schließlich schon öfter ereignet. Man starb wegen einer augenblicklichen Ablenkung, einem kurzen Nachlassen der Wachsamkeit. Und oft hieß es, die Gefährdung durch plötzliche Luftangriffe sei am größten bei der Rückfahrt des Schiffes.

Genau das hatten sie getan, nach mehreren Wochen des Minensuchens, mit nur ganz kurzen Unterbrechungen zur Brennstoffübernahme oder zur Munitionsergänzung. David Rule war ein ausgezeichneter Erster Wachoffizier gewesen. Niemals hatte er versucht, sich durch Nachgiebigkeit anzubiedern, hatte es aber fertiggebracht, selbst beim Rapport und bei der Bestrafung von Missetätern niemals bösartig zu sein.

Trotzdem war es nicht immer ganz leicht gewesen, mit ihm zu arbeiten. Sie waren eine lange Zeit zusammengewesen, denn im Kriege konnten sechs Monate schon eine Ewigkeit sein. Ransome war nun seit drei Jahren im Minensuchdienst, wenn er nicht gerade für Geleitaufgaben eingesetzt wurde, zum Aufnehmen von Überlebenden oder was sonst sich die Stabsoffiziere an Land ausdenken mochten. Immer hatte Rules Fröhlichkeit, ja sogar Frechheit geholfen, sie beide zu einem unzertrennlichen Team zusammenzuschweißen.

Ransome warf einen Blick auf das Schiffswappen am weißgestrichenen Schott: HMS *Rob Roy**, gebaut von John Brown in der Clydebank-Werft, zwei Jahre vor dem Einmarsch der Deutschen in Polen, also zu einer Zeit, als die Werftleute sich noch um den Bau anständiger Fahrzeuge bemühten; nicht wie später, als die Schiffe hastig zusammengeklopft wurden, um die fürchterlichen Verluste an Fahrzeu-

---

* nach Robert I., schottischer König (1274–1329) aus dem Geschlecht der MacGregors

gen und Menschen auszugleichen. Zusammen hatten sie die *Rob Roy* zum besten Minensucher der Gruppe gemacht.

Eines Morgens, noch bei Dämmerung, hing eine Mine im Gerät. Ransome hatte von der offenen Brücke nach achtern geblickt, während David Rule und sein Trupp die Winsch abbremsten, weil ein Bootsmaat ihnen vom Heck aus zurief, daß die Treibmine sich an einem Wrack oder Wrackteil verhakt hatte. Es gab wirklich reichlich Wracks hier auf dem Meeresgrund.

Ein oder zwei Minuten lang waren alle Blicke auf die obszön auf und ab tanzende Mine gerichtet, während die Signallampe des jetzt längsseits liegenden Schiffes einen Morsespruch abgab. Da ließ das Donnern eines im Sturzflug aus den Wolken stoßenden Bombers die meisten zunächst glauben, die Mine sei detoniert. Aber dann war das Rattern der Maschinengewehre und das Krachen der Bordkanone zu hören und gleich darauf das Aufheulen der Motoren, als die Maschine steil hochzog und wieder in den Wolken verschwand.

Sie hatten nicht mal Zeit gehabt, mit ihren Örlikons oder gar mit den schweren Geschützen hinterherzuschießen. In Sekundenschnelle war alles vorüber: David lag sterbend in seinem Blut, das weggespült wurde durch das übers Heck hereinflutende Wasser, als das Boot hohe Fahrt aufnahm, weg von der Mine. Die wurde nachher von den Scharfschützen des Trawlers versenkt, der ihnen beim Minensuchen immer folgte.

Gnädigerweise war David gestorben, bevor das Boot einlief. Das Geschoß, das ihn niedermähte, hatte seine Schulter und die eine Gesichtshälfte weggerissen. Niemand sonst hatte auch nur einen Kratzer abbekommen.

Das Telefon auf Ransomes Schreibtisch schnarrte laut, und er mußte seine Gedanken zusammennehmen, um sich zu vergegenwärtigen, daß sein Boot schon mit der Telefonzentrale an Land verbunden war.

Es war eine weibliche Stimme, eine Wren* vom hiesigen Marinekommando. »Oberleutnant Hargrave kommt an Bord der *Rob Roy* wie vorgesehen, Sir.«

Ransome starrte das Schiffswappen an. Er mußte das erst verdauen. Ein neuer I.W.O.? Wieso?

»Sind Sie noch da, Sir?«

Ransome schob das widerspenstige Haar aus dem Gesicht. »Ja, tut

---

* Women's Royal Naval Service – Weiblicher Hilfsdienst

mir leid.« Wie sie wohl aussah, fragte er sich. »Wollen Sie mit mir essen gehen?«

Sie lachte. »Einige mögen das wohl, ich nicht, Sir.« Die Leitung war tot.

Ransome betrachtete sich in dem kleinen Spiegel neben seiner Koje. Unter den Augen zeigten sich tiefe Schatten, und die scharfen Falten um seinen Mund ließen diesen straffer erscheinen. Er beugte sich weiter vor, strich über seine Schläfen, an denen sich bereits die ersten grauen Haare zeigten. Schließlich richtete er sich auf und versuchte, sich zuzulächeln. Er stellte jedoch fest, daß die grauen Augen im Spiegel nicht zurücklächelten.

Seufzend sagte er in die leere Kammer hinein: »Kein Wunder, daß sie nicht will. Ich sehe ja auch verdammt alt aus!«

Oberleutnant Trevor Hargrave erwiderte den Gruß zweier vorbeikommender Seeleute und fluchte innerlich. Er trug einen schweren Koffer in der einen Hand, während ihm Stahlhelm und Gasmaske von der anderen Schulter hingen. Selbst Seeleute, die sonst keinen Umweg scheuten, um Vorgesetzte zu meiden, schienen ein besonderes Vergnügen beim Grüßen zu empfinden, wenn ein Offizier die Hände voller Gepäck hatte.

Hargrave war groß, hatte ein gutgeschnittenes Gesicht und blaue Augen, deretwegen ihn manche Wren aufmerksam musterte. Ein leichter Schauer überlief ihn beim Anblick der ersten an der Pier liegenden Schiffe und eines Flugsicherungsbootes, das gerade ablegte. Sein tiefgebräuntes Gesicht erzählte eine eigene Geschichte. Er war seit sechs Monaten wieder in England, und jetzt im April erschien es ihm bitter kalt, verglichen mit der leuchtenden Wärme des Indischen Ozeans und des Südatlantik.

Sehnsüchtig dachte er an den mächtigen Kreuzer, auf dem er ein Jahr lang gedient hatte. Meistens fuhr er Geleitschutz für die Konvois, die Truppen, Fahrzeuge und sonstigen Nachschub beförderten. Erst lief er Simonstown an, dann ging es weiter nach Ceylon oder hinunter nach Australien und Neuseeland. Seine Anwesenheit war erforderlich für den Fall, daß ein deutscher Kreuzer oder Hilfskreuzer die dortigen Geleitwege störte. Bereits eine einzelne größere feindliche Kampfeinheit brachte es fertig, die Transporte zu blockieren; oft genügte dazu auch schon ein entsprechendes Gerücht.

Aber im großen und ganzen hatten sie wenig vom wirklichen Krieg mitbekommen. Meist sahen sie nur die langen Reihen tiefbeladener

Handelsschiffe, mitunter begleitet von einem Flugzeugträger, der für Luftsicherung sorgen sollte, wenn mit U-Booten zu rechnen war, seien es nun deutsche oder japanische.

Es kam Hargrave so vor, als sei der Krieg an ihm vorbeigegangen. Das geordnete Leben auf dem Kreuzer unterschied sich kaum von der Friedenszeit. Es gab Festessen in der Messe, fröhliche Partys mit Banjomusik auf den Inseln und sogar Segelregatten, wenn sie unten in Australien waren.

Er erinnerte sich an seine Bestürzung über die Abkommandierung. Zu einem *Minensuchkurs*! Er war nach London gefahren, um dagegen zu protestieren. Noch immer sah er das spöttische und amüsierte Gesicht des Fregattenkapitäns in dem staubigen Dienstzimmer der Admiralität vor sich. Er hatte versucht, den Aufenthalt seines Vaters zu erfahren, war aber gegen eine Mauer der Ablehnung gestoßen. Irgendwo an der Westküste, in Schottland – niemand wußte mehr oder wollte es ihm sagen. Schließlich hegte er den Verdacht, daß sein Vater selbst irgendwie hinter dieser Abkommandierung steckte.

Er blieb stehen und blickte zur alten Mole. Nun war der Kursus vorüber. Und sein Einsatz kam nicht irgendwann im nächsten Monat, sondern *jetzt*.

Er spürte, wie der Wind an seinem blauen Regenmantel zerrte. Alles sah hier so trist und heruntergekommen aus, genau wie die ganze Stadt mit ihren zerbombten Häusern und den mit Brettern verschalten Läden. Am schlimmsten aber war London mit seinen ständig heulenden Alarmsirenen, seinen schäbigen Menschen, die in Schlangen vor den Lebensmittelläden standen und auf ihre rationierten Zuteilungen warteten. Uniformen, wohin man auch sah. Er hatte noch nie so viele ausländische Soldaten gesehen: Franzosen, Norweger, Polen, Holländer – die Liste war endlos und zeigte das Ausmaß der deutschen Besetzung in ganz Europa.

Er kniff die Augen zusammen, als er die beiden Minensuchboote entdeckte. Sie lagen mit dem Bug zu ihm und schienen sich haltsuchend aneinanderzulehnen.

Sein Blick blieb an dem äußeren Boot hängen, und er spürte, wie ihm das Herz noch tiefer sank: *Rob Roy*. Er hatte alles darüber gelesen, was er finden konnte, aber der Anblick war dennoch ein Schock.

Er sah die Narben auf dem Farbanstrich, die sich das Boot wohl beim Längsseitsgehen in der Dunkelheit oder beim Manövrieren mit anderen Fahrzeugen geholt hatte, wenn es Überlebende aufnahm. Die *Rob Roy* war sogar bei der Evakuierung Dünkirchens dabeigewesen, hatte mehrere Überfahrten gemacht und jedesmal eine volle Ladung erschöpfter Soldaten nach Hause gebracht.

Er sah die taktische Nummer J 21 auf der Bordwand und die schmale Linie um ihren Schornstein, die sie als Führerboot der Flottille auswies. Aber das war ihm auch kein Trost. Es hatte nicht lange gedauert, sich über das Boot zu informieren, schließlich war es kein Kreuzer. Siebzig Meter lang vom Vorsteven bis zum niedrigen Heck, achthundertfünfzehn Tonnen und eine Bewaffnung von zwei Zehn-Zentimeter-Geschützen und ein paar schwere Maschinengewehre.

Langsam schritt er auf die Boote zu. Je näher er kam, desto kleiner schienen sie zu werden. Und doch drängte sich in jedem Rumpf eine Besatzung von achtzig Offizieren und Mannschaften.

Hargrave erreichte die Stelling, die steil hinunterführte. Das erste Boot hieß *Ranger*, gebaut 1937, genau wie *Rob Roy*. Hätte er sich wohl immer noch freiwillig zur Marine gemeldet, wenn er gewußt hätte, daß er hierher versetzt würde?

Er hatte zur U-Boot-Waffe gewollt, als eine Abkommandierung von dem großen Kreuzer anstand. Neben seinen anderen Qualifikationen war er ein guter Navigator, denn während der langen Fahrtstrecken auf fernen Ozeanen hatte er genügend Gelegenheit gehabt, seine Kenntnisse in astronomischer Navigation zu erweitern. Der Kartenraum hatte ihm stets zur Verfügung gestanden. Doch nach kurzer Unterhaltung mit dem zuständigen Offizier war sein Gesuch abgelehnt worden. Sein Kommandant hatte ihm lediglich mitgeteilt, daß er für U-Boote untauglich sei. Was zum Teufel sollte das heißen? Sobald er seine jetzige Kommandierung abgesessen hatte, würde er sich nochmals bei der U-Boot-Waffe bewerben und sich diesmal an die richtigen Leute wenden.

Er starrte hinunter auf das Deck des ersten Minensuchbootes und bemerkte, daß der Wachtposten ihn neugierig beobachtete, jedoch keinerlei Anstalten machte, ihm den Koffer abzunehmen.

Als Hargrave dann endlich die steile Stelling hinabstieg und salutierte, erwiderte der Posten den Gruß in äußerst lässiger Weise. Das ärgerte Hargrave.

Zornig sagte er: »Ich gehe hinüber auf *Rob Roy*.« Mißbilligend musterte er das schlecht sitzende Koppel und die schwere Pistolentasche. »Wollen Sie sich nicht gefälligst meinen Ausweis zeigen lassen?«

Der spöttische Ausdruck verschwand aus dem Gesicht des Postens. »Sie sind der neue Erste Wachoffizier von *Rob Roy*.« Er zögerte und fügte dann so langsam wie möglich hinzu: »*Sir*.«

Als Hargrave das Deck überquert hatte, war seine Ankunft auf der anderen Seite endlich bemerkt worden. Sowohl der Quartermeister als auch der Fallreepsposten standen empfangsbereit.

Wieder grüßte er, was von den beiden ordentlich erwidert wurde. »Ich lasse den Koffer in Ihre Kammer bringen, Sir«, sagte der Quartermeister.

Hargrave sah sich um. Alles schien vollgepackt mit Ausrüstung und losem Gerät. Die beiden Rettungsboote jedoch, eins davon ein stattlicher Kutter, sahen ordentlich und gepflegt aus, und die Schiffsglocke war frisch geputzt.

Er wandte sich um, als er den Quartermeister sagen hörte: »Vielleicht sollten wir besser warten, bis die Sachen des ehemaligen I.W.O. ausgeräumt sind.«

Der Seemann sah den Neuling neugierig an. »Schon gesehen, Sir.« »Gut, besten Dank.«

Der vorangehende Seemann wies auf eine Stahltür. »Hier ist die Messe, Sir. Zeit für den Tee.«

Ich könnte jetzt was Stärkeres gebrauchen, dachte Hargrave böse.

Sobald er verschwunden war, sagte der Quartermeister zu seinem Kameraden: »Bißchen arrogant, scheint mir.«

Der Seemann grinste. »Der Skipper wird ihm das schon austreiben.«

Der Quartermeister rieb sich besorgt das Kinn. »Hoffentlich.« Dann fügte er zögernd hinzu: »Ich hätte nie gedacht, daß ich mal einem Offizier nachtrauern würde, aber der alte Jimmy* war ein guter Kerl.«

Hargrave stieg die steile Leiter hinunter und stieß unten auf einen weißgekleideten Unteroffizier, der anhand einer Liste Keksdosen zählte.

Er grinste schief. »Guten Tag, Sir. Ich bin Unteroffizier Kellett, Kommandanten- und Messesteward. Möchten Sie Tee, Sir?«

Hargrave nickte, schob den schweren grünen Vorhang beiseite und betrat die Messe.

Wie bei den meisten kleineren Schiffen war sie durch einen weiteren Vorhang unterteilt. An Steuerbordseite lag der Eßraum mit einer Anrichte am Schott und der Durchreiche zur Pantry. Ein verblichenes Porträt des Königs mit gesprungener Glasscheibe hing darüber. Der gegenüberliegende Aufenthaltsraum wirkte behaglich, aber nach der

---

* »Jimmy der Erste«, Spitzname des jeweiligen I.W.O.

geräumigen Messe des Kreuzers kam er Hargrave geradezu winzig vor. Ein paar gepolsterte Bänke und Stühle standen da, ihre roten Lederbezüge waren abgewetzt, aber glücklicherweise ohne die Segeltuchbezüge, die normalerweise auf See benutzt wurden. Dazu ein Gestell für Briefe und Zeitschriften, der übliche Waffenschrank mit Glastür und ein winziger Kamin mit einem eisernen Gitter davor.

Hargrave gewahrte in einer Ecke einen Offizier, durch dessen offenstehendes Jackett ein nicht sehr sauberer Pullover zu sehen war. Es war ein Oberleutnant der RNVR*, sehr blond, und seine Wimpern wirkten beinahe weiß vor den tiefliegenden braunen Augen. Er hatte ein hageres Gesicht mit hohen Backenknochen, das irgendwie an ein mittelalterliches Porträt erinnerte.

Der Oberleutnant ließ eine alte Ausgabe von *Men Only* sinken und erwiderte den Blick. Sein Interesse wirkte beinahe unverschämt.

»Ich bin Philipp Sherwood, der Minen-Entschärfer hier, eine Neuerwerbung des Führerbootes.« Das schien ihn selbst zu amüsieren. »Sie fühlen sich wohl sicherer, seit ich an Bord bin.« Er wies mit dem Kopf auf eine andere Gestalt in einem Sessel. Dieser Offizier lag völlig entspannt in tiefem Schlaf, den Mund weit geöffnet, und Hargrave sah voll Ekel, daß sein Gebiß daneben in einem Glas lag. Der Mann war alt und sah ungesund aus, ein dicker Bauch hing über seinen Gürtel. Er war vollkommen kahl und schien überhaupt keinen Hals zu haben.

Oberleutnant Sherwood erklärte leise: »Das dort ist Alfred Bone, unser Torpedooffizier.« Er lächelte. »Er und der Chief** sind die alten Hasen an Bord – wir anderen halten uns nur dafür.« Er sprach leiser, als der schlafende Decksoffizier grunzte. »Er gibt sich Mühe, ist aber so doof wie Bohnenstroh.«

»Beschreiben Sie Ihre Offizierskameraden immer auf diese Weise?«

Sherwood erwiderte kurz: »Gewöhnlich, ja.«

Der Steward trat ein und brachte ein Tablett mit Teetassen. Der Torpedooffizier erwachte zum Leben, als reagiere er auf ein lautloses Signal. Mit einer raschen Bewegung setzte er sein Gebiß ein. Dann sah er Hargrave und murmelte heiser: »Willkommen an Bord.« In wachem Zustand sah er sogar noch älter aus.

Der Vorhang wurde zur Seite geschoben, und eine Gestalt in wei-

---

* Royal Naval Volunteer Reserve, also Reserveoffizier

**Chief Engineer, Leitender Ingenieur

ßem Overall kam herein. »Ich bin John Campbell, der Chief.« Der Mann hielt Hargrave die Hand hin, zog sie aber rasch wieder zurück, weil sie schwarz vor Schmieröl war. »Sie sind also der neue I.W.O.?«

Hargrave nickte und ging zum Kamin, um das Bootswappen zu betrachten. Es paßte zu einem Schiff dieses Namens: ein gekrönter Löwenkopf und darunter das Motto der MacGregors: »*Königlich ist meine Rasse.*«

Hargrave hatte das Gefühl, sich bisher etwas unglücklich eingeführt zu haben. Er erinnerte sich, daß er als Junge gelesen hatte, wie die englischen Campbells die Ländereien der schottischen MacGregors in Besitz genommen und diese daraus vertrieben hatten.

Er sah die anderen an und sagte: »Sie müssen sich hier ein wenig fehl am Platz fühlen, Mr. Campbell.«

Der Chief nippte an seinem Tee. »Ich komme zurecht.«

Der Steward machte sich in der Messe zu schaffen, als wittere er die Spannung zwischen den Offizieren.

»Ich nehme Ihnen den Mantel ab, Sir.«

Hargrave zog seinen Regenmantel aus, setzte sich und griff nach einer Tasse. Die anderen starrten wie gebannt die geraden Streifen auf seinen Ärmeln an.

Sherwood stieß einen leisen Pfiff aus. »Donnerwetter, ein Profi!«

Hargrave fuhr herum und bemerkte dabei zum ersten Mal, daß Sherwood ein Ordensband trug, das er nicht kannte. Er rief sich ins Gedächtnis, wie dieser seine Arbeit als Minenentschärfer beschrieben hatte. Das waren die Männer, die aus Bomben oder Minen die Zünder entfernten und sie dadurch unscharf machten.

Er beschloß, Sherwoods Bemerkungen zu ignorieren, und fragte statt dessen: »Hatten Sie niemals Angst bei Ihrer Arbeit?«

Sherwood nahm sein Magazin wieder auf. »Man hat nur Angst, wenn es eine Alternative gibt.« Die hellen Wimpern senkten sich über die dunklen Augen.

Der Chief, ein Ingenieuroffizier mit lebenslanger Erfahrung, symbolisiert durch den einzelnen Goldstreifen an seinem Ärmel, bemerkte wie beiläufig: »Wir haben noch zwei Leutnants an Bord, äh, Number One*.« Er zögerte ein wenig, und Hargrave spürte, daß Sherwood ihn weiterhin beobachtete. Der Chief fuhr fort: »Da ist einmal Bob, oder besser *Bunny* Fallows, der Artillerieoffizier, und

---

* Nummer Eins = Erster Offizier

Tudor Morgan, unser zweiter Navigationsoffizier. Und natürlich unser Midshipman*, Allan Davenport.« Müde lächelnd fügte er hinzu: »So grün wie Gras.«

Sherwood ließ sich hinter seinem Magazin vernehmen: »Und alle sind einander spinnefeind, mit Ausnahme der beiden Veteranen hier.«

Also sieben Offiziere, die in diesem winzigen Raum essen, Briefe schreiben, sich unterhalten, eben leben mußten. Da konnte es wirklich nicht viele Geheimnisse geben, dachte Hargrave.

Steward Kellet sagte: »Verzeihung, Sir, der Kommandant möchte Sie sofort sprechen.«

Hargrave ergriff seine Mütze und strich sich noch einmal über das von der Sonne ausgeblichene Haar.

Beim Verlassen der Messe hörte er Campbell zu Sherwood sagen: »Eines Tages, Philipp, wirst du dir dein loses Mundwerk verbrennen.«

»Aber bis zu diesem Tag . . .« Den Rest von Sherwoods Antwort hörte Hargrave nicht mehr.

Kellet zeigte ihm den Weg. »Machen Sie sich keine Sorgen wegen Ihrer Kammer, Sir. Ich besorge alles, was Sie noch brauchen.« Er deutete auf eine Tür mit der Aufschrift *Kommandant*, nur ein paar Meter von der Offiziersmesse entfernt. Hinter einem wasserdichten Schott hörte Hargrave Geschirr klirren, wahrscheinlich aus der Unteroffiziersmesse. Das alles kam ihm vor wie kleine Stahlkästen, die man zu einem Schiffsrumpf zusammengeschweißt hatte.

Kellett wischte sich ein paar Krümel vom weißen Jackett und sagte leise: »Dieses Schiff hat kürzlich sehr viel durchgemacht, Sir. Einige Offiziere sind deshalb noch ziemlich reizbar.« Er senkte den Blick, als Hargrave ihn ansah, und wiederholte: »Wirklich viel durchgemacht.«

Der Lautsprecher krächzte, dann dröhnte die Stimme des Bootsmaats der Wache: »Achtung! Neue Wache zur Musterung! Die zum Rapport gestellten Männer antreten! Geschützexerzieren in fünfzehn Minuten!«

Hargrave nickte Kellett zu und klopfte an die Tür. Vielleicht kam ihm alles nicht mehr ganz so schlimm vor, wenn er das Schiff erst kannte. Aber so sehr er sich auch Mühe gab, er konnte nicht das Bild des mächtigen Kreuzers vergessen, wie dieser unter dem Sternenhimmel durch das klare Wasser des Indischen Ozeans gepflügt war.

* Seekadett bzw. Fähnrich z. S.

»Herein!«

Nun kam also der nächste Schritt. Hargrave öffnete die Tür und trat ein, die Mütze unter den linken Arm geklemmt.

Er wußte natürlich schon eine ganze Menge über seinen neuen Kommandanten. Ransome hatte den größten Teil seiner Kriegszeit bei den Minensuchern verbracht und irgendwann das D.S.C.* erhalten. Sein letztes Schiff, das vor *Rob Roy*, war ein altes Minensuchboot aus dem Ersten Weltkrieg gewesen und eines Nachts in der Nordsee auf eine Mine gelaufen. Dabei hatte es den größten Teil seines Vorschiffs verloren und hätte eigentlich sofort untergehen müssen. Aber ein letztes, durch starke Stützbalken versteiftes Schott hatte gehalten, und so hatte Ransome das Boot doch noch zurück in den Hafen gebracht. Nach sechs Monaten war es wieder repariert und mit einer neuen Besatzung im Einsatz. Drei Monate später war es wieder auf eine Mine gelaufen und diesmal in die Luft geflogen, wobei die Besatzung schreckliche Verluste erlitt. Pech? Oder weil Ransome nicht mehr auf der Brücke stand?

Während Ransome ein paar Ordner von seinem zweiten Stuhl räumte, musterte Hargrave ihn vorsichtig und warf auch einen Blick durch die Kammer, um mehr über den Mann zu erfahren, auf den er sich bis zu einem besseren Kommando verlassen mußte.

Ransome war jünger, als er erwartet hatte. Sein Gesicht wirkte lebhaft und interessiert, im Augenblick nur ein bißchen müde. Aber es verriet deutlich die Wachheit dieses Mannes und eine unvermutete Wärme, als er jetzt lächelnd auf den Stuhl wies.

»Nehmen Sie Platz und entschuldigen Sie die Unordnung. Es mußte alles ein bißchen schnell gehen.« Ransome blickte zur Decke, als von oben das Trampeln der Männer zu hören war. Die Geschützbedienungen und die Feuerlöschtrupps bereiteten sich auf eine weitere Nacht im Hafen vor, in der bestimmt Luftangriffe zu erwarten waren. »Wir haben heute nacht Mondschein, das lockt die Bomber heraus.« Ransome fuhr fort: »Ich kenne Ihren Personalbogen vom Minensuchkurs, Sie haben dort ja gut abgeschnitten. Aber das hier ist trotzdem ein erheblicher Unterschied zu Ihrem Kreuzer, nehme ich an.« Er wartete die Antwort nicht ab. »Sie werden sich hoffentlich bald einleben. Haben Sie schon einige Offiziere in der Messe kennengelernt?« Er richtete den Blick fest auf Hargraves Gesicht, wie ein Schütze beim Zielen. »Gute Leute, zum größten Teil.«

---

* Distinguished Service Cross, eine Tapferkeitsauszeichnung

»Oberleutnant Sherwood . . .« Hargrave versuchte, dem Blick der Augen standzuhalten. »Ich habe mich gefragt, ob er . . .«

»Nicht ganz das, was Sie gewohnt sind, wie?« Ransome fing an, seine Pfeife zu stopfen, die er bei Hargraves Eintritt in der Hand gehalten hatte. »Sherwood ist versuchsweise zu uns abkommandiert. Die Deutschen erfinden ständig neue, pfiffige Verbesserungen an ihren Minen, um uns die Arbeit zu erschweren. Wir brauchen einen Experten, der sie entschärfen kann, was uns möglicherweise Zeit und Verluste erspart.« Durch den Qualm seiner Pfeife beobachtete er Hargrave. »Sherwood ist ein äußerst tapferer Mann, aber jedem sind Grenzen gesetzt. Er wollte wieder zur See fahren, und dafür bin ich dankbar.«

»Was hat er für einen Orden, Sir?«

»Das George Cross*.« Ransome lehnte sich zurück und sah dem Rauch nach, der zum offenen Bullauge zog. »Er saß in London auf einer großen Luftmine und entfernte ihren Zünder.«

Hargrave erinnerte sich an Sherwoods Feindseligkeit. »Ich nehme an, seine Sorte . . .«

»Seine Sorte?« Der Blick der grauen Augen hob sich wieder. »Ich hätte noch erwähnen sollen, die Mine lag zwischen einigen Benzintanks.« Plötzlich beugte er sich vor. »Und wenn es Ihnen als Berufsoffizier nicht behagt, mit Reserveoffizieren zu dienen, sollten Sie mir das besser gleich mitteilen. Ich brauche zwar dringend einen Ersten Wachoffizier«, sein Blick wurde härter, »aber nicht *so* dringend. Dies ist eine erstklassige Flottille, und sie soll es auch bleiben!«

Hargrave wandte den Blick ab. »Ich meinte nur . . .«

Ransome fuhr sich mit den Fingern durch das widerspenstige Haar. »Vergessen Sie's. Der höhere Rang hat seine Vorzüge, aber sie Ihnen gegenüber auszuspielen, ist nicht mein Stil.« Er lächelte. »Wenigstens nicht normalerweise.«

Er wandte sich rasch um, als jemand klopfte. Hargrave konnte nicht erkennen, wer es war, aber Ransome stand auf und sagte: »Entschuldigen Sie mich. Das ist ein Seemann, den ich nach Hause schikken muß. Seine Familie ist letzte Nacht bei einem Bombenangriff auf London umgekommen.« Er ging an Hargrave vorbei und öffnete die Tür, so daß dieser einen Blick auf einen ganz jungen Mann werfen konnte, in seiner besten Uniform und mit dem goldenen Artillerieabzeichen am Arm. Er war so blaß wie ein verängstigtes Kind.

---

* Georgskreuz, eine besonders hohe Tapferkeitsauszeichnung

Er hörte Ransome sagen: »Also, fahren Sie los, Tinker, der Coxswain* hat die Urlaubspapiere für Sie fertiggemacht.«

Hargrave hörte den Jungen aufschluchzen; Ransome ging hinaus und schloß die Tür hinter sich.

Nun sah Hargrave sich genauer in der Kammer um und versuchte, sich seinen alten Kreuzerkommandanten in solch einer Situation vorzustellen. Es gelang ihm nicht. Statt dessen musterte er Stück für Stück die Einrichtung der Kammer, während er jenseits des Schotts Geräusche und Stimmen hörte, die ihm sicherlich bald vertraut sein würden.

Auf dem Schreibtisch hingen in einem Ständer mehrere Pfeifen, daneben lag ein handgeschriebener Brief. Er hob den Blick zum Schott, wo eine kleinere Ausgabe des Bootswappens hing, dicht neben einer gerahmten Bleistiftzeichnung. Darunter lag der Ölzeugbeutel für Geld und Dokumente im Falle der Versenkung. Hargrave hatte den Eindruck, daß er auch für die Zeichnung bereitlag.

Er studierte sie eingehend: ein junger Mann in Wollpullover und Flanellhose, der an einem halb fertiggebauten Segelboot lehnte. Im Hintergrund stand ein weiteres Boot derselben Art. Also eine Bootswerft. Der junge Mann hielt eine Pfeife so in der Hand wie Ransome eben. Es war nicht mehr als eine Skizze, aber sie verriet Hargrave eine ganze Menge. Auf der anderen Seite des Wappens hing die gerahmte Fotografie eines jungen Fähnrichs, der Ransome stark ähnelte.

Die Tür ging auf. Ransome ließ sich schwer auf seinen Sessel fallen und starrte seine Pfeife an. »Mein Gott, wieviel sollen wir noch ertragen?« Dann warf er einen Blick auf das Foto. »Mein jüngerer Bruder. Die Aufnahme wurde in der Marineschule *King Alfred* gemacht.« Plötzlich lächelte er. »Inzwischen ist er ein ausgewachsener Leutnant.«

In diesen wenigen Sekunden sah Hargrave beide, den Jungen und die Skizze, wie eine einzige Person.

Er sagte: »Ich habe mir die Zeichnung angesehen, Sir.«

»Oh, die . . .« Ransome schob ein paar Papiere über den Brief. »Ich werde morgen den ganzen Tag nicht an Bord sein. Kapitänleutnant Gregory«, er zeigte mit der Pfeife zum Nachbarboot hinüber, »der Kommandant der *Ranger*, wird mich vertreten. Ich gebe es den anderen Einheiten der Flottille, zwei kleineren Minensuchbooten und dem Trawler, noch bekannt. Sie sind im Augenblick auf See bei einer Verbandsübung, laufen aber bald wieder ein, um ein paar Reparaturen zu

---

* Bootsmann, Quartermeister und Gefechtsrudergänger

beenden. Wir bleiben also hier, falls der Feind nicht eine Invasion startet oder irgendwo eine neue Lieferung Scotch angekündigt wird.«

Dann wurde er wieder ernst. »Ich möchte Sie bitten, die Karten durchzusehen. Wir haben keinen richtigen Navigationsoffizier, diese Aufgabe fällt also Ihnen und mir zu.«

Hargrave fühlte sich jetzt auf sicherem Boden. »Ich war auf dem Kreuzer Assistent des Navigationsoffiziers.«

Ransome musterte ihn. »Mit tausend Meilen Ozean ringsum, stimmt's? Wenn Sie eine Meile vom Kurs abkamen, wurde das in aller Ruhe korrigiert, nehme ich an?«

»Ja, Sir.«

Ransome nickte langsam. »Bei unserer Arbeit hier ist ein Irrtum von zwanzig Metern das äußerste, was Sie sich erlauben können.« Er ließ seine Worte wirken. »Ein paar Meter mehr«, er klopfte den losen Tabak aus, »und Sie sind ein toter Mann.«

Wieder änderte er das Thema. »Ihr alter Herr ist Konteradmiral, glaube ich?«

Hargrave nickte. »Ich habe ihn besucht.«

Ransome musterte seine Pfeife und entschloß sich, sie gegen eine andere auszuwechseln. Ich wette, daß Sie ihn besucht haben, dachte er, immer noch überrascht, daß man ihm einen Berufsoffizier als Ersatz für David an Bord geschickt hatte. Ob irgend jemand an höherer Stelle, sein Vater zum Beispiel, das Minensuchboot als gute Gelegenheit für eine rasche Beförderung ansah?

»Ich nehme an, Sie wollten lieber auf einen Zerstörer versetzt werden?«

Bei dieser unerwarteten Frage wurde Hargrave rot, aber Ransome fuhr lachend fort: »Ich hätte das jedenfalls gewollt. Das letzte ist die Aussicht, sich beim Minensuchen den Hintern wegblasen zu lassen.« Mit einer vagen Geste umfaßte er die beiden Boote. »Aber unsere Arbeit ist ungeheuer wichtig. Das hat man Ihnen schon beim Kursus wahrscheinlich eingetrichtert, bis Ihnen fast übel wurde, aber es stimmt. Ohne uns kann kein Schiff fahren. Wenn wir versagen, wird unser Land den Krieg verlieren. So einfach ist das. Die von uns freigeräumten Fahrwasserwege führen rings um diese Inseln, eine ununterbrochene Lebensader, in die der Feind ständig jede Art neuer Minen wirft. Tyne, Humber, Themse, von Liverpool bis zur Straße von Dover, all das räumen wir täglich aufs neue frei, ohne Rücksicht auf Verluste. Hier bei uns gibt es keinen Glorienschein, keine Schlachtlinie mit Flaggen und Militärkapelle.« Sein Blick fiel auf das Foto seines

23

Bruders, und er spürte, wie sich seine Kehle zusammenzog. Tony war zu den leichten Küstenstreitkräften, und zwar auf ein Motortorpedoboot, versetzt worden. Ihre Mutter würde außer sich sein. Er fuhr fort: »Wir suchen Minen und räumen sie weg. Das ist eine Schlacht, die gleich nach Dünkirchen anfing und niemals enden wird bis . . .« Er hob die Schultern. Dann faßte er einen Entschluß, öffnete das Wandschränkchen und stellte die Whiskyflasche mit zwei Gläsern auf den Schreibtisch.

Hargrave sah zu, wie er die Flasche öffnete. Sein Magen war seit Stunden leer, aber er begriff, daß dieser Drink für Ransome mehr war als eine bloße Geste.

Der Kommandant schwenkte den Whisky in seinem Glas. »Also, Number One?«

Hargrave lächelte. »Ich will versuchen, Ihnen ein guter I.W.O. zu sein, Sir.«

»Sie werden noch besser sein müssen als das.« Ransome runzelte die Stirn, als das Telefon schnarrte, und nahm den Hörer auf, während gleichzeitig Stimmen und Türenschlagen im ganzen Boot zu hören waren.

Ruhig sagte Ransome: »Signal vom Tower. Die Deutschen haben soeben das Feuer eröffnet.«

Hargrave war aufgesprungen, die geballten Fäuste in die Seite gestemmt. Er fühlte sich nackt oder als hilfloser Köder ausgesetzt.

Ransome fuhr fort: »Der Tower hat das Blitzen der Abschüsse bei Kap Cris-Nez gesichtet. Es dauert gut vierzig Sekunden, bis die Granaten hier einschlagen.«

Hargrave blickte hinunter und stellte fest, daß Ransomes Glas bereits leer war.

Der erste Einschlag kam dann als so gewaltige Druckwelle, als habe jemand die Bordwand mit einer Ramme getroffen. Ransome wartete. Insgesamt vier Detonationen waren zu hören, irgendwo auf der anderen Seite der Stadt. Dann sagte er: »Das Blitzen der Abschüsse ist unsere einzige Warnung. Auf See kann man manchmal den Einschlag jeder einzelnen Granate hier hören.« Er goß sich ein weiteres Glas puren Whiskys ein.

Es folgten keine weiteren Detonationen, aber als Hargrave aus dem Bullauge blickte, sah er in der Ferne gewaltige Rauchwolken zum klaren Himmel aufsteigen. Sie sahen aus wie ein Schmutzfleck. Jetzt würde es noch mehr tote Familien geben wie die des jungen Seemanns.

Hargrave ergriff sein Glas, der Whisky war eine Erleichterung. »Darf ich fragen, wo Sie morgen sein werden, Sir?«

Ransome starrte das Foto seines Bruders an. »Beim Begräbnis Ihres Vorgängers.«

Hargrave wollte zur Tür, setzte sich aber wieder, als Ransome sagte: »Bitte bleiben Sie. Wir haben einen Grund zum Feiern. Ich bin heute ein Jahr lang Kommandant dieses Schiffes.«

Er streckte Hargrave sein Glas entgegen und wartete, bis dieser mit ihm anstieß. Hargrave bemerkte ein kurzes Aufblitzen von Verzweiflung in den grauen Augen. Wie ein Schmerz, den er mit niemandem teilen konnte. Dann fuhr Ransome fort: »Und jetzt einen Schluck auf David!« Hargrave vermutete, daß David sein Vorgänger gewesen war.

Ransome spürte, wie der pure Whisky in seiner Kehle brannte, aber es kümmerte ihn nicht. Auf See trank er niemals und im Hafen nur selten. Aber nach dem morgigen Tag würde David, genau wie all die anderen Gefallenen, schon in seinem Gedächtnis verblassen.

Er dachte an den jungen Seemann Tinker, an sein verzweifeltes, tränenüberströmtes Gesicht. Vom Bootsmann hatte er einen Urlaubsschein und eine Lebensmittelkarte für die Fahrt nach Hause bekommen. Nur daß es kein Zuhause mehr für ihn gab.

Er sah in sein Glas. »Ich – ich wollte eigentlich nicht zur Beerdigung fahren, aber ich muß. Er war mein Freund.«

Später, als Hargrave in seiner neuen Kammer auspackte, dachte er noch einmal über das Gespräch nach.

Nein, es war nicht so gelaufen, wie er erwartet hatte. Und Ransome war anders als jeder Kommandant, den er bisher kennengelernt hatte.

Als sich der Abend auf Dover Castle senkte, heulten die Luftschutzsirenen, und die Leute eilten in die Bunker oder drängten sich unter Treppen, zusammen mit ihren Angehörigen oder ihren Haustieren.

An Bord der *Rob Roy* saß Ian Ransome an seinem Schreibtisch, den Kopf auf den Armen, und schlief seit Wochen zum ersten Mal tief und fest.

II . . . und Mannschaften

Oberleutnant Hargrave war nicht der einzige Ersatz, der auf dem Minensucher *Rob Roy* kommandiert worden war.

Am folgenden Montag nachmittag, während eines feinen Nieselregens, der die vertäuten Schiffe wie Glas glänzen ließ, stand Matrose

Gerald Boyes auf der Pier und starrte hinüber zu dem Schiff, auf dem er einsteigen sollte.

Der alte Wachmann, der ihn vom Gittertor hierher begleitet hatte, zeigte mit seinem Stock auf das Boot und sagte wichtigtuerisch: »Ein gutes Boot. Hat mehr Minen geräumt, als du warme Mahlzeiten gegessen hast, mein Junge.«

Boyes nickte. Er war ein schlanker, blasser junger Mann von achtzehn Jahren und wirkte ein wenig schwächlich, ganz im Gegensatz zu seinem entschlossenen Gesicht.

Während der Schulzeit war er ein Träumer gewesen, meistens mit seinen Gedanken auf See und bei den Großtaten der Royal Navy. Seine Eltern hatten nachsichtig gelächelt, und seine Mutter hegte noch immer die Hoffnung, daß er bei der Bank anfangen würde, in der sein Vater den größten Teil seines Lebens gearbeitet hatte. Während viele Einwohner der Kleinstadt Surbiton bei London überrascht waren von der Schnelligkeit der Ereignisse, hatte Boyes die Kriegserklärung fast wie eine Rettung begrüßt. Er hatte sich sofort, im Alter von siebzehn Jahren, zur Marine gemeldet. Seine Mutter hatte zwar Tränen vergossen, war aber angesichts seiner Entschlossenheit auch von Stolz erfüllt. »Du wirst bald Offizier werden, das wirst du sehen, Gerry.« Er haßte es, Gerry genannt zu werden. »Junge Leute deiner Herkunft und deiner Erziehung sind bestimmt sehr gesucht.«

Seine Mutter hatte recht gehabt. Nach der harten Grundausbildung wurde er als Offiziersanwärter ausgewählt und für drei Monate auf einen schnittigen Zerstörer kommandiert. Damit begann für ihn eine neue Welt. Jetzt arbeitete er zusammen mit erfahrenen, zähen Seeleuten, die seine Bemühungen anerkannten. Nach diesen drei Monaten, bei denen sie größtenteils als Geleitschutz für die riesigen Schlachtschiffe bei Scapa Flow eingesetzt waren, wurde er nach Hove in Sussex kommandiert, wo seine Offiziersausbildung beginnen sollte. Er war sehr aufgeregt, hatte er doch dort einige der Jungens getroffen, mit denen er zusammen eingetreten war. Mehrere stammten sogar aus seinem Heimatort. Dann war plötzlich alles zu Ende. Er konnte es noch immer nicht fassen, es war so brutal, so ungerecht.

Der Ausbildungsoffizier hatte lediglich gesagt: »Für Sie findet sich vielleicht später eine Gelegenheit.« Anscheinend hatte ihm der blasse junge Mann mit den fiebrig glänzenden Augen sogar wirklich leid getan. »Wir brauchen zwar Freiwillige in diesem Krieg, aber nicht alle können Offiziere werden.«

Dann war er für ein paar Tage nach Hause zurückgekehrt, bevor er wieder in die Kaserne mußte. Seine Mutter war fassungslos; vielleicht fühlte sie sich auch gedemütigt und schämte sich wegen seines Versagens. Sein Vater aber hatte mit ernster Miene geäußert: »Das ist deren Fehler, mein Sohn, nicht deiner.« Beides war ihm kein Trost. Er war in die Marinebasis Chatham zurückgekehrt, hatte dort von dem wachsenden Personalbedarf beim Minensuchdienst gehört und sich sofort freiwillig gemeldet.

Mit unglaublichem Eifer hatte sich Boyes dem Minensuchkursus gewidmet. Der Gedanke, daß er sich nur selbst bestätigen oder in Gefahr bewähren wollte, war ihm dabei überhaupt nicht gekommen.

Jetzt überprüfte er seine Gefühle, während der Nieselregen von seiner Mütze und seinem Ölzeug tropfte und sein Seesack neben ihm in einer Pfütze stand.

Wie fühlte er sich? Weder ängstlich noch freudig erregt. Er war nur froh, wieder etwas tun zu können, was die Schande seines Versagens auslöschen würde. Er hatte die Gespräche der alten Seeleute über Minensucher mit angehört. »Da braucht man wirklich Mut«, hatten sie gesagt. »Mich würden keine zehn Pferde dorthin bringen.«

Boyes wandte sich um, aber der Wachmann war bereits gegangen. Er nahm seinen Seesack und den kleinen Koffer auf und hängte sich die Gasmaske um. Sein Zug hatte wegen eines Luftangriffs mehrere Stunden Verspätung gehabt. Nun stieg er über die Stelling hinüber zu dem an der Pier liegenden Boot. Der Posten Fallreep nahm seinen Seesack in Empfang und grinste, als Boyes erklärte, er sei der neue Ersatzmann.

»Das hätten wir niemals vermutet, nicht wahr, Bert?«

Der Quartermeister deutete zur *Rob Roy.* »Er soll dort hinüber, Junge, wo sie immer alle umbringen.«

Beide lachten, als sei dies ein guter Witz.

Schließlich kam Boyes auf dem nassen Deck seines neuen Schiffes an und bemerkte, daß ein Oberbootsmann ihn beobachtete.

»Nun, mein Sohn? Wer sind wir denn?«

Er sprach einen derart starken Cockney-Dialekt, daß er nur schwer zu verstehen war. Aber Boyes erkannte die gekreuzten Torpedos und das Steuerrad auf den Jackenaufschlägen des Mannes sowie seine joviale Autorität. Es war der Coxswain, eine Art Gott auf jedem kleinen Kriegsschiff.

»Matrose Boyes, Sir.«

Die dichten Augenbrauen des Coxswains stießen in der Mitte zusammen und bildeten eine dunkle Brücke über seiner Boxernase.

»Nicht *Sir*, mein Sohn. Nenn mich Cox'n. Ich befehle auf diesem Schiff.« Grinsend ergänzte er: »Ich und der Alte, natürlich.« Dann wurde er geschäftsmäßig. »Du bist in Messe drei.« Er rief einen an der Reling stehenden Seemann herbei. »Führ ihn hinunter. Danach bringst du ihn wieder her, damit ich ihn einweisen kann.«

Dankbar sah Boyes ihn an. Etwas Beruhigendes ging von dem Oberbootsmann aus. Sein Gesicht sah zwar aus, als hätte er schon viele Schlägereien hinter sich, aber sein Blick war klar und nicht unfreundlich.

Oberbootsmann Joe Beckett, Coxswain der *Rob Roy*, fragte wie beiläufig: »Alter?«

»Achtzehn, Sir – ich meine, Cox'n.«

»Mein Gott, wieder einer, der noch zu jung ist für die Rumzuteilung. Da kann einem ja übel werden.«

Beckett blickte dem schlanken Jungen nach, der jetzt nach vorn geführt wurde. Er würde sich bestimmt einleben. Auf diesem Schiff war kein Platz für Passagiere.

Er sah den neuen Ersten kommen und spielte mit dem Gedanken, eine Begegnung mit ihm zu vermeiden, indem er hinter den Schornstein trat; dann aber blieb er seufzend stehen. Sie beide mußten den Betrieb auf diesem Schiff aufrechterhalten. Und Leute wie Boyes eingliedern, den man hergeschickt hatte, um einen Matrosen zu ersetzen, der befördert und zu einem Waffenkursus an Land geschickt worden war. In der Marine herrschte ein ständiges Kommen und Gehen. Er blickte nach achtern, wo neue Farbe die Stelle markierte, wo der vorige Erste niedergemäht worden war. Für jeden gab es Ersatz.

Joe Beckett stammte aus Ost-London und war eins von sieben Kindern. Sein Vater war mehr im Gefängnis als außerhalb, und zwei seiner Brüder hatten mit dem Diebstahl in Kaufhäusern angefangen, sowie sie ihre ersten Stiefel bekommen hatten. Sie waren jetzt genauso bekannt in Londons Unterwelt wie sein Vater.

Deshalb war Joe Beckett im Alter von sechzehn Jahren in die Marine eingetreten. Hier hatte er sich ganz gut gemacht, trotz einiger Degradierungen. Er war jetzt sechsunddreißig und einer der alten Hasen. Das Ganze war ein Witz, wenn man es sich überlegte. Er war unter harten Bedingungen und ohne Liebe aufgewachsen; aber dieses Leben hatte ihn gelehrt, sich zu verteidigen, wie sein Gesicht und seine narbenbedeckten Fäuste bewiesen. Jetzt, als Coxswain, war er so hoch gestiegen, wie er es sich gewünscht hatte. An Bord hatte er so ziemlich alles in der Hand. Ein Wort von ihm in das richtige Ohr konnte einen Mann vom kalten Ausguck an die bestmögliche Station anderswo versetzen. Mehr als die Häfte der Besatzung war zu jung, um die tägliche Rum-Zuteilung in Empfang zu nehmen. Aber Rum und Tabak, die »Kitzler«, waren im unteren Deck die beste Währung. Er lächelte bei diesem Gedanken. Die Marine war gar nicht so verschieden von Londons Eastend. Als Coxswain war er auch verantwortlich für die Disziplin, eine Art Richter und Polizist in einer Person. Wie seinem alten Vater das wohl gefallen hätte?

Im Gefecht, beim Ein- und Auslaufen und in ähnlichen Situationen, wenn es auf gute Seemannschaft ankam, stand Beckett am Ruder. Er war einmal mit einem Schiff versenkt, ein anderes Mal verwundet und dreimal zur Ordensverleihung vorgeschlagen worden. Aber die ließ noch immer auf sich warten.

Er beobachtete den neuen I.W.O., als dieser mit Fähnrich Davenport sprach. Anders als viele Berufsdienstgrade bewunderte Beckett geradezu die Reservisten mit ihren wellenförmigen Goldstreifen am Ärmel. Manche von ihnen, zum Beispiel die ehemaligen Fischdampferkapitäne, waren erfahrene Berufsseeleute; andere, wie ihr jetziger Kommandant, hatten schon Hervorragendes geleistet, bevor sie zur Marine kamen. Sie waren auch nicht zu eingebildet, um sich über ihre alte Welt zu unterhalten, die möglicherweise für immer versunken war.

Beckett war nicht glücklich über den neuen I.W.O., denn dieser war aktiver Offizier mit glatten Goldstreifen und kam noch dazu von einem verdammten Kreuzer. Beckett war Matrosengefreiter auf einem Schweren Kreuzer gewesen, aber versetzt worden, weil er dort einen Unteroffizier über die Reling geworfen hatte. Glücklicherweise war es im Hafen von Malta gewesen, in dessen Wasser man eher vergiftet werden als ertrinken konnte. Kreuzer waren wie Flugzeugträger und alle anderen Großkampfschiffe für Beckett nur schwimmende Kasernen. Nichts für ihn. Sein Gesicht verfinsterte sich, als er das gewinnende Lächeln von Davenport bemerkte. Schon in der ersten Woche, seit dieser an Bord gekommen war, hatte Beckett begriffen, daß Davenports Art ein Grund sein konnte für seine nächste Degradierung, falls er sich einmal vergaß.

Grüßend berührte er seine Mütze, als Hargrave sich näherte. »Hatten Sie einen guten Rundgang, Sir?«

Hargrave wischte ein Fädchen von seinem Ärmel. »Ich bin überall gewesen, vom Vorsteven bis zum Heck.«

Der Midshipman trat näher. »Ich könnte Ihnen das Radargerät zeigen, Sir.«

Beckett sah Davenport nicht an. Der war wirklich ein Wetzer. Statt dessen sagte er: »Achten Sie auf die frische Farbe, Sir.«

Hargrave musterte stirnrunzelnd einen grauen Fleck auf seiner Hose. »Danke.«

Beckett fuhr fort: »Der neue Matrose ist gerade angekommen, Sir. Ich habe ihn Mr. Morgans Division zugeteilt.«

Das Krächzen des Deckslautsprechers unterbrach sie. »Achtung! Alle herhören! Antreten zur Rum-Ausgabe!«

Beckett sah zu, wie Hargrave rasch auf die Brücke stieg, gefolgt von Fähnrich Davenport, um sich das Radar anzusehen.

»Zum Teufel, ich habe den verdammten Rum nie nötiger gehabt«, murmelte er.

Die Feldwebel- und Unteroffiziersmesse war etwa ebenso groß wie die Offiziersmesse, wenn auch einfacher eingerichtet. An einem Ende befand sich eine kleine Bar, wo ein Seemann in weißer Jacke als Messesteward fungierte, und dahinter waren Erinnerungsstücke verschiedener Kneipen von Leith bis Gibraltar aufgereiht: Bierkrüge, Aschenbecher mit den Namen von Kneipen oder Brauereien, Fotos verschiedener Leute beim Pfeilwerfen, bei Regatten oder nur beim Saufgelage. Natürlich hingen auch ein paar hübsche Pin-up-Girls da, eins sogar mit der Unterschrift einer bekannten Bordellmutter in Gosport.

Beckett saß am Messetisch, von dem gerade die Reste des Abendessens abgeräumt wurden. Es hatte bestanden aus gebackenen Bohnen, Dosenwürstchen und großen Scheiben von frischem Brot, das hier in Dover an Bord gekommen war, ein wirklicher Luxus.

Beckett und Dai Owen, der Obermaschinist, waren die einzigen im Rang eines Oberfeldwebels. Alle anderen waren Unteroffiziere, Leiter der verschiedenen Abteilungen und somit das Rückgrat eines jeden Kriegsschiffes. Masefield, der Sanitätsmaat, den sie Veilchen nannten, war der Ersatz für den Schiffsarzt, den es auf der *Rob Roy* nicht gab. Er saß über einen Brief seiner Mutter gebeugt, den er mit seinen gepflegten Händen vor den anderen abschirmte. Topsy Turnham, ein stämmiger, untersetzter Mann mit dunklem Kinn und blinzelnden blauen Augen, war Oberbootsmannsmaat, der *Buffer*, ein direktes Bindeglied zwischen Matrosen und I.W.O. Er brütete über den Fotos eines vollbusigen Mädchens, die er irgendwo gefunden hatte. Beckett lächelte grimmig. Er begriff nicht, wieso der Buffer es bei den Frauen immer schaffte. Dabei war er verheiratet und hatte eine Wohnung in Chatham, schien aber überall ein Bratkartoffelverhältnis zu unterhalten, wo er stationiert war. Ein Maschinenmaat lag leise schnarchend in seiner Koje hinter einem halb zugezogenen Vorhang; sonst war die Messe leer. Unteroffizier Kellett war sicherlich in seiner Offiziersmesse, und die anderen hatten bis Mitternacht Landurlaub.

Beckett starrte in sein Bier. Die Ruhe vor dem Sturm der Nacht, dachte er. Er würde sich freuen, wenn sie erst wieder auf See waren. Hier im Hafen fühlte man sich so verdammt hilflos, und die Deutschen saßen nur zwanzig Meilen entfernt; das war etwa dieselbe Entfernung wie nach Margate.

Sie waren eine gute Crew, überlegte er. Natürlich gab es mitunter Spannungen, aber die gab es auf jedem kleinen Schiff, wenn man sich so dicht auf der Pelle saß. Größere Schiffe hatten allerdings genügend ältere und erfahrene Seeleute, während auf *Rob Roy* größtenteils Gefreite die Schlüsselpositionen innehatten, von denen einige noch halbe Kinder waren.

Er warf einen Blick auf die Uhr und sagte: »Stell das Radio an.« Die kühle, exakte Stimme des Nachrichtensprechers der BBC erklang: »Gestern drangen unsere Streitkräfte entlang der libyschen Küste nach Westen vor, wobei sie von Einheiten der Mittelmeerflotte unterstützt wurden. Ein paar Widerstandsnester in den Außenbezirken von Tripolis wurden bekämpft. Der Vormarsch dauert an.« Die emotionslose Stimme erinnerte Beckett an Hargrave. Im Geiste sah er die Ereignisse hinter den knappen Meldungen vor sich, denn er war bei der Evakuierung des Heeres aus Griechenland und Kreta dabeigewesen; damals hatte es für sie wirklich schlecht ausgesehen: Überall wurden Schiffe versenkt, während sie erschöpfte Soldaten an Bord nahmen, denn sie hatten keine Luftunterstützung. Es war wirklich schlimm. Er hatte gesehen, wie das Schlachtschiff *Barham* detonierte und dann kenterte, nachdem ein U-Boot den Sicherungsgürtel der Zerstörer durchbrochen und einen Torpedofächer abgefeuert hatte. Die *Barham* war sein erstes Schiff gewesen, vor dem Krieg, als er noch einfacher Matrose gewesen war wie Boyes.

Sein Freund, der Obermaschinist, sah ihn über den Tisch hinweg an. »Erinnerst du dich, Joe?«

»Ja.« Er trank das Bier aus und gab dem Messesteward ein Zeichen. »Dreh den Quatsch ab oder such Musik!« Dann sah er seinen Freund an. Er mochte Owen, einen Mann mit dunklem, intelligentem

Gesicht, den Mittelpunkt des Maschinenraums. Schließlich sagte er: »Es fällt mir schwer, das alles zu glauben, Dai: Vormarsch in Nordafrika, nach all den Rückschlägen und Verlusten. Kann es denn stimmen, daß wir diesmal so zügig vorrücken?«

Owen hob die Schultern und blickte auf die Uhr am Schott. Es war bald Zeit für seine Runde im Maschinenraum. Niemals hätte er zugelassen, daß der Chief dort vor ihm eintraf. Langsam antwortete er: »Joe, wenn es in diesem Tempo weitergeht, können wir Rommels verdammtes Afrikacorps noch vor Ende des Monats festnageln. Mit dem Rücken zur See sitzen sie dann fest.«

Topsy Turnham schob die Fotos zusammen und steckte sie in seine Brieftasche.

Beckett rief ihm zu: »Du solltest dir eine Akte zulegen für deine Unterrocksammlung!«

Turnham strahlte übers ganze Gesicht. Wenn er lächelte, war er noch häßlicher. »Eifersüchtig, Swain? Ich kann doch nichts dafür, daß sie mich so unwiderstehlich finden.« Er war ebenfalls Londoner, und zwar aus Stoke Newington, nicht weit von Becketts Heimat entfernt.

Masefield blickte von dem Brief seiner Mutter auf. »Wie ist eigentlich der neue Erste?«

Beckett hob die Schultern. »Nicht dein Typ, Veilchen. Gute alte Schlipsträgerschule.«

Owen grinste. »Vielleicht wäre gerade das sein Typ?«

Beckett räumte ein: »Er kennt sich aber aus, du kannst ihm an Bord nichts vormachen. Ein eiskalter Hund.«

Owen wechselte das Thema. »Der Alte ist heute beim Begräbnis?«

»Ja. Scheußlich. Da ist mir eine Bestattung auf See schon lieber: ein paar fromme Sprüche, ein kurzes Kommando, dann platsch, und der Kumpel geht über Bord in sein letztes Bad. Hinterher gibt es einen Schluck Rum und ein gutes Essen. Das lasse ich mir eher gefallen.«

Der Bordlautsprecher krächzte dazwischen: »Alle herhören! Fliegerwarnung! Leichte Fla-Waffen besetzen. Die neue Wache antreten.«

»Scheiße!« Beckett packte seine Mütze und eine Packung zollfreier Zigaretten. »Da geht der Mist wieder los.«

Die Messe leerte sich bis auf den Sanitätsmaat und den schlafenden Heizer.

Ein paar Minuten später war der Himmel über Dover hell erleuchtet von Suchscheinwerfern und detonierenden Flakgranaten. Das

Wum-wum-wum der schweren Geschütze auf den Klippen und weiter landeinwärts wurde untermalt vom schärferen Krachen des Geschützfeuers einiger Schiffe, die Sperrfeuer legten. In jeder kurzen Pause hörten sie das wohlbekannte Dröhnen der Bomberstaffeln, die über sie hinwegzogen, vielleicht wieder nach London.

Beckett haßte den Stahlhelm, den *Eierkocher*, er zog sich seine Mütze tiefer in die Stirn. Die Jerries* mochten vielleicht bald aus Afrika verschwinden, dachte er böse, aber hier auf diesem Kriegsschauplatz waren sie noch kräftig zugange.

Matrose Gerald Boyes saß im Mannschaftslogis und sah sich um. Messe Nummer drei war ein viel zu großartiger Name für den sauber geschrubbten Tisch mit einer Bank auf der einen und ihren mit Polstern bedeckten Seekisten auf der anderen Seite. Dann gab es noch die üblichen Borde, vollgepackt mit Aktentaschen, Mützenbehältern und Schwimmwesten in bequemer Reichweite. Die Bordwand hatte zwei Bullaugen, deren Blenden jetzt natürlich zugeschraubt waren.

Am Kopf des Tisches saß Obergefreiter Ted Hoggan, der die Funktion eines Artillerie-Unteroffiziers ausübte. Er war der Killick** ihrer Messe. Konzentriert stopfte er seine dicken Wollstrümpfe, die er sonst in den Seestiefeln trug. Ein paar Hängematten waren aufgeriggt, ihre Eigner schliefen trotz der plärrenden Musik aus dem Lautsprecher und der lärmenden Unterhaltung in der Nachbarmesse, wo ein Würfelspiel im Gange war.

Hoggan musterte Boyes nachdenklich. »Du kannst deine Hängematte dort drüben an diese Haken hängen. Der junge Tinker ist auf Kurzurlaub.«

Er zeigte mit dem Strumpf in Richtung einer kleinen ovalen Luke im Deck, durch die sich Boyes mit Seesack und Hängematte mühsam gequält hatte, »Und wenn es *klar Schiff zum Gefecht* heißt, flitzt du diese Leiter hinauf wie eine Fledermaus aus der Hölle, klar?«

Boyes nickte. Er hatte sich umgezogen und trug jetzt einen dicken Wollpullover und den neuen Overall, offenbar die übliche Kleidung an Bord. Darin fühlte er sich noch mehr als Eindringling. Die anderen Seeleute trugen Overalls, die sie schon so oft gewaschen hatten, daß sie bereits hellblau aussahen und in der grellen Beleuchtung beinahe weiß wirkten. Boyes' Overall jedoch war noch dunkelblau, die vorgeschriebene Farbe.

---

* Spitzname für Germans, die Deutschen
**abgeleitet vom Abzeichen auf seinem Ärmel, dem Bootsanker (Killick): Messeältester

Hoggan hatte sich wieder seinem Strümpfestopfen zugewandt. »Halte dich aus allem heraus und tu, was man dir sagt. Wenn du was wissen willst, dann frag *mich*, klar? Und laß dich nicht zu sehr mit den Offizieren ein.«

»Und warum, äh . . .«

»Nenn mich Hookey*.« Er zeigte auf den Wurfanker an seinem Ärmel. »Und du bist Gerry, klar?« Er merkte nicht, daß Boyes bei diesem Namen zusammenzuckte. »Es gibt nämlich solche und solche Offiziere, Gerry. Einige sind besser als die anderen, aber im Grunde sind alle Halunken.« Grinsend fuhr er fort: »Ich sollte es wissen. Mein Boss ist nämlich Bunny Fallows, der Artillerieoffizier, wie er sich nennt. Im einen Augenblick süß wie Honig, im nächsten: Puh! Besonders, wenn er besoffen ist.«

Ein Seemann, der eine Lederscheide für ein ansehnliches Messer nähte, sagte: »Und besoffen ist er im Hafen immer!« Beiläufig sah er Boyes an. »Bist du Decksoffiziersanwärter?«

Boyes wurde rot. »Nein, wirklich nicht.«

»Nein, *wirklich*!« Der Seemann imitierte spöttisch Boyes' Oxford-englisch, worauf die anderen grinsten, bis Hoggan ruhig sagte: »Laß das, Sid.«

Der Seemann rutschte auf der Bank heran, bis er neben Boyes saß, und berührte seinen Arm. »War nicht bös' gemeint.« Lächelnd fügte er hinzu: »Du bist sicher noch nicht alt genug für deine Rumzuteilung?«

Boyes schüttelte den Kopf. Das war eine Frage, die man ihm dauernd stellte.

»Nun, du kannst morgen zu mir kommen auf ein Schlückchen, klar?«

Hoggan beobachtete sie zufrieden, weil sie den Jungen akzeptiert hatten. Die feine Aussprache war schließlich nicht seine Schuld. Freundlich sagte er: »Ja, halt dich ruhig an Sid Jardine, der ist ein wirklicher Veteran! Muß mindestens schon einundzwanzig sein. Bei mir sind's noch zwölf Jahre mehr.«

Boyes überlegte, wann es wohl angebracht war, seine Hängematte aufzuhängen. Er war darin noch nicht sehr geschickt. Aufmerksam beobachtete er seine Kameraden. Die meisten waren an Land, wie ihm Hoggan erklärt hatte. Gegen zehn würden alle zurückkommen, entweder still und deprimiert oder betrunken krakeelend. Diejeni-

* Haken

gen, die nach zehn Uhr kamen, wurden von der Militärpolizei an
Bord gebracht. Boyes fragte sich, was seine Mutter wohl von diesen
Männern halten würde.

»Teezeit!« Ein älterer Seemann mit drei Streifen auf dem Ärmel
polterte die Leiter herunter mit einer riesigen Kanne in der Hand.

Hoggan ließ seinen Strumpf sinken. »Komm längsseits!«

Der alte Seemann blickte auf Boyes hinunter und füllte seine Tasse
mit typischem Seemannstee, beinahe weiß gefärbt durch die viele
Kondensmilch und mit so viel Zucker, daß der Löffel fast darin stek-
kenblieb.

»Hier, dieser ist extra für dich, mein Sohn!«

Sid Jardine rief: »Extra für ihn, hab' ich richtig gehört?«

Ein anderer rief: »Laß besser beim Schlafen deinen Overall an,
Gerry, wenn dieser alte Schwule hier herumstreicht!«

Boyes kannte diese derben Scherze. Er nahm den hellen, süßen Tee
und bedankte sich bei dem älteren Seemann. Alles andere kümmerte
ihn nicht mehr. Man hatte ihn akzeptiert, und der Rest hing jetzt von
ihm selbst ab.

Die Wren im Rang eines Oberfeldwebels stand neben dem Jeep und
beobachtete den jungen Tinker, der auf die Ruinen des Hauses starrte,
das einst sein Heim gewesen war. Sie war eine streng blickende Dame
mit straffem Haarknoten unter ihrem Hut. Es war nicht etwa so, daß
sie Trinkers Unglück kalt ließ, aber sie hatte schon zu viele zerbombte
Häuser gesehen.

Leise sagte sie: »Die Bombe hat die Vorderfront des Hauses getroffen.« Sie zeigte mit ihrem Schreibblock hin. »Es war ein Reihenwurf
über drei Straßen hinweg. Sie lagen beide im Bett und haben bestimmt
nichts gespürt.« Sie beobachtete seinen Schmerz. »Ich habe es von
den Luftschutzwarten und den Bergungstrupps erfahren.« Als er
schwieg, fuhr sie fort: »Und auch von der Polizei.«

Tinker trat zwischen die Trümmer und starrte eine kahle Wand an.
Er erkannte die gestreifte Tapete, sah ein blasses Rechteck, wo eins
seiner Bilder gehangen hatte, gleich neben seinem alten Spielzeug-
schränkchen. Seine Augen brannten wieder.

Der Rest der Vorderfront lag zu seinen Füßen. Er hörte, wie der
Wagen hinter ihm wendete, und ballte die Fäuste. Verdammte Kuh,
konnte sie mit der Abfahrt nicht noch warten? Was verstand sie von
diesen Dingen?

Panik ergriff ihn. Er hatte jetzt niemanden mehr und wußte nicht

35

wohin. Es war wie ein Alptraum. Die Angst und Spannung beim Minensuchen war nichts im Vergleich hierzu.

Leise sagte er: »Aber ich mußte es noch einmal sehen.«

Sie nickte. »Der Bergungstrupp hat alles gerettete Eigentum im Lagerhaus gestapelt, für den Fall . . .« Sie beendete den Satz nicht.

Tinker erinnerte sich an einen Vorfall vor etwa einem Monat auf der *Rob Roy*. Sie hatten einen deutschen Flieger in einem Dingi gefunden, der über dem Kanal abgeschossen worden war; jetzt, nach mehreren Tagen in dem kleinen Boot, war er völlig erschöpft.

Tinker war einer der Männer gewesen, die am Bergungsnetz hinunterkletterten und den Flieger an Bord holten. Dann hatte er ihm einen Becher mit Rum gereicht. Jetzt ballte er die Fäuste, bis der Schmerz ihn zur Besinnung brachte.

»Ich wünschte, ich hätte das Schwein umgebracht!« flüsterte er.

Da hörte er Schritte über die Trümmer knirschen und den scharfen Anruf der Wren: »Bleiben Sie weg, Sir!«

Tinker fuhr herum, verletzt und verstört durch den Eindringling. Er starrte den Mann an und glaubte, sein Herz müsse stehenbleiben.

Dann rannte er zu ihm hin. Seine Mütze fiel in den Staub, als er sich in die Arme des Mannes in grober Arbeitskleidung warf. »*Papa! Das kann doch nicht wahr sein!*«

Die Wren starrte sie an. »Aber man hat mir gesagt, Sie seien tot, Sir! Sie hätten beide im Bett gelegen!«

Der Mann zog den Kopf seines Sohnes fester an seine Brust und starrte die Reste seines Hauses an. »Ja, sie lag wirklich im Bett. Aber der andere, das war nicht ich!«

Er hob das Kinn seines Sohnes an und sagte: »Tut mir leid, daß ich nicht früher hier war. Komm, wir gehen zu Onkel Jack.« Damit führte er den Jungen weg von dem zertrümmerten Haus.

Die Wren sah ihnen nach, wie sie davongingen, ohne noch einen Blick zurückzuwerfen. Ihr Fahrer sagte: »War nicht Ihr Fehler, Miss. Es gibt Schlimmeres in diesem verdammten Krieg, als ausgebombt zu werden.«

Sie stieg in den Wagen und zog ihren Rock zurecht.

Das klang wie ein Nachruf, dachte sie.

III   Keine eingefahrenen Geleise

Kapitänleutnant Ian Ransome saß an seinem kleinen Schreibtisch und versuchte sich zu entspannen. Seine Kammer sah kahl aus wie immer, die Bücher waren in ihren Borden festgekeilt, seine Grammophonplatten lagen in ihrer Schublade, sorgsam in Zeitungspapier verstaut. Das war ein Trick, den er gelernt hatte, nachdem seine erste Plattensammlung zerbrochen war, als eine Mine beinahe längsseits detonierte. Er trug sein altes Seejackett, dessen wellenförmige Ärmelstreifen so angelaufen waren, daß sie beinahe braun aussahen.

Es war früher Morgen und die See im Hafen kabbelig. Er spürte, wie das Deck leise vibrierte, und wußte, daß der Chief mit seinem Assistenten im Maschinenraum noch einmal alles überprüfte.

Der Lautsprecher ertönte: »Achtung, alles herhören! Sonderdienste auf Stationen! Bullaugen und wasserdichte Schotts schließen, alle Blenden festschrauben!«

Sie mußten wieder einmal auslaufen.

Seine Kammer kam Ransome fremd vor. Aber das schadete nichts, denn bis *Bob Roy* wieder einlief oder ankerte, würde ohnehin die winzige Seekabine oben hinter dem Steuerhaus sein Wohnraum sein. Er trug seinen dicken Rollkragenpullover, und die Hosenbeine hatte er in seine alten Lederstiefel gesteckt. Frische Socken hatte er auch angezogen, und zwar dicke Wollsocken, von seiner Mutter gestrickt. Das lenkte sie ein wenig von der Sorge um ihre beiden Söhne auf See ab.

Ransome klopfte sich auf die Taschen: Pfeife, Tabaksbeutel und viele Streichhölzer, alles hatte er dabei. Er warf einen Blick zur Tür, an der sein Dufflecoat und seine Mütze hingen, dazu sein Fernglas und ein frisches Handtuch, das er sich um den Hals wickeln würde.

Er sah die Zeichnung am Schott, die ihn selbst darstellte. Sie rief ihm alles noch einmal in Erinnerung, genauso wie gestern beim Begräbnis des armen David. Der Himmel war blau gewesen über dem kleinen Dorf in Hampshire, wo Davids Familie lebte. Ransome hatte keinen seiner Angehörigen vorher gekannt. David war ihm ein treuer Freund gewesen, doch als er fiel, stellte Ransome fest, daß er kaum etwas über ihn wußte.

Der Lautsprecher krächzte: »Achtung! Backbordwache an Deck, erster Trupp nach vorn, zweiter nach achtern! Klar zum Ablegen!« Eine kurze Pause, in der Ransome das Atmen des Bootsmannsmaaten am Mikrophon hörte. Dann ertönte seine Stimme von neuem: »Steuerbordwache auf Gefechtstationen!« Diesmal folgte mehr Lärm, Getrappel und das dumpfe Zuschlagen einer wasserdichten Tür. Die Männer eilten auf ihre vertrauten Stationen, wobei sie einander nicht ansahen. Vielleicht dachten sie noch an die letzten Briefe, die sie nach Hause geschrieben hatten. So wie sein eigener, den er vor einer Stunde in den Postsack gegeben hatte.

Er versuchte, nicht mehr an das Begräbnis zu denken, und fragte sich lieber, wie Hargrave beim Auslaufen mit diesem für ihn neuen Schiff zurechtkam. Ob er die neugierigen Blicke bemerkte, weil die Männer sich immer noch an David in dieser Funktion erinnerten? So viel gab es zu bedenken, aber Ransome schaffte es nicht, seine Gedanken abzulenken.

An Davids Begräbnis hatten mehrere Frauen verschiedenen Alters teilgenommen, die meisten von ihnen schwarz gekleidet. Auch Davids Vater war da, hatte ihm aber kein bißchen ähnlich gesehen. Davids Mutter hatte ihn anscheinend in zweiter Ehe geheiratet. Der Priester hatte von Davids Opfergang gesprochen, und mehrere Anwesenden hatten still vor sich hingeweint. Zwei weitere Offiziere in Uniform waren dabei, beide Flieger, anscheinend Davids Schulkameraden. Sie hatten unbehaglich ausgesehen – vielleicht hatten sie schon an zu vielen Begräbnissen von Kameraden teilgenommen. Das nächste Mal . . .

Ransome nahm die Zeichnung von der Wand und hielt sie ans Licht der Lampe. Es war nach dem Begräbnis gewesen, der Sarg war bereits von Erde verdeckt, während ein Mann die ausgeliehene Kriegsflagge auftuchte. Es folgten die üblichen Beileidsbekundungen, und Davids Mutter hatte bei seinem Händedruck gemurmelt: »Ich bin so dankbar, daß Sie hier waren, Kapitän.« Es hatte sehr förmlich geklungen. War sie wirklich dankbar, oder dachte sie an ihren toten Sohn und fragte sich, warum dieser und nicht er selbst niedergemäht worden war?

Auch ein Mädchen gehörte zur Familie, eine schlanke Gestalt mit langem Haar, das ihr als Zopf über den Schulblazer hing. Ransomes Herz hatte einen Schlag ausgesetzt. Es war nicht möglich, und doch . . . Wieder studierte er die Zeichnung und erinnerte sich daran, wie sein Mädchen damals in die Bootswerft seines Vaters in Fowey gekommen war, einen Skizzenblock unter dem nackten Arm. Sie war kurz stehengeblieben, um den Kopf seiner Katze zu kraulen, die auf einem umgestülpten Dingi im sommerlichen Sonnenschein döste. Genau wie das Mädchen beim Begräbnis mußte sie etwa dreizehn Jahre alt gewesen sein. Er steckte die Zeichnung in den Ölzeugbeutel und legte diesen neben seine Handschuhe.

Das Schulmädchen hatte sich umgedreht und ihn angeblickt, als Davids Mutter mit ihm sprach. Es sah überhaupt nicht wie Eve aus. In Gedanken hörte er wieder ihren Namen: Eve. Wieso auch? Die Szene in der Werft hatte sich in jener anderen Welt vor dem Krieg abgespielt, als jeder Sommer noch voll Sonnenschein und Verheißung gewesen war. Zum letzten Mal hatte er sie im Sommer 1939 gesehen. Er biß sich auf die Lippen. Das lag vier Jahre zurück, im Krieg eine halbe Ewigkeit.

Das Telefon über seiner Koje ließ ein scharfes Schnarren hören. Er nahm den Hörer: »Hier Kommandant.«

Es war Leutnant Morgan, sein Waliser Akzent klang am Telefon noch stärker. Er hatte sein Patent bei der Handelsmarine erworben, ein noch junger Leutnant, doch als Wachoffizier und in der Navigation voll qualifiziert. In Kürze stand er für ein eigenes Kommando an und würde nur schwer zu ersetzen sein.

»Signal, Sir: *Auslaufen, wenn fertig.*«

Ransome fragte: »Wie lautet die Wettervorhersage?«

»Auffrischender Wind aus Südost, Sir. Nicht allzu schlecht.«

Ransome lächelte und legte den Hörer auf. Morgan sagte bei jeder Wetterlage das gleiche.

Das Deck bebte jetzt stärker; er dachte an den anderen Minensucher, der längsseits lag, und an die vielen Stahltrossen und Fender, die sie beide noch ausgebracht hatten. Hargrave würde bald auf dem Achterdeck erscheinen. Was er wohl von seinem neuen Schiff hielt?

Wieder kam ihm das Mädchen namens Eve in den Sinn. Sie machte mit ihren Eltern in Cornwall Ferien und wohnte in einem Häuschen auf der anderen Seite des Flusses, in Polruan. Das mieteten sie anscheinend jedes Jahr. Er wußte, daß es lächerlich war, aber er hatte sich stets auf die Ferien gefreut, wenn Touristen die Dörfer und Häfen belebten oder über Klippen und Moor wanderten. Eve hatte stets ihren Skizzenblock mitgebracht. Zuerst war sie noch sehr scheu gewesen, aber sie hatten sich bald angefreundet, und er hatte von ihrem ehrgeizigen Wunsch erfahren, eine richtige Malerin zu werden. Er sah sie noch deutlich vor sich, in ihrem ausgeblichenen Hemd und den Shorts, das lange Haar hinter die Ohren zurückgekämmt. Ihr aufmerksamer Blick folgte ihm, während er mit ihr über Bootsbau sprach. Die Werft gehörte Ransomes Vater und sollte später von seinen beiden Söhnen übernommen werden, obwohl Tony damals noch zur Schule ging. Ian fühlte noch immer die alte Eifersucht, wenn er daran dachte, wie sein Bruder mit dem barfüßigen Mädchen plaudernd herumlief. Sie waren im gleichen Alter; es hatte ganz natürlich gewirkt, und doch ...

39

Wütend über sich selbst stand er auf. Warum ließ er sich von der Erinnerung so überwältigen? Es war wirklich lächerlich! Mein Gott, schließlich war er zehn Jahre älter als Eve.

Trotzdem dachte er wieder an ihr letztes Zusammentreffen. Er hatte einen Kunden im kleinen Lieferwagen der Werft zur Bahnstation gefahren und hatte dort Eve gesehen, die mit ihren Eltern auf den Zug wartete. Sie hatten ihre Ferien wegen des Krieges abgebrochen.

Eves Eltern waren nicht unfreundlich zu ihm, nur distanziert. Aber warum hatte sie ihm nicht erzählt, daß ihr Vater Geistlicher war? Und daß sie schon an diesem Tage abreisen würde? Sie trug bereits ihre Schuluniform, in der er sie noch nie gesehen hatte. Ihm war sofort klar: Sie ärgerte sich darüber, daß er sie in dieser Aufmachung sah.

Ihr Vater hatte gesagt: »Wenn wir uns das nächste Mal treffen, wann immer das auch sein mag, werden Sie wohl schon verheiratet sein, nicht wahr?«

Ransome hatte bemerkt, daß Eve sich mit zitterndem Mund abwandte. Für ihren Vater war sie ganz das kleine Schulmädchen.

In der Ferne war das Pfeifen des Zuges zu hören, und Eves Mutter sagte: »So müssen wir uns also jetzt Lebewohl sagen, Ransome. Wer weiß, wann wir uns wiedersehen.« Sie hatte ihre Tochter beobachtet und deren verbittertes Schweigen bemerkt. »Sag Mr. Ransome auf Wiedersehen, meine Liebe.«

Feierlich hatte ihm Eve die Hand hingestreckt. »Ich werde dich niemals vergessen.«

Ihr Vater hatte der einlaufenden Lokomotive eifrig entgegengesehen. »Ach, Ferienfreundschaften – wo wärn wir ohne sie?« Er schien versessen darauf, seine Familie in den Zug zu verfrachten.

Ransome hatte zugesehen, wie der Träger ihr Gepäck ins Abteil schaffte, und spürte, daß sein Mund zu einem idiotischen Lächeln erstarrt war. Was hatte er denn anderes erwartet? Und doch hatte er innerlich gefleht: *Bitte wende dich nicht ab. Sieh mich noch ein einziges Mal an.*

Plötzlich hatte Eve sich an der Wagentür umgedreht und war zu ihm gerannt, hatte sich hochgereckt und ihn auf die Wange geküßt. Ihre Unerfahrenheit ließ sie erröten wie Feuer.

»Ich danke dir ...« Sie hatte in seinem Gesicht zu lesen versucht, während ihr Tränen in die Augen stiegen. »Denk manchmal an mich ...«

Danach hatte er sie nicht wiedergesehen.

Es klopfte, und mit wachsamem Blick stieg Hargrave über das Süll.

Ransome seufzte. Er muß mich für völlig durchgedreht halten«, dachte er. »Alles klar, Number One?« Es kam ihm seltsam vor, diese Anrede für einen anderen als David zu gebrauchen.

»Beide Abteilungen der Backbordwache sind klar zum Loswerfen, Sir. Steuerbordwache ist auf Gefechtstationen.« Hargrave zwang sich zu einem Lächeln. »Ich hoffe, daß ich an alles gedacht habe.«

Ransome entspannte sich Muskel für Muskel. Für Hargrave war es bedeutend schwerer, dachte er. Aber er würde das lernen, andernfalls ...

Er zog den Dufflecoat über und drückte die Mütze fest auf sein widerspenstiges Haar. »Möchten Sie das Schiff beim Auslaufen fahren?«

Er bemerkte die verschiedenen Reaktionen, die seine Frage auf Hargraves gutgeschnittenem Gesicht hervorrief: Unsicherheit und die Gewißheit, daß alle ihn beobachten würden. Andererseits war ihm klar, daß er das Angebot nicht ablehnen konnte. Vielleicht war es unfair, aber sie mußten ja irgendwie anfangen.

Schließlich nickte Hargrave. »Ja, gern, Sir.«

Ransome blickte sich noch einmal in seiner Kammer um. Würde er sie wiedersehen? Er dachte an David, hörte abermals die Erde auf den schlichten Holzsarg prasseln. Aber das war jetzt vorbei.

Er schlug die Tür hinter sich zu.

»Wir machen es zusammen, Number One.«

Matrose Gerald Boyes tastete sich an der Reling nach achtern, wobei er mit den Füßen mehrmals an Ringbolzen oder andere herausragende Gegenstände stieß. Er blickte hinauf zum Himmel und zu den rasch ziehenden Wolken, wobei ihn trotz seines dicken Pullovers fröstelte. Er hatte gut geschlafen, eingewickelt in seine Hängematte, die im gleichen Rhythmus mit den anderen leicht hin und her schwang. Er war kein einziges Mal aufgewacht, auch nicht, als die zurückkehrenden Urlauber die Leiter heruntergepoltert kamen und gegen die Hängematten stießen.

Die anderen Leute der Achterdecksgang, der Boyes zugeteilt war, standen um die aufgeschossenen Stahltrossen herum oder an den riesigen Taufendern, die bereitlagen zur Verstärkung derjenigen, die bereits zwischen den beiden Stahlrümpfen hingen.

Es war nicht wie in der Messe, dachte er. Hier kannte er niemanden. Er sah den Achterdecksoffizier, den vierschrötigen, untersetzten

Mr. Bone, der die Hände in die Hüften stemmte und mit dem Obergefreiten sprach. Boyes versuchte sich unauffällig zwischen die anderen zu drücken. Morgen oder übermorgen würde er sie alle kennen.

Ein Seemann, der am Sockel des achteren Vier-Zoll-Geschützes lehnte, richtete sich jählings auf. Den Kopfhörer am Ohr, stand er stramm, als er den Anruf von der Brücke quittierte. »Aye, aye, Sir!« Er sah sich nach Mr. Bone um. »Alles los bis auf Heckleine und Spring, Sir!«

Boyes wurde beinahe umgestoßen, als plötzlich Bewegung in die Gestalten kam.

Obergefreiter Guttridge, ein junger Mann mit dunklem Gesicht und schwarzem lockigem Haar, schnauzte: »Schneidet diese Zurrings durch!« Er sah Boyes an. »Du bist neu!« Das klang wie eine Anklage. »Also beweg dich, verdammt noch mal!«

Boyes fummelte an den Zurrings herum, mit denen die um den Poller liegenden Buchten der Stahltrossen gesichert waren; dabei fiel seine Mütze an Deck.

Mr. Bone wirkte zwar alt und unbeweglich, kam jetzt aber wie ein Blitz über das Achterdeck geflitzt. »Sie – wie heißen Sie?«

Boyes stammelte seinen Namen.

Mr. Bone knurrte: »Einer von *denen*, aha!« Damit hastete er wieder zurück auf die andere Seite.

Boyes hörte Rufe von vorn, als ihre Stahltrossen auf dem Nachbarschiff losgeworfen wurden. Er fühlte sich erniedrigt und merkte, daß einige der anderen über ihn lachten. In diesem Augenblick sagte eine ihm bekannte rauhe Stimme: »Hier, zieh die Handschuhe an, Gerry.« Es war Sid Jardine, der sich in der Messe über ihn lustig gemacht hatte. »In diesen Stahltrossen sind oft Fleischhaken, und wir wollen doch nicht, daß du dir die lilienweißen Händchen ritzt, oder?« Er lachte gutmütig. »Mach dir keine Gedanken wegen Mr. Bone. Der mag niemanden.« Sid zog sein riesiges Messer aus der neuen Lederscheide und kappte mit raschem Schnitt die Zurrings. »Eines Tages wird er dir erzählen, wie er als Held an der Seeschlacht bei Jütland* teilgenommen hat.« Er dämpfte die Stimme, als Mr. Bone wieder vorbeihastete. »Jütland? Das war ein lächerliches Picknick verglichen mit dem, was wir hier im letzten Jahr mitgemacht haben.« Eine nähere Erklärung gab Sid nicht.

* Skagerrakschlacht

Das Deck begann zu vibrieren, und Boyes sah, daß die Spring steif wurde wie eine Eisenstange.

Obergefreiter Guttridge, den seine Freunde Gipsy* nannten, rief erregt: »Mein Gott, was macht denn der Alte dort oben?«

Eine andere Stimme antwortete: »Das ist er gar nicht. Es ist der neue Jimmy, der uns fährt.«

Mr. Bone rief: »Fiert die Spring! Klar bei Achterleine!« Er deutete in die Dämmerung bei den Bootsdavits. »Oberbootsmannsmaat! Mehr Fender dort ausbringen! Aber dalli!«

Der Buffer erschien mit ein paar zusätzlichen Seeleuten, und Boyes sah, daß er sich über die Reling beugte und dorthin zeigte, wo die zusätzlichen Fender ausgebracht werden sollten, als der Rumpf sich im spitzen Winkel von der *Ranger* fortbewegte, so daß die beiden Hecks sich öffneten wie ein riesiges Scharnier.

Der Befehlsübermittler rief: »Los die Achterleine!«

Männer rannten zu den Pollern, die Stahltrosse kam klatschend binnenbords und wurde wie ein Schlange aufgeschossen und festgezurrt. Der Rumpf drehte noch immer von Land weg, und als Boyes zur Brücke hinaufblickte, sah er, wie sich der I.W.O. übers Schanzkleid der Brückennock beugte, um nach den restlichen Trossen zu sehen.

Komme was da wolle, dachte Boyes, eines Tages werde ich auch dort oben stehen.

»Los achtern, Sir!«

Mr. Bone beobachtete, wie sich die letzte Stahltrosse durch ihre Klüse an Deck schlängelte, und knurrte: »Bringen Sie diese Meldung dem I.W.O.« Er reichte Guttridge ein gefaltetes Stück Papier. »Wir brauchen eine neue Stahltrosse hier achtern, bevor wir wieder einlaufen. Er soll mal eine aus dem Kabelgatt rausrücken, klar?«

Guttridge grinste und sah dadurch noch zigeunerhafter aus. Dann wandte er sich an Boyes. »Hier, du Zaungast! Bring das zum Ersten!«

Boyes eilte über das Seitendeck und achtete dabei auf weitere Hindernisse, bis er die Brückenleiter erreicht hatte.

»Wo willst du denn hin?«

Boyes packte die Leiter fester, weil das Boot in einer unerwartet scharfen Drehung stark überholte. Es war der Midshipman, den er noch nicht kennengelernt hatte.

»Ich bin auf die Brücke geschickt worden, Sir.«

Ein schwacher Sonnenstrahl brach durch die Wolken und beleuch-

* Zigeuner

tete die Tarnfarbe der Brücke. Aber Boyes konnte nur den stirnrun-
zelnden Midshipman anstarren.

Überrascht rief er aus: »Großer Gott, das bist ja *du*, Davenport!«

Boyes war total verwirrt. Davenport war ungefähr in seinem Alter,
und sie waren in derselben Schule in Surbiton, ja sogar die meiste
Zeit in einer Klasse gewesen. Der Midshipman sah aus, als sei er ins
Gesicht geschlagen worden. Er zog Boyes hinter das Steuerbordge-
schütz, wo der Richtschütze bereits festgeschnallt auf seinem Sitz
saß und die Optik überprüfte.

Aufgeregt fragte Davenport: »Was machst du denn hier?«

Es war eine so törichte Frage, daß Boyes am liebsten laut gelacht
hätte. Er erwiderte: »Ich bin hierher abkommandiert worden.«

Davenport ließ ihn kaum zu Ende sprechen. »Du hast also deine
Offiziersanwärterprüfung nicht bestanden, stimmt's?« So eilig wie
ein Schauspieler, der soeben sein Stichwort bekommen hatte, fuhr er
fort: »Ich kann dir helfen. Aber die hier dürfen nicht merken, daß
wir zusammen aufgewachsen sind.«

Er richtete sich auf, als ein Unteroffizier die Leiter herunterkam.

»Und nennen Sie mich das nächste Mal *Sir*!« Er packte Boyes
am Arm und sagte beinahe bittend: »Wirklich, das ist besser für
deine Karriere.«

Dann ging er weiter, und Boyes stand noch eine Weile unbeweglich da, während er alles überdachte. Ein Freund an Bord? Er be-
zweifelte es. In der Schule hatte er Davenport nie besonders gemocht. Aber trotzdem . . .

Endlich stieg er auf die Brücke und übergab das Papier einem
Bootsmannsmaaten. Danach blieb er noch ein wenig stehen und
blickte sich um. Er sah die Reihe der Sprachrohre und Telefone,
einen Signalmaaten, der sein Glas auf den Signalturm richtete, einen
Ausguck auf jeder Seite sowie einige Offiziere, die sich um den
Kompaß drängten. Er hörte gelegentliche Befehle und deren Wiederholung in den Sprachrohren.

Ein Offizier in verschmutztem Dufflecoat, das Fernglas vor der
Brust, schob sich an ihm vorbei. Dann stutzte er und fragte: »Wer
sind Sie?«

Boyes erinnerte sich an die Worte, mit denen Mr. Bone ihn ver-
höhnt hatte, und antwortete vorsichtig: »Matrose Boyes, Sir.«

Der Offizier nickte und musterte ihn mit einem Blick, den Boyes
beinahe körperlich fühlte. »O ja, der Ersatzmann.« Unerwartet
streckte er ihm die Hand hin. »Willkommen an Bord von *Rob*

Roy.« Dann trat er ans Schanzkleid und blickte hinunter zum Achterdeck.

Flüsternd fragte Boyes den Bootsmannsmaat: »Welcher Offizier
war das?«

Der Mann lachte. »Das ist der Alte, der Kommandant.« Dann stieß
er ihn grob in die Seite. »Er wird dir bestimmt gleich anders kommen,
wenn du nicht sofort hier verschwindest.«

Boyes hörte kaum hin. Dieser junge Offizier war also der Kommandant! Und er hatte ihm die Hand gegeben.

Für Boyes war der Tag gerettet.

»Cox'n am Rad, Sir!« Becketts Stimme klang rauh aus dem Steuerhaus unter der offenen Brücke.

Ransome nickte den undeutlichen Gestalten der Wachgänger zu,
dann begab er sich zu dem hohen hölzernen Stuhl, der hinter dem
gläsernen Brückenkleid an Deck festgeschraubt war. Unter seinen Füßen spürte er, wie sein Schiff ruhelos an dem Nachbarboot scheuerte,
atmete das saure Schornsteingas ein, das der böige Wind auf die
Brücke herunterdrückte. Es war dunkler, als er erwartet hatte, der
Himmel immer noch voll jagender Wolken.

Er rückte sich im Stuhl zurecht und wickelte sich das Handtuch um
den Hals. Er erinnerte sich an ein Wort seines Vaters über einen Morgen wie diesen: Frühling in der Luft – Eis im Wind.

Überall auf der Brücke murmelte es aus den Sprachrohren, und er
merkte, daß die undeutlichen Gestalten allmählich erkennbar wurden. Zwar sahen sie anonym aus in ihren Dufflecoats, aber er hätte
jeden einzelnen von ihnen auch bei völliger Dunkelheit erkannt.

Da war der Signalobergefreite Alex Mackay, die Mütze fest auf den
Kopf gedrückt und den Sturmriemen unterm Kinn, der durchs Glas
den Hafen nach etwaigen Morsesprüchen absuchte. Aber es war unwahrscheinlich, daß jemand sie anrufen würde, dachte Ransome. Sobald sie den Hafen verlassen hatten, sahen sie auf jeder Meile dem
Tod ins Gesicht, doch das Ein- und Auslaufen der Minensucher war
für alle anderen Routine.

Neben dem Trichter des Sprachrohrs aus dem Steuerhaus stand
Oberleutnant Philipp Sherwood, die Fäuste auf den Handlauf unter
dem Brückenkleid gestützt, während er mit einer Stiefelspitze auf die
Gräting klopfte. Das erweckte den Eindruck, als sei er gelangweilt
und gleichgültig allem gegenüber, was sie vor dem Hafen erwartete.

Leutnant Tudor Morgan, der Hilfsnavigator, kauerte über dem

Kompaß und nahm probeweise Peilungen von den dunklen Formen an der Küste. Und über der Brücke rotierte ihre wertvolle Neuerwerbung, die Radarantenne: ihr »Auge«, das alles sah, selbst aber unsichtbar blieb.

Ransome wäre am liebsten von seinem Stuhl gestiegen und auf der Brücke umhergetigert, wie es sonst seine Gewohnheit war, wenn sie ausliefen. Aber ihm war klar, daß Hargrave dies als Mangel an Vertrauen auffassen würde. Er bemerkte, wie das schwere Maschinengewehr herumschwenkte, während seine Bedienungsmannschaft Erhöhung und Seitenrichtung überprüfte. Die beiden Vierzollgeschütze und je ein Örlikon* beidseits der Brücke vervollständigten ihre offizielle Bewaffnung. Ransome erinnerte sich an Hargraves Überraschung, als er gesehen hatte, wie einige Seeleute ihre eindrucksvolle Sammlung leichter Maschinengewehre reinigten, die alle Typen von Vickers bis Bren umfaßte. Der vorige Kommandant war mit *Rob Roy* in Dünkirchen dabeigewesen und hatte mehrere hundert Soldaten evakuiert. Als Ransome dann das Kommando übernahm und seinem Vorgänger dieselbe Frage stellte wie jetzt Hargrave ihm, hatte dieser erwidert: »Die Infanteristen scheinen ihre Waffen an Bord vergessen zu haben, als wir sie in England an Land setzten.« Zwinkernd hatte er hinzugefügt: »Es wäre doch ein Jammer gewesen, sie zu vernichten, oder?«

Der Lautsprecher auf der Brücke der *Ranger* quietschte, dann hörte Ransome die unverwechselbare Stimme ihres Kommandanten, Kapitänleutnant Gregory. Während der Monate, die sie zusammen Minen gesucht hatten, waren sie Freunde geworden, aber Ransome hatte den Eindruck, daß er ihn auch in hundert Jahren noch nicht richtig kennen würde.

»Hattet ihr gestern nacht eine Party an Bord?«

Ransome sah sich nach Hargrave um, der mit Morgan sprach, während sich beide über den abgeschirmten Kartentisch beugten. Das Ablegen dauerte bei Hargrave viel zu lang. *Rob Roy* hätte bereits die Einfahrt passieren müssen. Aber dies auch nur zu erwähnen, würde den Ersten völlig aus dem Konzept bringen. Es würde ihn auch daran hindern, ihn jemals um Rat zu fragen, wenn es lebenswichtig sein konnte, und zwar für alle an Bord.

Die lautsprecherverstärkte Stimme Gregorys fuhr fort: »Ihr Schiff sitzt wohl unten auf den leeren Ginflaschen fest? Ich kann euch einen kleinen Stoß geben, wenn's euch hilft!«

---

* Zweizentimeter-Maschinengewehr Schweizer Fabrikation

Einige Seeleute auf *Ranger* grinsten unverschämt.

Oberleutnant Sherwood murmelte: »Blöder Hund!«

Hargrave kam über die Brücke. »Klar zum Leinenkürzen, Sir.« Er schien den Spott vom Nachbarschiff nicht zu bemerken.

»Machen Sie weiter, Number One.« Ransome zwang sich, auf seinem Stuhl sitzen zu bleiben. Es war ein seltsam unbehagliches Gefühl, als ließe man einen Fremden ans Steuer seines neuen Wagens.

»Leinen ein bis auf Querleine und Spring!«

Die dunklen Gestalten vorn erwachten zum Leben, und Ransome hörte das Kratzen der Stahltrossen auf dem Eisendeck, hörte das kehlige Schimpfen von Mr. Bone vom Achterdeck.

»Klar bei Stahltrossen und Fender!« Hargrave wirkte noch größer, als er jetzt von der Steuerbordgräting aus das Treiben auf beiden Schiffen beobachtete. Er wollte die *Rob Roy* drehen und die *Ranger* dabei wie eine Türangel benutzen. Voraus war nicht genügend Platz für ein gerades Ablegen. Die Männer hetzten nach achtern mit zusätzlichen Fendern, und man hörte Topsy Turnham, den Buffer, jeden mit dem Tod bedrohen, der seine frische Farbe zerkratzte. »Maschinen Achtung!« Hargrave gab Morgan ein Zeichen. »Sagen Sie im Steuerhaus Bescheid!«

Ransome beugte sich vor, um die Back im Auge zu behalten. Sie wirkte in dem schwachen Licht wie eine helle Speerspitze.

Bunny Fallows formte die Hände zum Sprachrohr und rief: »Alles klar vorn!«

Hargrave warf Ransome einen kurzen Blick zu, aber dieser wandte sich nicht um. Da wartete er, bis sein Atem wieder ruhiger ging. »Backbordmaschine langsame Fahrt zurück.«

Das Deck fing sofort an zu vibrieren, und ein Strom aufgewühlten Wassers quoll unter dem Heck hervor. Die letzte Spring kam steif, der Buffer und ein Obergefreiter beobachteten, wie das Schiff sein ganzes Gewicht dagegenstemmte. Turnham brüllte: »Fier auf die Spring!« Und dann: »Achte auf den verdammten Fender, Mann!« Der Bug begann nach außen zu drehen, weg vom Nachbarschiff, auf dem gedämpft spöttischer Beifall ertönte.

Weiter und weiter trennten sich die beiden Minensuchboote, bis sie im Winkel von fünfundvierzig Grad zueinander standen. Ransome räusperte sich und merkte, daß er die noch nicht angezündete Pfeife so fest gepackt hielt, daß er sie zerdrücken würde, wenn Hargrave jetzt nicht stoppte.

Endlich rief dieser: »Maschine stopp! Los achtern!«

47

»Alles klar achtern, Sir!« Der Bootsmannsmaat, das Brückentelefon in der Hand, befeuchtete sich die Lippen. Offensichtlich hatte er Ransomes Befürchtungen geteilt.

Hargrave nickte. »Beide langsame Fahrt voraus, Backbord zwanzig!«

Ohne die Stimme zu heben, sagte Ransome: »Gehen Sie mit der Backbordmaschine zurück, Number One.«

Ihre Blicke trafen sich, und Ransome fuhr lächelnd fort: »Ich kenne diese Ecke, sie ist enger, als sie aussieht.«

Hargrave beugte sich übers Sprachrohr, sah aber weiter Ransome an, als wolle er feststellen, ob er kritisiert worden war.

»Backbordmaschine langsame Fahrt zurück!«

Becketts Antwort kam prompt: »Backbordmaschine geht langsame Fahrt zurück, Sir. Ruder liegt Backbord zwanzig!«

Das Boot glitt zögernd durch den Schatten der hohen Pier, während achteraus *Ranger* bereits die Leinen loswarf und weiß leuchtender Schaum gegen die Steinmauer klatschte.

Ransome nickte. »Ich fahre jetzt weiter, Number One.« Er ging zum Sprachrohr. »Beide Maschinen langsame Fahrt voraus. Mitte Ausfahrt steuern, Swain.« Er sah Hargrave an. »Das beste ist, es dem Mann am Ruder zu überlassen. Joe Beckett ist ein erfahrener Rudergänger. Sie könnten wertvolle Minuten verlieren durch die Befehlsübermittlung und das Wiederholen der Befehle.« Er klopfte Hargrave auf den Arm, seine Jacke fühlte sich eiskalt an. »Das haben Sie gut gemacht.«

Hargrave starrte ihn an. »Danke, Sir.«

Der Lautsprecher ertönte: »Auf Auslaufstationen antreten! Achtung an Oberdeck, Front nach Steuerbord!«

Als Ransome wieder achteraus blickte, fuhr *Ranger* direkt hinter ihnen; ihr Rumpf begann jetzt zu leuchten, da das Licht stärker wurde. Die Seeflagge, zerfetzt, mehrfach geflickt und schmutzig von Schornsteinqualm, wehte steif von der Gaffel, und die meisten Stahltrossen und Fender waren bereits verstaut, bis zum nächsten Mal.

Ransome hob sein starkes Glas und studierte die wellenförmige Silhouette des Landes: Südostengland, das schon so vieles hatte aushalten müssen. Artilleriebeschuß, Bombenangriffe und Hunger, wenn die Geleitzüge schon im Atlantik aufgerieben wurden.

»Aber noch keine Invasion.«

»Sir?« Hargrave sah ihn fragend an.

Ransome wandte den Blick ab. Er hatte nicht gemerkt, daß er laut gesprochen hatte. Er sagte: »Es hört niemals auf. Jeden Tag kämmen wir die Fahrwasserwege von neuem durch, ob es nun etwas zu räumen gibt oder nicht.« Mit traurigem Lächeln erinnerte er sich an Davids Begräbnis. »Denn wie der König einmal sagte: Wie soll man sonst wissen, daß dort *keine* Minen liegen?«

Der Bug hob und senkte sich und ließ die Leute auf der Back und auf dem Achterdeck schwanken. Es war, als ob die See sich bereits in den Vorhafen taste, um sie zu suchen. Um sie dorthin zu holen, wo sie hingehörten.

Ransome sah auf den Tochterkompaß. »Lassen Sie von Auslaufstationen wegtreten. In fünfzehn Minuten werden wir klar Schiff zum Gefecht machen und die Geschütze erproben.«

Hinter sich hörte er Morgan flüstern. Wann kam die erste Kursänderung? Welchen Kurs sollten sie danach steuern? Waren die letzten Wracks in der Karte verzeichnet? Über ihren Köpfen hielt das Radar schweigend Wache, und sobald sie in tieferem Wasser waren, würde das Asdic* in Aktion treten und seinen Suchstrahl in die Dunkelheit unter dem narbenbedeckten Kiel der *Rob Roy* senden.

Ransome hatte das alles so oft erlebt, und doch war es für ihn immer wieder erregend. Er roch jetzt Kakao, »Kye«, wie die Matrosen ihn nannten, und spürte, daß sich sein Magen zusammenzog. Er hatte geschlafen wie ein Toter und ärgerte sich nur über den Whiskyverbrauch, der ihm das ermöglicht hatte.

Als er von der Kompaßplattform stieg, berührte er das Bild in seiner Manteltasche. Wenn auf dieser Fahrt etwas schiefging, dann hatte er es wenigstens bei sich.

Ein junger Seemann erschien auf der Leiter und sprach mit dem Bootsmannsmaat. Ein neues Gesicht.

Hinter sich hörte er Hargrave fragen: »Sind die Leute immer so nachlässig gekleidet, wenn wir auslaufen?«

Bevor Morgan antworten konnte, erklang Sherwoods Stimme scharf und schneidend: »Was, keine Säbel und Ordensschnallen, Number One?« Seine Stimme wurde leiser, weil er sich abwandte. »Wir sind kein Kreuzer, bei unserer Arbeit gibt es keine eingefahrenen Geleise!«

Ransome runzelte die Stirn. Da schien sich eine schlimme Spannung anzubahnen, und er mußte bald etwas dagegen unternehmen. Aber zuerst schritt er hinüber zu dem jungen Seemann, der anscheinend eine Meldung auf die Brücke bringen wollte.

---

* U-Boot-Ortungsgerät

»Wer sind Sie?«

In Kiellinie stampften die beiden Minensuchboote aus der Hafen-
einfahrt, und ihre zerfetzten Flaggen ließen sie irgendwie verwundbar
aussehen.

IV   Auf dem Schlachtfeld

Ransome wandte sich in seinem Stuhl halb um und nahm einen
dampfenden Becher Tee vom Bootsmannsmaat in Empfang. Acht
Uhr fünfzehn. Während er daran nippte und spürte, wie die heiße Sü-
ßigkeit die letzten Spuren des Whiskys vertrieb, beobachtete er den
Horizont, der sich langsam von einer Seite zur anderen neigte. Er sah
jetzt so aus, als sollte es schließlich doch noch ein schöner Tag werden. Zwar zeigten sich noch dunkle Wolkenfelder, aber der Himmel
darüber war blau, und wenn Ransome zum Land blickte, sah er Sonnenschein auf den Klippen und dessen Reflektion in den Fenstern der
Häuser. In fernen Vorkriegstagen hatten sie Zimmer für Urlauber angeboten, jetzt waren es Quartiere für Soldaten, und jeder einzelne war
sich zweifellos der Nähe des Feindes bewußt. Trotzdem sah die Küste
friedlich aus bis auf die Sperrballons, die aber wie sonnenbadende
Wale wirkten.

Er spürte, wie sich das Deck hob und senkte, und merkte, daß er
nervös darauf wartete, den Rest der Flottille wiederzusehen. Eigentlich war es nur die Hälfte der Gruppe, da die kleineren Minensuchboote in diesen Gewässern hauptsächlich dazu dienten, den zahlreichen anderen Fahrzeugen wie Kriegstrawlern oder noch kleineren
Booten Rückendeckung zu geben. Diese kleinen Motorboote hatten
bei ihnen den Spitznamen *Mickey-Mäuse.*

Wenn die gesamte Flottille von acht Booten gemeinsam operierte,
hatte Ransome den Flottillenchef an Bord. Jetzt aber saß er in seinem
Dienstgebäude an Land, einem düsteren, ehemaligen Ferienhotel,
dessen Fenster so oft eingedrückt worden waren, daß man jetzt statt
Glas Sperrholz und Sandsäcke benutzte.

Er lächelte, als er an den Flottillenchef dachte. Commander* Hugh
Moncrieff, Reserveoffizier und alter Seemann, war zwar ein guter Ka-
merad; aber Ransome war trotzdem froh darüber, daß er in diesen
Tagen nur selten auf der *Rob Roy* einstieg. Denn er war Ransomes

---

* Commander = Fregattenkapitän

50

Vorgänger als Kommandant des Schiffes gewesen, und selbst bei den einfachsten Manövern waren Moncrieffs Blicke überall, als vergleiche er alles damit, wie er es zu seiner Zeit ausgeführt hatte. Moncrieff hatte so oft darum gebeten, wieder ein Seekommando zu bekommen, daß der Befehlshaber der Minensuchboote, ein Flaggoffizier*, allmählich böse wurde.

Ransome sah sich auf der Brücke um. Hargrave hatte die Vormittagswache und überprüfte die Eintragungen auf der Karte. Midshipman Davenport stand neben ihm, eifrig bemüht zu lernen, aber ungewöhnlich schweigsam. Leutnant Morgan blickte wachsam nach vorn. Die anderen, ein Signalgast und zwei Ausguckposten, beobachteten ebenfalls den Horizont, jeder den ihm zugeteilten Sektor. Über ihren Köpfen achtete das Radargerät auf alles, was ihren Augen vielleicht entging. Es hatte auch bereits den Rest der Flottille auf konvergierendem Kurs gemeldet.

Die Besatzung stand auf Gefechtsstationen, die Kurzstreckenwaffen waren ständig besetzt; einige der Leute arbeiteten an Oberdeck, während achtern die Minensuchgruppe Spurboje und Otter bereithielt, um sie zu Wasser zu bringen, sobald der Suchstreifen begann. Mr. Bone leitete dort unten die Vorbereitungen, obgleich das später Hargraves Aufgabe sein würde, wenn sie ernsthaft damit anfingen. Wer hatte Bone bloß zu den Minensuchern geschickt? fragte sich Ransome. Normalerweise hatten sie keinen Torpedooffizier an Bord, also mußte er sich freiwillig dazu gemeldet haben. Bone war ein harter, unnachgiebiger Mann, der längst zu Hause hätte sein sollen, bei seinen Enkelkindern.

Hargrave trat hinzu. »Kursänderung in fünf Minuten, Sir.«

»Gut.« Ransome griff nach seinem Glas, als einige Männer vorn eine Pause machten und auf der Backbordseite ins Wasser blickten. Niedrigwasser, deshalb lag es dicht unter der Oberfläche, wie ein schleimiges, verlassenes Unterseeboot. »Sehen Sie sich das an, Number One.«

Hargrave holte sein Glas vom Kartentisch und starrte in die angegebene Richtung.

Ransome musterte ihn von der Seite. »Das ist ein Zerstörer, die *HMS Viper*, ein alter Veteran aus dem Ersten Weltkrieg.« Er erinnerte sich an die Übelkeit, die ihn überfallen hatte, als er das erste Mal an dem Wrack vorbeigekommen war; das Wasser stand damals noch

---

* Flaggoffizier – Offizier im Admiralsrang

niedriger als jetzt. Er fuhr auf seinem ersten Minensuchboot, einem alten Fischdampfer aus Grimsby, mit einem Reserveoffizier als Kommandant, der seinen Weg durch den Kanal zu fühlen schien oder zu riechen.

Ransome fuhrt fort: »Er erhielt einen Minentreffer und sank binnen fünfzehn Minuten.« Er wartete, bis Hargrave ihn ansah. »Sie wundern sich vielleicht darüber, warum unsere Leute lieber an Deck schlafen als hinunterzugehen in ihr Messedeck ... Tja, der Kommandant der *Viper* war ein ordentlicher Mann. Er schickte die Hälfte seiner Besatzung nach unten, damit sie sich umziehen konnte für den Landgang. Auf diese Weise würden sie keine Zeit vergeuden, denn man war ja schon nahe am Hafen. Dann lief der Zerstörer auf eine Mine.« Kaum konnte Ransome seine Bitterkeit verhehlen. »Vier Wochen lang kamen wir fast täglich an seinem Wrack vorbei, und bei Niedrigwasser sahen wir ihre Gesichter hinter den Bullaugen, sahen die Arme, die sich im Wasser bewegten, als versuchten sie noch immer herauszukommen. Bis dann endlich die Marinetaucher ein Loch in den Schiffsrumpf schnitten. Die alten Zerstörer hatten damals noch keine Ausstiegsluken, und die Bullaugen waren zu klein, um hindurchzuschlüpfen.«

Später, als die anderen Boote der Flottille in Sicht kamen, erschien Signal-Obergefreiter Mackay auf der Brücke und löste seinen Assistenten ab. Es war, als habe er das Zusammentreffen geahnt. Viele altgediente Leute hatten so etwas wie einen sechsten Sinn. Männer wie Beckett und Turnham waren stets schon zur Stelle, wenn sie gebraucht wurden.

Fast im selben Augenblick blinkte ein helles Licht über das graue unruhige Wasser. Mackay benutzte sein altes Teleskop. Es hatte früher seinem Vater gehört, der noch in Friedenszeiten Obersignalmeister gewesen war. Er meldete: »Von *Firebrand*, Sir: Wir fingen schon an, uns einsam zu fühlen.«

Ransome beobachtete die Rauchwolken, als die vordersten Schiffe näher kamen. Smokey Joes wurden sie genannt, und das war kein Wunder. Es gab zwar noch mehr Veteranen aus dem Ersten Weltkrieg, aber diese hier waren wohl die einzigen noch fahrenden Kriegsschiffe mit Kohlenfeuerung.

Er sagte: »Geben Sie an *Firebrand*: Position einnehmen wie befohlen.« Sein Gesicht glättete sich ein wenig. »Und: Folgt eurem Vater.«

Hargrave beobachtete ihn. »Ihr letztes Schiff war eines dieses Typs, Sir?«

Ransome nickte. Er konnte noch immer die ungeheure Wucht der detonierenden Mine spüren, die ihre Bordwand vorne getroffen hatte. Es war, als würde man besinnungslos geschlagen, obgleich er sich nicht erinnern konnte, die Detonation gehört zu haben.

»Ja, die *Guillemot*.« Sein Blick war in die Ferne gerichtet, während die anderen Minensuchboote in weitem Bogen heranschlossen. »Es sind gute Schiffe, trotz der Kohlenfeuerung. Sie können fast siebzehn Knoten laufen, besonders bei achterlichem Wind.« Er lächelte, die Spannung wich aus seinem Gesicht. »Und sie hatte davor noch keinen einzigen Mann verloren.«

Hargrave glaubte, Ransomes Schmerz über den Verlust des Schiffes zu spüren, das unter einem anderen Kommandanten untergegangen war. Nur zwei Überlebende waren gerettet worden.

Ransome hob das Glas und wartete, bis auch das dritte Schiff deutlicher erschien.

»*Firebrand* und *Fawn* sind Schwesterschiffe, aber das achterlichste Schiff ist die *Dryaden*, ein ehemaliger Fischdampfer.« Er betrachtete die schönen Linien der *Dryaden*, ihren hohen, überhängenden Bug und das Vordeck, mit dem sie jede See abreiten konnte, sogar einen Orkan. »Wirklich ein Hochseeschiff, Number One, nicht wie meine alte Badewanne hier. Sie ist alles andere als eine Dryade* und wurde den Isländern weggenommen, als unsere Patrouillen sie beim Schmuggel für deutsche U-Boote erwischten.« Wieder nickte er. »Ein feines Stück Schiffbaukunst.«

Hargrave erinnerte sich an die Bleistiftzeichnung in Ransomes Kammer.

»War Schiffbau Ihr Beruf, Sir?«

»Mein Vater hat eine Werft. Ich fing gerade an, Geschmack am Konstruieren von Booten zu finden.« Er hörte Eves Stimme, als riefe sie in diesem Augenblick aus dem Wind: »Zeig mir bitte, was du tust.«

Er riß sich zusammen. »Überprüfen Sie noch einmal unsere Position und drehen Sie dann auf, Number One. Wir führen, die anderen folgen gestaffelt.« Lächelnd fuhr er fort: »Genau wie Sie es bei der Ausbildung gelernt haben, nicht wahr?«

»Was macht die *Dryaden*, Sir?«

Sein Blick wurde hart. »Sie wirft die Markierungsbojen, um unsere Fortschritte zu kennzeichnen. Wir nennen sie das *Blutboot*. Man braucht nicht viel Phantasie, um sich diesen Namen zu erklären.«

---

* Waldnymphe

Während Hargrave in den Kartenraum zurückkehrte, hörte Ransome zunächst den Radarbericht und dann den Ruf des Steuerbord-Ausguckpostens: »Schnell fahrende Fahrzeuge in Grün vier-fünf*, Sir!«

Die leichten Waffen schwenkten sofort in die angegebene Richtung, bis der Lautsprecher ertönte: »Unbeachtet lassen! Es sind unsere!«

Ransome beobachtete die niedrigen Rümpfe, die vorn einen mächtigen Schnurrbart aus Gischt aufwarfen. Es waren M.T.B.**, die von der anderen Seite des Kanals zurückkehrten, wahrscheinlich nach Felixstowe. Wie viele Boote hatten sie wohl im Einsatz verloren?

Er bemühte sich, nicht an Tony zu denken, der stets so in Eile war. Mal fiel er vom Pferd, dann kenterte er mit der Segeljolle, aber das alles war für ihn nur ein großes Spiel. Ransome lauschte dem heiseren Dröhnen der M.T.B.-Motoren. Sicher würde Tony auch seinen Dienst dort als ein besonders schwieriges Spiel einstufen.

Er hörte den Signalobergefreiten verächtlich sagen: »Da gehen sie hin, die Husaren zur See!«

Ransome wandte sich um. »Eher Mädchen für alles, würde ich sagen.« Seine Stimme hatte einen scharfen Klang. »Aber wir sind nur die Putzfrauen, also fangen wir endlich an!«

Er beugte sich über das Sprachrohr. »Cox'n?«

»Sir?« Beckett war bereit wie immer.

»Beide Maschinen halbe Fahrt voraus!«

Ransome ging zum Peilkompaß und blickte durch den Diopter; den Kompaß hielt er mit dem Peilaufsatz stetig. »Steuerbord zehn.«

Er ignorierte Becketts Rückmeldung im Sprachrohr, während er die bunte Anfangsboje anpeilte, die jetzt in den Sehschlitz einwanderte. »Mittschiffs.« Er befeuchtete sich die Lippen. Ich darf mich nicht nervös machen lassen, dachte er. Traurige Erinnerungen bedeuten Tod. »Recht so!«

Beckett würde unten im verrammelten Steuerhaus stehen und auf den Kompaß starren, der sich jetzt tickend drehte.

»Recht so, Sir. Kurs null-zwo-null!« kam seine Stimme aus dem Sprachrohr.

Ransome konnte gerade noch das Toppzeichen der nächsten Fahrwassertonne hinter der Anfangsboje ausmachen. Der Abstand war

* 45 Grad an Steuerbord
**M.T.B. = Motortorpedoboot

richtig. Er richtete sich auf. »Geben Sie nach achtern: Klar zum Geräteausbringen!« Zu Hargrave sagte er: »Fertig?«

Hargrave drückte sich die Mütze in die Stirn. Wenigstens hatte er Schlips und Kragen abgelegt und trug jetzt einen weißen Pullover unter dem Jackett.

»Wenn Sie soweit sind, Sir.«

Zehn Minuten später ließ Ransome das Signal setzen: Suchgerät ausbringen an Steuerbord.

Als die Flaggen unter der Rah auswehten, wandte Ransome sich um und beobachtete, wie die anderen Boote das Signal bestätigten. Sorgfältig suchte er noch einmal den Himmel ab: Günstiges Wetter für feindliche Flugzeuge. Früher hatte eins der Boote immer einen Sperrballon gefahren für den Fall, daß ein Jagdflugzeug oder Sturzkampfbomber auf sie herabstieß. Der Ballon hatte jedoch den deutschen Artilleriebeobachtern jenseits des Kanals bald als genauer Markierungspunkt gedient.

Getrappel war von unten zu hören, als die Gruppe des Buffers das schwere Räumgeschirr über Deck zog. An der großen Winsch stand der Maschinenmaat, während Mr. Bone die Stahltrossen des Räumgeräts beobachtete. Sie waren alle Experten, es sollte eigentlich nichts schiefgehen. Er stieg wieder auf seinen Stuhl.

Der Bootsmannsmaat meldete: »Gerät ist ausgebracht und arbeitet, Sir!«

Ransome angelte seine Pfeife aus der Tasche. Jetzt begann das Warten.

Auf dem Achterdeck schlug Oberbootsmannsmaat Topsie Turnham die Hände in dicken Lederhandschuhen zusammen und sagte fröhlich: »Alles in Butter, Sir!«

Hargrave beobachtete die torpedoförmige Spurboje mit ihrer kleinen Flagge, die jetzt munter durchs Wasser zog. Er mußte zugeben, daß alles viel rascher und glatter gegangen war, als er zu hoffen gewagt hatte. Noch einmal musterte er die Bedienungsmannschaft, die gerade ihr Gerät sicherte, ohne daß irgendein Wort fiel oder ein Kommando gegeben wurde. Das war der Unterschied, stellte er fest. Beim Minensuchkursus hatten sie als Neulinge für jedes Manöver an Land oder an Bord ständig die Plätze gewechselt, Befehle erhalten oder erteilt, stets gefaßt auf die bissigen Bemerkungen ihrer Ausbilder.

Auf *Rob Roy* aber hatte das Ausbringen des Suchgeräts geklappt wie geschmiert. Zuerst kam die schwere Spurboje, die vorsichtig über die Seite zu Wasser gelassen wurde. Als nächstes kam das Scherbrett, ein plumpes Gebilde, das aussah wie ein Gattertor, mit gezahnten Drahtschneidern versehen. Als letztes und am dichtesten hinter dem Heck wurde dann der Drachen ausgebracht, der die Suchtrossen in der eingestellten Wassertiefe hielt, während sie das Scherbrett im Winkel von fünfundvierzig Grad nach außen spreizten. Schließlich wurden die schwarzen Bälle im Masttopp und an der Steuerbordrah gesetzt, um allen anderen anzuzeigen, auf welcher Seite das Gerät ausgebracht war; dann fuhren *Rob Roy* und ihr Gefolge endlich in Formation, gestaffelt in überlappenden Suchbahnen.

Das Schiff lag jetzt schwerer im Wasser, was nicht überraschend war, da es ja vierhundertfünfzig Meter starke Stahltrossen nachschleppte.

Hargrave fragte: »Wie ist es bei schwerem Wetter, Buffer?«

Der Unteroffizier rieb sich das Kinn, was ein kratzendes Geräusch verursachte.

»Ein wenig heikel, Sir. Wenn sich was in den Trossen verfängt, muß man dann verdammt fix sein. Bei schwerer See kann das verdammte Ding schon direkt unter dem Heck sein, bevor Sie etwas merken.«

Er zwinkerte dem Maschinenmaat an der starken Winsch zu. »Der alte Nobby hier wurde auf seinem letzten Schiff regelrecht in die Luft geblasen.« Er sprach laut, um sich in dem Lärm verständlich zu machen. »Sprengte ihm den verdammten Kahn direkt unterm Hintern weg, nicht wahr, Nobby?«

Der Maschinenmaat lächelte grimmig. »Hätte schlimmer sein können«, war alles, was er sagte.

Hargrave dachte an die Disziplin auf dem Kreuzer. Sie war unmöglich mit der auf *Rob Roy* zu vergleichen, deren Leute Katastrophen oder den Tod nicht ernst zu nehmen schienen. Zumindest nicht äußerlich.

Dann wandte er den Blick wieder der Spurboje zu, die durch das Wasser flitzte wie ein Delphin. Er hatte die heimkehrenden M.T.B. gesehen und auch eine Staffel Spitfires, die von Land aufgestiegen waren wie Habichte, sich rasch formierten und Kurs auf die feindliche französische Küste nahmen. Sie kämpften, schlugen zurück.

»Und dies machen wir so den ganzen Tag, Buffer?«

Turnham sah ihn amüsiert an. »Ja, das tun wir, Sir. Einmal geht's rauf, dann werfen wir unsere Markierungsbojen für den Fall, daß irgendeine Schlafmütze den freigeräumten Weg verfehlt, dann machen wir kehrt und fahren genauso wieder runter. Und so weiter.«

Hargrave wollte seine Unsicherheit nicht durch ständige Fragen verraten, aber der Buffer war ein erfahrener Berufsseemann und eine gute Quelle. Also fragte er weiter: »Und bei Nacht?«

Wütend fuhr Turnham einen Seemann an, der eine Stahltrosse aufschoß. »Nicht *so*, du Blödmann! Mach's gefälligst, wie ich's dir gezeigt habe!« Dann erst schien er sich auf Hargraves Frage zu besinnen. »Ja, manchmal müssen wir auch nachts räumen.« Er grinste, als ihm plötzlich etwas einfiel. »Wir hatten vor einiger Zeit ein paar hohe Yankee-Offiziere zu Besuch. Einer von ihnen sagte: ›Bald werden wir auch in pechschwarzer Nacht Minen räumen können!‹ Aber der Alte sah ihn nur grinsend an und sagte: ›Das tun wir bereits seit Monaten, Sir.‹«

Der Obergefreite rief: »Alles gesichert, Sir!«

Turnham nickte. »Ein guter Mann, Sir. Vielleicht bißchen vorlaut, aber Minensuchen kann er in- und auswendig.«

Hargrave hörte Schritte an Deck und sah den Artillerieoffizier nach achtern kommen. An Bunny Fallows mußte man sich wohl erst gewöhnen, dachte er. So wie jetzt, zum Beispiel. Er trug eine helle Strickmütze auf dem roten Haar, an der vorn ein gesticktes Kaninchen prangte. Das schien nicht ganz passend für einen Offizier, doch Hargrave sagte sich, daß der Kommandant längst versucht hätte, Bunny loszuwerden, wenn er nicht sehr gut bei seiner Arbeit gewesen wäre. Eine seltsame Mischung, diese Crew.

Turnham hatte Hargraves Blick bemerkt und erriet, was der I.W.O. dachte. Gern hätte er seine eigene Weisheit hinzugefügt, hielt sich aber zurück. Niemand im Mannschaftsdeck oder in der Unteroffiziersmesse mochte etwas mit Fallows zu tun haben. Vielleicht mußte den erst eine richtige Frau zurechtrücken. So sagte er nur: »Bald ist wieder Landurlaub fällig, Sir.«

Es war das erste Mal, daß Hargrave davon hörte. »Wirklich?«

Turnham leckte sich die Lippen. »In sechs Tagen. Wird eine nette kleine Feier.« Seine Augen strahlten in Vorfreude.

Hargrave drehte sich um und sah hinauf zur Brücke, wo eine Morselampe die anderen Boote anblinkte.

Er las mit. »Sie haben voraus Wrackteile gesichtet«, sagte er.

Turnham lief nach achtern und rief seinen Leuten zu: »Aufpassen an der Winsch, Wrackteile voraus!«

Obergefreiter Guttridge sah ihn überrascht an. »Ich dachte, du kannst keine Morsezeichen lesen, Buffer?«

Turnham grinste. »Kann ich auch nicht, Gipsy. Aber der neue Jimmy kann!«

Das Telefon schnarrte in seinem Kasten unter dem Geschütz, und der Befehlsübermittler rief: »Von Brücke, Sir: Wrackteile voraus!«

Turnham grinste noch stärker, bis er aussah wie ein kleiner Affe. »Das wissen wir, mein Sohn! Der I.W.O. hat's uns gesagt.«

Hargrave steckte die Hände in die Taschen und sah weg. Er gehörte nicht zu ihnen, durfte nicht in diese Falle treten. Und doch hatte er Turnhams offensichtliches Vergnügen genossen, daß er etwas wußte, bevor es von der Brücke durchgegeben wurde.

Die Wrackteile stellten keine Gefahr für das Räumgeschirr dar, sie waren zu klein und außerdem weit verstreut. Turnham sah zu, wie sie auf beiden Seiten vorbeitrieben: zerborstene Planken, einige angekohlt, ein paar Rettungsbojen, große, unzusammenhängende Ölflekken und ein einzelner Deckstuhl.

»Das ist von dem letzten Konvoi, der hier durchfuhr, Sir.« Er beschattete die Augen. »Keine Toten, Gott sei Dank! Wir haben hier keinen Platz dafür. Das Sicherungsschiff am Konvoi-Ende wird sie wohl aufgesammelt haben.«

Die Wache wechselte, Suppe und Sandwiches wurden zu den Geschützbedienungen gebracht, während die Suche weiterging und jeder abgesuchte Streifen jeweils durch eine Fahrwassertonne mit Toppzeichen markiert wurde. Flugzeuge überflogen sie verschiedentlich, einige davon feindliche, doch keins war diesmal interessiert an der unregelmäßigen Linie der Minensucher.

Hargrave spürte, daß er von den Seeleuten beobachtete wurde, und versuchte, keinerlei Überraschung zu zeigen über die ungeheure Ausdehnung dieses für ihn unbekannten Schlachtfelds. Ihn überraschte die Unzahl von Wracks, die durch Minen, Torpedos oder Granatfeuer versenkt worden waren, und das in unmittelbarer Nähe, ja beinahe in Sichtweite des sicheren Hafens. Die Wracks waren zwar auf den Karten verzeichnet, aber sie in natura zu sehen, war doch etwas ganz anderes. Einige Schiffe hatten wohl noch verzweifelt versucht, in tieferes Wasser zu gelangen, um nicht die freigeräumten Wege zu blockieren; andere jedoch waren offenbar Amok gelaufen und wahrscheinlich brennend in aller Eile verlassen worden. Jetzt säumten sie die Fahrrinne wie Grabsteine. Turnham zeigte gelegentlich auf ein besonderes Wrack, dem *Rob Roy* versucht hatte zu helfen oder von dem sie Überlebende abgeborgen hatten.

Hargrave stellte überrascht fest, daß er sich irgendwie betrogen fühlte. Die Ausbildung in der Marineschule und seine spätere Dienstzeit auf zwei verschiedenen Kreuzern hielt er jetzt für völlige Zeitvergeudung. Ihm wurde allmählich klar, daß er bis zu seiner Versetzung auf dieses langsame, dürftig bewaffnete Minensuchboot nichts vom Krieg gesehen und noch nichts Nützliches geleistet hatte. Hier war ein Schlachtfeld, das dem Nordatlantik an Schrecken kaum nachstand.

Der Befehlsübermittler nahm seine Kopfhörer ab und rief: »Von Brücke, Sir: Suchgerät einnehmen!«

Hargrave blickte ihn an, ohne ihn wirklich zu sehen, und dachte: Alles, was wir tun, ist aufräumen. Das Kämpfen überlassen wir den anderen. Bis zur Dämmerung hatten sie die Fahrrinne sechsmal abgesucht, ohne eine einzige Mine zu finden. Für Hargrave war es ein langer Tag gewesen – und seine erste praktische Lektion.

Ian Ransome drückte seinen Rücken im warmen Wachmantel gegen die Lehne des Brückenstuhls und wischte die Linsen seines Glases wohl zum hundertsten Mal trocken. Es war bitterkalt auf der offenen Brücke. Im Mondlicht, das durch eine Wolkenlücke fiel, sah er das Haar des Steuerbordausgucks im Wind flattern. Die meisten Wachgänger und Ausguckposten lehnten es ab, wie vorgeschrieben Stahlhelm zu tragen. Einige schworen, daß er sie nur daran hindere, eine drohende Gefahr zu hören, andere wiederum haßten die Stahlhelme wegen ihrer Unhandlichkeit, auch wenn die Admiralität ihr Tragen immer wieder befahl. Vor etwa sechs Monaten hatte ein Flugzeug völlig überraschend die *Rob Roy* angegriffen. Das einzige Opfer war ein Seemann, der sich das Nasenbein brach, und zwar am Stahlhelm seines Kameraden, als er sich blitzschnell in Deckung duckte.

Ransome unterdrückte ein Gähnen. Es war drei Uhr morgens, und die Besatzung stand noch immer auf Gefechtstationen. Bei Nacht war ihre Aufgabe das Überwachen des freigeräumten Kanals, damit nicht irgendein feindliches Schiff sich einschlich oder ein Flugzeug versuchte, neue Minen zu werfen.

Das Schlimmste war vorüber. Vor einer Stunde hatten sie den kurzen Anruf eines Sicherungsfahrzeugs erhalten und bestätigt, das einen ostwärtsgehenden Konvoi begleitete. Erstaunlich, wenn man es sich recht überlegte: Ein großer Geleitzug, der im Dunkeln, völlig abgeblendet, sich einen Weg um das North Foreland ertastete, traf genau dort auf einen anderen Konvoi, der auf Gegenkurs die Ostküste herunterkam. Wegen der Enge des geräumten Fahrwassers zwischen der Küste und dem eigenen großen Minenfeld mußten sich die beiden Konvois zum Teil durch die Reihen des jeweils anderen fädeln. Das Ganze fand statt ohne jede Beleuchtung, und nur ganz wenige Schiffe waren schon mit Radar ausgerüstet. Trotzdem konnte sich Ransome lediglich an eine einzige ernsthafte Kollision erinnern.

Er lauschte auf das langsame, gedämpfte Stampfen der Maschinen und stellte sich Campbell und seine Männer in ihrer glänzenden, hellbeleuchteten Welt da unten vor. Sonst befanden sich fast alle Leute an Deck, saßen zusammengedrängt um die Geschütze und Munitionsaufzüge herum, versuchten, wach zu bleiben, und warteten sehnsüchtig auf den nächsten dampfenden Krug Kakao und ein paar welke Sandwiches.

Fawn und *Firebrand*, die beiden »Smokey Joes«, waren zur Basis zurückgekehrt, um zu bunkern. Sie würden morgen wieder zur Flottille stoßen. *Rob Roy* setzte, gefolgt von der undeutlich erkennbaren *Ranger* und dem Trawler *Dryaden* dahinter, mit reduzierter Geschwindigkeit ihre Patrouillenfahrt in dem als A.Y. kodierten Seegebiet fort. Es bildete ein riesiges Dreieck vor dem North Foreland, das die Mündungen von Themse und Medway mit einschloß.

Der Chef der Geleitfahrzeuge des ostwärts fahrenden Konvois hatte einen havarierten Nachzügler gemeldet, einen älteren Kohlendampfer in Ballast. Er konnte kein Schiff zu dessen Schutz entbehren, so daß er sich selbst den Weg in die Medwaymündung suchen mußte, sobald er die Ecke beim North Foreland gerundet hatte. Vielleicht gelang es ihm auch, seine Reparatur rechtzeitig zu vollenden und wieder an den Konvoi heranzuschließen.

Vom abgeschirmten Kartentisch drang schwaches Licht nach draußen, und Ransome hörte Leutnant Morgan dem neuen Ersatzmann Boyes etwas erklären. Er war seiner Division zugeteilt worden, und Morgan hielt es offensichtlich für besser, den Jungen auf der Brücke einzusetzen, wo er an der Karte helfen konnte, denn er war eifrig und intelligent.

Oberleutnant Sherwood war Wachhabender und sagte gerade ins Sprachrohr: »Aufpassen dort unten. Steuern Sie eins-neun-null.« Ransome hörte Becketts heisere Bestätigung.

Sherwood war ein seltsamer Mensch und scheute jede engere Beziehung. Der arme David war der einzige gewesen, der mit ihm auskam, und auch das nicht allzu gut. Sherwoods Eltern und Schwestern waren bereits in den ersten Monaten des Krieges bei einem Bombenangriff umgekommen. Obwohl er es niemals erwähnte, hegte Ransome doch die Vermutung, daß dies der Grund war für seine intensive

60

Arbeitswut und auch dafür, daß er sich freiwillig zu der gefährlichsten Aufgabe, dem Entschärfen unbekannter Minen, gemeldet hatte.

Midshipman Davenports Stimme erklang aus einem anderen Sprachrohr, das den winzigen, vom Steuerhaus abgeteilten Raum der automatischen Kopplung mit der Brücke verband: »Boje C-7 an Steuerbord querab, Abstand eine Meile, Sir.«

»Danke.« Sherwood sah sich nach Morgan um. »Haben Sie's gehört?«

Alles lief normal. Ransome wäre am liebsten aufgestanden und hin und her gegangen, um seine Blutzirkulation anzuregen. Er fürchtete jedoch, daß diese Bewegung die Konzentration der anderen stören könnte. Aber wenn er im Stuhl sitzen blieb, bestand die Gefahr, daß er einnickte. Das war schon mehrmals vorgekommen.

Ein schwaches Licht blinkte querab: eine der beleuchteten Fahrwassertonnen. Viele waren seit Kriegsbeginn gelöscht. Selbst die unbewaffneten Feuerschiffe waren von feindlichen Jagdflugzeugen angegriffen worden, so daß man die meisten eingezogen hatte. Die wenigen, die noch draußen waren, galten als wahres Gottesgeschenk, und selbst der Feind verschonte sie jetzt, vermutlich weil sie ihm ebenfalls dienlich waren.

Man hatte das Gefühl, das Schiff liefe ohne Ziel und Zweck durch die Dunkelheit, zumal es sich so langsam bewegte, daß nur ein gelegentliches Aufleuchten der Bugwelle seine Eigenfahrt verriet. Außer ihnen patrouillierten vor der Küste auch Zerstörer, Veteranen aus dem Ersten Weltkrieg, dazu veraltete Korvetten und andere Fahrzeuge, sogar Raddampfer, die in Friedenszeiten Passagiere von Brighton und Margate befördert hatten.

Warum bloß war England nie auf einen Krieg vorbereitet?

»Hier Radar – Brücke!« Überraschenderweise war es Hargraves Stimme.

Ransome nahm den Hörer ab. »Kommandant.«

»Ich glaube, wir haben den Nachzügler erfaßt, Sir. In Grün-vier-fünf, Entfernung zwei Meilen.«

»Halten Sie mich auf dem laufenden, Number One.«

Sie hätten den Nachzügler schon viel früher orten müssen. Aber hier im Kanal mit seinen atmosphärischen Störungen und von Land reflektierten Funkwellen, waren sie froh, wenn sie überhaupt etwas auf dem Radarschirm entdeckten. Hargrave benutzte also offensichtlich seine wachfreie Zeit, um sich mit den Schiffseinrichtungen vertraut zu machen. Nicht schlecht.

Ransome sagte: »Halten Sie unser Erkennungssignal bereit, Bunts.* Und informieren Sie auch Geschütz A.«

Er hörte Fallows scharfe Stimme den Befehl von der Brücke bestätigen und sah ihn vor sich, wie er mit seiner lächerlichen Wollmütze, einer sogenannten Balaclava**, neben dem Geschütz stand.

Der Konvoi fuhr jetzt sicherlich bereits an der Küste von Suffolk entlang. Die Schiffe waren vollbeladen und bestimmt für andere Häfen, wo sie ihre Ladung löschen würden, und zwar in größere Schiffe, die dann den nächsten Teil des Hindernisrennens übernahmen. Vielleicht ging es über den Atlantik, auf den »Todeskurs«, wie die Seeleute ihn nannten, oder hinunter nach Süden, in den Indischen Ozean oder sogar in den Südpazifik.

Der Konvoi wartete wahrscheinlich die dunkle Nacht ab, um die Engstellen zu durchfahren. Wenn er aber aus schnellen Schiffen bestand, würde er die Durchfahrt möglicherweise auch bei Tageslicht riskieren, der Luftwaffe, den deutschen Geschützen bei Kap Gris Nez und allen anderen Gefahren zum Trotz.

Ransome stieg von seinem Stuhl und ging hinüber auf die andere Seite der Brücke. Schmerz schoß ihm bei jedem Schritt durch die Beine, und leise fluchend wartete er darauf, daß der Krampf nachließ. Er stützte sich auf das stählerne Spind, in dem die Signalraketen aufbewahrt wurden, und richtete sein Glas über dem salzverkrusteten Brückenkleid auf die gemeldete Peilung aus. Er fühlte den Wind im Gesicht, spürte das Kratzen des jetzt salzig gewordenen Handtuchs am Hals.

Noch immer keine Spur von dem Nachzügler. Dabei war der Mond inzwischen aufgegangen und legte gelegentlich einen Silberstreifen aufs Wasser.

Unter der Brücke beugte sich Hargrave über die Schulter des Radargasten und starrte auf den langsam rotierenden Lichtstrahl, bis seine Augen schmerzten. Kleine Lichtpunkte und Flecken gab es in Mengen, aber er hatte inzwischen schon gelernt, die unveränderliche Küstenlinie zu erkennen.

Booker, der Radargast sagte: »Mit den neuen Geräten könnten Sie einzelne Tonnen erkennen, gleichgültig, was dahinterliegt und ebenfalls ein Echo gibt.« Es war ein Neuseeländer aus Wellington; wie

* Flaggentuch – Spitzname für Signalgasten
**Während des Krimkrieges wurde 1854 bei Balaclava eine britische Reiterbrigade von den Russen aufgerieben. Die von den englischen Damen für die dortigen Truppen gestrickten Mützen erhielten daher diesen Namen. (Anm. des Übersetzers)

62

war er bloß hier heraufgekommen in den Norden? fragte sich Hargrave.

Booker fuhr fort: »Sehen Sie sich dieses Schiff an, Sir.« Er zeigte mit dem Bleistift auf einen leuchtenden Punkt. »Es ist schon beinahe an der Tonne. Besser sagen Sie es dem Kommandanten.«

Hargrave zögerte. »Die Tonne kommt mir zu groß vor.«

Booker lächelte. »Sie bezeichnet ein Wrack, Sir. Es sind die Aufbauten des Tankers *Maidstone*.« Er blickte in sein Verzeichnis. »Bei Niedrigwasser ist manchmal . . .«

Er brach ab, weil Hargrave zum Telefon griff. »Radar hier – Brücke!« Es schien eine Ewigkeit zu dauern, bis der Kommandant antwortete. »Sir, die Wracktonne in Grün-vier-fünf. Wir sehen die Aufbauten der *Maidstone* . . .«

Ransomes Stimme klang ruhig. »Unmöglich, Number One. Wir haben jetzt Hochwasser . . .« Dann hörte Hargrave ihn rufen: »Leuchtgranaten in Grünvier-fünf! Entfernung viertausend Yards*!«

Booker starrte auf den Schirm, dann schrie er: »Mein Gott, Sir! Sie bewegt sich!«

Ein deutsches Schnellboot mußte an der Wracktonne in Lauerstellung gelegen und dort gewartet haben, bis der Konvoi vorbeigezogen war. Sein Kommandant wollte wohl weder gesehen werden noch angreifen. Aber der unerwartete einsame Nachzügler mußte das Boot überrascht haben, denn mit aufheulenden Motoren fuhr es jetzt schäumend von der Tonne weg.

Ransome hämmerte mit der Faust auf den Handlauf. »Leuchtgranate!«

Das Geschütz unter der Brücke feuerte Sekunden später, und noch während der Nachhall des Abschusses übers Wasser rollte, warf die Leuchtgranate ihr blendendes Licht aufs Wasser und verwandelte die Nacht in hellen Tag. Jetzt war alles zu sehen: Das stärker werdende Kielwasser des Schnellboots und das doppelte Aufspritzen, als zwei Torpedos seine Rohre verließen, ins Wasser klatschten und auf den hilflosen Kohlendampfer zurasten.

»Alle Geschütze – Feuer eröffnen!«

Die Luft dröhnte vom Rasseln der Örlikons und Maschinengewehre; grelle Leuchtspurgeschosse stiegen vom Schiff auf, dann auch achteraus von der *Ranger*, und senkten sich auf das davonrasende Schnellboot nieder.

---

* 3657 Meter

Die Detonationen der Torpedotreffer wirkten durch die Entfernung gedämpft. Aber die ungeheuren Wassersäulen, die am Kohlendampfer aufstiegen, erzählten ihre eigene Geschichte.

»Radar – Brücke! Schnellboot steuert null-sieben-null! Kontakt reißt ab!«

Ransome ballte die Fäuste in den Taschen, als der Mond durch die Wolken brach, so daß sie auch nach dem Erlöschen der Leuchtgranate ein klares Bild vor sich hatten. Der Kohlendampfer ging rasch unter. Sein spindeldürrer Schornstein riß sich los und stürzte über Bord, zusammen mit einem Ladebaum. Sie hörten die Ankerkette ausrauschen, die Detonationen hatten das wahrscheinlich bewirkt, und im hellen Mondlicht erkannte Ransome eine immer höher steigende Wand aus Rauch und Dampf. Mindestens ein Torpedo mußte den Maschinenraum des alten Schiffes getroffen haben. Kein Mensch würde dort noch herauskommen. Er dachte an Campbell, der jetzt bestimmt unten lauschte und die Geräusche besser zu deuten wußte als jeder andere. Die Leute im Maschinenraum drüben wurden bei lebendigem Leibe gekocht, sobald das Wasser hereinrauschte.

Ransome schüttelte sich. »Kletternetze ausbringen an Steuerbord! Beeilung! Morsespruch an *Ranger*: Sie sollen uns Feuerschutz geben!« Er beugte sich übers Sprachrohr, den Blick weiterhin auf die vom Wasser reflektierten Flammen gerichtet. »Swain! So dicht ran wie möglich! Beide Maschinen langsamste Fahrt voraus!«

»Aye, aye, Sir!«

Er hörte das Scheppern des Feuereinstellungs-Gongs. Der Mörder, das Schnellboot, raste jetzt bestimmt mit Höchstfahrt davon, zweiundvierzig Knoten gegen *Rob Roys* siebzehn. Er spürte, wie Wut in ihm aufstieg.

»Klar zum Längsseitgehen mit Steuerbordseite.« Er hörte das wohlbekannte Prasseln der Flammen, sah drüben kleine, mitleiderregende Gestalten über Deck rennen, aber wohin? Wenigstens war es kein Tanker, sonst hätte bereits das Wasser in Flammen gestanden.

»Noch ein Strich Steuerbord, Swain. Recht so!«

Er merkte, daß Hargrave neben ihm stand. »Gut gemacht, Number One.« Den Blick weiterhin auf das brennende Schiff gerichtet, hörte er seine Leute mit Fendern nach vorn rennen, wo der Buffer sie ausbringen ließ, um den Aufprall zu dämpfen. Es mußte alles sehr schnell gehen.

»Es tut mir leid ...«

»Entschuldigen Sie sich doch nicht immer. Sie sahen einen unerklärlichen Fleck auf dem Schirm, das reichte.« Hargrave hatte offenbar erwartet, für irgendwas getadelt zu werden. »Beide stopp! Backbord zehn!«

Das brennende Schiff ragte jetzt an Steuerbord hoch über ihnen auf. Sie konnten die verbrannte Farbe riechen und hörten das triumphierende Donnern des hereinschießenden Wassers.

»Gehen Sie nach vorn, Number One, schnell! Er wird gleich kentern. Holen Sie die armen Teufel vorher noch an Bord.«

Minuten dehnten sich wie Stunden; der Feuerlöschtrupp eilte nach vorn, weil die Flammen bereits durch die Klüsen züngelten, so daß einige ihrer eigenen Seeleute beiseite springen mußten.

Zu Sherwood sagte Ransome: »Das Schnellboot lag sehr tief im Wasser. Sie wissen, was das bedeutet?«

Sherwoods normalerweise blasses Gesicht wirkte jetzt rot im Feuerschein, seine Augen blitzten. »Es warf Minen, Sir.«

Ransome beugte sich über das Brückenkleid und sah Hargrave unten »klar« winken.

Rasch rief er: »Beide Maschinen halbe Fahrt zurück! Ruder mitschiffs!«

Zuerst langsam, dann wie in plötzlicher Verzweiflung schneller wirbelten die Schrauben der *Rob Roy* das Wasser auf, als sie von dem sinkenden Dampfer weg und auf geradem Kurs achteraus ging. Ransome hörte das Donnern schweren Geräts, das sich drüben losgerissen hatte und durch den Rumpf flog. Der uralte Bug hob sich in die Höhe, während das Schiff anfing zu kentern. Wer jetzt noch an Bord geblieben war, wurde mit in die Tiefe gerissen.

Hargrave kam die Brückenleiter herauf und meldete: »Acht Überlebende, Sir, zwei mit schlimmen Brandwunden. Der Sanitätsmaat versorgt sie.«

Beide sahen stumm zu, wie der Dampfer beim Sinken einen Sprühregen aus Funken, Gischt und saurem Qualm in die Luft wirbelte. Das Wrack würde in dem flachen Wasser mit einem solchen Krachen auf den Meeresboden schlagen, daß sie auf dem Minensucher das Gefühl haben würden, sie seien selbst auf Grund gelaufen.

Ransome rief: »Alle Maschinen stopp.« An Sherwood gewandt, fügte er hinzu: »Nehmen Sie wieder unseren alten Kurs auf.« Dann sah er Hargrave an. »Alles in Ordnung?«

»Einer ist beinahe bei lebendigem Leibe verbrannt, Sir. Wir können sie . . .« Hargrave brach ab, als eine dunkle Gestalt Ransome einen Funkspruch reichte.

Der Kommandant hielt den Zettel unter die Haube des Kartentisches und sagte ruhig: »Wir beginnen mit dem ersten Suchstreifen um 0500 Uhr, Number One.« Er bemerkte Hargraves Erstaunen. »Was haben Sie denn erwartet? Eine Belobigung?«

Er warf einen Blick nach vorn auf die von dem verschwundenen Kohlendampfer aufschwimmenden Trümmer.

»Das alles gehört zu unserer täglichen Arbeit. Jetzt übernehmen Sie, während ich hinuntergehe und versuche, die Krauts* zu überlisten.«

Hargrave hörte, wie sich jemand übergab: der junge Boyes. Noch vor einem Augenblick waren sie im Gefecht gewesen. Leuchtspurgeschosse hatten das Dunkel zerfetzt. Jetzt war ein Schiff vor ihren Augen gesunken, und die Routine begann wieder, als sei nichts geschehen. Erneut fühlte sich Hargrave betrogen. Es würde kein Ruf zu den Waffen folgen, die Männer würden dem Feind nicht Trotz bieten. Die ganze Reaktion war ein nüchterner Funkspruch: »*Anfangen mit Suchstreifen um 0500 Uhr.*«

Hargrave trat neben Ransomes hohen Sitz und lehnte sich ans Brückenkleid. Unten an Geschütz A hörte er einen Mann leise vor sich hin pfeifen, während er die Mündung auswischte. Es klang wie ein Halali.

V Die nächsten Angehörigen

Die Wochen nach seiner Ankunft an Bord der *Rob Roy* wurden für Hargrave eine schier endlose Prüfung seiner Geduld und seiner Fähigkeit als I.W.O. Tag für Tag erlebte er dieselbe Routine: Minensuchen vom ersten Tageslicht bis zum Einbruch der Dunkelheit und Patrouillendienst während der Nacht. Und trotz aller Eintönigkeit stets die bange Sorge vor bösen Überraschungen.

Vier Tage blieben sie draußen auf See, danach kamen vielleicht ein oder zwei Tage im Hafen, wo dann die Temperamente aufflackerten, die unterdrückte Aggression sich in betrunkenen Schlägereien an Land entlud. Am nächsten Morgen stand dann die unvermeidliche Sünderprozession beim I.W.O. zum Rapport an.

Geleitzüge fädelten sich durch die schmalen minenfreien Wege. Der Feind setzte seine gnadenlosen Angriffe aus der Luft, zur See und

---

* Spitznamen für Deutsche (von Sauerkraut)

durch Flächenbombardierung fort. Normalerweise fröhliche Männer gingen plötzlich auf kurzen Heimaturlaub und kehrten verzweifelt über den Verlust ihrer Angehörigen mit rotgeweinten Augen zurück. Manchmal war es falsch, daß man sie wieder an Bord nahm, denn ihr privater Kummer machte sie nachlässig, und Unachtsamkeit konnte den Tod aller bedeuten.

Lediglich vom Kriegsschauplatz in Nordafrika hörten sie täglich Erfolgsmeldungen; dort kam es ständig zu Vormärschen, wo es bis vor kurzem nur Rückzug und Chaos gegeben hatte. Die legendäre Achte Armee, seinerzeit das letzte Bollwerk zwischen Rommels erstklassigem Afrikacorps und Ägypten, schlug jetzt zurück. Die Infanterie rückte kämpfend von El Alamein entlang der Küste durch Libyen bis Tunis vor. Die einst unschlagbare deutsche Wüstenarmee war in der Nähe von Cap Bone eingeschlossen und konnte von dort nirgends mehr hin, nur über See nach Sizilien oder Italien.

Hargrave musterte die reuigen Gestalten beim Strafrapport. Eine von ihnen war der junge Tinker, der verspätet von seinem Kurzurlaub zurückgekommen war, nachdem er sich einen aussichtslosen Kampf mit der Militärpolizei geleistet hatte. Joe Beckett, der stämmige Coxswain, hatte Hargrave im Vertrauen gesagt: »Tinker ist ein feiner Kerl, Sir, hat noch nie Grund zur Klage gegeben, aber man weiß ja, wie's so geht. Sein Vater war immer unterwegs und baute Flugzeughangars, und seine Mutter trieb es währenddessen mit einem Kerl vom Luftschutz.«

Hargrave hatte erwidert: »Das ist keine Entschuldigung. Sie sollten das wissen, Cox'n.«

Beckett hatte ihn angestarrt. »Meinen Sie, weil ich Aktiver bin, Sir?«

»Teilweise. Und weil man von Ihnen erwartet, daß Sie für Aufrechterhaltung der Disziplin sorgen!«

Seitdem hatten sie kaum mehr miteinander gesprochen.

Die Gerüchte über Landurlaub erwiesen sich als falsch, so daß eine im Schiff kursierende Neuigkeit wie ein kalter Guß wirkte. Hargrave hörte sie zuerst vom Kommandanten, als er auf die Brücke stieg, um die Vormittagswache zu übernehmen.

Ransome lehnte sich in seinem Stuhl zurück, als habe er ihn nie verlassen, und ließ sich die warme Brise durchs Haar wehen. Sein abgeschabter Dufflecoat stand weit offen, und er blickte hinauf zum Himmel. Irgendwo an Backbord lag die weite Themsemündung, aber das Land schien im ersten Sonnenlicht wie mit einem roten Schleier überzogen.

Ransome begrüßte Hargrave mit den Worten: »Was ist es doch für ein herrliches Gefühl, die Sonne zu spüren, Number One.« Er gähnte lauthals. »Und noch etwas.« Ransome griff in die Tasche. »Habe eben einen Funkspruch erhalten. Die Flottille geht nach Chatham in die Werft zur Überholung, sobald der nächste Suchstreifen beendet ist. Stellen Sie sich vor, eine wirkliche Grundüberholung!«

Auf Hargraves Gesicht zeichneten sich widersprüchliche Reaktionen ab. Vielleicht war dies eine Gelegenheit, seinen Vater zu sehen und eine Versetzung zu erreichen?

»Eine gute Nachricht, Sir. Ich hoffe, sie wird sich mindernd auf die Zahl der Delinquenten auswirken.«

Ransome schob sich die Pfeife zwischen die Zähne und sah ihn ernst an. »Beim Rapport gibt es eine Verantwortlichkeit auf beiden Seiten, Number One.« Er wechselte das Thema. »Ich kann nur vermuten, warum der Boss uns aus dem Seeraum *A. Y.* herausnimmt. Wir stehen nach diesem Suchstreifen schon ziemlich dicht vor Chatham.«

Hargrave versuchte sich zu konzentrieren. *Rob Roy* und die anderen Boote hatten Befehl bekommen, einen weiteren Sektor östlich von Shoeburyness freizuräumen, wahrscheinlich weil sie wieder einmal, wie so oft, knapp an Minensuchbooten waren.

Ransome sagte: »Wir beginnen heute mittag mit dem ersten Suchstreifen. Geben Sie Entsprechendes an die Gruppe durch.«

»Gibt es denn etwas Besonderes, Sir?«

»Ja. Wir erwarten einen schnellen südgehenden Konvoi. Die Royal Air Force wird drüben auf der anderen Seite ein bißchen herumballern, damit die Deutschen beschäftigt sind. Der Geleitzug ist also offensichtlich wichtig. Geben Sie das mit Chatham auch an Bord bekannt, obgleich ich annehme, daß die meisten davon wußten, noch bevor ich es erfuhr. Möglicherweise wird es kein langer Werftaufenthalt, stellen Sie also sicher, daß die Männer mit dem weitesten Heimweg als erste drankommen. Der Rest kann Urlaub in Chatham bekommen, jeder nach seinem Verdienst. Aber keine Einschränkungen für die Delinquenten, Number One!« Er sah ihm in die Augen. »Klar?«

Hargrave nickte und stieg auf die Kompaßplattform, um den Kurs zu überprüfen, den sie bei diesem starken ablandigen Strom steuern mußten. Er merkte, daß Morgan ihn beobachtete und die Augen niederschlug, als er hinüberblickte. Hargrave gab dem Signalgast ein Zeichen. »Schreiben Sie, Bunts: An *Ranger*, weitergeben durch die Linie . . .«

Er sah hinaus auf die Dünung, die das Boot stark überholen ließ, und dachte: Sie mögen mich nicht, weil ich scharf durchgreife. Je eher ich von diesem verdammten Schiff runterkomme, desto besser.

Im Steuerhaus unter der offenen Brücke polierte Matrose Boyes sorgfältig die Glasplatte auf dem Koppeltisch. Tagsüber wurden die dicken schwarzen Verdunkelungsvorhänge, die den Tisch vom Rest des Steuerhauses abschirmten, oben am Decksbalken festgezurrt. Deshalb wirkte der ganze Raum jetzt größer, und da die Fenster geöffnet und die Blenden hochgeklappt waren, spürte Boyes eine ganz neue, fröhliche Atmosphäre.

Reeves, der Rudergänger, ein rotgesichtiger Obergefreiter mit zwei Abzeichen für gute Führung auf dem Ärmel, beobachtete konzentriert den Kompaßstrich, der tickend ein wenig auswanderte, aber mühelos von den Händen des Rudergängers auf Kurs zurückgeholt wurde. Auf jeder Seite stand ein Seemann am Maschinentelegraf und dem Umdrehungsanzeiger, aber im Augenblick unterhielten sie sich ruhig, vorsichtig darauf bedacht, dem Sprachrohr nicht zu nahe zu kommen.

An der Tür zur Brückennock stand Topsy Turnham, der Buffer, und spleißte gekonnt eine Flaggleine, wobei er grimmig vor sich hinbrummte. Doch schien er es zu genießen, daß er den Jüngeren seine Kunst zeigen konnte.

Der Rudergänger fragte beiläufig: »Was machst du, wenn wir Urlaub kriegen, Buffer?«

Turnham zwinkerte. »Ich veranstalte eine kleine Party mit einem Mädchen.« Er sah nicht die spöttischen Blicke der anderen. »Sanft wie ein Vögelchen ist sie . . .«

Boyes hörte eifrig zu, obwohl er sich auf das Polieren konzentrierte. Er gehörte dazu.

»Ich komme bestimmt als völlig neuer Mensch zurück!«

»Sorg lieber dafür, daß du nicht krank zurückkommst, Buffer!« Alle lachten, bis Hargraves Stimme durchs Sprachrohr dröhnte: »Ruhe im Steuerhaus! Melden Sie sich bei mir, Reeves, wenn Sie abgelöst werden!«

Reeves ließ den Kopf hängen. »Großer Gott!«

Turnham machte ein finsteres Gesicht und strich seine verbeulte Mütze glatt. »Überlaß den Jimmy mal mir. Ich hab' sowieso von ihm die Schnauze voll!«

Der Seemann am Maschinentelegraf grinste. »Da geht's dir nicht allein so!«

Um zwölf Uhr mittags setzten die vier Minensucher die schwarzen Bälle und nahmen ihre Positionen hinter dem Führerboot ein wie Schafe, die einem Wink ihres Hirten gehorchen. Der Himmel blieb klar, und abgesehen von der hohen Dünung war die See friedlich.

Boyes ging auf die Brücke zu Leutnant Morgan am Kartentisch, während Oberleutnant Sherwood mehrere Kompaßpeilungen nahm, um sich zu vergewissern, daß *Rob Roy* genau den richtigen Kurs hielt. Boyes bekam alles wachen Sinnes mit, das Klappern des Signalscheinwerfers, mit dem Mackay morste, die regelmäßigen Berichte von Funkraum und Achterdeck, als das Suchgerät an Steuerbord ausgebracht wurde.

Am aufmerksamsten beobachtete er jedoch den Kommandanten, der sich gelegentlich von einer Brückenseite zur anderen begab oder im Glas das achteraus folgende Boot studierte. *Ranger* hatte gemeldet, daß ihnen eine Markierungsboje über Bord gefallen war, und um Zeit gebeten, sie wieder aufzufischen. Jetzt hatte auch sie ihr Gerät zu Wasser gebracht, lag aber noch immer hinter den beiden Kohledampfern. Bei dieser langsamen Fahrt würde deren schwarzer Qualm den Leuten auf *Rob Roy* genau ins Gesicht wehen, sobald sie kehrtgemacht hatten, um den nächsten Streifen in Gegenrichtung abzusuchen.

Ransome hatte den schweren Dufflecoat abgelegt und saß jetzt seitlich auf seinem Stuhl. Er sah, daß Boyes ihn beobachtete, und fragte: »Schon eingelebt?«

Boyes nickte errötend. »Aye, aye, Sir.« Er wurde noch röter, als Morgan grinste und Sherwood spöttisch ausrief: »Ein künftiger Admiral, bei Gott!«

Ransome meinte lächelnd: »Überhören Sie's.«

Boyes war überrascht, daß der Kommandant so freundlich mit ihm sprach und daß sogar Sherwood, der allgemein als halb durchgedreht galt, sich mit seiner Gegenwart abzufinden schien.

Ein Ausguckposten schrie: »Mine, Sir! In Grün-vier-fünf!« Die anderen rannten zur Steuerbordreling, die Gläser in die angegebene Peilung gerichtet. Das Plauderstündchen war vorbei.

»An alle, Bunts: *Mine an Steuerbord!*«

Boyes achtete nicht mehr auf das Klappern des Signalscheinwerfers und die grellen Lichtblitze, mit denen das nächste Schiff die Warnung bestätigte. Flaggen glitten hinauf zur Signalrah, und er fühlte, daß sich ihm die Spannung wie ein Schraubstock um Herz und Lunge legte.

»Das untere Deck räumen!« Wieder hob Ransome sein Glas. »Sagen Sie Bone, er soll alle wasserdichten Türen prüfen.«

Sherwood rief: »Sie muß sich eben erst losgerissen haben. Ein Stück Ankertrosse hängt noch dran.«

Becketts Stimme kam aus dem Sprachrohr: »Coxswain am Ruder, Sir.«

Ransome beobachtete die Mine. In der starken Vergrößerung wirkte sie riesengroß, geradezu obszön. Sie war in Reichweite ihres Räumgeräts, das aber möglicherweise unter ihr durchlaufen würde. »Geben Sie an *Dryaden*, sie soll Feuer darauf eröffnen, sobald die Mine frei ist von unserem Geschirr.«

Auf dem Achterdeck hingen Hargrave und seine Leute über der Reling und starrten zur Mine hinüber. Natürlich war es Einbildung, aber Hargrave hatte den Eindruck, als triebe sie genau auf ihn zu.

Turnham sagte ruhig: »Aufpassen an der Winde, Nobby!« Dann, an Hargrave gewandt, fügte er schärfer hinzu: »Achterdeck räumen, Sir?« Das klang mehr wie ein Befehl als wie eine Frage.

Hargrave bejahte und hörte, daß der Obermaat die anderen in den Schutz der Aufbauten scheuchte. Dann sagte Turnham: »*Fawn* wird dieses verdammte Ding abschießen. Wenn nicht, muß das Bojenboot sie erledigen.« Er beschattete die Augen und blickte hinauf zur Signalrah. Kein Befehl an die anderen Boote, ihr Gerät einzuholen. Bei einer so nahe treibenden Mine hätte das verhängnisvoll werden können.

Hargrave spürte, daß sein Mund so trocken war, als habe er Staub geschluckt. Er konnte den Blick nicht von der Mine wenden, die halb getaucht schwamm und sich nun langsam drehte, wobei sie ihre gierigen Hörner zeigte. Die kurze, spielerische Berührung eines dieser Hörner genügte, um ...

Die Mine schien zu zögern, dann drehte sie sich anders herum wie in einem komplizierten Tanz.

Jemand rief: »Sie ist frei, Sir!«

Turnham hörte den I.W.O. einen Seufzer der Erleichterung ausstoßen. Gut für ihn, dachte er grimmig, er hätte sich ja beinahe in die Hose gemacht.

Hargrave wußte nicht, was der Buffer von ihm dachte, und es kümmerte ihn auch nicht. Er erinnerte sich an Ransomes knappe Bemerkung über die notwendige Genauigkeit ihrer Navigation: »Zwanzig Meter höchstens, bei mehr sind Sie tot.« Er glaubte wieder Ransomes Stimme zu hören, während er zusah, wie die Mine langsam achteraus sackte. Das weit nachschleppende Gerät der *Fawn* würde sie entweder aufgreifen, oder die Scharfschützen würden sie versenken. Einige Minen warfen eine gewaltige Wassersäule auf, wenn sie explodierten, andere dagegen sanken lautlos auf den Meeresgrund.

Mackays Signallampe auf der Brücke fing wieder an zu stammeln, und Hargrave drehte sich um, um mitzulesen. Was sich im nächsten Augenblick ereignete, wirkte auf ihn so unwirklich wie ein Alptraum.

Die Detonation riß ihn um, so daß er auf die Halterung der Wasserbomben fiel. Der Buffer stürzte über ihn. Verzweifelt bemühte er sich, wieder auf die Beine zu kommen, und bemerkte dabei undeutlich, daß der Mann an der Winde ihr Suchgerät einholte und daß das Schiff mt angehobenem Heck vorwärts schoß, herabglitt von einer mächtigen Woge, die sie durchs Wasser jagte, als wären sie eine surfende Jolle.

Entsetzt starrte er auf das Schiff achteraus von ihnen. Durch den Qualm sah er nur einige verbogene Platten und baumelnde Eisenteile. Der Bug war verschwunden, abgerissen durch die Wucht der Detonation. Das Schiff fiel bereits zurück, die anderen wichen ihm aus, um eine Kollision zu vermeiden.

Der Lautsprecher ertönte: »Kutter aussetzen, Kletternetze ausbringen!«

Aber es war zu spät. Hargrave merkte, daß er die Fäuste ballte, bis sie schmerzten, während er das unglückliche Schiff anstarrte. Eins ihrer eigenen! Die Vorderseite der Brücke war eingedrückt wie nasse Pappe, und er begriff, daß die dünnen roten Rinnsale, die über die Beplattung liefen, Blut waren. Alle auf der Brücke mußten ausgelöscht worden sein.

Der Befehlsübermittler rief: »Brücke, Sir!«

Hargrave nahm den Hörer, am ganzen Körper zitternd, bar jeglicher Kontrolle.

»Hier spricht der Kommandant.« Es klang, als sei Ransome meilenweit entfernt. »Nehmen Sie das Gerät ein. *Ranger* wird Beistand leisten. Gehen Sie mit dem Kutter hinüber und sehen Sie, ob Sie ebenfalls helfen können.«

Hargrave hätte am liebsten geschrien: Um Gottes willen, warum ausgerechnet ich? »Jawohl, Sir.« Kaum erkannte er seine eigene Stimme.

Auf der Brücke gab Ransome den Hörer an den Bootsmannsmaaten zurück. Er sah, wie Sherwood mit blassem Gesicht achteraus starrte, als sei er vom Fieber geschüttelt.

Ransome sagte: »Die an der Mine hängende Ankertrosse muß sich in *Fawns* Gerät verfangen und sie herangezogen haben. *Fawn* war ein altes Schiff, sie hatte nicht die geringste Chance.«

Wie zur Bestätigung rief Mackay: »Da geht sie hin, Sir!«

Ransome trat auf die Gräting und starrte hinüber zum plumpen Rumpf des anderen Schiffes, dessen Heck sich jetzt inmitten seiner eigenen Trümmer aufrichtete. Der Bug war abgefallen, das Vorschiff lag schon unter Wasser. Aus dem Schornstein quoll noch immer Rauch, als liefe es hohe Fahrt, während das herrenlose Suchgerät ziellos vorbeitrieb, als sei es plötzlich blind geworden.

Er sah den Kutter durch den Qualm pullen; Hargrave stand im Heck, der Buffer saß an der Pinne. Riesige Blasen stiegen rund um das sinkende Schiff auf, während Menschen im öl- und kohlenstaubbedeckten Wasser schwammen und andere bewegungslos davontrieben, als lägen sie im Schlaf.

Ransome hatte den Kommandanten, Peter Bracelin, einen jungen Oberleutnant, gut gekannt. Er hatte im nächsten Sommer heiraten wollen.

Die beobachtenden Seeleute und Heizer stöhnten laut auf, als sich die *Fawn* plötzlich überlegte und verschwand. Ihre unbenutzten Rettungsflöße rissen sich los, aber es war zu spät, um irgend jemandem zu helfen.

Ransome rief: »Beide Maschinen stopp!« Dann sah er Sherwood an. »Lassen Sie das Motorboot aussetzen, das geht rascher. Vielleicht sind ein paar dort drüben noch am Leben.«

Sherwood sah ihn an, wobei seine hellen Wimpern die Augen fast verdeckten. »Und danach, Sir?«

Ransome trat hinter seinen Stuhl und packte ihn mit beiden Händen. Genauso hätte es uns treffen können, dachte er. »Wir werden die Räumarbeiten fortsetzen, was sonst?«

Er sah, daß der Kutter bewegungslos in der Dünung lag und die Crew die Hände ausstreckte, um einige keuchende Überlebende zu bergen. Morgen oder übermorgen würde die übliche kurze Meldung in den Zeitungen zu lesen sein, die nur einige wenige Leute betraf, wenn man sie mit den Kriegsopfern in der gesamten verrückt gewordenen Welt verglich. Auf alle Fälle würde sie mit den üblichen Worten enden: *Die nächsten Angehörigen sind benachrichtigt worden.*

Ransome fuhr sich mit den Fingern durchs Haar und spürte, wie er sich innerlich dagegen sträubte. Das ist nicht genug! hätte er am liebsten hinausgeschrien. Aber das war es niemals.

Commander Hugh Moncrieff von der Royal Naval Reserve, Ransomes Flottillenchef, lehnte sich im Sessel zurück und sah zu, wie der Jüngere Ginger Ale und Brandy in zwei Gläser schenkte.

Ringsum waren die Stimmen der Werftarbeiter zu hören, Ausrüstung wurde an Bord gehievt, das eine Bullauge war teilweise durch die Dockwand verdunkelt. *Rob Roy* lag in der Marinewerft von Chatham.

Die vier Boote waren am frühen Morgen nach dem üblichen mühsamen Manövrieren durch den Werfthafen ins Dock gegangen. Seine Umgebung sah eher wie ein Schrottplatz aus als wie eine Werft, in der Tag und Nacht gearbeitet wurde, um die verheerenden Wunden zu flicken, die der Krieg gerissen hatte.

Ransome setzte sich und schob Moncrieff eins der beiden Gläser zu. »Tut mir leid, daß es nur ein Horses' Neck ist, Sir, aber ich habe keinen Tropfen Whisky mehr an Bord.«

Moncrieff betrachtete den Inhalt des Glases. Zum Trinken war es noch ein bißchen früh am Tag, aber zum Teufel damit! Er bemerkte die Anstrengung in Ransomes Gesicht, sah die dunklen Schatten unter dessen grauen Augen.

»Cheers!« Er war ein untersetzter, schwerer Mann mit einem Kranz weißer Haare rund um den gebräunten Schädel. Sein rötliches Gesicht schien nur aus Runzeln zu bestehen und aus tiefen Fältchen um die Augen. Er trug eine blaue Marinejacke mit den drei Goldstreifen und einigen bunten Ordensbändern über der Brusttasche, von Kopf bis Fuß ein alter Seebär. Man hätte ihn auch als solchen erkannt, wenn man ihm im eleganten Nadelstreifenanzug in der Innenstadt begegnet wäre.

Moncrieff sagte: »Tut mir leid um *Fawn*. Aber . . .« Er sprach den Satz nicht zu Ende.

Ransome schmeckte den Brandy auf der Zunge, und ihm war, als hätte er seine Brücke zum ersten Mal seit Jahren verlassen. Er hatte nicht einmal Zeit gehabt, zu duschen und sich umzuziehen, bevor Moncrieff an Bord gestürmt war.

Ein Umschlag neben Moncrieff enthielt Ransomes ausführlichen Bericht über *Fawns* Untergang. Aber er würde wahrscheinlich wie alle anderen abgeheftet und vergessen werden. Im Krieg war es besser, wenn man vergessen konnte.

Moncrieff fuhr fort: »Sie haben mit *Rob Roy* wahre Wunder vollbracht, Ransome.« Ein Nicken sollte diese Worte noch bekräftigen. »Großartig.« Er spielte mit seinem Glas. »Wie macht sich denn Hargrave?«

Ransome lächelte müde. »Er arbeitet sich ein, Sir.«

Moncrieff runzelte die Stirn, so daß sich seine weißen buschigen Augenbrauen in der Mitte trafen. »Das will ich auch hoffen, verdammt noch mal!« Dann sah er sich in der Kammer um. »Mein Gott, wie mir die *Rob Roy* fehlt!«

Er hatte weniger Bewegung gezeigt, als seine Frau starb, dachte Ransome. Moncrieff gehörte zu jenen Männern, von denen man kaum etwas hörte. Er war Schiffsoffizier bei der Union Castle Line gewesen, hatte in der Malakkastraße Piraten bekämpft, als er noch Steuermann auf einem klapprigen alten Trampdampfer gewesen war, dann wieder hatte er auf einer Yacht das Fastnet Race mitgesegelt. Außerdem hatte er an so vielen obskuren Feldzügen teilgenommen, daß selbst seine metallenen Ordensbänder aus einer längst vergangenen Welt zu stammen schienen.

»Jedenfalls«, er faßte einen Entschluß, »werde ich für die Dauer Ihres Urlaubs den Kommandanten der *Ranger* hier als Vertretung einsetzen, obwohl auch er schon lange keinen anständigen Urlaub gehabt hat.«

Ransome dachte an Kapitänleutnant Gregory, den Kommandanten der *Ranger*. Er war sofort nach dem Eindocken in Chatham an Bord gekommen, noch vor Moncrieff. Aufgeregt hatte er gerufen: »Ohne diese verdammte Boje, die uns über Bord gefallen war, hätte *Ranger* direkt hinter Ihnen gestanden, Sir! Wie immer.« Gehetzt hatte er sich umgesehen. »Mein Gott, dann wären *wir* drangewesen!«

Ransome hatte erwidert: »Das geht uns allen so, James, jeden Tag. Also, vergessen Sie's.« Traurig lächelnd erinnerte er sich an Gregorys Verzweiflung.

Moncrieff sah die Andeutung dieses Lächelns und dachte: Ein Mann kann nur ein bestimmtes Maß an Belastung ertragen. Jedes Kommando, ob über Kreuzer oder Schnellboot, forderte stets den höchsten Einsatz. Aber ein kurzer Urlaub konnte da vielleicht Wunder wirken. Er würde Ransome gewiß helfen.

Moncrieff fragte: »Wo fahren Sie hin, Ian?«

Ransome hob die Schultern. »Nach Hause, nehme ich an. Ich hatte nicht viel Zeit für meine Eltern, seit ich die *Rob Roy* übernahm.« Er hatte keine Lust, über zu Hause zu sprechen. Statt dessen fragte er: »Können Sie mir sagen, warum wir jetzt in der Werft sind, Sir?«

Moncrieff zwinkerte mit seinen hellen Augen, die beinahe in den tiefen Krähenfüßen verschwanden. »Der Grund ist natürlich streng geheim.« Ihre Blicke trafen sich, und Ransome wartete schweigend.

Leise fuhr Moncrieff fort: »Es geht ins Mittelmeer, wir brauchen unten jede Menge Minensucher. Für eine Überholung würden Sie dort nicht mehr viele Gelegenheiten bekommen.«

»Ich weiß, Sir.«

Beide lächelten, und Moncrieff fügte hinzu: »Die *Rob Roy* erhält auch ein paar zusätzliche Waffen. Zwei Paar Örlikons statt der bisherigen beiden Einzelgeschütze, und noch ein paar andere dazu. Aber zerbrechen Sie sich jetzt noch nicht den Kopf darüber.«

Ransome dachte nach. Mehr Geschütze bedeuteten auch mehr Leute. Dabei war das Schiff jetzt schon überfüllt.

»Bei Ihnen und auf *Ranger* wird außerdem ein Arzt einsteigen.«

Ransome blickte auf. Ärzte auf kleineren Fahrzeugen hatten Seltenheitswert. »Wir bereiten also eine Invasion vor, Sir?«

Moncrieff runzelte die Stirn. »Davon habe ich nichts gesagt. Behalten Sie es für sich. Aber ich glaube, eine Invasion Siziliens ist in Vorbereitung.«

Es klopfte, dann steckte Hargrave den Kopf durch den Vorhang.

Moncrieff nickte ihm zu. »Wie fühlen Sie sich an Bord?« Wie üblich nahm er jedoch nicht die Hand aus der Tasche, um Hargraves zögernd angebotene Rechte zu ergreifen.

Ransome bemerkte Hargraves beleidigtes Gesicht. Aber Moncrieff ließ kaum jemals seine Rechte sehen, außer wenn er grüßend an den Mützenschirm tippte. Er hatte bei einem Luftangriff auf Dünkirchen die drei mittleren Finger verloren, und seine Rechte sah jetzt aus wie eine bizarre Greifzange. Glücklicherweise war er Linkshänder.

Ransome erbarmte sich Hargraves und fragte: »Was gibt's, Number One?«

»Der Stützpunktpfarrer ist am Telefon, Sir.« Hargrave sah Moncrieff an. »Wegen eines Gedenkgottesdienstes für *Fawn*.«

Moncrieff stand mühsam auf. »Ach, ja, das hatte ich ganz vergessen. Es kann nichts schaden, ein paar Worte mit Gott zu wechseln, auch wenn's dem armen Peter Bracelin nicht mehr hilft.« Er drehte sich um und sah Ransome an. »Sie haben eine Ruhepause verdient, Ian. Also machen Sie das Beste aus Ihrem Urlaubsanspruch. Überlassen Sie den Rest hier getrost mir.«

Sie stiegen zusammen an Deck und sahen zu, wie eine Ambulanz von der Stelling abrückte. Sie trug den letzten Überlebenden der *Fawn*, der noch gestorben war, als sie bereits einliefen. Alles in allem hatte es dreißig Tote gegeben. Ransome salutierte, als Moncrieff schwerfällig von Bord ging. Zu Hargrave sagte er: »Schicken Sie die

Leute auf Urlaub, Number One. Der Coxswain und der Schreibergefreite werden Ihnen helfen. Sie wissen, was zu tun ist.«

»Ich frage mich, Sir . . .«

Ruhig sah Ransome ihn an. »Ich fürchte, Sie müssen es vergessen,
wenn Sie mich eben nach Ihrem Urlaub fragen wollten, Number One.
Ich brauche an Bord einen guten Offizier während meiner Abwesenheit. Und Sie sind bisher kaum länger bei uns als eine Hundewache,
klar?«

Der I.W.O. grinste kläglich. »Ist klar, Sir.«

Das bezweifle ich, dachte Ransome. »Ich bleibe zehn Tage weg. Danach werde ich sehen, was ich für Sie tun kann.«

»Danke, Sir.«

Noch am selben Abend ging Ransome von Bord. In der Dämmerung blieb er stehen und blickte auf sein stilles Boot hinunter. Morgen
würde es festgekeilt im Trockendock stehen.

Dann wandte er sich um und schritt rasch dem Werfttor zu. Dahinter
begann für ihn bereits der Urlaub.

VI   An der Heimatfront

Der Fernzug in Waterloo Station schien eine Ewigkeit zu warten, bevor
er endlich abfuhr. Er war vollgestopft mit Soldaten aller drei Waffen-
gattungen.

Gerald Boyes hatte Glück gehabt und einen Fensterplatz ergattert;
wegen des über die Scheibe geklebten Papiers, mit dem das Platzen ver-
hindert worden sollte, war jedoch ohnehin nichts zu sehen. Der einzige
Vorteil bestand darin, daß er nur von einer Seite gedrückt wurde. Auch
der Gang war voll besetzt, aber Boyes hatte nicht einen einzigen Zivilisten einsteigen sehen. Vielleicht hatten sie es nicht geschafft bei dem
wilden Ansturm der Soldaten, die durchbrachen, damit niemand feststellen konnte, daß einige keine Fahrkarten besaßen.

Auf London hatte ein kurzer Fliegerangriff stattgefunden, erzählte
jemand. Ein anderer beschwerte sich darüber, daß der Zug zu überfüllt
sei, um überhaupt abzufahren. Boyes sah seine Mitreisenden an: alles
Seeleute, doch kannte er keinen von ihnen. Es erstaunte ihn immer wieder, daß sie sofort einschlafen konnten, immer und überall. Sein Magen schmerzte vor Aufregung über den unerwarteten siebentägigen Urlaub, und er hatte vergeblich versucht, im Zubringer zu schlafen. In
seinem letzten Urlaub hatte er noch gehofft, bald Offiziersanwärter zu

77

werden. Noch immer glaubte er, die Enttäuschung seiner Mutter zu spüren; sie tat, als sei das ein Fleck auf der Familienehre.

Immer wieder durchlebte Boyes die schrecklichen Augenblicke, als er die *Fawn* hatte detonieren und sinken sehen. Er sah im Geist die an Bord geholten Überlebenden, einige hustend und keuchend, schwarz von Kohlenstaub und Öl, andere so schrecklich verbrannt, daß er wegschauen mußte. Als Junge hatte er immer geglaubt, daß der Tod fürs Vaterland Würde besäße. Aber bei den Unglücklichen, die an Deck der *Rob Roy* lagen und von Masefield verbunden wurden, war von Würde nichts zu merken. Einer der Schwerverwundeten hatte zu Boyes aufgeblickt. Sein Gesicht war völlig verbrannt, nur die hervorquellenden Augen waren übriggeblieben, die Boyes bittend anstarrten. Dieser hatte den Drang verspürt, dem Sterbenden zu helfen, wußte aber nicht, wie. Schließlich hatte der Torpedooffizier ein blutverschmiertes Tuch über das Gesicht des Mannes gezogen und geknurrt: »Für den können wir nichts mehr tun.« Aber selbst er wirkte erschüttert.

Boyes blickte hinunter auf seine Mütze und drehte sie in den Händen herum, nachdem er sich vergewissert hatte, daß er als einziger nicht schlief. Er hatte seine Dienstmütze eingetauscht gegen eine besondere Mütze, die am Band die gestickten Buchstaben HMS *Minesweeper* trug. Er hielt sie jetzt so, daß das Licht auf die Buchstaben aus echten Goldfäden fiel, und spürte, wie ihn ein Schauer durchrieselte. *Minensucher!* Stolz erfüllte ihn und Wagemut – oder war es Angst?

Die Tür zum Gang wurde aufgeschoben, als sich der Zug mit einem plötzlichen Ruck in Bewegung setzte. Boyes sah ein Mädchen in Uniform hereinblicken und eine zweite junge Frau dicht dahinter.

Enttäuscht sagte diese: »Auch hier keine Sitzplätze frei. Gott, wie meine Füße schmerzen!«

Sie musterte die Reihe der schlafenden Seeleute. »Die sehen ja aus, als wären sie alle tot!«

Boyes stand auf und klammerte sich an das Gepäcknetz. »Nehmen Sie meinen Platz.«

Die junge Frau in Uniform musterte ihn zuerst mißtrauisch, dann sagte sie: »Ein wirklicher kleiner Gentleman!« Über ihr müdes Gesicht zog ein schwaches Lächeln, dann schlüpfte sie rasch auf den angebotenen Platz. »Dafür bekämen Sie einen Orden, wenn ich einen hätte.«

Boyes kämpfte sich hinaus in den Gang, wo die meisten zusammengesunken auf ihrem Gepäck saßen. Die Toilettentür am Ende des

Ganges stand offen, und Boyes sah mehrere Soldaten um die Schüssel herumhocken, auf deren geschlossenem Deckel sie mit grimmiger Konzentration Karten spielten.

»Sheila hat wirklich wunde Füße. Sie ist schon seit Tagen unterwegs.«

Zum ersten Mal sah Boyes das andere Mädchen an. Es trug Uniformbluse und Rock, hatte die Mütze tief über das dunkle, lockige Haar gezogen. Sie war ausgesprochen hübsch, diese Frau, und sie lächelte amüsiert, während sie sich mit wohlgeformten Händen an einer Stange festhielt, als der Zug seine Geschwindigkeit erhöhte.

»Haben Sie genug gesehen, Seemann?«

Boyes fühlte, wie er errötete. »Entschuldigung, ich . . .«

Ihr Blick glitt hinauf zu seiner Mütze, und sie stieß einen leisen Pfiff aus. »Minensucher – aha!«

Sein Gesicht glühte noch immer, aber er versuchte, gleichmütig zu sprechen. »Eine Arbeit wie jede andere.«

Sie zog die Nase kraus. »Ich glaub's Ihnen aufs Wort.«

Ihre Augen waren nicht blau, sondern violett. Sie war älter als er, stellte er fest, vielleicht ein oder zwei Jahre. Aber wer war das nicht?

»Sie gehen wieder zurück an Bord?«

Er schüttelte den Kopf. »Nein. Ich habe Urlaub.«

»Sie Glücklicher! Ich habe meinen gerade hinter mir.«

Sie hatte keinen erkennbaren Akzent, deshalb fragte er vorsichtig: »Wo kommen Sie her?«

»Aus Woolwich. Mein Vater arbeitet dort auf der Werft. Durch den Krieg verdienen sie ganz gut.«

»Darf ich fragen, wo Sie hinfahren?«

Sie hob die Schultern. »In den Park bei Kingston. Kennen Sie die Stadt?«

Er nickte. »Ich bin in Surbiton zu Hause. Ganz in der Nähe.«

»Ich gehöre dort zur Flak. Mein Gott, wäre ich doch nur bei den verdammten Wrens! Was würde ich nicht dafür geben, jeden Tag das Meer zu sehen, statt diese Bande von geilen Kanonieren!« Jetzt lachte sie. »Hab' ich Sie schockiert?«

»N – nein. Natürlich nicht.« Er spähte durch einen Spalt im Fenster. Das war doch nicht möglich, sie waren schon beinahe am Ziel!

Bedrückt stammelte er: »Ich heiße Gerald Boyes. Vielleicht können wir uns . . .«

Sie senkte den Blick. »Ich bin Connie.« Sie sah an ihm vorbei. »Aber jetzt muß ich Sheila aufwecken. Wir steigen hier aus.«

Im nächsten Augenblick herrschte Chaos, weil der Zug mit einem Ruck hielt und eine Welle von Uniformierten ausspie.

Rasch sagte sie: »Ich bin erst seit einem Monat hier, vorher war ich in Nord-London. Sie kennen sich hier wohl aus?«

Das andere Mädchen schrie aufgeregt: »Verdammt, wo ist meine Mütze?«

Connie zeigte lachend auf Sheilas Gasmaskenbeutel. »Da drin, du Schaf!«

Boyes zupfte sie am Ärmel. »Hier ist meine Adresse. Wenn Sie anrufen wollen . . .«

Connie steckte den Zettel in die Tasche. »Sie sind wirklich ein komischer Kauz.« Aber ihre Augen leuchteten. »Vielleicht. Mal sehen.«

Draußen eilten die beiden Mädchen zu einem Transporter mit Tarnanstrich, in den andere Uniformierte bereits ihr Gepäck verluden. Boyes ging langsam den Bahnsteig hinunter. Bis auf die vielen Soldaten hatte sich hier kaum etwas verändert. Ein wenig schäbiger sah alles aus, aber so war es schließlich überall. Er würde den kurzen Weg nach Hause zu Fuß gehen.

Als er die letzten Häuser hinter sich gelassen hatte und nach der Kirche Ausschau hielt, wo er im Chor gesungen hatte, sah er auf dem Hügel nur den kahlen Turm. Eine Bombe hatte den Rest hinweggefegt. Das kam ihm vor wie eine Invasion, als sei er vom Feind persönlich angegriffen worden. Er erbebte genau wie damals, als die *Fawn* auf den Meeresgrund sank.

Schließlich ergriff er seinen kleinen Koffer und ging weiter. Noch einmal drehte er sich um und sah dem Transporter nach, der bereits auf die Landstraße eingebogen war; er glaubte, die Mädchen singen zu hören. Connie mit den violetten Augen . . . Und sie schien ihn zu mögen.

Im Schaufenster eines Ladens sah er sein Spiegelbild und rückte sich die Mütze etwas verwegener zurecht.

Oberleutnant Philipp Sherwood blieb vor der Tür seines Klubs stehen und wartete, bis seine Augen sich an die Dunkelheit gewöhnt hatten. Er atmete so tief ein wie ein Landwirt, der auf seinen Grund und Boden zurückkehrt. Trotz des Krieges war es doch immer noch sein London, zerbombt, zerschlagen, aber unverwechselbar. Die Autos tasteten sich im Dunkeln über die St. James Street zum Piccadilly, und über den nächtlichen Himmel spielte bereits das Gewirr der Scheinwerfer.

Sherwood lächelte; das alles war ihm so vertraut wie der alte Klub,

in dem er soeben gespeist hatte, allein in dem hohen, holzgetäfelten
Raum mit den Porträts ernster Bankiers und Geschäftsleute. Sein Vater hatte ihn dort vor Jahren als Mitglied angemeldet, als er noch in
Cambridge studierte. Schon sein Großvater war Klubmitglied gewesen.

Sherwood hatte einen alten Klubdiener gefragt, ob das Haus bombardiert worden sei.

Der Mann in seinem altmodischen Frack mit Messingknöpfen
hatte schief gelächelt und einige ebenso alte Mitglieder angeblickt, die
in den tiefen Sesseln des Lesezimmers schliefen, die Gesichter hinter
ihren Zeitungen verborgen.

»Aber nicht doch, Mr. Sherwood. Hitler würde das niemals wagen!«

Mr. Sherwood. Das klang antiquiert, aber anheimelnd. Sherwood
war sechsundzwanzig Jahre alt und seit Anfang des Krieges bei der
Marine. Sein Vater hätte ihn gern noch ein wenig länger behalten,
denn das Geschäft brauchte ein jüngeres Vorstandsmitglied im Sit-
zungssaal. Aber schließlich würde der Krieg ja spätestens Weihnachten zu Ende sein. Das war nun vier Jahre her.

In der eleganten Klubhalle hinter Sherwood hing ein mächtiger Lüster, jetzt natürlich nicht angezündet, der einst der Stolz des gesamten
Londoner Klublebens gewesen war. Er war hergestellt oder vielmehr
gebaut worden von einer der ältesten Firmen Englands: Sherwood's.

Während der ersten verheerenden Bombenangriffe auf London
hatte sich das Unglück ereignet. Sie waren alle zu Hause, und das war
am schlimmsten: sein Vater, seine Mutter und seine beiden Schwestern, die mithalfen beim Verpacken der unersetzbaren Antiquitäten,
die für die Dauer des Krieges aufs Land ausgelagert werden sollten.
Die ganze Straße war schrecklich zerbombt worden. Und die Hitze
der Brände war so stark, daß die Feuerwehrleute nicht an die Häuser
herankamen, um jemanden zu retten.

Noch immer schien es ihm kaum glaubhaft, daß sich sein Leben
seither so rigoros verändert hatte. Sherwood hatte die Familienange-
legenheiten einem Anwalt überlassen, der ein Freund seines Vaters gewesen war, und einem Vetter aus Schottland, den er kaum kannte. Er
brachte es nicht fertig, auf den alten Familiensitz in einer ruhigen Vor-
stadt Londons zurückzukehren. Die Firma hatte eine kleine Etagen-
wohnung in Mayfair gehabt, für auswärtige Besucher, die wie durch
ein Wunder sowohl den Bombenangriffen als auch der Beschlag-
nahme für irgendeinen Schreibtischkrieger aus Whitehall entgangen

81

war. Sherwood wohnte stets dort, wenn er in London weilte. Er hätte auf einer entlegenen Insel leben können, wäre es nach der geringen Beachtung gegangen, die er anderen Leuten schenkte.

Eine Luftschutzsirene begann ihr nächtliches Geheul, steigend und fallend und den Verkehr übertönend; aber kaum ein Fußgänger warf einen Blick zum Himmel. Die Gefahr war schon Gewohnheit geworden. Sherwood sah auch nicht die Tausende von Soldaten verschiedener Nationalitäten, die sich in Kinos, Kneipen und Tanzsälen drängten auf der Suche nach einem flüchtigen Vergnügen. Er sah statt dessen die Leute, die fast unbemerkt ihrer täglichen Arbeit nachgingen, jeden Morgen ihr Haus verließen und in Büro oder Laden mit den wenigen Transportmitteln fuhren, die nach den Luftangriffen noch funktionierten; und die nicht einmal wußten, ob es ihren Arbeitsplatz noch geben würde, wenn sie dort eintrafen. Nach Feierabend kehrten sie wieder zurück, mit der Furcht im Herzen, daß ihr Zuhause vielleicht inzwischen ausgelöscht worden war.

Dies waren die wirklichen Helden, dachte Sherwood. Ohne ihren Mut und ihren Durchhaltewillen wären die See- und Panzerschlachten der ganzen Welt nicht imstande, die Heimatinsel zu retten.

Plötzlich dachte er an Hargrave und an dessen Fragen nach seiner Angst. Er hatte ihm geantwortet, daß er Angst nur empfinden würde, wenn es eine Alternative gäbe. Das war nur zu wahr, aber wie konnte jemand wie Hargrave es verstehen?

Sherwood wußte, daß er übertrieb, aber das war ihm gleichgültig. Nach dem Tod seiner gesamten Familie war er sofort zu seiner Einheit zurückgekehrt und hatte sich freiwillig zum Entschärfen von Minen gemeldet. Er fuhr jetzt seit neun Monaten auf der *Rob Roy* und hatte nicht erwartet, so lange am Leben zu bleiben. Schließlich galt seine Tätigkeit als die gefährlichste im ganzen Krieg.

Er dachte noch eine Weile über Angst nach. Seltsam, für ihn gab es sie nicht, er hatte wirklich noch nie Angst empfunden. Aber er hatte damit gerechnet, daß er eines Tages völlig durchdrehen würde, wie es anderen Minenentschärfern bereits ergangen war. Oder daß er einen Flüchtigkeitsfehler begehen und damit in einem einzigen Augenblick das ganze Problem lösen würde.

Eine dunkle Gestalt löste sich aus einem Hauseingang, und er hörte eine Frau fragen: »Hallo, Liebling, willst du nicht mitkommen?«

Sherwood beschleunigte den Schritt, ärgerlich über die Unterbrechung seiner Gedanken. Aber sie lockte: »Ich mache alles, was du willst. Und ich bin gesund!«

Sherwood roch ihren Schweiß und ein starkes Parfüm. »Hau ab!« fauchte er.

Da schrie sie giftig hinter ihm her: »Du hochnäsiger Idiot! Hoffentlich erwischen sie dich!«

Sherwood fuhr herum. »Was hast du gesagt?«

Er hörte das Klappern ihrer hohen Hacken auf dem Pflaster, als sie wegrannte. Langsam ging er weiter, die Hände tief in den Taschen seines Regenmantels vergraben.

Vielleicht hätte er mitgehen sollen? Er mußte lachen. Womöglich wäre er dann in Rose Cottage gelandet, wie das Offizierslazarett für Geschlechtskrankheiten genannt wurde.

Er blickte zum Himmel auf und sah die Blitze berstender Flakgranaten. Das Ganze spielte sich völlig geräuschlos ab. Die Scheinwerferstrahlen tasteten über die Wolken, alles wirkte harmlos, geradezu unwirklich. Die Bomben schienen irgendwo südlich der Themse zu fallen.

Neben ihm sagte jemand: »Da geht's wieder los. Na, dann ab in den Luftschutzbunker!«

Die Menge fing an sich zu verlaufen. Sherwood merkte, daß er am Ritz vorbeigegangen war und sich bereits am Rand von Green Park befand. Oft war er hier mit seinen Schwestern spazierengegangen. Bei dieser Erinnerung ballte er die Fäuste in den Taschen. Vergiß es, es gibt sie nicht mehr. Nichts kann sie zurückholen.

Bum – bum – bum ... Das vertraute Geräusch der Detonationen kam jetzt näher. Sie würden weitere Tote und Verletze bringen, noch mehr zerbombte Häuser und Trümmer, wo einst Straßen viele Jahrzehnte überdauert hatten.

Er dachte an die Zeit, als man ihn zum Entschärfen der Landminen geschickt hatte, die auf überfüllte Städte und Häfen geworfen wurden. Die Straße selbst war dann längst geräumt, das Schild *Blindgänger* hatte dafür gesorgt. Bis auf seinen Gehilfen aus dem Mannschaftsstand war er völlig allein, als sei jedes lebende Wesen wie durch Geisterhand verschwunden.

Nie hatte er das Gefühl überwinden können, ein Eindringling zu sein. Die Straße kam ihm vor wie die *Marie Celeste**. Die aus den knappen Rationen bereiteten Mahlzeiten standen noch auf den Tischen, dazwischen lagen halb gelesene oder nicht zu Ende geschrie-

---

* ein Segelschiff, das auf hoher See ohne Besatzung angetroffen wurde, jedoch mit allen Anzeichen des erst kürzlich erfolgten plötzlichen Verlassens. (Anm. des Übersetzers)

bene Briefe; auf dem Kaminsims standen Fotos der Angehörigen in Uniform, Söhne, Ehemänner, Verlobte. Und immer hing irgendwo die ungeheure, tödliche Mine von ihrem Fallschirm herab.

Eine Stimme sagte streng: »Augenblick mal, Sir.«

Ein Polizist mit Stahlhelm trat aus seinem kleinen, durch Sandsäcke geschützten Beobachtungsstand. Sherwood musterte ihn im trüben Dämmerlicht, bemerkte, wie sich einige detonierende Granaten in seinem blanken Helm spiegelten. Seltsam, nie konnte er sich an Londoner Bobbies im Stahlhelm gewöhnen.

»Ja?«

Der Schutzmann sagte: »Wir haben Luftalarm, Sir. Hier wird es bald Splitter regnen. Es ist nicht sicher auf der Straße. Ihre Mütze würde die Splitter nicht abhalten.«

Sherwood dachte an die Schiffe, die er unter Beschuß erlebt hatte, an die Versenkung der *Fawn* und ihre vom Tode gezeichnete Besatzung. »Tja, so ist der Krieg«, sagte er und ging weiter.

Der Schutzmann murmelte: »Wieder ein sogenannter Held!«

Als Sherwood in seiner Straße ankam, merkte er, dass der Angriff sich verlagert hatte, vielleicht in die City oder in den Osten der Stadt. Er hörte das ferne Detonieren von Bomben und das Krachen einstürzender Häuser. Während er die Treppen zu seiner Wohnung emporstieg, drangen allmählich von der Straße auch andere Geräusche herein: das Läuten der Feuerwehr, die Sirenen der Krankenwagen und das Hupen der Taxis, die kleine transportable Pumpen zum Feuerlöschen brachten oder auch Bergungsgerät. Es war, als werfe sich London mit ganzem Gewicht gegen den Feind, niemand blieb ausgenommen. Und doch, wenn die nächste Morgendämmerung die neu entstandenen Ruinen enthüllte, waren es dieselben einfachen Leute, die dann wieder ihrer täglichen Arbeit nachgingen.

Sherwood warf seine Mütze aufs Bett und nahm eine Flasche Gin und ein Glas aus dem Wandschrank, dazu eine der seltenen grünen Limonen, die er von Bord mitgebracht hatte. Die Wohnung war für Besucher eingerichtet, die kamen und gingen, ohne sich weiter für die Einrichtung zu interessieren. Diese war entsprechend unpersönlich.

Er trank ein halbes Glas puren Gin und hustete. Dann knipste er das Licht aus, öffnete die Verdunklungsvorhänge und setzte sich in einem bequemen Sessel ans Fenster, um den Angriff zu beobachten. Er hörte das gelegentliche Prasseln von Stahlsplittern auf dem Dach und dachte wieder an die Warnung des Polizisten.

Ein Krankenwagen raste durch die verdunkelte Straße, seine Sirene tönte laut und drängend. Die verängstigte Seele darin würde wahrscheinlich erst in einem Krankenhausbett wieder zu sich kommen. Sherwood zog eine Grimasse und trank noch einen Schluck. Vielleicht aber auch nie mehr, je nach Schwere der Verletzung.

Er konnte sich nicht erinnern, eingeschlafen zu sein. Aber er erwachte mit einem Ruck, und sein Kopf war im selben Augenblick klar, trotz des vielen Gins. Seine Sinne funktionierten so gut wie die eines Wildtieres.

Einen Augenblick glaubte er, das Haus sei von einer Bombe getroffen worden. Vor dem Fenster sah er das Flackern von Flammen, hörte einen undefinierbaren Krach und wußte sofort, daß er von einem ähnlichen Geräusch geweckt worden war. Dann stellte er fest, daß die flackernden Flammen mehrere Meilen entfernt waren, der Lärm aber aus der Wohnung nebenan zu kommen schien. Als er die Verdunklungsvorhänge zuzog, hörte er etwas gegen die Wand prallen und gleichzeitig den Schrei einer Frau; nun folgte die Stimme eines Mannes, verschwommen, aber unverkennbar drohend.

Sherwood rannte aus der Wohnungstür und bedauerte sofort, keine Waffe eingesteckt zu haben. Denn es mußte ein Raubüberfall sein oder ein Einbrecher. Atemlos stand er im Treppenhaus und schätzte die Entfernung zur geschlossenen Nachbartür.

Ohne an die Folgen zu denken, warf er sich dagegen. Sie sprang auf, das Schloß flog so weit durch den Flur, daß die beiden Personen darin erstarrten wie Wachsfiguren.

Sherwood war gewohnt, seine Entschlüsse innerhalb von Sekunden zu fassen, und in diesem Fall bedurfte es keines besonderen Scharfsinns, um herauszufinden, was sich hier abspielte. Die Uniformjacke eines Heeresoffiziers mit roten Spiegeln am Aufschlag lag auf dem Fußboden, der Tisch neben dem Bett stand voller Flaschen und Gläser. Die Szene war eindeutig.

Sherwood musterte zunächst den Mann, einen dicken, wild dreinblickenden Menschen in Khakihemd und Hose, dessen Augen vor Überraschung und Wut beinahe aus den Höhlen traten. Die Frau lag an der Wand, ein Bein abgeknickt, die Bluse an einer Schulter zerrissen. Ihr Mund war verschmiert von Lippenstift oder Blut, als sei sie geschlagen worden. Sie war sehr hübsch und halb von Sinnen vor Angst. Sherwood stellte fest, daß sie einen Trauring trug.

Laut rief sie: »Helfen Sie mir, bitte!«

Sherwood merkte, daß er völlig gelassen blieb. »Wessen Wohnung ist das?«

»Was zum Teufel geht Sie das an?« Der Mann kam schwankend auf ihn zu. »Ich wohne hier, und . . .«

Sherwood reichte der Frau die Hand und half ihr beim Aufstehen. »Sind Sie in Ordnung?« Sein Blick blieb jedoch weiterhin auf den Heeresoffizier gerichtet.

Sie schob den Fuß in einen Schuh, der unter den Stuhl gerutscht war. »Ich kam her, weil er mir etwas erzählen wollte über . . .« Sie zögerte. »Über meinen Mann.«

Der Heeresoffizier starrte sie an und fing dann an zu lachen. »Sie wußte genau, worum es mir ging!« Jetzt erst schien er zu bemerken, daß Sherwood Uniform trug. »Sie sind ein verdammter Seemann?«

Sherwood sagte ruhig zu der Frau: »Gehen Sie in die Nachbarwohnung, die Tür steht offen. Dort sind Sie sicher, bis der Fliegerangriff vorbei ist.«

»He, wagen Sie nicht, sich einzumischen! Wenn ich erst mit Ihnen fertig bin . . .« Weiter kam er nicht.

Sherwood boxte den Mann mit voller Wucht in den Magen. Es war, als platze ein gefüllter Sack. Der Mann klappte mit schmerzverzerrtem Gesicht zusammen, würgte und erbrach sich.

Sherwood sagte leise: »Sie sollten nicht soviel trinken, Kamerad.« Dann hob er einen Stuhl und zerschmetterte ihn auf dem Rücken des langsam Hochkommenden, daß die Holzstücke in alle Richtungen flogen. Vage merkte er zweierlei: Erstens, daß die junge Frau ihn am Ärmel zog und ihn bat, aufzuhören. Und zweitens, daß er den Drang verspürte, diesen Mann immer weiter zu schlagen, bis er tot war. Er riß sich zusammen.

Die Frau sträubte sich nicht, als er sie in seine Wohnung führte. Dort sagte er beruhigend: »Machen Sie es sich bequem. Ich werde ein Taxi rufen oder Sie sonstwie nach Hause bringen, wenn Sie das möchten.« Er hörte, wie der Mann im Zimmer nebenan herumstolperte. »Sehen Sie? Er ist noch am Leben.« Er sah, daß sie sich in den Sessel am Fenster setzte. »Erzählen Sie mir, was sich abgespielt hat?«

Sie schien ihn nicht zu hören, sondern versuchte, die zerfetzte Bluse über der Schulter zusammenzuziehen.

Sherwood hob ihren Mantel und das Köfferchen auf, die sie fallen gelassen hatte, als er die Tür zuwarf. Sie ist sehr hübsch, dachte er, etwa so alt wie ich. Er zog sein Taschentuch heraus und betupfte damit ihren blutigen Mundwinkel. Sie zuckte schmerzlich zusammen, wandte sich aber nicht ab.

Leise erzählte sie: »Ich habe vor einiger Zeit meinen Mann verloren.« Sie blickte auf ihre Hände nieder und sprach in kurzen, knappen Sätzen, als erstatte sie einen offiziellen Bericht. »Er war bei der Infanterie. Zuerst galt er als vermißt, dann aber stellten sie fest, daß er –«, sie wandte den Blick ab, »im Kampf gefallen ist.«

»Ich verstehe.« Sherwood setzte sich ihr gegenüber, das blutverschmierte Taschentuch in Händen. »Bitte erzählen Sie weiter.«

»Ich traf Arthur . . .« Sie stockte bei der Erwähnung dieses Namens. »Den Mann nebenan. Sein Regiment lag in Dorset, wo ich zu Hause bin. Er kannte meinen Mann und rief mich an. Er hätte etwas über den Tod meines Mannes herausgefunden, das er mir mitteilen wolle. Ich sollte ihn in London treffen.« Plötzlich blickte sie auf und sah ihn an. »Ich dachte, Sie würden ihn umbringen.«

Sherwood lächelte. »Ich hätte es beinahe getan.«

»In London versuchte ich, ein Hotel zu finden.«

Sherwood überlegte. Die Bomber schienen sich entfernt zu haben, aber die Flak feuerte noch, und die Unfallwagen heulten laut. »Sie werden jetzt nirgends ein Zimmer bekommen.« Ruhig sah er sie an. »Bleiben Sie hier.« Er sah den Schreck in ihren Augen und fügte rasch hinzu: »Keine Sorge. Diese Wohnung gehört der Firma meines Vaters.«

»Was ist, wenn Ihr Vater mich hier findet?«

»Er ist tot.« Sherwood stand abrupt auf. »Sie sind alle tot. Also . . .« Er sah sich nach ihr um und merkte, daß sie lautlos weinte. »Passen Sie auf, ich will Ihnen sagen, was wir tun: Sie schlafen heute nacht hier. Ich haue mich in den Sessel oder suche mir sonstwo eine Bleibe, wenn Sie das vorziehen.«

Sie wandte den Blick ab. »Nein. Nach allem, was Sie für mich getan haben, würde ich . . .«

Sherwood fegte ihren Einwand mit einer Handbewegung beiseite. »Und morgen früh gehen wir zusammen frühstücken. Im Ritz können wir wahrscheinlich noch etwas Anständiges bekommen. Hier in der Wohnung ist nichts Eßbares.«

Sie sah die Wand an. »Und er? Wird er nicht die Polizei rufen und Sie anzeigen?«

»Bestimmt nicht. Das gäbe einen zu großen Skandal.« Verbittert schloß er: »Und mir wäre das ohnehin egal.«

»Ich weiß nicht, was Sie von mir denken.«

Leise sagte er: »Ich denke, daß Sie sehr hübsch sind, aber zu schutzlos für solche Typen wie diesen Arthur nebenan.«

Sie streifte die Schuhe von den Füßen, und Sherwood empfand beinahe Neid auf den Mann, der sie geheiratet hatte. Er beneidete sogar den schäbigen Lügner, der versucht hatte, sie zu vergewaltigen.

Schließlich sagte sie leise: »Sie sind sehr freundlich zu mir. Vielen Dank.«

Lächelnd hielt er ihr die Hand hin. »Übrigens, ich heiße Philipp Sherwood.«

Sie sah sein Jackett auf dem Stuhl. »Von der Marine. Das freut mich.«

Er fragte nicht, was sie damit meinte, sondern ging in die winzige Kochnische, während sie im Badezimmer verschwand. Dann hörte er sie zu Bett gehen. Sie war ganz schön weit weg von Dorset, dachte er. Angenommen, es kam noch ein Luftangriff? Vielleicht fand man sie dann zusammmen wie die Mutter des armen Tinker mit ihrem Geliebten.

Er trank noch ein Glas Gin. Niemand lebt ewig, dachte er.

Die Aufregung, die Strapazen der vergangenen Monate und der Gin taten ihre Wirkung. Nach wenigen Minuten lag er, tief eingeschlafen, halb über dem Küchentisch.

Er hörte weder die Entwarnung noch merkte er, daß die junge Frau in die Küche gekommen war und ihm eine Decke umlegte.

VII   »Wann mußt du zurück?«

Ransome blieb vor dem Tor zur Bootswerft stehen und nahm die Mütze ab, damit ihm die frische Brise die letzte Reisemüdigkeit vertrieb. Über Gribbin Head*, das in die See ragte wie ein altes Fort, lag leichter Nebel. Vielleicht war es ein Zeichen kommender Wärme.

Er wandte sich wieder dem schiefen Drahtgittertor zu und las das große Schild: *Edward Ransome & Sons, Bootsbauer.* Die Farbe blätterte bereits ab, und Ransome fühlte Bedauern für seinen Vater. Er führte den Betrieb weiter, so gut es ging, und nach dem Lärm der Sägen und Hämmer zu urteilen, hatte die Werft genug Arbeit. Aber der eine Sohn suchte Minen, und der andere flitzte mit einem schnellen Motortorpedoboot Gott weiß wo herum.

Er trat durchs Tor und sah verwundert die emsige Tätigkeit, die überall herrschte. Es waren keine schnittigen Yachten oder stämmigen Fischerboote, die gebaut wurden, sondern Rümpfe, die wie riesige

---

* Kap an der Mündung des Fowey

Schachteln aussahen und nicht wie etwas, das einmal schwimmen sollte.

Eine Stimme sagte: »Wir sind ein bißchen herunterkommen, stimmt's, Mister Ian?«

Ransome fuhr herum und ergriff die grobe Hand des Vorarbeites Jack Weese. Alt, aber völlig zeitlos, war er ein Teil der Werft. Ransome überlegte, daß er in den hohen Sechzigern sein mußte, aber er kam ihm völlig unverändert vor. Kräftig gebaut, die Schultern ein wenig vornübergebeugt durch das ständige Bücken über die Arbeit, trug er einen weißen Overall und natürlich die unvermeidliche Schirmmütze. Sie wurde nur in der Weihnachtszeit ausgewechselt, wenn er eine neue geschenkt bekam.

Weese sagte: »Wir bauen Landungsfahrzeuge für die Infanterie.« Er musterte ein neben ihm stehendes Kastenschiff mit Widerwillen. »Scheußliche Dinger. Aber sie bringen gutes Geld.«

»Ich wußte nicht, daß wir jetzt auch in Stahl bauen, Jack.«

Weese hob die Schultern. »Gott segne Sie, Mister Ian, die werden jetzt überall an der Südküste zusammengehämmert – für die zweite Front. Aber keiner weiß, wann die Invasion beginnen wird.«

Ransome schritt neben ihm her, während ihm Weese die verschiedenen Stadien der Fertigung zeigte, dazu die fremden Gesichter.

»Die haben nicht die geringste Ahnung, was ein Holzboot ist«, sagte er verächtlich. »Man braucht ihnen nur Hammer und Schweißgerät in die Hand zu drücken, das ist alles, was sie kennen.« Besorgt fügte er hinzu: »Sie sehen ein bißchen mitgenommen aus, wenn ich das sagen darf.«

Ransome lächelte. »Wie du selbst immer sagst, Jack: Das liegt an der Arbeit.«

An einem Anlegesteg blieben sie stehen, und Ransome fragte: »Wo ist die *Maggie May*?«

Das war ein alter kleiner Schlepper, den sein Vater zuerst auf der Themse und später hier in Cornwall eingesetzt hatte. Sie schleppten damit Holzbalken in die Werft oder verholten Boote. Genau wie Jack war auch dieser Schlepper ein Teil der Werft. Er erinnerte sich noch an das Entsetzen seiner Mutter in jenen Tagen, die Churchill damals als die dunkelsten bezeichnet hatte. Sie hatte soeben entdeckt, daß der alte Schlepper verschwunden war.

Ein Mann von der Küstenwache hatte sie getröstet: »Mister Ted ist damit auf See, Missus. Sie wissen doch, er wollte schon immer mal auf einen Törn gehen.«

Sein Vater war mit dem kleinen Schlepper, zwei Fischern und natürlich mit Jack Weese hinübergefahren nach Dünkirchen. Ein Wunder, daß sie lebend zurückgekommen waren und dabei noch zwanzig Soldaten zurückgebracht hatten.

Jack Weese sagte leise: »Der Schlepper wurde beschlagnahmt. Ich hoffe nur, daß man sich gut um ihn kümmert.« Es klang, als habe er einen Freund verloren.

Ransome nickte. »Was ist mit meiner . . .«

Weeses Gesicht erhellte sich. »Ihrer *Barracuda?* Oh, ich habe härter um sie gekämpft als um meine Pension!«

Sie stiegen über ein Gewirr aus rostigem Metall und Holzabfällen, bis Ransome den langen schlanken Rumpf entdeckte, der auf seinen Böcken ruhte. Deck und Aufbauten waren mit geflickten Persennings zugedeckt.

Die *Barracuda* war sein Jugendtraum gewesen, ein großer Motorsegler von etwa sechsundvierzig Fuß* Länge, in dem er auf See segeln und notfalls leben wollte, wenn er später Zeit dazu haben sollte.

Wenn er nicht an Konstruktionsplänen für seinen Vater zeichnete, hatte Ransome seine knapp bemessene Freizeit und die langen Sommerabende dazu benutzt, um an diesem Boot zu arbeiten. Der Rumpf war überholt und die Inneneinrichtung vervollständigt, als Ransome die Einberufung zur Marine erhielt. Seitdem lag das Boot abgedeckt auf seinen Böcken, und Weese hatte tapfer die gierigen Erfassungskommandos abgewehrt, die alle Häfen bereisten und Fahrzeuge suchten, die eventuell für die Marine geeignet waren. »Preßkommandos« nannte Weese sie und opferte ihnen nur den Dieselmotor der *Barracuda*. Der Rumpf war bisher unangetastet geblieben.

Ransome strich mit den Händen über die glänzenden Holzplanken. Alt, aber ein Vollblüter. Eve war oft auf die Werft gekommen, um ihm beim Ausbau zuzusehen oder um zu zeichnen. Er richtete sich auf und blickte über den Fluß zum Dorf Polruan. Seine kleinen Häuser reihten sich an wenigen Straßen, und dort lag auch das alte Gasthaus am Anleger, von wo die Fähre von einer Seite zur anderen tuckerte. Einmal hatte er Eve mitgenommen in dieses Lokal. Sie war noch zu jung, um an die Bar zu gehen, aber sie hatten zusammen auf den Bänken draußen gesessen und geplaudert. Das schlanke, koboldhafte Mädchen mit dem langen Haar hatte eine hausgemachte kornische Pastete weggeputzt, als bekäme sie sonst nie genug zu essen. Er erin-

---

* ca. 14 m

nerte sich genau an Eves Augen, während sie ihm zuhörte; ihre nackten Knie waren meist zerkratzt oder schmutzig, da sie bei ihren Ausflügen auch im flachen Wasser rund um die Bootswerft watete.

»Erinnerungen, Mister Ian?«

»Ein paar, Jack.«

Weese wartete, bis er die Persenning wieder festgezurrt hatte. »Wann müssen Sie zurück?«

Ransome grinste. Jeder fragte das, sobald er auf Urlaub kam. »Eine Woche kann ich wohl bleiben.«

Weese sagte: »Mister Ted ist drüben in Looe, aber bestimmt vor Einbruch der Dunkelheit zurück.« Er musterte Ransomes Profil. »Ein Frachter wurde dort vor der Küste torpediert und eine Menge schöner Holzbalken an Land gespült. Es wäre ein Jammer, sie nicht zu holen.«

Ransome klopfte ihm auf die Schulter. »Vor Zeiten hätte man euch Strandräuber genannt.« Er zögerte. »Erinnerst du dich noch an das Mädchen, das in den Schulferien immer hier aufkreuzte? Sie zeichnete alles mögliche.«

Weese nickte. »Ja, ich erinnere mich an sie. Ihr Vater war so 'n Pastor, stimmt's?« Sein Blick schweifte in die Ferne. »Sie ist noch mal wiedergekommen.« Er suchte nach den richtigen Worten und bemerkte daher nicht die plötzliche Sorge in Ransomes grauen Augen. »Sie mieteten drüben dasselbe Häuschen wie früher.« Mit der Mütze zeigte er hinüber nach Polruan. »Mister Tony müßte eigentlich mehr darüber wissen. Sie gingen mal zusammen nach St. Blazey zum Tanzen, als er auf Urlaub war.«

Langsam setzte Ransome die Mütze auf und versuchte, seine Enttäuschung zu verbergen. Was war los mit ihm? Eve mußte etwa so alt sein wie Tony, sie paßten zusammen. Trotzdem spürte er einen stechenden Schmerz.

»Ich gehe jetzt ins Haus zu Mutter.« Er wühlte in seinem Gasmaskenbeutel, der alles mögliche enthielt, nur keine Gasmaske, bis er eine Dose Pfeifentabak fand. Die gab er dem alten Weese.

»Zollfrei, Jack. Denk beim Husten an mich!«

Weese nahm den Tabak und sah Ransome prüfend an. Einige Werftarbeiter hatten damals spöttische Bemerkungen gemacht: Ob Ian wohl ein Kind verführen wolle? Weese aber hatte gleich den Eindruck gehabt, daß diese Beziehung mehr war als eine flüchtige Freundschaft.

Als Ransome langsam an den vertrauten Häusern vorbeiging, dachte er an den torpedierten Frachter, den Weese so beiläufig erwähnt hatte. Also selbst hier war der Krieg nicht weit entfernt. In diesem Augenblick suchte vielleicht gerade irgendein deutscher U-Boot-Kommandant einen Weg durch das Minenfeld und beobachtete im Periskop die grüne Landschaft.

Ransomes Mutter sah älter aus, aber sie umarmte ihn genauso kräftig wie immer.

»Du hast ja kein bißchen Fleisch auf den Knochen, Junge! Sie geben euch wohl nicht genug zu essen?«

Ransome lächelte. Irrtum, dachte er. Es war allgemein bekannt, daß die Kasernenköche in Chatham mehr Essensreste wegwarfen, als die ganze Stadt an Zuteilungen erhielt.

Geschäftig eilte Mrs. Ransom hin und her, glücklich darüber, ihren Sohn wieder einmal zu Hause zu haben.

Ian musterte die Fotografien auf dem Sims über dem alten Kamin, in dem sie im Winter riesige Holzklötze verbrannt hatten, wenn sein Vater den Kindern Geistergeschichten erzählte.

»Etwas von Tony gehört, Mami?«

Sie wandte sich nicht um, aber er sah, daß ihre Schultern sich versteiften. »Lediglich ein paar Briefe. Wir erfuhren jedoch von einem seiner Freunde, daß seine Flottille ins Mittelmeer verlegt wurde.«

Ransome suchte nach seiner Pfeife. Die Erwähnung des Mittelmeers riß in ihm alles wieder auf. Wie konnte er seiner Mutter beibringen, daß auch er bald dorthin verlegt wurde?

Sie wandte sich ihm zu und sah ihn forschend an. »Ist es draußen wirklich so schlimm, wie alle sagen? Ich denke die ganze Zeit an euch beide . . .« Sie ließ den Kopf hängen, und er nahm sie tröstend in die Arme. All ihre zur Schau getragene Tapferkeit war plötzlich verflogen.

Später am Abend, als Ransome mit seinen Eltern am Tisch vor einem reichlichen Essen saß, drängte sich noch einmal der Krieg zwischen sie. Sein Vater hatte das Radio angeschaltet, um Nachrichten zu hören. Am Ende der Meldungen verlas die höfliche Stimme des BBC-Ansagers noch eine kurze Mitteilung: »Das Marineministerium bedauert, den Verlust Seiner Majestät Minensucher *Fawn* bekanntgeben zu müssen. Die nächsten Angehörigen sind benachrichtigt.«

Es dauerte lange, bis jemand am Tisch das Schweigen brach. Schließlich fragte sein Vater: »War das einer von deinen, Ian? Tut mir leid.«

Als sich die Nacht über den kleinen Hafen senkte, stieg Ransome die Treppe zu seinem Zimmer hinauf und starrte die frischen Gardinen an, die seine Mutter extra für diesen Besuch aufgehängt haben mußte. Dabei lauschte er der Abendbrise und dem Gezänk einiger Möwen, die auf dem Dach übernachteten. Er dachte an die *Fawn* und die fremden Frauen in Schwarz, denen diese kurze Bekanntgabe gegolten hatte.

Dann warf er sich auf sein Bett. Vielleicht würde er ja einschlafen und von der Sonne träumen, die ihm auf den Rücken schien, während er am Rumpf seiner *Barracuda* arbeitete. Vielleicht würde im Traum sogar Eve wieder zu ihm kommen.

Oberleutnant Trevor Hargrave saß an Ransomes kleinem Schreibtisch und blätterte ein Bündel Funksprüche und Verordnungsblätter durch. Neue Wracks und Minenfelder mußten auf den Karten nachgetragen werden, dazu gab es neue Bestimmungen über die Kleidung von Wrens, neue Erkenntnisse über den Tarnanstrich der Schiffe, Vorschriften für das Abfeuern des Ehrensaluts bei Staatsbegräbnissen – und so weiter.

Er lauschte dem gedämpfen Geschnatter aus dem Radio, dem gezwungenen Gelächter der Studiogäste, wo ein lustiges Programm lief, um dem Krieg eine heitere Seite abzugewinnen.

Es tat gut, wieder die Bewegungen des Schiffes zu spüren nach dem Aufenthalt im Trockendock. Die elektrischen Kabel und Rohrleitungen waren zusammen mit den Werftarbeitern verschwunden. Morgen würden sie zur Munitionsübernahme und zur Inspektion durch die Ausrüstungsoffiziere ins Arsenal verholen.

Die Besatzung befand sich entweder auf Heimaturlaub oder hier im Ort an Land. Lediglich eine kleine Sicherheitswache war an Bord geblieben. Morgen würde die nächste Gruppe zu ihren Frauen oder Müttern fahren. Hargrave spielte mit dem Gedanken, in die Messe zu gehen. Bunny Fallows würde dort sein, möglicherweise auch der Chief. Alle anderen waren abwesend, selbst Bone, dessen Heimatort in der Nähe von Gillingham lag.

Hargrave wurde von einem Klopfen an der Kammertür unterbrochen. Es war der Maschinenmaat Clarke, ein zäher, zuverlässiger Mann und im Augenblick der einzige Unteroffizier an Bord.

»Was gibt's?«

Clarke trat müde über das Süll und nahm die Mütze ab. »Es geht um den Matrosen Tinker, Sir.«

Hargrave stellte sich das jugendliche Gesicht des Seemanns vor. »Ist er nicht vom Urlaub zurückgekommen?«

Clarke schüttelte den Kopf. »Nein, er ist an Bord. Aber er bittet darum, Sie sprechen zu dürfen. Privat.«

Hargrave sagte: »Er kann morgen zu mir kommen, sobald wir aus dem Dock heraus sind.«

Clarke beharrte: »Er sagt, es ist dringend, Sir.«

»Was ist denn Ihre Meinung?«

Clarke hätte am liebsten gesagt, daß er den Jungen vierkant in den Hintern getreten hätte, wenn er nicht dessen tiefen Kummer erkannt hätte. Laut jedoch sagte er nur: »Ich hätte Sie sonst nicht damit belästigt, Sir.« Er wandte sich um und wollte gehen.

Hargrave fuhr ihn an: »Ich bin noch nicht fertig!«

»Ach?« Ruhig musterte Clarke seinen Vorgesetzten. Es kostete ihn jeden Tag große Mühe, seinen Widerwillen gegen Offiziere wie Hargrave zu verbergen. »Ich dachte, das wäre alles, Sir.«

»Werden Sie nicht unverschämt!« Aber Hargrave wußte, daß er hier mit Strenge nicht weiterkam. »Also holen Sie Tinker schon rein.«

Clarke zog sich zurück und ging zu dem jungen Seemann, der in seiner besten Uniform im Gang wartete. Das ganze Schiff wußte Bescheid über den Tod seiner Mutter, die offenes Haus gehalten hatte, während sein Vater unterwegs war, aber niemand machte darüber Witze. Es gab zu viele Männer in der Marine, die ebenfalls um die Treue ihrer Frauen zu Hause fürchteten.

»Er will dich sprechen.« Clarke strich Tinkers Revers glatt. »Halt die Ohren steif, Junge, und sag ihm genau, was du mir gesagt hast. Aber riskiere keine Lippe, klar? Sonst landest du im Bunker, und das willst du doch nicht.« Er klopfte ihm freundschaftlich auf den Arm.

Tinker nickte dankbar. »Ich denke dran.«

Er trat in die Kammer und wartete neben dem Schreibtisch.

Schließlich sah Hargrave auf. »Ja? Was ist los?«

Tinker sagte: »Es geht um meinen Vater, Sir. Er ist nicht ganz klar im Kopf seit – seit . . .« Er schlug die Augen nieder. »Wenn ich zu ihm fahren könnte, wenigstens ein paar Tage? Ich würde später alles nachholen, das verspreche ich, Sir.«

Hargrave seufzte. »Aber Sie hatten doch gerade Urlaub. Wollen Sie einen anderen um die Chance bringen, ebenfalls nach Hause zu fahren?«

Tinker verlegte sich aufs Bitten. »Matrose Nunn hat es mir angeboten, Sir. Er hat auch keine Familie, die er besuchen könnte, nicht mehr.«

Hargrave runzelte die Stirn. Ein ähnlich gelagerter Fall: das Heim zerbombt oder eine Frau, die untreu war. Schließlich sagte er: »Ich kann Ihnen nichts gestatten, das gegen die ständigen Befehle verstößt. Vielleicht später . . .«

Der Junge starrte auf den Teppich, in seinen Augen schimmerten Tränen und unterdrückter Zorn. »Verstehe, Sir.«

Hargrave sah ihm nach, als er hinausging, und zog eine Grimasse. Morgen würde er die Wohlfahrtsabteilung anrufen und mit der leitenden Wren dort sprechen. Er zuckte zusammen, als das Telefon auf dem Schreibtisch schnarrte.

»Ja? I.W.O. hier.«

Es klickte mehrmals in der Leitung, dann sagte eine Stimme: »Endlich finde ich dich, Trevor!«

Hargrave beugte sich vor. »Vater? Wo bist du?«

Sein Vater ließ ein vorsichtiges Hüsteln hören. Er dachte wahrscheinlich, daß die Telefonistin ihre Unterhaltung belauschte. »Gleich nebenan in der Marinebasis. Dachte mir, du hast vielleicht Lust, mit mir zu essen. Hier sind ein paar Leute, mit denen ich dich gern bekannt machen möchte. Sehr nützliche Leute.«

»Aber ich habe im Augenblick hier das Kommando.« Hargrave sah sich in der Kammer um, als fühle er sich gefangen. »Der Kommandant ist . . .«

»Schon gut. Laß dich durch einen Untergebenen vertreten. Schließlich ist es nur ein Katzensprung hierher, Junge.«

Sein Vater hatte wohl schon mit seinen Freunden getrunken. Hargrave verspürte Neid und den Wunsch, mit älteren Berufsoffizieren zusammenzusein, um einmal etwas anderes zu hören als die ständigen Probleme der Minensucher.

Sein Vater fuhr fort: »Und wenn irgendein kleiner Hitler sich über deine Abwesenheit aufregt, dann sag ihm, er soll *mich* anrufen.« Er lachte heiser. »*Vizeadmiral* Hargrave!«

Hargrave mußte schlucken. »Herzlichen Glückwunsch zur Beförderung!«

»Ich erzähle dir alles beim Essen. Aber jetzt muß ich mich beeilen.« Er legte auf.

Hargrave lehnte sich zurück, die Hände hinter dem Kopf verschränkt. Um seine Karriere war es also doch noch nicht geschehen. Seltsam, er hatte nicht erwartet, daß ausgerechnet sein Vater zu seiner Rettung herbeeilen würde.

Draußen im Gang sagte Maschinenmaat Clarke: »Wir haben alles versucht, Tinker. Nun geh schlafen, ja?«

Clarke sah der schlanken Gestalt nach, die zur Leiter ging. Armer, verzweifelter kleiner Kerl! Er warf einen bösen Blick auf Hargraves geschlossene Kammertür und fluchte greulich.

Er erschrak, weil sofort danach die Tür aufging und der I.W.O. heraustrat.

»Ich bin heute abend an Land, in der Marinebasis. Leutnant Fallows wird mit Ihnen zusammen die Runden gehen.«

»Aye, aye, Sir.« Clarke versuchte es noch einmal. »Was den jungen Tinker angeht . . .«

»Das ist erledigt. Jung mag er sein, aber er kennt die Bestimmungen genausogut wie Sie und ich. Also hören Sie endlich auf damit, Maschinenmaat.«

Hargrave verschwand in seiner eigenen Kammer.

Clarke nickte langsam. Während du selbst an Land gehst und dich in der Offiziersmesse vollstopfst, dachte er. Wenn wenigstens der Coxswain an Bord gewesen wäre! Der hätte den Jungen möglicherweise heimgeschickt, ohne jemanden um Erlaubnis zu fragen. Aber er wäre auch der einzige gewesen, der sich das hätte leisten können.

Clarke ging in die Unteroffiziersmesse und sagte zu dem diensttuenden Seemann: »Gib mir was zu trinken, egal was. Nur schnell her damit!«

Der Matrose machte sich nicht die Mühe, den Unteroffizier darauf hinzuweisen, daß es erst vier Uhr nachmittags war. Er schob ihm einen Krug Rum hin und grinste. »Bunny Fallows ist auch schon wieder voll.«

Clarke hielt mitten im Schlucken inne. »Mein Gott! Ich sollte wohl besser auf ihn aufpassen. Der Erste ist heute nacht an Land.«

Er fand Fallows in der Messe neben dem leeren Kamin sitzend, ein großes Glas in der Hand und das Gesicht beinahe so rot wie sein Haar. Er war noch ein junger Mensch, knapp einundzwanzig. Der wird aussehen wie ein Mummelgreis, wenn er in mein Alter kommt, dachte Clarke.

»Ja, was gibt's?«

»Der I.W.O. läßt grüßen, Sir, und er geht heute abend an Land.« Clarke sah, daß Fallows das Glas in einem einzigen Zug leerte. »Ich soll mit Ihnen die Runden gehen, Sir.«

Fallows dachte ein paar Sekunden nach. »All right, das machen wir! Mich kotzt heute abend sowieso alles an.« Er tippte sich mit dem leeren Glas gegen die Nase. »Aber morgen ist's wieder anders, klar?« Er stieß ein albernes Kichern aus.

Erleichtert atmete Clarke auf. Er fand dem Leutnant gegenüber offenbar immer den richtigen Ton, ob der nun betrunken oder nüchtern war. Ärger hätte er auch nicht brauchen können, nicht jetzt, nachdem der Erste sich so schäbig benommen hatte.

Er zog sich zurück und hörte, wie Fallows nach dem Messesteward rief.

Später, nach einem herzhaften Abendessen, saß Maschinenmaat Clarke allein in der Unteroffiziersmesse, ein Glas neben sich, und schrieb einen Brief an seine Frau in Bromley. Der Quartermeister klopfte und meldete: »Die ersten Urlauber kommen zurück, sind aber einigermaßen ruhig. Soll ich es dem Offizier vom Dienst melden?«

»Zum Teufel, nein! Ich komme selbst hinauf.« Clarke griff nach seiner Mütze und einer starken Stablampe. Er fügte hinzu: »Bunny ist schon wieder total besoffen.«

Reeves, der Quartermeister, grinste. »Was kümmert das uns?«

Zusammen stiegen sie an Deck. Es war fast völlig dunkel, die Kräne, Schiffsmasten und Schornsteine hoben sich gegen den Himmel ab wie gezackte schwarze Schatten.

Die Männer, die vorzeitig von ihrem Landurlaub zurückkamen, waren entweder enttäuscht von Chathams schäbiger Gastlichkeit oder pleite. Chatham war eine von Seeleuten wimmelnde Stadt, denen die Zimmerwirtinnen gutes Geld abnahmen für die Gnade, zu dritt in einem Bett schlafen zu dürfen und am Morgen eine Tasse schwachen Tees und einen Brotkanten mit Bratenfett zu erhalten, bevor sie wieder in ihre Kasernen zurückschlichen.

Obergefreiter Reeves sagte: »Ich bin ein wenig überrascht über Tinker.«

»Ich nicht«, sagte Clarke.

»Nein, ich wundere mich darüber, daß Fallows ihm erlaubt hat, an Land zu gehen – nach allem, was Sie mir erzählt haben.«

»Was?«

»Ich dachte, Sie wüßten Bescheid, Unteroffizier Clarke.« Reevers zwang sich zu einem Lächeln. »Ist doch nicht Ihre Sache. Bunny ist schließlich der Offizier vom Dienst. Ich habe es ihm gesagt, und Ted Hoggan, der Messeälteste, ebenfalls. Was sonst können wir tun?«

Es war kurz vor Mitternacht, als Hargrave endlich an Bord zurückkehrte. Der Abend mit den Freunden seines Vaters war für ihn eine Art Triumph gewesen. Beide waren Flaggoffiziere, und einer von ihnen war recht bekannt durch häufige Interviews in Presse und Wochenschau.

Sein Vater hatte noch privat mit ihm gesprochen, bevor sie den Stützpunkt verließen: »Wir sind eine Familie mit alter Marinetradition, Trevor. Normalerweise wäre vielleicht alles anders verlaufen, aber wir müssen an die Zukunft denken, klar?«

Damit hatte sein Vater wohl die Tatsache gemeint, daß er drei Töchter hatte. Trevor Hargrave war der einzige männliche Sproß, der in die Fußstapfen der Vorfahren treten konnte.

»Krieg ist schrecklich, das wissen wir, Trevor. Aber wenn er vorbei ist, werden all die anderen wieder zurückkehren in ihre Zivilberufe, und die Marine ist für sie dann nur noch eine Erinnerung.« Er hatte sich vorgebeugt, sein heißer Atem roch nach Alkohol und Zigarren. »Wir Profis müssen also die Zeit nutzen und Vorteile für uns daraus ziehen, natürlich auch für den Dienst. Deswegen wollte ich, daß du möglichst bald ein eigenes Kommando bekommst und nicht länger auf einem großen Kreuzer herumlungerst, verstehst du? Für U-Boote hat man dich als untauglich eingestuft, und darüber bin ich nicht traurig; die nötige Erfahrung kannst du dir also nur auf Schiffen wie der *Rob Roy* holen. Ich verspreche dir, daß du innerhalb weniger Monate auf deiner eigenen Brücke stehen wirst!«

Hargrave fühlte sich gestärkt. Wenn er den Krieg heil überstand, gleichgültig auf welchem Schiff, würde ihm sein Vater weiterhelfen, das hatte er versprochen. Zu seiner Überraschung fand er den Chief in der Messe vor, der dort saß und schwarzen Kaffee trank.

»Ich dachte, Sie wollten die Nacht über an Land bleiben, Chief?«

Kalt sah Campbell ihn an. »Ein Glück, daß ich meine Absicht geändert habe.«

»Was war denn los?«

Campbell stand auf und trat vor den Kamin. »Ich mußte die Runden gehen. Das ist aber nicht meine Aufgabe, Number One.«

»Hören Sie . . .« Hargrave spürte, daß Ärger in ihm aufstieg. »Wir sind in keiner verdammten Gewerkschaft, wenigstens bisher noch nicht! Jeder Offizier sollte in der Lage sein . . .«

»Darum geht's nicht.« Ärgerlich sah Campbell ihn an. »Dieses Schiff hat einen guten Ruf, jeder weiß das. Aber ich kam an Bord zurück und fand den O.v.D. sturzbesoffen vor; er hing über der Reling und kotzte sich die Seele aus dem Leib. Und der verantwortliche Offizier war an Land zum Essen! Halten Sie mir also keine Vorlesung über Offizierspflichten!«

Hargrave fauchte: »Ich glaube, wir haben beide genug gesagt!«

Der Chief ging zur Tür. »Matrose Tinker ist übrigens ohne Erlaubnis an Land.« Er verschwand, der Vorhang fiel hinter ihm zu.

Schwer setzte Hargrave sich hin. »Zur Hölle mit ihm!« Er sah den Messesteward aus seiner Pantryluke spähen. »Einen Horse's Neck!«

»Bar ist schon geschlossen, Sir.«

»Dann öffnen Sie sie wieder!« Böse blickte er hinauf zur Decke. Tinker war also desertiert. Er mußte darüber mit Unteroffizier Clarke sprechen.

Er nahm das Glas entgegen, das der Messesteward ihm reichte. »Danke.«

Der Mann sah ihn besorgt an. »Es geht um Mr. Fallows' Messebons, Sir . . .«

»Was ist damit?«

»Er hat für seine Getränke nicht abgezeichnet.«

»Aha.« Das vornehme Dinner verblaßte bereits. »Überlassen Sie das mir.«

Nur noch ein paar Monate, dann hatte er dies alles hinter sich. Morgen mußte er sich Bunny Fallows vornehmen, aber bis dahin konnte das warten, auch die Sache mit Tinker.

Ein eigenes Kommando! Der Gedanke erfüllte ihn noch immer mit Vorfreude, als er in seiner Kammer einschlief.

Ian Ransome sah sein Spiegelbild an und rückte die Krawatte zurecht. Das Haus wirkte so ruhig, als warte es darauf, daß er ging.

Sein Vater stand an der Tür, einen Arm um die Schulter seiner Frau gelegt.

Er sagte: »Sechs kurze Tage, Ian. Das war alles, was man dir gewährt hat.«

Ransome hatte eifrig an der *Barracuda* gearbeitet, denn das Wetter war zum Glück schön geblieben. Jeden Abend war er mit seinem Vater hinübergegangen in den »Lugger«, wo sie ein Bier tranken. Danach war er todmüde ins Bett gesunken und hatte tief und fest geschlafen: Etwas, das er nicht mehr für möglich gehalten hatte.

Aber dann war dieser Anruf gekommen: Er wurde an Bord benötigt. Zum letzten Mal war er hinübergegangen zu seinem Boot, hatte mit Liebe über das glatte Holz gestrichen. Der alte Weese hatte ihn dabei beobachtet. Es bricht ihm beinahe das Herz, dachte er.

Ransome hätte am liebsten mit seinen Eltern über alles gesprochen, aber er fürchtete, seine Emotionen könnten mit ihm durchgehen, und das hätte seiner Mutter den Rest gegeben.

Jetzt, in der frisch gebügelten Uniform mit dem blau-weißen Ordensband, in dem neuen weißen Hemd, war er bereits wieder Kommandant der *Rob Roy*.

Noch einmal sah er sich in dem Zimmer um, halb in der Erwartung, den alten Kater Jellico zu entdecken. Aber der war schon lange tot und wie all die anderen Haustiere an dem Platz im Garten begraben, den sie als Kinder ausgewählt hatten.

Dasselbe Gefühl hatte er gehabt, als er damals aus seiner Kammer auf die Brücke gegangen war. Auch damals hatte er sich noch einmal umgesehen. Würde es das letzte Mal sein, so wie es für *Guillemot* und *Fawn* das letzte Mal gewesen war?

Er sah seine Eltern an und lächelte. »Also los. Ich komme doch bald wieder.«

Seine Mutter beobachtete ihn. »Ich habe dir Sandwiches eingepackt.«

»Danke, Mutter.« Liebevoll blickte er sie an und dachte verzweifelt: *Ich will nicht weg von euch.* Aber da war der Telefonanruf, die unbekannte Stimme eines Offiziers aus Chatham.

Am frühen Morgen hatte man Tinker entdeckt. Ein junger Rekrut, der zur Strafe Sonderdienst verrichten mußte, hatte die Luftschutzbunker überprüft und sich vergewissert, daß alle Glühbirnen noch heil waren. Keuchend war er zum Eingang gerannt und hatte, außer sich vor Entsetzen, den wachhabenden Offizier gerufen.

Der Rekrut hatte in einem der unterirdischen Schutzräume auf einer Bank gestanden, eine Hand an der Glühbirne, als er plötzlich das Gefühl hatte, von jemandem beobachtet zu werden. Als er sich umdrehte, starrte er in das tote Gesicht Tinkers, der von einem Deckenbalken herabhing.

Ransome sagte: »Vergeßt nicht, mir zu schreiben.«

Er gab seiner Mutter einen Kuß und ging aus dem Haus, ohne sich noch einmal umzudrehen.

VIII   Kein leerer Tag

Fregattenkapitän Hugh Moncrieff saß hinter dem Schreibtisch seines behelfsmäßigen Dienstzimmers in der Werft und sog heftig an seiner Pfeife.

»Gut, daß Sie so schnell gekommen sind, Ian.«

Ransome stand am Fenster und spürte die Wärme der Sonne auf seinem Gesicht. Er fühlte sich nicht müde von der Reise, das würde wohl erst später am Tag kommen. Hargrave fiel ihm wieder ein, wie er vor seinem Schreibtisch gestanden hatte, verkrampft und so, als habe er seit Tinkers Tod nicht mehr geschlafen.

Langsam sagte Moncrieff: »Ich hatte eigentlich erwartet, daß Sie um Hargraves Versetzung bitten würden.«

»Es war nicht allein sein Fehler, Sir.« Dachte er das wirklich? »Verschiedene unglückliche Umstände kamen zusammen. Ich möchte ihn deswegen nicht ruinieren.«

»Ich hoffte, daß Sie es so sehen würden. Wir haben noch zwei Minensucher verloren, während Sie auf Urlaub waren. Wir werden also künftig noch knapper sein an erfahrenen Offizieren und Mannschaften.«

Ransome lächelte. »Das ist auch eine Art, wie man es sehen kann, Sir.«

»Es ist die einzige Art, Ian. Wenn wir so weitermachen . . .« Moncrieff vollendete den Satz nicht. Statt dessen hellte sich sein Gesicht auf. »Aber jetzt wird die Flottille auf volle Mannschaftsstärke gebracht. Sie bekommen sogar zwei Schiffe zusätzlich.«

Ransome drehte sich um. »Neubauten?«

Moncrieff klopfte seine Pfeife aus. »Nein, Ausländer sozusagen. Ein Schiff kommt von der freien holländischen Marine, das andere aus Norwegen. Beide Crews sind fronterfahren. Die Flottille wird nach Westen verlegt, sobald alle Urlauber zurück sind.«

»Darf ich fragen wohin, Sir?«

»Das dürfen Sie nicht.« Moncrieff kicherte in sich hinein. »Ich habe übrigens ein paar Flaschen Scotch für Sie organisiert. Die sollten eigentlich bereits an Bord sein.« Dann wurde er wieder ernst. »Dieser junge Tinker hat vielleicht nur getan, was er ohnehin vorhatte.«

»Ich weiß, Sir. Aber man hätte mit ihm sprechen müssen . . .«

»Und Sie machen sich Vorwürfe, weil Sie nicht hier waren. Mein Gott, Ian, Sie führen das Schiff, Sie sind keine Amme für Ihre Leute! Tinker ist ein Kriegsopfer wie viele andere.«

Ransome wechselte das Thema. »Also, was hat es mit diesen Extraleuten auf sich?«

»Nun, Sie kriegen einen Arzt, und *Ranger* auch. Außerdem kommen vier zusätzliche Leute an Bord für die neuen Waffen, und

101

schließlich kann ich Ihnen mitteilen, daß wahrscheinlich heute auch ein neuer Leutnant eintreffen wird.«

Entgeistert starrte Ransome ihn an. »Was soll ich mit so vielen Leuten, Sir? Sollen sie im Munitionsaufzug schlafen?«

Moncrieff zog einen abgegriffenen Hefter heran und runzelte die Stirn. Wahrscheinlich hatte er die Einwände der anderen Kommandanten schon mit gleicher Entschlossenheit abgewehrt.

»Ihr Midshipman Davenport wird Sie in ein paar Monaten verlassen, sobald er seinen ersten Streifen bekommen hat, stimmt's? Der neue Leutnant wird daher doppelt nützlich sein. Außerdem stehen mindestens zwei Ihrer Obergefreiten zur Beförderung an, und weitere gehen auf Lehrgänge.« Er wedelte mit seiner Pfeife. »Somit werden Sie noch froh sein über jeden erfahrenen Seemann an Bord. Zur Zeit wird ein völlig neuer Verband von Minensuchbooten aufgestellt, um die Verluste auszugleichen, und dort schreit man natürlich auch nach Leuten. Also seien Sie dankbar, junger Freund!«

Wieder blickte Ransome aus dem Fenster und dachte: Noch mehr Schiffe, noch mehr neue Gesichter, aber es bleibt immer derselbe schreckliche Krieg. Und das mit Offizieren wie Fallows, den er erst vor einer Stunde gesehen hatte. Er machte zwar ein ernstes Gesicht, hatte aber keine Zeit verloren, sofort seine Schuldlosigkeit zu beteuern. Nein, Tinker hatte sich nicht an ihn um Urlaub gewandt, sonst . . .

»Brüten Sie noch immer, Ian?«

Ransome lächelte in die Scheibe hinein. Der alte Moncrieff konnte wirklich Gedanken lesen. Gut, daß er mit an Bord sein würde, wenn sie ins Mittelmeer verlegten.

»Ich habe nur nachgedacht, Sir.«

»Hargrave ging hinüber zum Stützpunkt, wo er seinen Vater treffen wollte, der gerade Vizeadmiral geworden war. Das hätte wohl jeder von uns getan. Schließlich gab's ja Telefon, falls an Bord etwas schiefging.« Die Pfeife klopfte auf Moncrieffs dicke Finger. »Der Chief war an Bord und Leutnant Fallows, außerdem sollte der Torpedooffizier am frühen Morgen zurückkehren. Und die gesamte Wache mit einem erfahrenen Unteroffizier war an Bord.«

Ransome sah ihn voller Zuneigung an. Der Flottillenchef hatte wirklich seine Hausaufgaben gemacht. »Ich weiß, Sir. Ich mache niemandem einen Vorwurf.«

Moncrieff warf einen vielsagenden Blick auf die Uhr. »In einer Minute kommt der Kommandant der *Dryaden* zu mir. Dem werde ich genau dasselbe sagen wie Ihnen und außerdem seinen Maschinenmaat auf einen wohlverdienten Vorbereitungslehrgang zur Beförderung schicken. Das wird er auch nicht mit Vergnügen hören.« Er hielt Ransome die linke Hand hin. »Vorwürfe, Ian?« Prüfend musterte er ihn. »Sie sind der beste, den ich habe.«

Als Ransome an Bord zurückkehrte, entschloß er sich, noch einmal mit Fallows zu sprechen, um die fehlenden Einzelheiten zu klären. An der Stelling wartete er und musterte sein kleines Schiff. Sein Blick blieb an den beiden Doppelrohren der Zwei-Zentimeter-Örlikons hängen, ferner an einer zusätzlichen Winsch auf dem Achterdeck und einem mächtigen Ladebaum, der den alten ersetzt hatte. Frische Farbe überall, und in den Davits hing sogar ein neues Motorboot. Sie hatten wirklich alles getan, was möglich war.

Rasch schritt er die steile Stelling hinunter und salutierte, dann warf er einen Blick auf die Tafel mit den Namen der Anwesenden und Abwesenden. Außer Oberleutnant Sherwood und dem Chief schienen alle an Bord zu sein.

Er nickte dem Ersten Quartermeister, dem rotgesichtigen Obergefreiten Reeves, zu.

»Alles klar, Quartermeister?«

Reeves musterte ihn vorsichtig. »Alles bestens, Sir. Der neue Doktor ist an Bord, und der zusätzliche Leutnant wird heute nachmittag eintreffen.«

Ransome sah ihn direkt an. »Und was war mit Tinker?«

Reeves trat unsicher von einem Fuß auf den anderen. »Das tut uns allen sehr leid, Sir. Tinker war wirklich ein netter Junge.«

»Was hat sich Ihrer Meinung nach abgespielt?«

»Er bat darum, noch einmal an Land gehen zu dürfen, um seinen kranken Vater zu besuchen, Sir. Seine Mutter war ja umgekommen.«

Ransome wartete. »Und?«

»Nun, sein Gesuch wurde abgelehnt, Sir. Wie ich dem I.W.O. später meldete, stand ich an der Gangway, als Tinker ging. Ich fragte ihn nach dem Urlaubsschein, und er sagte, es sei nur Standorturlaub, und er habe wachfrei, Sir. Bunny – ich meine Mr. Fallows – hätte ihm die Erlaubnis gegeben.«

»Sie haben nicht daran gedacht, das zu überprüfen?«

Reeves zögerte ein wenig. »Es war ein bißchen schwierig . . .« Im Geist sah er wieder Fallows' rotes Gesicht vor sich, als er später in die Messe hinuntergegangen war, um ihm zu sagen, was sich ereignet hatte. Unteroffizier Clarke war bei ihm gewesen.

Der Leutnant geriet außer sich vor Wut und schien kaum imstande, gerade zu stehen.

»Wie können Sie es wagen, so mit mir zu reden? Stehen Sie gefälligst stramm!« hatte er gebrüllt. »Ich habe diesen verdammten Tinker weder gesehen noch ihm die Scheißerlaubnis gegeben, an Land zu gehen, klar?«

Ransome nickte. »Was hatte Tinker an? Hat er noch irgend etwas gesagt?«

Reeves runzelte die Stirn. »Mir fiel auf, daß er nichts weiter bei sich hatte als seine Gasmaske, Sir.«

»Und daraus schlossen Sie, daß er nur kurz an Land wollte?«

Reeves sah ihn an. »Da war noch etwas, Sir. Tinker sagte: Die kümmern sich hier ja doch nicht um einen! So etwas ähnliches sagte er, Sir.« Er senkte den Blick. »Es – es tut mir leid, daß ich nicht weiterhelfen kann.«

Ransome starrte hinauf zu dem kleinen Wimpel im Masttopp. »Oh, Sie haben mir eine ganze Menge geholfen, Reeves. Jetzt schlagen Sie sich die Sache aus dem Kopf.«

Reeves starrte auf seine Hände nieder in der Erwartung, sie noch immer zittern zu sehen. Der Skipper mochte noch jung sein, aber er wußte genau Bescheid!

Am sauber geschrubbten Tisch in Messe drei saßen die Seeleute schweigend, schlürften ihren süßen Tee und sahen Ted Hoggan, dem Messeältesten, zu, der die wenigen Habseligkeiten des jungen Tinker vor ihnen ausbreitete. Es war wirklich nicht viel, dachte Boyes, der eingekeilt zwischen Jardine und einem Seemann namens Chalky White saß. Unter anderem war da eine neue Mütze mit goldener Schrift, ein Takelmesser, ein handgearbeitetes Holzschächtelchen, aus dem Hoggan vorher sorgsam ein paar private Briefe entfernt hatte, und schließlich eine Fotografie, die Tinker selbst als Jungen auf HMS *Ganges* darstellte.

Es war das erste Mal, daß Boyes solch eine Versteigerung erlebte. Er spürte die Wichtigkeit, die man ihr beimaß, an den harten Gesichtern der Männer. Jardine beugte sich zu ihm und flüsterte: »Auf diese Weise kommen ein paar Pfündchen zusammen, verstehst du? Dann haben wir etwas Geld für seine Angehörigen und selbst ein paar Erinnerungsstücke an ihn.«

Boyes nickte und öffnete sein Portemonnaie.

Jardine sah die Zehn-Shilling-Note, die er herausholte, und sagte

104

rasch: »Nicht so viel, Gerry! Es soll doch nur ein kleines Andenken sein, keine Gelegenheit zu zeigen, wieviel Geld du hast.«

Hoggan klopfte auf den Tisch. »Also, Jungs, hier haben wir ein hübsches, sauber gearbeitetes Holzkästchen – wieviel bietet ihr?«

Stück für Stück ging so weg, bis der Tisch leer war. Boyes hatte Tinkers Messer für zwei Shilling ersteigert. Es war zwar genau das gleiche, wie er selbst eins besaß, trotzdem schien es ihm etwas Besonderes zu sein.

Obergefreiter Hoggan leerte seine Blechdose auf dem Tisch aus und zählte sorgfältig den Inhalt.

»Vier Pfund und zehn Shilling, Jungs.« Einem nach dem anderen sah er ins Gesicht. »Was machen wir damit?«

Ein Seemann sagte: »Seine alte Mami hat ja schon ins Gras gebissen, Hoggy, und sein Daddy ist seitdem nicht mehr ganz richtig im Kopf.«

Boyes beobachtete ihre Gesichter in der Erwartung, daß sie grinsen oder die Lage diskutieren würden, aber sie blieben alle todernst.

Hoggan nickte. »Dasselbe dachte ich auch, Dick.« Er schob das Geld wieder in die Dose. »Wir werden es aufbewahren –«, er sah sich um, »für den nächsten von uns. Klar?«

Alle nickten und tranken ihre Becher aus, als sei dies ein letzter Salut.

Hoggan sah Boyes an und grinste traurig. »Wieder hast du was Neues gelernt, Gerry, nicht wahr?«

Boyes nickte. »Ja, besten Dank, Hookey.«

Diesmal ahmte niemand seine gewählte Ausdrucksweise nach.

Hoggan klopfte ihm auf den Arm. »Du kannst Tinkers Spind nehmen und von jetzt ab deine Hängematte auf Tinkers Haken hängen, Gerry.«

Boyes nickte und wußte nichts zu sagen. Es war nur eine Kleinigkeit, mochten manche denken, aber Boyes fühlte sich, als hätte er einen Orden erhalten.

Tinker war in der Messe beliebt gewesen, ja sogar im ganzen Schiff. Trotzdem war es Boyes klar, daß sein Name künftig kaum noch fallen würde.

Die Offiziere der *Rob Roy* standen oder saßen in der kleinen Messe herum und warteten auf den Lunch, das Ereignis des Tages.

Oberleutnant Hargrave lehnte in einem abgewetzten Ledersessel und las eine Ausgabe der Daily Mail, obgleich er sich nicht recht konzentrieren konnte.

Er war noch immer wie benommen, weil Ransome sich mit seinem Bericht zufriedengegeben hatte. Dabei hatte er nichts ausgelassen, hatte sich sogar dafür getadelt, daß er Tinker nicht erlaubt hatte, an Land zu gehen.

Ransome hatte ihm zugehört, ohne ihn zu unterbrechen, und anschließend gesagt: »Nächstes Mal entscheiden Sie hoffentlich nicht nur nach den Buchstaben der Vorschriften. Aber wenn es ein Trost für Sie ist: Ich glaube, Tinker hätte es ohnehin getan. Nach Ihrem vollständigen und sicher ehrlichen Bericht bin ich der Meinung, daß Sie sich korrekt verhalten haben.« Damit war die Angelegenheit für den Kommandanten erledigt.

Hargrave sah die anderen an, die mit ihren Getränken in der Hand herumstanden. Der Aufenthalt in der Werft langweilte sie allmählich, alles wartete ungeduldig auf die Rückkehr der restlichen Heimaturlauber.

Der Chief war eben erst gekommen. Er trug seine beste Uniform und sah ganz anders aus als sonst in seinem Kesselpäckchen oder in dem abgetragenen Jackett mit den ausgefransten und verblichenen Ärmelstreifen.

Bone, der Torpedooffizier, saß behäbig vorm Kamin und betrachtete wohlgefällig einen Krug Bier, während seine Glatze im Schein der Deckenlampe glänzte. Obwohl sie das Trockendock verlassen hatten, waren die Bullaugen noch verdunkelt, einmal durch die Mauer des Anlegers und dann durch *Rangers* Bordwand auf der anderen Seite.

Hargrave starrte Fallows an, bis der Leutnant zurückblickte, errötete und wegsah. Soll er doch, dachte Hargrave. Immerhin trank er jetzt Tomatensaft. Und Sherwood war noch an Land, deshalb gab es für eine Weile keine Sticheleien. Hargraves Augen blitzten in plötzlichem Ärger auf. Wenn Sherwood wieder den Zyniker herauskehren will, werde ich ihn auf normale Größe zurückstutzen, Held oder nicht! Er hörte die helle Stimme des Midshipman, der mit dem Chief über die Aussichten auf Beförderung sprach.

Campbells waches Gesicht blieb unbeteiligt. »Da du ein Schlipsträger alter Schule bist, nehme ich an, daß du sehr bald die Leiter hinauffallen wirst.«

Davenport seufzte. »Nun, Familie hilft natürlich. Mein Vater wollte aber, daß ich zum Heer ging. Natürlich in eins der bekannten Regimenter.«

»Natürlich.« Campbell sah Hargrave aufblicken und trat zu ihm. »Was hat denn der Alte gesagt?«

106

Hargrave ließ die Zeitung sinken. »Nicht viel.« Seiner Stimme war noch die Überraschung anzuhören. »Ich glaube, an seiner Stelle wäre ich an die Decke gegangen.«

Der Chief grinste. »Nun, Sie sind aber *nicht* an seiner Stelle.« Er hob sein Glas. »Auf einen neuen Anfang, wohin er uns auch führen mag.«

Hargrave beugte sich vor. »Haben Sie was gehört?«

Campbell blickte hinüber zu Davenport, der gerade versuchte, Fallows für seine Karriere zu interessieren.

»Manchmal möchte ich diesem kleinen Snob sein aufgeblasenes Benehmen mit drastischen Mitteln austreiben!« Er schien sich wieder an Hargraves Frage zu erinnern. »Ich habe Freunde drüben im Materiallager, die stellen gerade Shorts und leichte Khakiuniformen für unsere Flottille zusammen.«

Hargrave lächelte. »In diesem Fall gehen wir bestimmt in die Arktis.« Beide lachten.

Leutnant Morgan, der wachhabende Offizier, schob den Vorhang beiseite und trat mit einem jungen Offizier ein, der einen einzelnen wellenförmigen Streifen auf dem Ärmel trug.

Hargrave stand auf, um den Neuling zu begrüßen. »Leutnant Tritton? Ich bin der I.W.O.« Er hatte bemerkt, daß Morgan und der Neue sich eingehend unterhielten, als sie die Messe betraten. Sie schienen sich von früher zu kennen.

Tritton sah sich um. Er hatte ein angenehmes junges Gesicht mit einem freundlichen, unschuldigen Lächeln. »Ich bin froh, an Bord zu sein, Sir.« Er sah Morgan an. »Ich war als junger Dachs mit ihm auf seinem letzten Schiff. Er ist einer der Gründe, weshalb ich mich zu den Minensuchern gemeldet habe.«

Fallows sagte gereizt: »Nun trag bloß nicht so dick auf!«

Bone blickte von seinem Bier auf. »Wie ist Ihr Name?« Für ihn war das eine äußerst freundliche Bemerkung; die Heimat mußte ihm irgendwie gutgetan haben.

»Mein Vorname ist Vere.«

Bone nickte weise. »Ein ausgefallener Name, muß ich sagen.«

Tritton sah seinen Freund an. »Aber die meisten Leute nennen mich Bunny.«

Hargrave hörte Fallows sich an seinem Tomantensaft verschlucken und sagte rasch: »Willkommen an Bord von *Rob Roy!*« Leichthin fügte er hinzu: »Wie lustig, wir haben schon einen Bunny in der Messe.«

»Wirklich, Sir?« Trittons Augen wurden groß wie Untertassen. »Natürlich, wir Bunnys vermehren uns ja auch schnell.«

Morgan schlug Fallows auf die Schulter. »In Ordnung, Bunny! Schluck's runter, klar?«

Oben an Deck hörte Beckett das Gelächter und dachte an Tinker. »Herzloses Pack«, murmelte er.

Der Buffer eilte übers Seitendeck herbei und sah ihn lachend an. Wenn er grinst, sieht er noch mehr wie ein Affe aus, dachte Beckett.

»Zeit für den Rum, Swain. Ich will dir von der Party erzählen, auf der ich an Land war.«

Beckett lächelte. »Warum nicht?« Tinker war vergessen.

Oberleutnant Sherwood schob die Tür eines Abteils erster Klasse auf und starrte angewidert die Insassen an. Er versuchte es im nächsten Abteil, wo zu seiner Überraschung noch ein Eckplatz am Gang frei war. Knurrend ließ er sich hineinfallen und schlug den Kragen seines Regenmantels hoch. Es war früher Morgen, und er hatte die langweilige Fahrt durch die Städte am Medway und nach Chatham noch vor sich.

Als er seine Wohnung in Mayfair verlassen hatte, war es kühl, ja sogar kalt gewesen. Ausnahmsweise hatte es während der Nacht einmal keinen Alarm gegeben, und die Sperrballons hoch über der heimgesuchten Stadt glänzten schon im schwachen Sonnenlicht, obwohl auf dem Boden noch Dunkelheit herrschte. Sherwood war so früh aufgebrochen, daß er den ganzen Weg zur Waterloo Station zu Fuß gehen konnte. Dabei dachte er an die Frau, die in seinem Bett so tief schlief, als sei sie tot. Wenn sie aufwachte, wünschte sie sich vielleicht, es zu sein.

Sherwood schloß rasch die Augen, als ein Offizier der Luftwaffe zu ihm herüberblickte, und dachte an die vergangene Nacht. Ganz war er sich noch immer nicht klar darüber, wie es angefangen hatte. Für sie war es vielleicht eine Art der Erlösung. Er hatte sie in verschiedene Hotels und Restaurants geführt, von denen sie lediglich die Namen kannte. Ein General hatte sich verblüfft umgedreht und ihn angestarrt, als der Oberkellner Sherwood respektvoll beim Namen nannte. Der Mann erinnerte ihn an den Heeresoffizier, den er niedergeschlagen hatte. Nein, es hatte sich wie von selbst ergeben. Er konnte sich auch nicht mehr an die genaue Zeit erinnern. Jedenfalls war es am letzten Abend gewesen, als sie zusammen in die Wohnung zurückgekehrt waren.

108

Sie hatte nicht ein einziges Mal über ihren gefallenen Mann gesprochen, und er hatte nichts weiter über seine Familie gesagt. Einmal hatte sie bemerkt, daß er zu einem Lüster im Restaurant aufblickte, und da hatte er ihr von seiner Firma erzählt.

Sie hatte ihn so eingehend gemustert, als versuche sie, sich jede Einzelheit seines Gesichts einzuprägen.

»Was wirst du tun, wenn der Krieg vorbei ist, Philipp?«

Er hörte sich antworten: »Vorbei? Er wird noch viele Jahre dauern. Ich bemühe mich, nicht an die Zeit danach zu denken.«

Einmal berührten sich ihre Hände auf dem Tisch, und er merkte, daß er ihre Finger festhielt. Vielleicht hatte das den Ausschlag gegeben, dachte er.

Als sie in der letzten Nacht in die Wohnung zurückgekehrt waren, blieb sie wortlos in der Mitte des Zimmers stehen. Er bemerkte: »Noch keine Alarmsirenen. Endlich können wir mal ungestört schlafen.«

Sie brachte es nicht fertig, ihn anzusehen. »Schlaf bitte nicht in der Küche, nicht heute nacht, Philipp.« Das war alles gewesen.

Ruhig hatte er sie in die Arme genommen und ihr Kinn angehoben, um ihr in die Augen zu sehen. Die Adern an ihrem Hals tobten wie kleine gefangene Tiere.

Dann war es wie ein Sturm über sie beide hereingebrochen und hatte damit geendet, daß sie nackt und atemlos auf dem Bett lagen. Er hatte ihr weh getan, denn sie war lange nicht mehr mit einem Mann zusammengewesen. Vor Schmerz und Verlangen hatte sie aufgeschrien und nur ein einziges Mal, als sie an seiner Schulter einschlief, den Namen ihres Mannes ausgesprochen: *Tom.*

Später hatte Sherwood am Fenster gestanden und auf den Morgen gewartet. Er hörte das Klappern der Milchkannen und die Schritte eines Polizisten unten auf dem Pflaster. Männer und Frauen waren gestorben, vielleicht zu Tausenden, während sie sich in dieser Nacht geliebt hatten, dachte er. Aber das war irgendwo anders.

Verzweifelt dachte er: Ich darf sie nicht wiedersehen. Ich kann es nicht. Der Gedanke an sie würde mich bei der Arbeit sorglos und unaufmerksam machen. Und ein zweiter Verlust würde ihr möglicherweise das Herz brechen. Ihr Name war Rosemary. Es war besser gewesen, sie zu verlassen, brutal und endgültig. Sie hatten Freude aneinander gehabt, alle beide. Im Krieg war das schon viel wert.

Ransome stützte sich auf einen Ellbogen und zupfte sich das verschwitzte Hemd von der Brust ab. Wegen der auch nachts geschlossenen Bullaugen war die Luft stickig und heiß, trotz des Ventilators an der Decke.

Er blickte auf den Stapel Ordner und Schnellhefter nieder, durch den er sich nahezu ohne Unterbrechung gearbeitet hatte, verspürte aber keinerlei Befriedigung. Ihm war, als sei der Tag völlig leer gewesen. Die Vorarbeiter der Werft waren gekommen und wieder gegangen, und auch seine eigenen Abteilungsleiter, vom I.W.O. bis zu Wakeford, waren in seiner Kammer aufgetaucht, um seine Arbeitslast noch zu vermehren oder ihm zu helfen.

Jetzt war es vorüber. Selbst einen Beileidsbrief an Tinkers Vater hatte er geschrieben, obgleich er sich fragte, ob dieser ihn wohl verstehen würde. Und das Gerücht war jetzt Tatsache: *Rob Roy* und die Flottille würden bald ins Mittelmeer gehen, auf einen wirklichen Kriegsschauplatz, wo es all ihrer Erfahrung und Ausdauer bedurfte, um zu überleben. Es würde kein gleichgültiges Weitermachen geben, bestehend aus Langeweile und nur gelegentlich unterbrochen durch plötzlichen Tod. Jetzt war nicht die rechte Zeit, die Besatzung umzumodeln. Tritton, der neue Leutnant, war ein angenehmer junger Mann, der sich vielleicht vom gefährlichen Minensuchen zuviel Ruhm versprach. Fallows würde bald von Bord gehen, sobald seine Beförderung ausgesprochen war, und sicherlich I.W.O. auf einem anderen Boot werden. Besser bei denen als bei mir, dachte Ransome.

Er dachte auch an seine kurze Begegnung mit dem Oberarzt der Reserve, Sean Cusack. Er war etwa Mitte Dreißig, hatte ein tiefdunkles Gesicht und das leuchtendste Paar blauer Augen, das er jemals gesehen hatte.

Als Antwort auf Ransomes Frage hatte er erwidert: »Die Arbeit in den Lazaretten an Land hing mir zum Halse raus. Ich bin bei der Marine, also wollte ich an Bord eines Schiffes.« Über Ransomes Überraschung hatte er nur gelacht. »Es ist der Ire in mir, nehme ich an.« Dann hatte er mit der gleichen Offenheit gesagt: »Es wird hier ziemlich anstrengend, davon bin ich überzeugt.«

Danach lehnte er sich in seinem Stuhl zurück, den Kopf zur Seite geneigt wie ein wachsamer Vogel. Ransome fühlte sich irgendwie in der Defensive.

Schließlich hatte er erwidert: »Sie neigen sicher zu der Annahme, daß der Tod Ihr einziger Feind ist und daß Sie mit allem anderen fertig werden können. Wenn Sie erst herausfinden, daß dem nicht so ist, wird Sie das verwundbar machen.«

»Wie den jungen Tinker.« Die blauen Augen des Arztes hatten kaum geblinzelt. »Vielleicht hätte ich ihm helfen können. Ich habe auch als Psychologe einige Erfahrung.«

Ransome hatte irgendeine Entschuldigung gemurmelt, worauf sich der neue Arzt verabschiedete.

Nun griff er ins Wandschränkchen und holte eine von Moncrieffs Scotchflaschen heraus. Er füllte ein Glas und fügte nur einen Spritzer Sodawasser hinzu. An Bord war es ruhig, nur gelegentlich hörte man Schritte an Deck oder das Quietschen der Fender.

Im Mittelmeer würden sie vielleicht mit der Flotte zusammenarbeiten, an einer Invasion teilnehmen, die nicht schiefgehen durfte. Denn wenn sie mißlang, waren all die Opfer von Dünkirchen bis Singapur, von Norwegen bis Kreta vergebens gewesen. Wenn sie erst einen Fuß auf den europäischen Kontinent setzten, gleichgültig wo, mußte es vorwärtsgehen.

Es klopfte, und der Doktor trat ein.

»Was gibt's denn, Doc? Gefällt Ihnen Ihre Kammer nicht?«

Cusack trat ins Licht. »Ich bin ein solcher Trottel, Sir. Vor Aufregung habe ich die Hauptsache vergessen!« Er hielt Ransome einen Brief hin. »Der wurde mir gestern am Werfttor für Sie übergeben.«

Ransome sah sich die Handschrift an. Der Brief war korrekt adressiert, über die Postverteilungsstelle London, aber der Absender hatte ihn zum Commander befördert. Wahrscheinlich war es irgend jemandes Frau oder Mutter.

Er sagte: »Danke, Doc. Bevor Sie gehen . . .«

Des Doktors Blick fiel hoffnungsvoll auf die Flasche Scotch, aber Ransome fragte nur: »Stammen Sie aus dem Norden oder dem Süden Irlands?«

Cusack tat, als sei er beleidigt. »Kein wahrer Ire kommt aus dem Norden, Sir!« Rasch zog er sich zurück.

Ransome warf einen Blick auf den ungeöffneten Brief und stellte fest, daß er in Plymouth aufgegeben worden war. Da griff er rasch zum Messer und schnitt ihn auf.

Er entfaltete das sauber beschriebene Blatt und spürte plötzlich, wie es ihm heiß über den Rücken rieselte. Denn es war unterzeichnet: *Mit freundlichen Grüßen, Eve Warwick.*

Das Schiff, seine Sorgen, alles schien zu verblassen, als er den Brief las, langsam und sorgfältig. Er hatte ihre Handschrift noch nie gesehen.

Einige Sätze hoben sich ab, als würden sie von innen beleuchtet:

111

Ich habe viel an Dich gedacht, seit wir uns zum letzten Mal sahen ... Ich habe mir mehr Sorgen um Dich gemacht, als ich sagen kann ... Ich ging zu Eurer Werft, um Barracuda zu sehen, stellte mir vor, daß wir dort in der Sonne säßen und Du all meine doofen Fragen beantwortest. Ich habe Deinen Bruder Tony gesehen ...

Ransome hob das Glas an die Lippen, aber es war leer.

Ich wollte wissen, was Du tust, wie es Dir geht ...

Er las den Brief bereits zum dritten Mal, Dabei sah er Eves Lächeln, aber auch ihre Traurigkeit. Er hörte im Geist ihre Stimme. Ein oder zweimal blickte er auf die Zeichnung am Schott. Sie lebte also in Plymouth, wo ihr Vater jetzt Geistlicher war. Es hatte mehrere Tage gedauert, bis der Brief ihn erreichte.

Plötzlich setzte er sich kerzengrade auf, als er sich erinnerte, daß sein Zug wegen eines Bombenangriffs auf Plymouth aufgehalten worden war. Jetzt merkte er, wie belastend es war, sich um jemanden zu ängstigen, der ebenso den Angriffen ausgesetzt war wie jeder Soldat.

Er prüfte seine Gefühle und war überrascht, aber auch dankbar, daß er sich nicht länger töricht vorkam wegen seiner – er zögerte, bevor er das Wort innerlich aussprach: *Liebe*. Wie war das möglich?

Die Frage blieb unbeantwortet und der Brief lag offen unter der Lampe, als er sich schließlich die Zeit nahm, eine Pfeife zu stopfen.

Nun war es doch kein leerer Tag geworden.

IX Opfer

Die drei Wochen nach dem Auslaufen der Minensuchboote aus Chatham waren die geschäftigsten und verrücktesten, an die Ransome sich erinnern konnte.

Die Schiffe fuhren westwärts durch den Ärmelkanal, entgingen nur knapp einem Feuerüberfall durch die deutschen Geschütze auf Kap Griz Nez und kamen schließlich wohlbehalten in Falmouth an. Dort vereinigten sie sich mit dem Rest der Flottille: Zum ersten Mal seit Monaten waren sie alle zusammen.

Abgesehen von den Neulingen, dem holländischen Minensucher *Willemstad* und dem Kriegstrawler *Senja* von der freien norwegischen Marine, waren die anderen Schiffe untereinander bekannt. Aber während der langen Trennung waren doch allerhand Veränderungen eingetreten durch Versetzungen, Beförderungen, Todesfälle,

112

und das bedeutete andere Gesichter und Menschen, mit denen man sich arrangieren mußte.

Commander Duke Moncrieff wurde seinem Ruf als strenger Zuchtmeister gerecht und trieb die Flottille bei jedem Wind und Wetter tagsüber und auch oft während der Nacht hinaus. Sie dampften um Kap Land's End und in den Bristolkanal, wo Moncrieff sie jedes Manöver üben ließ, das im Buch stand, und dazu viele, die er sich selbst ausgedacht hatte. Er beschwatzte sogar den Oberbefehlshaber Westlicher Kanal, ihm ein U-Boot zur Verfügung zu stellen, das versuchen sollte, durch die Reihen der Flottille zu brechen. Während die Hälfte der Boote noch Minen suchte, mußte die andere mehrere Angriffe auf das U-Boot fahren, bis dieses schließlich auftauchte und morste: »Ihr macht mir Kopfweh. Ich spiele nicht mehr mit!«

Die Besatzungen mußten Moncrieff wohl so oft verflucht haben, daß ihm die Ohren dröhnten, aber Ransome spürte, wie sich bei ihnen der alte Stolz regte, das Gefühl, nicht mehr nur die Kulis der Flotte zu sein.

Weitaus schwieriger mußte es für die beiden ausländischen Kommandanten sein, dachte er. Sowohl der Norweger wie der Holländer waren geschickte Seeleute, aber ihre Erfahrung beruhte zum größten Teil auf örtlichem Geleitdienst, nicht auf eigentlichem Minenräumen. Dazu hatte Moncrieff bemerkt: »Macht nichts, Ian. Sie sind uns in vielem überlegen.«

Ransome verstand, was er meinte. Genau wie all die anderen, die ihre von Deutschland besetzten Länder verlassen hatten, kämpften sie, um ihre Heimat zu befreien und ihre Lieben wiederzusehen. Was war es für ein Gefühl, Frau oder Familie in vom Feind überrannten Europa zu wissen? Wenn ihre Zusammenarbeit mit den Alliierten der Gestapo zu Ohren kam, wußte jeder, was sich abspielte: das Klopfen an der Tür vor der Morgendämmerung, dann Erniedrigung, Schmerz – und Vergessen.

Die Flottille arbeitete sogar mit dem Heer zusammen, indem sie bei einer simulierten Invasion an der Küste von Wales Landungsfahrzeuge deckte. Dann, als selbst Moncrieff zufrieden schien, waren sie endlich nach Falmouth zurückgekehrt.

Ransome hatte Eve einen Brief geschrieben, aber entweder hatte sie keine Zeit zum Antworten gefunden oder es sich anders überlegt. Da beschloß er, sie unter der angegebenen Nummer anzurufen, im Pfarrhaus, wie er annahm. Aber die Verbindung kam nicht zustande. Er dachte wieder an die Luftangriffe und quetschte die Telefonistin aus, aber die antwortete nur müde: »Das Telefon mit dieser Nummer funktioniert nicht.« Als er weiterfragte, blaffte sie böse: »Es ist nämlich Krieg, falls Sie's vergessen haben, Sir!«

Seltsamerweise war es dann Moncrieff, der ihm unwissentlich half. »Ich bin zum Oberbefehlshaber in Plymouth gerufen worden, Ian«, eröffnete er ihm. »Diesmal scheint es wirklich loszugehen. Ich möchte, daß Sie mich als mein Stellvertreter begleiten. Sie kennen den wirklichen Krieg, während die in den Kommandobunkern ihn nur als Statistik ansehen.«

Ransome hatte Hargrave zu seinem Vertreter bestimmt, ihn aber nicht eigens auf seine Verantwortung hingewiesen. Wenn er seine Lektion jetzt nicht gelernt hatte, würde er's niemals schaffen.

Sie wurden von einem Stabswagen mit einer Wren am Steuer abgeholt, und als sie dröhnend durch die engen Gassen zur Hauptstraße nach St. Austell fuhren, war sich Ransome der Nähe seines Heims bewußt.

Moncrieff mußte seine Gedanken gelesen haben. »Ich werde mindestens zwei Tage beim Nachrichtenoffizier des Stabes zu tun haben, Ian. Sie könnten in der Zeit kurz nach Hause fahren. So bald werden Sie dazu nicht wieder Gelegenheit haben.«

Ransome empfand seinen Eltern gegenüber beinahe Schuldgefühle, mußte aber zumindest den Versuch machen, das Mädchen Eve zu sehen. Er sagte: »Vielen Dank, Sir.«

Sie erreichten Plymouth zur Teezeit, und während Moncrieff zum Stab ging, setzte Ransome sich ab, um nach Eve zu suchen.

Als er durch die Stadt ging, erschreckte ihn das Ausmaß der Schäden. Ganze Wohnviertel waren ausgelöscht, manche Straßen nur noch an dem aufgerissenen Pflaster und den Resten der Bordsteine zu erkennen. Ein Luftschutzwart wies ihn zum Codrington House, der Adresse, die Eve angegeben hatte, und versicherte ihm, daß es bisher von Bomben verschont geblieben war. »Es ist so eine Art Hospital, wissen Sie?«

Schließlich nahm Ransome ein Taxi. Das Haus mußte einmal sehr schön gewesen sein, mit einer langen, kiesbedeckten Auffahrt zwischen alten Eichen, einem säulengerahmten Eingang und einem Springbrunnen, um den herum einst die Kutschen vorfuhren. Aber jetzt war der Rasen ungepflegt, von den Mauern bröckelte der Verputz und den Brunnen verstopfte vorjähriges Laub. Das früher sicher eindrucksvolle Portal war fast verborgen hinter aufgestapelten Sandsäcken.

Eine Frau in strenger grauer Tracht sah ihn eintreten und fragte: »Kann ich Ihnen helfen?« Es klang abweisend.

Ransome wurde verlegen. »Ich habe gehört, daß die Familie War-wick hier lebt . . .«

Sofort war sie völlig verändert, ihr strenges Gesicht erhellte ein strahlendes Willkommenslächeln. »Oh, Sie wollen zu Pastor War-wick, unserem Stiftsherrn? Natürlich. Werden Sie erwartet?«

»Nein, ich . . .« Ransome sah sich um, weil drei Frauen in Morgen-röcken, begleitet von einer müden Schwester, durch die große Halle kamen. »Was ist das hier für ein Hospital?«

Die Hausdame musterte ihn, wobei sie den Blick von seinem Or-densband zu den Rangabzeichen auf seinen Ärmeln schweifen ließ. Viel zu jung für beides, sagte ihre Miene.

»Pastor Warwick ist hier sowohl Verwalter als auch Seelsorger.« Sie zeigte auf die kleine Prozession, die soeben in einer anderen Tür verschwand. »Wir beherbergen evakuierte Kinder, ausgebombte Fa-milien, Menschen, die alles verloren haben . . .« Sie griff zum Telefon. »Wie ist Ihr Name, bitte?«

Völlig unerwartet rief eine Mädchenstimme von der Eingangstür: »Es ist Kapitänleutnant Ransome, Mrs. Collins.«

Ransome fuhr herum und starrte Eve an. Wie lange sie schon dage-standen hatte, wußte er nicht. Genau wie früher in der Bootswerft: Sie beobachtete, lauschte seinen Worten, schwieg . . . Sie bewegte sich auch nicht, als er zu ihr schritt, und erst als er die Arme um ihre Schul-tern legte, schien sie zu erwachen.

»Ich kann es nicht glauben. Erst dein Brief – und jetzt du selbst.«

Er küßte sie auf die Wange, spürte ihre Wärme und das weiche Haar auf seinem Gesicht. Wie damals auf dem Bahnhof.

Er sagte: »Tut mir leid, daß ich so hereinplatze, Eve. Aber es bot sich eine überraschende Gelegenheit, und die habe ich ergriffen.«

Sie legte die Hand auf seinen Arm und führte ihn hinaus. Die Vögel sangen noch immer, und die Sonne vergoldete die Baumwipfel.

Er wollte Eve richtig ansehen, aber sie klammerte sich an seinen Arm, als wolle sie gerade das verhindern.

Schließlich sagte sie: »Wie oft habe ich davon geträumt! Und als ich dann deine Adresse erfuhr, habe ich mich entschlossen, dir zu schreiben. Stundenlang habe ich dagesessen, mit dem leeren Briefpa-pier vor mir auf dem Tisch.« Sie fuhr herum und betrachtete ihn. »Ich hatte Angst, du könntest dich verändert haben. Aber nach deinem Brief wußte ich . . .« Sie reckte sich hoch und strich ihm übers Haar.

»Du siehst gut aus.« Aber der besorgte Klang ihrer Stimme strafte sie Lügen.

Er antwortete: »Ich habe viel an dich gedacht. An mein kleines Mädchen mit Zöpfen und nackten Beinen.«

Sie lächelte. »Das ist vorbei.«

Endlich musterte Ransome sie und kam sich vor wie im Traum. Vier Jahre, und doch hatte sie sich kaum verändert. Sie trug ein T-Shirt und mit Farbe vollgeschmierte Blue-jeans.

Sie fuhr sich mit der Hand über die Stirn, um das Haar zurückzustreichen. »Ich muß schlimm aussehen!« Dann lachte sie. »Egal. Wie lange kannst du bleiben? Ich bin sicher, sie werden dich fragen . . .«

Oben auf der Treppe waren Schritte zu hören, dann kam ihr Vater herab, um ihn zu begrüßen.

»Schön, Sie wiederzusehen, Mr. Ransome – oder muß ich Kapitän sagen?«

Pastor Warwick sah älter aus, sein Gesicht war eingefallen und ließ die Backenknochen sehen. Ransome schüttelte ihm die Hand. »Ich hoffe, mein Besuch kommt nicht ungelegen, Stiftsherr?«

»Nennen Sie mich Simon, ja?« Er sah hinüber zu den Bäumen und einigen undeutlichen Gestalten. »Man tut nur, was man muß.« Er seufzte. »Sie essen natürlich an unserem Tisch. Es ist zwar alles ein wenig chaotisch, seit das Pfarrhaus zerstört wurde, aber schließlich kann das Werk der Nächstenliebe nicht warten, bis die Kriegsschäden repariert sind.«

Dann sah er seine Tochter an. »Bitte geh hinein, meine Liebe, und sag Bescheid, daß wir einen Gast haben.«

Ransome versuchte zu protestieren, aber es nützte nichts. Sie schritten zusammen über das ungemähte Gras, das einst ein eleganter Rasen gewesen war. Stiftsherr Warwick trug eine lange schwarze Soutane, und um den Hals hing ihm ein Kruzifix. Seine Augen waren überall zugleich.

»Ist es hier schlimm zugegangen?«

Warwick überlegte. »Schlimm genug. Dieser endlose Strom von Menschen, die voller Hoffnung hier nach ihren Lieben suchen, alle selber Flüchtlinge . . .« Er wechselte das Thema. »Und Sie sind noch nicht verheiratet? Das überrascht mich.«

Ransome wandte den Blick ab. Am liebsten hätte er gesagt: *Ich liebe Eve. Ich habe sie immer geliebt und werde sie immer lieben.* »Für so etwas hatte ich bisher nicht die Zeit«, antwortete er nur.

116

Warwick schien zufrieden. »Eve ist für mich ein wahrer Segen, seit ihre Mutter . . .«

Ransome erschrak. »Sie ist doch nicht . . .«

Warwick steckte die Hände in die Taschen und schüttelte den Kopf. »Betty hatte eine Menge Unglück, die Arme. Zuerst wurde das Pfarrhaus zerbombt, dabei erlitt sie einen leichten Schlaganfall. Später, als sie in der Stadt beim Frauenhilfsdienst tätig war – sie verkaufte Tee, Rosinenbrötchen und anderes an die Seeleute –, begann plötzlich ein Luftangriff, und eine Bombe fiel in die Nähe ihres Standes. Die meisten Soldaten, die dort Schlange standen, wurden getötet oder verwundet. Das hat sie so verstört, daß sie nicht mehr sie selbst ist.«

»Und was macht Eve hier?«

»Meine Tochter?« Der Pastor lächelte sanft. »Sie unterrichtet meine Patienten. Aber wahrscheinlich wußten Sie nicht, wie gut sie zeichnen und malen kann?«

Ransome dachte an die Skizze in seiner Kammer. »Doch, ich wußte es.«

»Ein beachtliches Talent.« Er nickte nachdrücklich. »Als sie uns verließ, um sich einem der Hilfsdienste anzuschließen, war ich in einer sehr schwierigen Lage.«

Es wurde ein ungemütliches Essen, und doch hätte Ransome nicht um alles in der Welt woanders sein wollen.

Eves Mutter, eine zerbrechliche Dame, die viel lachte und dabei den Tränen näher schien, stellte ihm eine Frage nach der anderen. Aber die ganze Zeit sah er eigentlich nur Eve, die ihm gegenübersaß. Ihr Blick ließ sein Gesicht keinen Augenblick los, während er versuchte, sein Schiff zu schildern, die *Rob Roy* und ihre Besatzung. Obwohl er die Fragen der Mutter beantwortete, waren alle seine Worte an Eve gerichtet.

Die Frau des Geistlichen sah ihren Mann liebevoll an. »Er ist so eingespannt, Mr. Ransome. Aber er schont sich auch kein bißchen, ist stets für die anderen da.«

Warwick sah auf die Uhr. »Was mich daran erinnert, daß ich noch zwei Besuche in der Stadt machen muß. Kann ich Sie mitnehmen, Commander?«

Plötzlich spürte Ransome, wie Eve ihren Schuh gegen seinen drückte, sah die stumme Bitte in ihren dunklen Augen. Er hörte sich antworten: »Vielen Dank. Aber das ist nicht nötig, ich komme heute nacht bei der Marinestation Devenport unter.«

Woran lag es, daß er sich nicht überwinden konnte, den Mann Simon zu nennen, wie er vorgeschlagen hatte?

»Nun, wenn Sie ganz sicher sind?« Umständlich steckte Warwick seine Uhr weg. »Ich habe den Portier gebeten, für die Verdunkelung zu sorgen, meine Liebe.« Er lächelte seine Frau an, war aber in Gedanken bereits anderswo. »Also, ich muß los. Es war nett, Sie wieder einmal nach so langer Zeit zu sehen, äh . . .« Dann war er verschwunden.

Ransome half Eve beim Abräumen und dankte Mrs. Warwick für die Mahlzeit, aber sie war bereits in ihrem Stuhl eingeschlafen.

In der Küche, in der sich alle möglichen Dosen, von Milchpulver bis Corned-beef, stapelten, sah Eve ihn an. »Es war dir hoffentlich nicht zu unangenehm, oder?«

Er hielt sie auf Armeslänge von sich ab. »Natürlich nicht. Es tut mir nur leid, daß es deiner Mutter so schlechtgeht. Dein Vater leidet sehr darunter.«

»Oh, du hast's gemerkt?« Sie musterte ihn. »Viele würden sich täuschen lassen.«

Er versuchte, leichthin darüber hinwegzugehen. »Glaub mir, mein liebes Mädchen, wenn du auch nur das kleinste Schiff kommandieren würdest, müßtest du sehr rasch Menschenkenntnis lernen, sonst gehst du unter.«

Sie lächelte nicht. »Bin ich wirklich dein Mädchen? So wie damals?« Dann schüttelte sie den Kopf, daß ihr das lange Haar um die Schultern tanzte. »Ich bin aber kein Kind mehr. Also behandle mich auch nicht so.«

Dann preßte sie das Gesicht an sein Jackett und begann zu schluchzen. Er versuchte, sie zu beruhigen, strich ihr übers Haar und drückte sie an sich. Sie stammelte: »Bitte lach nicht, aber ich habe dich immer geliebt. Ich fürchtete mich davor, dich wiederzusehen und zu erfahren, daß du inzwischen eine andere gefunden hast.« Sie lehnte sich zurück und blickte ihn an, während in ihren Augen noch Tränen schimmerten. »Das hast du aber nicht, oder?«

»Nein. Natürlich nicht.« Das kam so einfach heraus, aber ihm war, als habe er eine Liebeserklärung vom Dach des Hauses herabgerufen. Gepreßt fügte er hinzu: »Ich bin aber erheblich älter als du.«

Sie schüttelte den Kopf. »Ich bin neunzehn – seit zwei Tagen. Du siehst, ich hole auf!«

Sie traten hinaus in den Garten, das Geschirr war vergessen.

Es war eine sternklare Nacht mit einer warmen Brise, die in den

Blättern raschelte. Irgendwo spielte ein Radio oder ein Grammophon spanische Weisen, und ein kleines Nachttier huschte durchs Gras auf der Suche nach Futter.

In der Dunkelheit schien es irgendwie natürlich, daß er den Arm um ihre Taille legte; ihr Kopf ruhte auf seiner Schulter. Während sie durch den Park gingen, erzählte er ihr von den Leuten, mit denen zusammen er diente: von Moncrieff, dem alten Seebär; von Sherwood, der Mitinhaber einer berühmten Firma war, die Kronleuchter und Lüster herstellte. Er erwähnte nichts von Sherwoods Familie, deren Tod ihn langsam in die Verzweiflung trieb. Dann erzählte er ihr von Hargraves Ehrgeiz, von Midshipman Davenport, der mit seiner vornehmen Erziehung prahlte, wo er doch auf demselben bescheidenen Internat gewesen war wie der Matrose Boyes. Schließlich auch von Fallows, der möglicherweise das letzte Bindeglied des jungen Tinker ans Leben gewesen war, bevor dieser sich umbrachte. Jetzt litt Fallows an Schuldgefühlen, weil er sich in seinem Rausch an nichts mehr erinnern konnte.

Allerdings sprach er nicht über die Gefahr, die sie bei jedem Auslaufen erwartete. Gefahr und Tod waren Dinge, die man in Plymouth kannte, und das schon seit Jahrhunderten, seit Drake von hier aus die spanische Armada vernichtet hatte. Und jetzt durch die ständigen Bombenangriffe. Selbst hier in den Außenbezirken, zwischen den uralten Eichen, roch man den Staub der eingestürzten Gebäude und die Brände. O ja, sie wußten über Gefahr Bescheid.

Leise sagte sie: »Wir haben uns diese schlimme Zeit nicht ausgesucht, Ian. Wir wurden hineingeworfen.« Dabei sah sie zu ihm auf, und ihre Augen reflektierten das Licht der Sterne. »Wie unsere Eltern in den ersten Krieg.«

Beide wandten sich um und blickten durch die Bäume hinüber zum Haus. Es lag in völliger Dunkelheit, da alle Fensterläden geschlossen waren.

»Ich muß bald hinein«, sagte sie mühsam. »Mutter darf nicht allein sein, wenn die Sirenen heulen. Die meisten gehen schon jetzt in die Luftschutzbunker.« Sie bebte, und er legte ihr den Arm fester um die Schultern. »Ich weiß nicht, ob ich hier wirklich von Nutzen bin.«

»Das bist du ganz sicher.« Sie schritten über das Gras zurück. »Ich bin morgen den ganzen Tag im Marinestützpunkt, vielleicht sogar noch länger. Mein Chef hat eine Besprechung mit der hiesigen Admiralität.«

»Darf ich fragen, wo du anschließend sein wirst?«

Er wandte den Blick ab. »In Übersee, für eine Weile. Ich werde dir schreiben, so oft ich kann.«

»Bitte tu das.« Ihre Stimme klang heiser. »Laß mich an deinen Gedanken teilhaben.«

Schließlich standen sie am Tor, und sie sagte: »Ich habe jetzt keine Angst mehr, Ian. Mir ist so leicht ums Herz, als sei ein schweres Gewicht von meinen Schultern genommen worden.« Sie blickte zum Haus zurück. »Ich muß gehen, sonst kommt sie heraus.«

Ransome drehte sie zu sich um. »Ich wünschte, es wäre heller Tag. Ich möchte dich immer wieder ansehen.«

Sie neigte den Kopf ein wenig und wischte sich eine Träne von der Wange. »Küß mich, bitte.«

Ransome küßte sie leicht auf die Lippen. Es war ein rascher, unschuldiger Kuß wie der, den sie damals auf dem Bahnhof getauscht hatten.

Leise sagte sie: »Jetzt geht's mir besser.« Sie trat einen Schritt zurück. »Aber wenn du nicht gleich gehst, werde ich mich wahrscheinlich lächerlich machen.«

Ransome drehte sich noch einmal um und sah sie neben der Säule am Tor stehen. Dann war sie verschwunden.

Er ging die Straße entlang, hörte das Säuseln der Brise in den Bäumen und spürte den ersten Atem der See, als er oben auf dem Hügel war. Er und Eve mußten noch warten. Das Warten aber war die große Unbekannte, entweder freundlich oder bedrohlich, ganz wie der Augenblick es wollte.

Er mußte nicht lange zu Fuß gehen. Ein Jeep der Militärpolizei hielt neben ihm an. Die Rotmützen setzten ihn am Tor der Marinekaserne ab und verschwanden in der Nacht, auf der Suche nach Betrunkenen oder Deserteuren.

In seinem kleinen Zimmer setzte sich Ransome aufs Bett und stellte sich Eves Gesicht vor, spürte noch einmal die Wärme ihrer Lippen, das seltsame Gefühl, das sie beide empfanden: von einem Schicksal, das sie jetzt nicht mehr herausforderten.

Wenn er noch eine Nacht bleiben konnte, würde er versuchen, sie irgendwie auszuführen. Weg von der See, weg von ihren Eltern. Dann konnten sie spazierengehen und miteinander sprechen, wie sie es früher getan hatten.

Er sah die Whiskyflasche auf dem Tisch und lächelte. Die brauchte er nun nicht mehr.

Der Operationsoffizier beim Stab, ein Commander, begrüßte Ransome herzlich. »Ich habe das Gefühl, Sie schon ziemlich gut zu kennen, Ransome. Sie und Ihre Flottille haben inzwischen so manches Fähnchen auf unserer Karte.«

Er schickte nach Tee und Keksen und deutete auf eine riesige Karte des Mittelmeers an der Wand. »Es tut gut, keine Hakenkreuze mehr an der nordafrikanischen Küste zu sehen, wie?«

Ransome wartete, während eine niedliche kleine Wren das Tablett mit Tee brachte. Danach sagte der Operationsoffizier: »Es wird Sizilien sein, aber das wissen Sie bereits.« Er trat vor die Karte. »Eine kombinierte alliierte Invasion, bei der die Hilfskräfte die entscheidende Rolle spielen werden.« Er zeigte auf Gibraltar. »Wir haben hier eine stattliche Flotte versammelt, fast alles dicke Pötte. Es wird Sie nicht überraschen, daß die sich aber keine Meile vorwärtsbewegen können, ohne daß Sie den Weg für sie freisuchen. Macht Sie das stolz?«

»Nein, Sir, zufrieden. Weil wir nützlich sind.«

»Die unterstützenden Flottillen werden konzentriert, so daß es keine Lücken geben wird wie sonst so häufig in diesem Krieg. Sie und alle anderen müssen jederzeit bereit sein, die Rollen zu tauschen. Hauptsache, die Infanterie kommt an Land, Ransome.« Grimmig sah er ihn an. »Wenn wir diesmal zurückgeworfen werden . . .« Er sprach den Gedanken nicht aus, sondern nippte statt dessen an seinem Tee.

Nach einem Blick auf die Uhr fuhr er fort: »Ein Flaggoffizier wird extra für Ihre Einheiten abgestellt.«

Irgendwie glaubte Ransome zu wissen, wer das sein würde.

Der Operationsoffizier fuhr fort: »Es ist Vizeadmiral Hargrave. Ein guter Mann, kennt die Marine.«

Ransome dachte darüber nach. Eigentlich sollte ihm gleichgültig sein, wer ihr Verbindungsoffizier zum Stab war. Aber er fragte sich, wo Moncrieff steckte, warum er nicht an dieser Besprechung teilnahm.

»Halten Sie sich also auslaufbereit, Ransome. Sie werden einen Konvoi begleiten, mehr kann ich Ihnen nicht sagen.« Er lächelte und sah dadurch fast menschlich aus. »Mehr weiß ich selber noch nicht.«

»Bleibt Commander Moncrieff weiterhin unser Flottillenchef, Sir?«

Der Offizier schob die Unterlippe vor. »Darauf wäre ich noch zu sprechen gekommen. Moncrieff ist ein hervorragender Frontoffizier, aber . . .«

Ransome richtete sich steil auf. Diese Zurücksetzung würde Moncrieff das Herz brechen.

»Er ist an die Heimatfront gewöhnt, an den Kanal, wo er eine Menge Fischer zu Minensuchern gemacht hat. Aber im Mittelmeer ist es anders. Die Flottille wird von einem kleinen Zerstörer geführt, der alles überwachen kann, was auch geschieht.« Er dämpfte die Simme. »Commander Moncrieff befehligt Sie bis Gibraltar. Weiter nicht, fürchte ich.«

Ransome konnte sich später nicht mehr so recht an diese Besprechung erinnern. Vor dem Operationsraum wartete ein Oberleutnant auf ihn, der ihm mitteilte, daß Moncrieff bereits nach Falmouth zurückgekehrt sei. Für Ransome stand schon ein Wagen bereit, und der Flottille war seine Ankunftszeit mitgeteilt worden. Es würde abends also keinen Spaziergang mit Eve geben.

Moncrieff wollte wohl allein sein, um sich auf seine Weise mit der Entwicklung auseinanderzusetzen.

Die Fahrerin erreichte Falmouth in Rekordzeit. Hargrave stand schon mit seinen Fallreepsposten bereit, als Ransome aus dem Motorboot der *Rob Roy* stieg, während die Pfeifen schrillten. Das war eine Formalität, an die er sich niemals so recht gewöhnt hatte.

Hargrave salutierte. »Willkommen an Bord, Sir.« Er schien sich über irgend etwas zu freuen. Als sie in Ransomes Kammer gingen, sagte er: »Unsere Befehle sind soeben eingetroffen, Sir.«

Ransome lächelte. Der Operationsoffizier beim Stab mußte Hargrave informiert haben, vielleicht für den Fall, daß der Kommandant selbst auf dem Rückweg ums Leben kam.

Hargrave fuhr fort: »Commander Moncrieff ist an Bord, Sir.«

»Wie geht's ihm?«

Hargrave schien die Frage zu erstaunen. »Äh – wie immer, Sir.«

Moncrieff saß mit übergeschlagenen Beinen in der Kammer und blätterte ein altes Logbuch durch. Nun sah er auf und hob die Schultern. Das sah aus, als litte er Schmerzen.

»Er hat Sie informiert?«

»Ja, Sir. Ich kann gar nicht sagen, wie sehr ich es bedaure.« Ransome sah die verstümmelte Hand wie einen Zirkel auf dem offenen Logbuch liegen. Es war Moncrieffs eigenes Logbuch aus der Zeit, als er noch Kommandant der *Rob Roy* gewesen war.

»Der Admiral hat vielleicht recht: Ich bin zu alt für neue Aufgaben. Und ich bin Seemann, kein verdammter Roboter. Zweifellos wird der neue Flottillenchef das bessere Fingerspitzengefühl haben. Für Kon-

122

ferenzen, Besprechungen und den üblichen Quatsch.« Er klopfte auf einen Umschlag. »Ihre Befehle liegen hier, Sie haben vierundzwanzig-stündige Bereitschaft. Heute abend möchte ich gern noch einmal alle Kommandanten hier versammelt sehen, aber ich will keine Ab-schiedsfeier daraus machen. Bis Gibraltar sind wir schließlich noch zusammen, nicht wahr?«

»Ich verstehe.« Ransome sah auf die Uhr.

Moncrieff grinste. »Ich dachte schon, Sie würden es mir überhaupt nicht mehr anbieten. Ja, junger Mann, ich hätte gern einen großen Drink, und zwar sofort!«

Ransome sah sich in der Kammer um, die Moncrieff während der langen Überfahrt benutzen würde. Er selbst war dann ohnehin die meiste Zeit auf der Brücke oder in seiner Seekabine. Trotzdem würde es für Moncrieff bitter sein, obwohl er sich sehr bemühte, das zu ver-bergen.

Später, als die anderen neun Kommandanten dichtgedrängt in der Messe saßen, spürte Ransome nicht das geringste Nachlassen von Moncrieffs aggressivem Enthusiasmus, als er allen sagte, was er von ihnen erwarte. Aber als sie allein waren, kündigte er an: »Ich bleibe heute nacht an Land, Ian. Eine Stunde vor Auslaufen sehen wir uns.« Nachdenklich musterte er Ransome. »Sie sehen besser aus. Sicherlich werden Sie mir irgendwann sagen, warum.«

Bis acht Uhr abends wußte jeder Mann in der Flottille über die neuen Befehle Bescheid. Berge von Briefen würden am Morgen noch an Land gegeben werden, alle sorgfältig zensiert. Nach dem Fall Nordafrikas würden die Deutschen und ihre italienischen Bundesge-nossen zwar mit einem Angriff rechnen. Aber sie konnten nicht die gesamte Küste von Griechenland bis Frankreich überwachen. Nur ein einziger Hinweis auf Sizilien . . .

Es klopfte, Hargrave trat ein. »Ich möchte Sie fragen, Sir, ob Sie sich zu uns in die Messe setzen wollen? Alle würden sich sehr darüber freuen.«

Ransome lächelte. »Natürlich. Später werden wir dazu kaum noch Gelegenheit haben.« Er wollte vorher an Land gehen und lieber von dort mit Eve telefonieren, auch mit seinen Eltern.

Er blickte auf, weil der Funkmaat Carlyon wartend vor der offenen Tür stand, und nahm ihm das Bündel Funksprüche ab. Keiner von beiden bemerkte Carlyons betroffenes Gesicht.

Hargrave lächelte. »Sagen Sie bloß nicht, es ist alles abgeblasen worden!«

Ransome las den sauber getippten Spruch noch einmal. Es war, als höre er eine Stimme. Leise sagte er: »Es geht um meinen Bruder. Er ist als vermißt gemeldet, wahrscheinlich gefallen.«

Wieder glaubte er, Eves Stimme zu hören. War das wirklich erst gestern abend gewesen? *Wir wurden hineingeworfen.*

Hargrave entließ Carlyon. »Was kann ich für Sie tun, Sir?«

Ransome dachte an zu Hause. Seine Eltern mußten die Nachricht zu der Zeit erhalten haben, als er bei Eve gewesen war.

Er erwiderte: »Sie tun es bereits.« Er warf einen Blick auf das alte Logbuch, das Moncrieff liegengelassen hatte. »Ich habe in letzter Zeit eine Menge Menschen gekannt, die ihr Leben lassen mußten.« Im Inneren seines Herzens schrie es: *»Nicht Tony! Nicht er, um Himmels willen!«* Doch seine Stimme klang unbewegt, als er sagte: »Wir haben immer noch Krieg, dieses Schiff und die achtzig Menschen, die sich auf uns verlassen müssen.«

Hargrave sah ihn an, er war wie betäubt. »Ich – ich werde in der Messe für Sie absagen, Sir.«

»Nein. Ich komme zu Ihnen, wie ich es versprochen habe.« Er starrte auf das Stück Papier nieder, das alles verändert hatte.

Hargrave bemühte sich, nicht auf die gerahmte Fotografie an der Wand zu blicken, die Ransome so ähnlich sah. Ein halbes Kind! Der Krieg trampelte wie ein Monster über alle hinweg.

Ransome sah von seinem Schreibtisch auf. »Lassen Sie mich einen Augenblick allein, Number One. Ich muß ein paar Telefonate erledigen.«

Als sich die Tür leise hinter Hargrave schloß, schien sich auch das Schiff zurückzuziehen.

Ransome erinnerte sich an seine törichte Eifersucht, als er gehört hatte, daß Tony mit Eve tanzen gegangen war; auch Tonys ständiger Eifer, das Beste aus seinem Leben herauszuholen, fiel ihm ein. Er nahm den Hörer ab, und nach einigem Klicken war er mit der Zentrale an Land verbunden. Was soll ich ihnen sagten? dachte er. Sie werden erwarten, daß ich nach Hause komme, aber ich kann nicht ... Ich muß auch mit Eve sprechen, muß ihr sagen, daß wir uns nicht mehr sehen können ...

Er fuhr sich mit den Fingern durchs Haar und starrte auf den Funkspruch, bis seine Augen schmerzten. »O Gott, hilf mir«, stöhnte er.

Die Telefonistin meldete sich: »Die Leitung ist jetzt frei, Sir.«

Es kam ständig vor, jeden Tag. Andere mußten auch damit fertig werden. Wenn er seine Verzweiflung nicht beherrschen konnte, war er nicht geeignet für sein Kommando. Menschen mochten sterben, weil er . . .

Er hörte die vertraute Stimme und straffte sich.

»Hallo, Dad. Ich haben soeben von Tony . . .«

X Der Tiefe übergeben

Matrose Gerald Boyes hielt sich am Kartentisch fest und sah zu, wie die obere Brücke in der hohen Dünung schwankte. Es war, als ob die blaue Prozession der Roller über das Schiff hinwegkletterte, bevor *Rob Roy* trotzig das Heck hob und darüber hinwegstampfte. Das alles war für ihn so neu und atemberaubend, daß er kaum den Blick von der See wenden konnte.

Die Brücke war voll mit den üblichen Wachgängern, aber niemand schien ihm besondere Aufmerksamkeit zu schenken. Er hatte den Kartentisch aufgeräumt, die Bleistifte gespitzt und die Glühbirne in der kleinen Lampe überprüft, die nachts von der Segeltuchhaube abgedeckt wurde. Es war in der Mitte der Vormittagswache, das kleine Schiff hob und senkte sich unaufhörlich und schien mitunter ein paar Sekunden bewegungslos in der Luft zu hängen, bevor es ins Wellental sackte.

Boyes sah hinüber zum Stuhl des Kommandanten, der direkt hinter dem gläsernen Brückenkleid stand. Irgendwie seltsam, daß der Stuhl leer war. Ransome war sonst immer hiergewesen, alle vier Tage seit ihrem Auslaufen aus Falmouth in die ungeheure Weite des Atlantiks. Jedenfalls bis sie sich mit dem eindrucksvollen großen Konvoi vereinigt hatten.

Boyes hatte die Spannung gespürt, als die Schiffe wie Schafe umrundet wurden, zusammengetrieben von den starken Zerstörern, damit sie sich in Reihen formierten für den langen Weg hinunter nach Gibraltar. Boyes genoß bei seiner Tätigkeit als Navigationsgehilfe das Privileg, all die Gerüchte aufzuschnappen, die bei jedem Wachwechsel unter den Offizieren die Runde machten.

Es war ein stattlicher Konvoi, aber auch die Geleitfahrzeuge waren eindrucksvoll: ein Schwerer Kreuzer, die Zerstörer und in der Mitte ein Flugzeugträger. Nicht einer der großen Flottenträger wie die berühmte *Ark Royal* oder die *Illustrious*, sondern ein umgewandeltes Handelsschiff mit einem hölzernen Flugdeck, ein »Bananenschiff«, wie alte Seeleute es nannten. Aber diese Geleitträger hatten die Chancen jedes Konvois verbessert, der ihren Schutz genoß. Sie fürchteten nun nicht mehr die großen Seegebiete im Atlantik, wo keine Luftsicherung sie erreichen konnte.

Eine Fokke-Wulf-Condor, ein deutscher Langstreckenbomber, hatte am zweiten Tag den Konvoi ausgemacht. Aber als drei Seafire vom Geleitträger aufstiegen, hatte er rasch das Weite gesucht. Ohne den Träger hätte das Flugzeug den Konvoi umkreist, knapp außerhalb der Reichweite seiner Geschütze, und U-Boote herangeführt.

Seit diesem Zwischenfall hatten sie kein weiteres Feindflugzeug mehr gesichtet.

Die Schiffe des Konvois waren zum Teil ehemalige Passagierdampfer, darunter zwei Truppentransporter und mehrere schnelle Frachter, deren Decks vollgepackt waren mit Panzern und Lkw sowie Flugzeugen in Lattenverschlägen. Kein Wunder, daß derartige Vorsichtsmaßnahmen getroffen wurden. Es ging weit hinaus in den Atlantik, wo schwerfällige Zickzackkurse gefahren wurden, dann durch die Biskaya und schließlich nach Süden in wärmere Gewässer. Einige Seeleute, besonders diejenigen auf der offenen Brücke, konnten bereits mit einer gesunden Bräune protzen.

Boyes sah sich seine Gefährten an. Oberleutnant Sherwood hatte gerade Wache, zusammen mit dem neuen Leutnant Tritton. Signalobergefreiter Mackay beobachtete die *Ranger*, die in einer Entfernung von vier Meilen Parallelkurs steuerte, während die übrigen Minensuchboote in zwei Reihen dazwischen verteilt waren.

Seltsam, den Ozean jetzt so leer und verlassen zu sehen, dachte Boyes. Aber gestern war der Geleitzug mit erhöhter Geschwindigkeit davongezogen, da jedes seiner Schiffe erheblich schneller fahren konnte als die Minensuchboote. Sie waren nur auf dem schlimmsten Teil der Strecke zusammengeblieben.

Etwa zweihundert Meilen an Backbord querab lag das neutrale Portugal. In diesem Augenblick passierten sie wahrscheinlich gerade das unsichtbare Lissabon. Es war die weiteste Entfernung von zu Hause, die Boyes je erlebt hatte.

Wieder blickte er auf den leeren Stuhl. Jeder an Bord wußte, daß der Bruder des Kommandanten gefallen war. Gelegentlich hatte Boyes ihn beobachtet und ein Zeichen der Trauer gesucht; er hatte jedoch nichts dergleichen entdeckt außer einer gewissen Reserviertheit, die von den anderen Offizieren respektiert wurde.

Er dachte an die Kameraden unter seinen Füßen im Steuerhaus. Quartermeister Reeves stand am Ruder, während Beckett unter Deck

126

die Gesuche einiger Seeleute abfertigte. Midshipman Davenport schaffte es wie immer, ihm aus dem Weg zu gehen, was in einem Schiff von fünfundsiebzig Meter Länge nicht ganz einfach war. Es war, als gehörten sie zwei verschiedenen Gesellschaftsschichten an.

Boyes merkte, daß er wieder einmal an die Heimat dachte. Seine Mutter hatte ihm erzählt, daß sie den jungen Davenport in seiner schneidigen Offiziersuniform gesehen hatte. Sie konnte sich nicht vorstellen, wie sehr diese Schilderung ihren Sohn schmerzte.

Aber dann, eines Abends, hatte das große Abenteuer begonnen. Er trank gerade Tee mit seinen Eltern, als das Telefon klingelte.

Eifrig war seine Mutter hingeeilt, aber mit einem fragenden, beinahe argwöhnischem Blick zurückgekommen. »Es ist für dich Gerry.« Das klang wie eine Anklage. »Ein Mädchen!«

Boyes eilte aus dem Zimmer. Hinter sich hörte er noch seinen Vater freundlich fragen: »Was denn für ein Mädchen, meine Liebe?«

»Eine, die unseren Sohn irgendwo getroffen hat. Ihre Stimme klang ziemlich gewöhnlich.«

Das Mädchen namens Connie plauderte am Telefon munter und beiläufig. Boyes besaß keinerlei Erfahrungen mit Mädchen und war im Mannschaftsdeck ständig rot geworden, wenn die anderen erzählten.

Schließlich fragte Connie: »Du hast jetzt nichts besonderes vor?«

»N – nein . . .« Er rechnete damit, daß seine Mutter an der geschlossenen Tür lauschte.

»Wie wär's mit Kino? Im *Regal* soll ein guter Film laufen . . .«

Als seine Zunge noch immer wie gelähmt blieb, fügte sie hinzu: »Aber natürlich, wenn du was Besseres . . .«

»Nein! Ich würde gern ins Kino gehen.«

»Also, in einer Stunde!« So hatte das Abenteuer begonnen.

Das Kino war voll, zum größten Teil mit Soldaten und ihren Mädchen. Als dann ein rissiger, offenbar schon häufig gebrauchter Streifen auf der Leinwand erschien mit der Ankündigung, daß Fliegeralarm sei, wurden wütende Proteste laut, Pfiffe und verächtliches Lachen. Connie hatte sich an ihn gedrückt, bis er schließlich den Arm um ihre Schulter legte.

Als das Licht anging, merkte er, daß sie ihn ansah. Überrascht? Neugierig? Aber Boyes verstand noch nichts von Frauen.

Später waren sie dann zusammen zum Kingston Square gegangen, wo auf die weiblichen Soldaten ein Lastwagen wartete, damit sie sicher ins Lager zurückkehren konnten.

Sie hatten im Eingang eines Ladens gestanden, ein Seemann auf Landurlaub mit seinem Mädchen. Aber Boyes spürte eine vage Enttäuschung, nicht über Connie, sondern über sich selbst.

Zum Schluß fragte er verzweifelt: »Kann ich dich wiedersehen, Connie? Bitte!«

Strahlend hatte sie ihn angesehen. Sie hatte den üblichen Ringkampf im Kino erwartet, die fummelnde Hand, aber Boyes war anders. Mein Gott, war er anders!

»Du hast noch kein Mädchen für dich allein gehabt, stimmt's?«

Zögernd erwiderte er: »Nein, bisher nicht.«

Am liebsten hätte sie ihn umarmt. »Morgen habe ich frei. Wenn du also willst?«

Sie hatten sich in der warmen Nachmittagssonne getroffen und waren in ein Pub am Flußufer gegangen. Er erzählte ihr von der Marine, von seinem Schiff, und die ganze Zeit hindurch beobachtete sie ihn, während ihre leuchtendroten Lippen am Strohhalm saugten und ihre Hand dicht neben seiner auf dem Tisch lag. Sie hatte ihn später in ein anderes Kino geführt, es war fast leer, und in ihrer Reihe saßen nur Pärchen.

Während einer Pause stieß er hervor: »Morgen muß ich wieder zurück, Connie.«

Besorgt richtete sie sich auf. »Schon? Ich dachte . . .«

Er sagte: »Ich habe das Zusammensein mit dir sehr genossen, ich kann dir gar nicht sagen, wie sehr.«

»Küß mich«, bat sie, als das Licht wieder ausging.

Er hatte es versucht und dabei das Gesicht in ihr Haar gepreßt. Sie hatte die Hand um seinen Nacken gelegt und ihn an sich gezogen. Als ihre Lippen aneinandergepreßt waren, hatte sie den Mund geöffnet und seine Zunge mit ihrer berührt; dabei hatte sie seine Hand an ihre Brust geführt. Durch die leichte Bluse fühlte er ihre vollen Brüste und ihr Herz, das klopfte, als wolle es sich befreien. Da öffnete er ihre Bluse und streichelte die nackte Haut darunter. Sie keuchte: »Hör nicht auf, Gerry! Nicht aufhören, bitte nicht!«

Als sie schließlich das Kino verließen und zu dem Transporter gingen, umarmte er sie wieder und wollte sie an sich drücken. Aber sie stieß ihn zurück und sagte atemlos: »Nicht hier! Nicht so wie die anderen! Das nächste Mal . . .« Dann küßte sie ihn heftig auf den Mund und rannte durch die Dunkelheit zu dem wartenden Wagen.

Später hatte er dann gemerkt, daß er sich weder an den Namen noch an die Handlung des Films erinnern konnte.

»*Ranger* ruft uns, Sir!«

Mackays Stimme platzte in Boyes' Träumerei; wie ein Fremder sah er sich auf der Brücke um. Der Signalscheinwerfer des anderen Schiffes blinkte grell über die hohe Dünung hinweg.

»*Wrackteile im Wasser, Sir, Richtung eins-sechs-null Grad.*«

Sherwood nickte. »Melden Sie es dem Kommandanten.«

»Bin schon da.« Ransome war auf die Brücke gekommen, kletterte jetzt auf seinen Stuhl und hob das Glas.

Mackay rief: »Anfrage von *Dryaden*, Sir: Soll ich nachsehen?«

»Nein. Ändern Sie Kurs und gehen Sie näher ran. Informieren Sie *Ranger*.«

»Was ist los?« Moncrieff schlurfte schwerfällig über die Brücke und sah aus, als sei er eben erst aufgewacht.

»Wrackteile, Sir.« Es sah aus, als erwarte Ransome von ihm Widerspruch. *Dryaden* war schließlich für diese Aufgabe besser geeignet. Aber Moncrieff sagte nur: »In Ordnung.«

»Backbord zehn. Recht so. Steuern Sie eins-sechs-fünf!«

Durch das Sprachrohr hörte man Becketts knappe Wiederholung. Ohne daß er gerufen worden war, hatte er wie selbstverständlich das Ruder übernommen.

Boyes machte sich so klein wie möglich, damit man ihn nicht von der Brücke jagte. Wieder ein Drama, und er war dabei.

Ransome befahl: »Höchste Umdrehungen.«

Boyes sah, wie Sherwood den Kommandanten von hinten anstarrte und dabei eine Augenbraue hob. Aber das war auch alles.

Rob Roy löste sich allmählich von den anderen Schiffen, so daß Boyes diese aus anderem Blickwinkel sah. Das dritte in Kiellinie, *Fawns* Schwesterschiff *Firebrand*, ein altes Kohlenboot, stieß schwarze Rauchwolken in den klaren Himmel. Wegen dieses verräterischen Qualms hatte es schon Reibereien mit dem Geleitzugchef gegeben, bis Moncrieff zum Lautsprecher griff und hinüberrief, er solle sich gefälligst benehmen.

Jetzt war auch Hargrave auf der Brücke und hob sein Glas, um das Treibgut zu beobachten. Waren es die Überbleibsel eines anderen Konvois?

Ransome fragte sich, warum er *Rob Roy* aus der Formation gelöst hatte, obwohl der Trawler *Dryaden* zweckmäßiger für diese Aufgabe gewesen wäre. Auf jeden Fall brachte es ihm Ablenkung und war besser, als über Tonys Schicksal zu brüten und sich dem Schmerz hinzugeben. Erst allmählich merkte er, wie tief ihn der Verlust getroffen hatte, und wie taktvoll ihm die anderen aus dem Weg gingen oder geschäftig taten, wenn er in ihre Nähe kam. Aber all das half nicht. Er richtete sich wieder auf.

»Beide halbe Fahrt voraus.« Würde man wohl später jemals die Kosten dieses Seekrieges berechnen? So viele Schiffe und Männer, so viel Material und Hoffnung gingen da verloren, bei Freund und Feind gleichermaßen.

Hargrave fragte: »Was halten Sie davon, Sir?«

Ransome hob wieder sein starkes Glas. Das alles war ihm nur zu wohlvertraut: treibendes Holz und Segeltuchfetzen, Lattenkästen, ein gekentertes Rettungsboot – die ganze See war damit bedeckt. Er richtete sein Glas auf das gekenterte Boot und konnte noch den Heimathafen am Heck ausmachen: Liverpool. Es war wohl schon lange getrieben, die letzte Erinnerung an ein Schiff, vielleicht sogar an einen ganzen Geleitzug, der U-Booten zum Opfer gefallen war.

Sherwood sagte: »Dort ist ein Floß, Sir! In Rotvier-fünf.«

Ransome fing es im Glas ein. Es lag so tief im Wasser, daß es sich mit dem Seegang kaum noch hob und senkte. Drei Gestalten lagen darin, eine grimmige Warnung für alle, die es riskierten, in den Atlantik vorzustoßen. Wie Tony.

»Beide langsame Fahrt voraus.« Ransome stieg von seinem Stuhl. »Lassen Sie den Kutter zu Wasser, Number One.« Ihre Blicke trafen sich. »Der Doktor soll auch mitgehen.«

»Was haben Sie, Sir?«

Ransome wischte sein Glas sauber. »Nichts. Gehen Sie bitte mit ins Boot.«

Hargrave verschwand von der Brücke, und bald ertönte der Lautsprecher: »Kutter klar zum Aussetzen!« Dann folgten die Kommandos: »Schlipp die Zurrings, klar zum Fieren!«

Ransome warf einen erneuten Blick auf das Rettungsfloß. Es mußte wohl zu einem ziemlich großen Schiff gehört haben, das Marineinfanterie an Bord gehabt hatte. Er richtete sein Glas auf die hingestreckte Gestalt eines Offiziers, dessen ausgestreckter Arm im Wasser hing. Sein Jackett war zerrissen, aber der eine wellenförmige Goldstreifen auf dem Ärmel erzählte seine eigene Geschichte: ein Reservist. Die anderen beiden waren Matrosen; der eine hatte ein Bein verloren und schien von seinen Gefährten festgebunden worden zu sein.

»Schlipp!« Der Kutter fiel leicht auf *Rob Roys* Bugwelle und scherte weg von der Bordwand. Sobald er frei war, senkten sich die Riemen in ihre Dollen und tauchten ins Wasser. Ransome sah Hargrave aufrecht im schwankenden Heck stehen, während Doktor Cusack neben dem Bootssteurer hockte.

Bestimmt erwartete sie kein angenehmer Anblick. Ransome sah die anderen auf der Brücke an, auch den neuen Leutnant Tritton, der an seinem einen Streifen herumfingerte, als sähe er sich selbst dort unten liegen. Im Gesicht des Obergefreiten Mackay michten sich Mitleid und Haß. Er war schon im Atlantik gefahren und kannte solche Szenen nur zu gut. Sherwoods Augen waren fast völlig hinter seinen hellen Wimpern verborgen, während er auf den Kompaß sah. Und dann war da noch der junge Boyes, der auf die treibenden Trümmer starrte. Sie alle erwarteten von ihm, dem Kommandanten, Antwort auf ihre Fragen.

Moncrieff knurrte: »Keine schöne Aufgabe.«

Ransome beobachtete die Riemen des Kutters, sah den Buggast vorsichtig mit dem Bootshaken zum Floß greifen, das sich gerade schwerfällig hob und gegen den Kutter glitt. Die Männer darin würden den Atem anhalten und sich einreden, daß das alles nicht wirklich geschah, während einer von ihnen hinübergriff und die Erkennungsmarken der Leichen abschnitt, die einst Männer wie Mackay oder Tritton gewesen waren.

Wieder hatten Familien dieses Telegramm erhalten: *vermißt, wahrscheinlich gefallen*. Die drei Erkennungsmarken würden das letzte bißchen Hoffnung vernichten, bei denjenigen, die noch an Wunder glaubten.

Ärgerlich sagte Ransome: »Geben Sie an den Kutter: Das Floß längsseits bringen!« Er merkte, daß er sehr schroff sprach. »Wir wollen sie bestatten. Wenigstens können wir uns dann guten Gewissens an sie erinnern.«

Und so geschah es.

Es war das erste Mal seit Tagen, daß Ransome die Brücke verließ. Der Kutter war inzwischen aufgeheißt und hing wieder ordentlich in seinen Davits. Die nassen Planken waren schon wieder im Sonnenschein getrocknet. Wie anders doch alles hier unten aussah, dachte Ransome. Die Gesichter, an denen er vorbeikam, beobachteten ihn, einige traurig, andere steinern. Aber alle waren ihm vertraut wie Mitglieder seiner eigenen Familie.

Die drei Gestalten neben der Reling waren nicht mehr ohne Würde, sondern lagen jetzt unter sauberen Flaggen. Er hörte ein leises Klatschen und sah, wie Cusack sich ein Paar Gummihandschuhe auszog. Obergefreiter Hoggan stand bereit mit seinem Trupp, die tätowierte Schlange leuchtete auf seinem kräftigen Handgelenk. Zwei Gesichter entdeckte er an der Einstiegsluke zum Maschinenraum, den Chief und Nobby Clarke, den Maschinenmaat, der genau wußte, was es bedeutete, sein Schiff zu verlieren. Leutnant Fallows hatte das Kommando über den Trupp, sein Mund war eine einzige schmale Linie und die Wollmütze mit dem aufgestickten Kaninchen verschwunden. Fallows wirkte überhaupt wie ein anderer Mensch.

Ransome warf zuerst einen Blick außenbords, wo *Dryaden*, die das modernste Asdic-Gerät der ganzen Flottille besaß, aufmerksam durchs Wasser pflügte; das Sonnenlicht blitzte auf ihren Aufbauten und den vielen auf *Rob Roy* gerichteten Gläsern. Dann blickte er hinauf zu seiner eigenen Brücke und sah Hargrave, der sich über die Nock beugte und ihn beobachtete.

Ransome nahm die Mütze ab und öffnete das kleine Gebetbuch. Es war so abgenutzt, daß er sich fragte, warum er nicht längst ein neues hatte. Die drei Erkennungsmarken darin schienen ihn regelrecht anzustarren. Ihm war, als gelte das Bestattungszeremoniell Tony. Während er die altbekannten Gebete vorlas, blickte er gelegentlich auf, als prüfe er die Stärke und Gefaßtheit seiner Besatzung.

Er sah den Obergefreiten Nunn, der seine gesamte Familie verloren hatte und jetzt mit ausdruckslosem Gesicht die Reling umklammerte. Der junge Boyes war von der Brücke mit einer Extraflagge heruntergeschickt worden, sein Gesicht war angespannt, während er das neue Messer an seinem Gürtel umklammerte. Neben ihm, einen Arm um Boyes' Schulter gelegt, stand der zähe Seemann Jardine.

Ransome blickte hinauf zum Steuerhaus, und sofort erstarb das leise Vibrieren der Antriebswellen. Das letzte Gebet sprach er auswendig: »Wir empfehlen Deinen Händen und Deiner Gnade, barmherziger Vater, die Seelen dieser unserer entschlafenen Brüder, und wir übergeben ihre Körper der Tiefe . . .«

Als er seine Mütze wieder aufsetzte, sah er, daß das Deck bereits aufgeräumt und die Flaggen aufgetucht wurden. Er hörte das Scheppern des Maschinentelegrafen; als erwachten sie nach kurzer Ruhepause wieder zum Leben, schlugen die Schrauben der *Rob Roy* voller Ungeduld die See zu Schaum.

Während Ransome zur Brückenleiter ging, dachte er an die drei Bündel, die jetzt langsam in die ewige Dunkelheit hinabsanken. Die See ringsum war zweieinhalbtausend Faden* tief. Dort konnten sie ungestört ruhen.

---

* 4572 m

Auf der oberen Brücke trat er zum Kartentisch und sah, daß Hargrave die Koordinaten der Bestattung eingezeichnet hatte, für später.

Mancrieff hing lässig in seinem Stuhl und beobachtete ihn. »Fühlen Sie sich jetzt besser, Ian?«

Ransome sah ihn an. »Ja, bedeutend besser.«

Er war wieder der Kommandant.

XI   Das Tor zum Mittelmeer

Ian Ransome hielt sich an der Reling des kleinen Motorboots fest, als es wild stampfend die Hecksee eines anderen Fahrzeugs passierte. Der ihm ins Gesicht peitschende Gischt war überraschend kühl, trotz des dunstigen Sonnenscheins. Die Reede von Gibraltar war vollgestopft mit Schiffen, teils verankert, teils an Bojen oder nebeneinander an der Mole liegend. Sie erweckten den Eindruck, als könnten sie sich niemals mehr bewegen. Über allem thronte turmhoch der Affenfelsen und ließ selbst die Großkampfschiffe unbedeutend erscheinen.

Ransome las die berühmten Namen der Schiffe, während das Boot zwischen ihnen hindurchfuhr: Schlachtschiffe und Kreuzer, von denen er als Knabe gelesen oder auf denen er während seiner Reserveübungen gedient hatte. Auf den Truppentransportern mit den plumpen Landungsfahrzeugen wehten an zahlreichen Leinen Wäschestücke, hauptsächlich Khakiuniformen, so daß sie fast aussahen wie über die Toppen geflaggt.

Dies war also der Grundstock, der für die Invasion benötigt wurde.

Eine lange Barkasse kreuzte ihren Kurs, und Ransome hörte den Bootssteurer böse Flüche murmeln. Aber die Barkasse trug den Stander eines Konteradmirals und hatte absolutes Wegerecht. Und die Anführer mit wirklicher Autorität konnten es sich bei diesem Einsatz nicht leisten, ihre Männer als Individuen zu sehen. An Land waren sie Namen in einem Verzeichnis, ihre Schiffe Flaggen auf einer Karte.

Der Bootssteurer rief: »Dort liegt sie, Sir!«

Ransome sah sofort den verankerten Zerstörer: HMS *Bedworth*, einen der kleinen schnellen Zerstörer der *Hunt*-Klasse, die bei Kriegsausbruch gebaut worden waren, um die Lücken zu füllen, die Vernachlässigung und Ausmusterung im Frieden gerissen hatten. Sie besaßen keine Torpedos und wurden überwiegend für Geleit- und Patrouillenaufgaben eingesetzt. Für ihre geringe Größe waren sie stark bewaffnet mit Vier-Zoll-Geschützen und mehrläufigen Maschinenwaffen; die *Bedworth* hatte sogar vorn eine kleinkalibrige Flugzeugabwehrkanone, ein schnelles Geschütz, mit dem sie auch das rasanteste Schnellboot treffen konnte. Die *Hunt*-Klasse lief eindrucksvolle zweiunddreißig Knoten. Die *Bedworth* würde also ihre Minensuchflottille mühelos umkreisen.

»Klar bei Bootshaken!«

Der Mann im Bug wartete, während das einzige Motorboot der *Rob Roy* aufdrehte und auf das ausgebrachte Fallreep des Zerstörers zuhielt. Ransome fragte sich, ob Moncrieff noch an Bord der *Bedworth* oder wie in Plymouth ohne ein Wort verschwunden war.

Eine Hurricane-Staffel donnerte dicht über ihre Köpfe hinweg. Ransome dachte an die Spanier jenseits der Bucht in Algeciras, die hier jede Bewegung beobachteten und ihrer einseitigen Neutralität frönten, indem sie ihren deutschen Freunden über alles, was in Gibraltar vorging, genau berichteten.

In Friedenszeiten war Gibraltar ein Lieblingshafen der Royal Navy gewesen, ein Dorado für die Seeleute. Auch jetzt noch wurde es den Jüngeren vorkommen wie Aladins Höhle mit der Wunderlampe. Zum Beispiel seiner eigenen Besatzung. Kaum einer von ihnen hatte bisher die heimatlichen Gewässer verlassen. Gibraltars Lichter und grellbunte Cafés, die kleinen Läden und Verkaufsstände mit ihrem Plunder mußten ihnen nach dem verdunkelten England vorkommen wie der rätselhafte Orient.

Bestimmt war Gib noch überfüllter mit Soldaten als jemals zuvor. Wie im Ersten Weltkrieg, als die Truppentransporter sich hier versammelt hatten, bevor das Blutbad von Gallipoli* begann. Unerschütterlich beherrschte der Felsen den Eingang zum Mittelmeer.

Der Bootssteurer legte den Rückwärtsgang ein, während der Bootshaken sich am Fallreep festbiß. Leichtfüßig sprang Ransome die Treppe hinauf, fühlte sich aber verschwitzt und fehl am Platz, als er den weißgekleideten Fallreepsposten und dem wachhabenden Offizier in frischen Shorts gegenüberstand.

Der Oberleutnant salutierte. »Willkommen an Bord, Sir. Wir haben Sie einlaufen sehen. Sie machen eine Arbeit, die ich lieber von weitem beobachte.«

Ransome folgte ihm zur Kajüte des Kommandanten. Zwar war es nur ein hart arbeitender Zerstörer, knapp zwölf Meter länger als

---

* Die Alliierten hatten damals versucht, die Durchfahrt durch die Dardanellen ins Schwarze Meer zu erzwingen, waren aber von den deutschen Kreuzern *Goeben* und *Breslau* sowie von den Landbatterien zurückgeschlagen worden. (Anm. des Übers.)

Rob Roy, und doch schien ihm das Deck mindestens doppelt so groß.

Er hörte Moncrieffs Stimme, noch bevor sie die Kajüte erreicht hatten: »Ich schere mich einen verdammten Dreck um das, was Sie sagen und wer Sie sind! Meiner Meinung nach ist es nichts weiter als eine stumpfsinnige...« Der Rest wurde undeutlich, als der Oberleutnant an die Tür klopfte.

Eine andere Stimme sagte: »Herein!«

Der Oberleutnant zog eine Grimasse und meinte grinsend zu Ransome: »Viel Glück, Sir.«

Ransome wußte schon eine ganze Menge über ihren neuen Chef. Er war eine Art Senkrechtstarter, hatte den größten Teil seiner Dienstzeit auf Zerstörern zugebracht und in letzter Zeit kombinierte Operationen im Mittelmeer geleitet. Nun machte er ein Pokergesicht und trat in die Kajüte.

Commander Peregrine Bliss, Berufsoffizier und ausgezeichnet mit dem Verdienstkreuz, war noch recht jung für seinen Dienstgrad. Er hatte ein breites, eifriges Gesicht und dunkles, welliges Haar; seine Augen leuchteten wie blaues Glas aus dem tiefgebräunten Gesicht. Er streckte die Hand aus und sagte mit offenem Grinsen: »Endlich, Ransome. Ich konnte es kaum erwarten, Sie hier zu sehen. Nehmen Sie Platz.« Ein Blick zu Moncrieff. »Wir hatten soeben eine Diskussion.«

So lebhaft wie der ganze Mann war auch seine Sprechweise. Ransome konnte sich gut vorstellen, wie er seinen Zerstörer durch eine Gefahrensituation nach der anderen führte.

Er setzte sich. »Ich kam so schnell ich konnte, Sir. Die Berichte, nach denen Sie gefragt haben...«

Bliss winkte ab. »Zum Teufel, die können warten. Wir haben gerade gestritten und sind uns noch nicht einig.«

Ärgerlich rief Moncrieff: »Es stinkt zum Himmel!«

Ransome merkte erst jetzt, daß Moncrieff ein großes Whiskyglas in seiner gesunden Hand hielt; es war beinahe leer. Er wandte den Blick ab. Mein Gott, was war denn los mit Moncrieff? Schließlich war es erst neun Uhr morgens!

Bliss sah Ransomes Blick. »Wie wär's mit einem Drink?«

Ransome zwang sich zu einem Lächeln. »Nicht für mich, Sir. Die Sonne ist noch nicht unter meine Signalrah gesunken.«

Bliss nickte. Er selbst hatte kein Glas vor sich stehen, schien auch nicht die Absicht zu haben, sich Moncrieff anzuschließen.

Bliss fuhr fort: »So etwa sieht also die Vorausplanung aus. Die Invasion Siziliens – Operation *Husky* – wird am zehnten Juli beginnen.« Sein Lächeln war zuversichtlich. »Und sie wird ein voller Erfolg werden.«

»In zwei Wochen also?« Ransome beobachtete Bliss und dachte dabei an die Katze in »Alice im Wunderland«, ein Märchen, das er Tony oft vorgelesen hatte.

Bliss nickte. »Ihre Flottille und alle anderen Kleinboot-Verbände müssen gewährleisten, daß die schweren Einheiten auf Position sind und Feuerschutz geben können, bevor die ersten Landungsfahrzeuge die Rampen herunterlassen.«

Hundert Einzelheiten gingen Ransome durch den Kopf. Er spürte, daß Moncrieff ihretwegen protestiert hatte. Das Oberkommando glaubte wohl, daß die kürzeste Wartezeit die größte Sicherheit böte und somit mehr wert sei als eine gründliche Vorbereitung der Neuankömmlinge. Beruhigend sagte er: »Wir werden schon irgendwie klarkommen.«

Bliss betrachtete ihn amüsiert. »Ihre Einstellung gefällt mir. Zwei Tage müssen genügen, dann packen wir die Krauts am Hosenboden!«

Ransome entspannte sich ein wenig. Er hatte gemerkt, daß Bliss kaum jemals eine Antwort zu erwarten schien. Aber er war wirklich auf Draht. Er spürte, daß sein Bedauern für Moncrieff in regelrechtes Mitleid umschlug.

Es klopfte, ein Leutnant blickte herein. »Verzeihung, Sir, das Boot des Commanders liegt längsseit.«

Bliss nickte. »Gut.« Er hielt Moncrieff die Hand hin. »Ich hoffe, daß wir uns bald wiedersehen, alter Freund!«

Ransome starrte ihn verwundert an. Abgesehen von der Unaufrichtigkeit dieser Worte konnte er kaum glauben, was er gehört hatte. »Sie verlassen uns doch nicht schon jetzt, Sir?«

Bliss erklärte es mit glatten Worten: »Es fehlt immer an Platz in den verfügbaren Flugzeugen. Und die Admiralität erwartet, daß Commander Moncrieff ohne weitere Verzögerung seine neue Stellung übernimmt.«

Moncrieff erhob sich schwerfällig. »*Die neue Stellung*, Ian, ist ein Materiallager auf den Orkneys!« Er senkte den Blick und starrte wie blind auf seine verstümmelte Hand. »Ein verdammter Materialverwalter!«

Bliss hatte sich abgewandt und starrte durch das schimmernde Bullauge.

Ransome sagte leise: »Ich hatte gehofft, wir könnten noch etwas für Ihren Abschied inszenieren, Sir. Nach dieser langen Zusammenarbeit . . .«

Moncrieff umspannte seine Hand wie mit einem Schraubstock. »Lassen Sie's gut sein, Ian – ich könnte es nicht ertragen.« Er griff nach seiner Mütze. »Sagen Sie den anderen . . .« Er schien etwas von seiner alten Kraft zurückzugewinnen und fügte grimmig hinzu: »Sagen Sie ihnen, ich bin stolz auf sie!« Er ließ die Schultern hängen. »Passen Sie auf das Schiff auf, ja?« sagte er heiser. »Auf meine alte *Rob Roy*!«

Sie gingen zusammen hinaus, Bliss und Ransome salutierten, als Moncrieff hinunterkletterte in die längsseits liegende Barkasse. Während sie auf die weißen Gebäude an Land zuhielt, sah sich Moncrieff nur noch ein einziges Mal um. Aber sein Blick galt der *Rob Roy*.

Bliss sagte wie zerstreut: »Er ist der letzte seiner Art, scheint mir.«

War das verächtlich gemeint? überlegte Ransome. Ein wenig gereizt erwiderte er: »Eine Art, die in guter Erinnerung bleibt, Sir.«

Bliss ging nicht darauf ein. Als Ransomes Boot am Fallreep anlegte, stand er mit weit gespreizten Beinen da, die starken Hände auf dem Rücken, und musterte ernst die Masse der versammelten Schiffe.

»Ich stelle Sie morgen dem neuen Vizeadmiral vor, Ian. Er wird natürlich zu Ihnen und den anderen Kommandanten sprechen wollen.« Plötzlich drehte er sich um und sah Ransome fest an. »Ich habe jetzt das Kommando über die Flottille, und *mein* Kopf steht auf dem Spiel, wenn einer von Ihnen versagt. Habe ich mich klar ausgedrückt?« Wieder wartete er keine Antwort ab. »Ich bin, wie man zu sagen pflegt, nicht an Versager gewöhnt.«

Er salutierte, als Ransome in sein Motorboot kletterte, und war verschwunden, noch bevor der Buggast abgesetzt hatte. Während der ganzen Rückfahrt dachte Ransome an Bliss. Ein Mann mit Mut und vielen Fähigkeiten, gewissermaßen im Nahkampf an den Feind gewöhnt. Offenbar hatte man mit ihm die richtige Wahl für diesen Einsatz getroffen.

Rücksichtslos war er auch, das bewies seine Haltung gegenüber Moncrieff und der Hinweis, daß er ein Versagen nicht gewöhnt war. Aber schließlich konnte man diese Art Krieg nicht mit dem Buch über Marineetikette in der Hand führen.

Später, als er wieder in seiner Kammer saß, kam Hargrave herein. Ransome blickte auf und nickte in Richtung des anderen Stuhls. Der Erste wirkte beinahe fremd in seiner weißen Uniform.

Ransome sagte: »Ich möchte, daß Sie für morgen eine Party organisieren, Number One. Wenn Ihnen irgend etwas fehlt oder ausgeht, unterschreibe ich ein paar Anweisungen für den Versorgungsoffizier der Basis.«

Neugierig musterte ihn Hargrave. Es lag nicht nur am Wechsel der Uniform. Er dachte an Ransomes Gesicht, als er den Funkspruch vom Tod seines Bruders erhalten oder als er die drei toten Seeleute auf See beigesetzt hatte. Falls dieser neue Eifer eine Show sein sollte, dann war sie überzeugend. Oder war Ransome wirklich imstande, derartige Ereignisse zugunsten der Pflicht aus seinem Kopf zu verbannen? Ihm selbst hatte man es seit seiner frühesten Kindheit und dann als Kadett im Royal Naval College in Dartmouth eingebleut. Aber niemals hätte er erwartet, daß es eine physische Anstrengung erforderte. Jetzt sah er es, und das bei einem Mann, der bis zum Ausbruch des Krieges noch Zivilist gewesen war.

Ransome bemerkte Hargraves Blick und glaubte zu erraten, was dieser dachte. Er schob ihm ein Stück Papier hin. »Das hier wartete auf mich, als ich zurückkam. Es ist vom Sekretär des Vizeadmirals, und er schlägt vor, daß eine Party die beste Gelegenheit für ihn sei, zwanglos seine Kommandanten kennenzulernen.«

Rasch erwiderte Hargrave: »Mein Vater hat mir nichts davon gesagt, Sir.«

»Daran habe ich auch nicht gezweifelt. Aber trotzdem klingt es wie ein Befehl. Also bereiten Sie die Party vor, klar? Möglicherweise ist es die letzte für einige von uns.« Nachdenklich sah er Hargrave an. »Es geht bald los, schon in zwei Wochen. Das ist natürlich streng geheim, aber Sie müssen es wissen für den Fall . . .«

Hargrave starrte ihn an. Daß Ransome ausfallen konnte, getötet oder schwer verwundet, daß er nicht das Kommando führen würde, wenn die Invasion begann, hatte er noch nie bedacht. Dann war er selbst gefordert. Er spürte, wie ihm der Schweiß über den Rücken lief. Es war doch nicht das, was sein Vater gemeint hatte, als er von einem eigenen Kommando für ihn sprach?

Ransome sagte: »Geben Sie allen Leuten Landurlaub, bis auf die Wache, Number One.« Dann wurde er ernst. »Ich glaube, da sind zwei Männer, die mich sprechen wollen?«

Hargrave nickte. Woher wußte Ransome das bereits? »Beide haben schlechte Nachrichten von zu Hause erhalten, Sir. Aber ich weiß nicht, was wir hier für sie tun könnten.«

Ransome lächelte traurig. »Ich kann wenigstens mit ihnen sprechen.«

Hargrave blieb noch einen Augenblick unschlüssig stehen. »Der Chief möchte Sie etwas wegen der neuen Pumpen fragen, Sir.«

»Soll gleich kommen.«

Es wurde Abend, bis er mit dem Chief über Ersatzteile für die neuen Pumpen gesprochen, eine Krankmeldung des Arztes entgegengenommen und schließlich Funksprüche an die Admiralität und den Flaggoffizier Gibraltar abgesetzt hatte. Jetzt fühlte er sich völlig ausgelaugt. Der kranke Seemann, der mit Gonorrhoe in die Klinik geschickt wurde, war erst in Chatham an Bord gekommen. Nun würde er die Invasion versäumen und wahrscheinlich im Lazarett für Geschlechtskrankheiten landen: und das alles für ein paar Augenblicke zweifelhaften Vergnügens.

Ransome rauchte eine Pfeife, trank ein Glas Whisky und hörte sich eine Schallplatte mit Musik von Händel an. Die Urlauberboote quietschten gegen die Fender, das fröhliche Geschnatter der an Land gehenden Seeleute war zu hören und dann die Bootsmannsmaatenpfeife mit dem Befehl, alle Decks aufzuklaren. Dankbar für seine Zurückgezogenheit öffnete er die Schreibmappe, die ihm seine Mutter zum letzten Geburtstag geschenkt hatte, und ergriff seinen Federhalter.

Es ging leichter als gedacht, denn ihm war nicht, als *schriebe* er an Eve, sondern als säße sie hier und lausche seinen Worten, die nackten Knie bis ans Kinn hochgezogen.

Meine liebste Eve, schrieb er, wir hatten keine Gelegenheit mehr zu dem versprochenen Spaziergang, aber im Geist bin ich jeden Tag bei Dir, und wir unterhalten uns ...

Bis auf Leutnant Fallows war die Messe der *Rob Roy* leer. Selbst alte Seeleute wie Bone und Campbell, denen Gibraltar nicht mehr viel zu bieten hatte, waren an Land gegangen. Auf der längsseits liegenden *Ranger* war es genauso.

Fallows beschloß, am nächsten Tag an Land zu gehen, noch vor der geplanten Party. Er blickte hinab auf seinen einzigen Goldstreifen am Ärmel und dachte an seine Zukunft. Einen zweiten Streifen würde er wohl bald bekommen, aber was dann? Man brauchte Beziehungen, ein hilfreiches Wort an der richtigen Stelle, und Fallows war nicht so töricht, als daß er nicht von seiner allgemeinen Unbeliebtheit gewußt hätte. Aber schließlich war es für ihn nicht leicht gewesen. Er brachte nichts mit als Entschlossenheit und Mut. Mit seinen Leistungen schien der Kommandant zufrieden zu sein, und das mußte eigentlich in seinen Personalpapieren zum Ausdruck kommen.

Aber der Erste, Hargrave ... Fallows hatte dessen Mißbilligung, ja sogar Abneigung von Anfang an gespürt. Das war auch so einer, der es immer schaffen würde, gleichgültig, wie die Dinge standen. Er kam aus einer Marinefamilie, sein Vater war Admiral und jetzt sogar hier im Mittelmeer. Der würde ihm schon eine Chance verschaffen, sobald sich eine bot. Nein, von Hargrave hatte er keine Hilfe zu erwarten.

Fallows merkte, daß der Messesteward ihn beobachtete, ein Seemann namens Parsons, der zur Geschützbedienung gehörte, aber den lukrativen Dienst als Steward vorzog, wenn er nicht am Geschütz gebraucht wurde. Fallows als Artillerieoffizier war ihm dabei behilflich gewesen.

»Noch einen Gin, Parsons!« Fallows sagte niemals *bitte* oder *danke* zu einem Mannschaftsgrad, er hielt das für unter seiner Würde.

Parsons holte die Flasche, und während er den Gin einschenkte, beobachtete er den rothaarigen Leutnant wie der Milchmann einen bissigen Hund. Der große Rummel morgen würde wohl mit einem Saufgelage enden, dachte er. Ted Kellett, der Obersteward, würde alle Hände voll zu tun haben, konnte aber nicht überall zugleich sein. Bei dem Gedränge mußte es möglich sein, ein paar Bons zu fälschen und ein paar Flaschen beiseite zu schaffen. Parsons wußte, wo er zollfreie Getränke mit schönem Gewinn verkaufen konnte. Er stellte das Glas vor Fallows auf den Tisch. Bunny fing also wieder an zu trinken, dachte er. Bemerkenswert. Er war ein Widerling, einer der schlimmsten, die Parsons je gekannt hatte, mit Augen wie ein verdammter Habicht, wenn er nüchtern war.

Vorsichtig begann Parsons: »Ich frage mich, Sir, ob wir noch vor der Party Ihr Konto ausgleichen könnten?«

Fallows runzelte die Stirn. »Was meinen Sie damit?«

Parsons hatte vor dem Krieg als Barkeeper in Southampton gearbeitet und kannte die Anzeichen. Beschwichtigend sagte er: »Es ist nicht meine Idee, Sir, das wissen Sie, aber der Erste hat uns alle wegen der Messebons vergattert.«

»Und?«

»Nun, Sir, Sie haben Ihre Bons nicht abgezeichnet ...«

Fallows knallte das Glas auf den Tisch. »Was zum Teufel quatschen Sie da? Ich habe meine Bons immer ...« Er unterdrückte seinen Ärger und fragte scharf: »Wann soll denn das gewesen sein?«

»In Chatham, Sir. Zehn Pfund sind noch offen, Sir.«

»*Was?*« Fallows verlor die mühsam bewahrte Beherrschung. »Bei zollfreien Preisen? Wie zum Teufel soll denn das zustande gekommen sein?«

Parsons beharrte: »Es war der Abend, als der junge Tinker zu Ihnen herunterkam und Sie sprechen wollte, Sir. Als Sie ihm sagten...« Er sprach nicht weiter, denn das war offenbar unnötig.

Fallows sprang auf. »Und? Was habe ich ihm gesagt?«

Parsons beobachtete ihn sorgfältig. Einen Augenblick hatte er geglaubt, zu weit gegangen zu sein. Aber jetzt... Er sagte: »Tinker bat Sie, an Land gehen zu dürfen, Sir, wegen seinem kranken Vater.«

Schwer ließ sich Fallows in den Klubsessel fallen und knetete seine Nase zwischen Daumen und Zeigefinger, während er sich zu erinnern versuchte. Aber es wollte sich kein Bild vor seinem geistigen Auge formen. Es war wie in einem Alptraum. Ständig wurde er von einer vagen, schrecklichen Erinnerung an Tinker gepeinigt.

Parsons fuhr fort: »Sie haben ihn angeschrien, Sir.«

Fallows sah auf. »Habe ich das? Und was weiter?«

Parsons innere Warnlampe begann zu flackern, wie damals bei dem Betrunkenen an der Bar, der dann plötzlich zur Waffe griff.

»Sie waren völlig erledigt, Sir. Eigentlich hätten Sie die Wache gar nicht mehr übernehmen sollen.«

Fallows nickte wie eine Marionette. »Stimmt, ich erinnere mich jetzt. Aber der Erste war...« Noch rechtzeitig brach er ab und fragte: »Also, was habe ich zu Tinker gesagt?«

Parsons holte tief Luft. »Sie sagten ihm, daß er nicht an Land dürfe, daß er eine Schande für das Schiff und seine Uniform sei und viele andere Dinge.»

Fallows sah Parsons an wie ein Mann, der sich nach einem Gedächtnisverlust davor fürchtet zu erfahren, wer er ist. »Welche anderen Dinge?«

»Sie sagten ihm, daß seine Mutter eine ordinäre Hure gewesen und daß der Tod das Beste gewesen sei, was ihr widerfahren konnte.«

Fallows stand auf, ging bis zur Tür und wieder zurück. Er fühlte sich wie gefangen. »Ich muß gleich meine Ronde gehen.« Er warf einen unbestimmten Blick auf das Bücherbord. »Aber vorher muß ich noch in meine Kammer.«

»Und was ist mit dem Geld, Sir?«

Fallows fummelte seine Brieftasche heraus. »Wieviel waren es, zehn Pfund?«

Parsons nahm die Scheine entgegen; sie waren feucht vom Schweiß des Offiziers. »Besten Dank, Sir. Schließlich müssen wir ja alle . . .«

Aber Fallows hatte bereits die Tür zur Offizierstoilette aufgerissen. Parsons hörte, wie er sich drin übergab. Da legte er die Banknoten sorgfältig in sein Soldbuch und lächelte.

Vizeadmiral Hargrave stieg über die Stelling, die vom Deck der *Ranger* herüberführte, und tippte mit den Fingerspitzen an den Mützenschirm, als er an den stocksteifen Fallreepsgästen vorbeikam. Dann lauschte er kurz der Musik und dem Gesumm der Stimmen, die aus dem Oberlicht der Messe drangen, und sagte: »Das klingt nach guter Stimmung, Ransome.«

Ransome antwortete: »Danke, Sir.« Er warf einen Blick auf die schlanke Gestalt, die dem Admiral folgte und genau wie dieser ganz in Weiß gekleidet war. Der einzige Farbfleck war das Blau ihrer Schulterstreifen: ein Zweiter Offizier der Wrens.

»Dies ist Zweiter Offizier Rosalind Pearce, mein Flaggleutnant und Schutzengel.« Bei diesen Worten lachte Hargrave senior laut.

Wie sehr er doch seinem Sohn ähnelt, dachte Ransome. Vielleicht ein bißchen schwerer und selbstsicherer, aber dasselbe gute Aussehen. Die junge Frau war groß, beinahe genauso groß wie der Admiral; unter ihrem schmucken Hut sahen dunkle Haare hervor und ernste blaue Augen.

Der Vizeadmiral fügte hinzu: »Rosalind wollte einmal all diese harten Seebären sehen – eine neue Erfahrung für Sie, nicht wahr?«

Die beiden sahen einander an. Ransome spürte eine engere Beziehung zwischen ihnen.

Die Messe war überfüllt, die Gäste standen bereits im Gang und in den Nachbarkammern.

Hargrave schob sich durch die Menge und entdeckte seinen Vater. »Willkommen an Bord, Sir!« Ransome bemerkte, wie sein Blick über die junge Frau glitt.

Vizeadmiral Hargrave wiederholte die Vorstellung, und Ransome hatte den Verdacht, daß der Admiral diese Worte sehr oft gebrauchte. Zur Erklärung oder Verteidigung?

Hargrave winkte einen schwitzenden Messesteward mit einem vollbeladenen Tablett heran. »Eine kleine Erfrischung?«

Rosalind sagte: »Das sieht ja sehr gut aus«, aber ihr Blick war dabei auf Hargrave gerichtet. Ob sie Vergleiche zog?

Als ein Messesteward vom Admiral die goldverzierte Mütze entgegennahm, sah man den wirklichen Unterschied zwischen Vater und Sohn: das dünn gewordene Haar, die tiefen Falten um Mund und Augen. Die makellose weiße Uniform mit der doppelten Reihe Ordensspangen vermochte den leichten Bauchansatz nicht zu verbergen.

Der Vizeadmiral nickte grüßend den ihm nächststehenden Offizieren zu und sagte zu Ransome: »Demnächst verlegen wir mein Hauptquartier nach Malta – aufregend, nicht? Nach all den Enttäuschungen kehren wir endlich dorthin zurück, wohin wir gehören.«

Die junge Frau bemerkte: »Ich werde nicht traurig sein, wenn wir diese Höhle im Felsen, die Sie als unser Hauptquartier bezeichnen, endlich verlassen können.«

Der Vizeadmiral grinste. »Warten Sie, bis Sie nach Malta kommen, mein Kind! Der düstere Tunnel in Lascaris mag zwar bombensicher sein, aber man lebt darin wie in einem Abwasserkanal, glauben Sie mir.«

Hargrave junior fragte: »Wie lange arbeiten Sie schon mit meinem, äh – mit dem Admiral zusammen?«

Nachdenklich betrachtete sie ihn. In der grellen Beleuchtung wirkten ihre Augen violett, aber entspannt wie die einer Katze. »Seit sechs oder sieben Monaten.« Sie hatte eine tiefe, volltönende Stimme und wirkte sehr selbstsicher.

Hargrave war verwirrt, denn sein Vater hatte dieses Mädchen ihm gegenüber nie erwähnt. Rosalind sah toll aus und verfügte vermutlich über eine Menge Intelligenz.

Ein Unteroffizier meldete ihm, den Lärm überschreiend: »Noch ein Gast, Sir! Ein Zivilist!«

Der Vizeadmiral lachte in sich hinein. »Er ist eigentlich mein Gast, Ransome: Richard Wakely. Schon von ihm gehört?«

Wer hatte das nicht? Schon seit den ersten Kriegstagen war Richard Wakely ein bekannter Name. Er leitete den »tönenden Krieg«, wie er von denen genannt wurde, die nicht wirklich kämpfen mußten. Als Reporter der BBC hatte er ihn zu Englands Kaminen gebracht. Als Britannien allein im Krieg stand, hatte er die Herzen der freien Welt gerührt, in Dünkirchen die britische Front bereist und in Frankreich die unüberwindliche Maginotlinie besichtigt, die er ausführlich mit der feindlichen Siegfriedlinie verglich, der Linie der *Hunnen*, wie er die Deutschen nannte. Nach Dünkirchen war er dann eine Zeitlang aus England verschwunden und hatte aus den USA berichtet.

Nun aber, seit England wieder besser dastand, weil Freunde und

Bundesgenossen aus allen Teilen der Welt ihm zu Hilfe eilten, war Richard Wakely zurückgekehrt. Er berichtete aus einem Lancaster-bomber über Berlin oder von der Westfront in Reichweite der deutschen Scharfschützen. Er erzählte seinen Zuhörern, wie es an vorderster Front aussah, ohne Rücksicht auf sein eigenes Leben.

Und nun hatte eine solche Berühmtheit die kleine Welt der *Rob Roy* betreten.

Der Vizeadmiral wandte sich Ransome zu und sagte so leise, daß kein anderer mithören konnte: »Ich möchte, daß Sie Wakely kennen-lernen, weil er den Leuten zu Hause einmal zur Abwechslung etwas über *Ihren* Krieg erzählen soll. Seien Sie ganz natürlich.« Schärfer fügte er hinzu: »Ich wußte gar nicht, daß auch *er* mitkommt!«

Ransome drehte sich um und sah Commander Bliss mit Wakely zusammen eintreten. Der Admiral murmelte: »Ich dachte, er wäre bei dieser verdammten Besprechung!«

Die junge Frau erwiderte gelassen: »Sie muß früher zu Ende ge-gangen sein, Sir.«

Ransome beobachtete, wie Bliss vom Admiral begrüßt wurde. Was stand zwischen den beiden, etwas aus der Vergangenheit? Er hatte an-genommen, daß Bliss von Admiral Hargrave ausgewählt worden sei, aber jetzt war er dessen nicht mehr sicher.

Ransome ergriff Wakelys dargebotene Hand, sie war überraschend weich und schlaff. Der Reporter sah wirklich so aus wie in seinen Filmen, groß und schwer, aber keineswegs muskulös, mit feinem blondem Haar und einem runden, plumpen Gesicht.

»Ich freue mich wirklich auf Ihr Schiff, Commander Ransome! Und auf *Operation Husky*.« Er lächelte kindlich. »Sozusagen den Vorstoß in Europas weichen Unterleib, wie Winston es nennt.«

Bliss nickte beifällig. »Sie erweisen uns wirklich eine große Ehre, Mr. Wakely. Ich kenne Ihre Sendungen und bewundere Sie.«

Wakely nippte an etwas, das aussah wie Orangeade, und blinzelte bescheiden. »Die Ehre ist ganz auf meiner Seite, glauben Sie mir.«

Bliss wandte sich an Ransome. »Sind alle hier?«

»Zumindest alle Kommandanten, Sir.«

Der Vizeadmiral betupfte sich den Mund mit einem Taschentuch. »Dann möchte ich jetzt zu ihnen sprechen.«

Ransome hob die Hand, und die Unterhaltung erstarb. In der Stille klang die Stimme des Vizeadmirals unnatürlich laut.

»Richard Wakely hat sich entschlossen, für Ihren nächsten Einsatz auf *Rob Roy* einzusteigen. Er möchte alles über das Minensuchen erfahren, und wenn Sie mich fragen, wird es auch höchste Zeit, daß darüber berichtet wird.«

Ransome sah Kapitänleutnant Gregory, den kettenrauchenden Kommandanten der *Ranger*, seinen Nachbarn Stranach von der *Firebrand* anstoßen. Hargrave hatte sich neben die hübsche Wren seines Vaters gestellt. Die beiden gaben ein stattliches Paar ab. Ob der Erste das auch so empfand? Oder ob er über seines Vaters Beziehung zu seiner Mutter in England nachdachte?

Vizeadmiral Hargrave fuhr fort: »Sie werden nun bald auslaufen und eine wichtige Rolle bei einer historischen Operation übernehmen. Sizilien ist zwar nur die erste Stufe auf unserem Weg, aber dieser Schritt wird schwierig sein und Ihnen alles abverlangen. Unser Erfolg bedeutet die Eröffnung einer zweiten Front, und das Endergebnis wird mit Gottes Hilfe . . .« Ransome sah Rosalinds schönen Mund ganz leicht beben, als unterdrücke sie ein Lächeln. Vizeadmiral Hargrave schloß: ». . . schließlich die Niederlage unserer Feinde sein!«

Alle applaudierten, und der Vizeadmiral sagte leise zu der jungen Frau: »War ich gut, Ross?« Sie nickte und klatschte wie die anderen.

Ransome spürte Dankbarkeit, als der Admiral endlich auf seine Uhr sah. Es war schlimm genug, Bliss mit seinem eisigen Gesicht an Bord zu haben und zu verhindern, daß die anderen die Spannung zwischen ihren beiden Vorgesetzten bemerkten. Nur Gregory schien sie offensichtlich gespürt zu haben.

Der Vizeadmiral ergriff ein paar Hände und schüttelte sie. »Also, bis Malta! Dort sehen wir uns in Kürze alle wieder!« Er lächelte Richard Wakely zu. »Ich kenne noch mehr Leute, die darauf warten.«

Wakely schüttelte Ransome die Hand, sein Blick blieb aber reserviert. »Ich bekomme bereits ein Gefühl für den Stoff.« Er nickte. »Meine Nase hat mich noch nie getäuscht.«

Ransome begleitete sie bis zur Stelling und fragte sich, warum der Vizeadmiral die *Rob Roy* und nicht Bliss' *Bedworth* für den BBC-Reporter ausgewählt hatte. Vielleicht wegen seines Sohnes?

Rosalind Pearce wandte sich ihm zu. »Es war mir ein Vergnügen, Commander.«

Ransome empfand ihren Blick wie eine Inspektion. Äußerlich war sie kühl und gelassen, aber daß der Admiral sie mit Vornamen anredete, erzählte eine andere Geschichte.

Er kehrte in die Messe zurück und sah Bliss in eifriger Unterhaltung mit einigen seiner Kommandanten. Zu Hargrave sagte er: »Es ist alles gutgegangen, glaube ich.«

Hargrave zupfte unsicher an seinem Hemd. »So viele Leute! Bestimmt gibt es kaum noch einen in Gib, der nicht über die bevorstehende Invasion Siziliens Bescheid weiß.«

Ransome dachte an die Planung in Friedenszeiten, als derartige Operationen wie äußerste Geheimnisse behandelt wurden, bis zum Augenblick ihrer offiziellen Bekanntgabe im Unterhaus. Und dennoch hatten, wie sein Vater immer erzählte, Hunderte das »Geheimnis« bereits gekannt. Und jetzt? So etwas wie wirkliche Geheimnisse existierte nicht mehr.

Bliss entschuldigte sich, und Ransome begleitete ihn von Bord. Er wirkte ruhig, aber seine Augen blickten zornig. »Wenn Sie irgendwelche Probleme haben, teilen Sie sie *mir* mit, klar?« sagte er, bevor er in sein wartendes Boot hinunterstieg.

Ransome nickte. »Bevor Sie sie dem Vizeadmiral mitteilen«, hätte Bliss ebensogut sagen können. Er fügte hinzu: »Ihr Erster ist der Sohn des Admirals?«

»Jawohl, Sir.« Es war nur eine Bestätigung, denn Bliss schien ziemlich alles zu wissen.

Ransome wurde vor der Messetür von Unteroffizier Kellett erwartet, der besorgt fragte: »Darf ich Ihnen einen meiner Spezialcocktails anbieten, Sir?«

Ransome verstand den Wink. »Ärger?«

Kellett hob die Schultern. »Sturm im Wasserglas, Sir.«

Hinter dem Vorhang stand Oberleutnant Philipp Sherwood, hielt sich an einer Stuhllehne fest und starrte glasig auf die Gestalten, die den Raum füllten. Sein Haar war zerzaust und seine Uniform zerknüllt; ein Rotweinfleck auf seinem Hemd sah aus wie getrocknetes Blut.

»Ist das nun eine Feier oder eine Totenwache?« brüllte er in den Raum.

Hargrave machte Miene, auf ihn zuzugehen, aber Campbell faßte ihn am Arm. »Überlassen Sie ihn mir, Number One. Er war bisher noch nie in solchem Zustand.«

Sherwood winkte einem Steward und nahm ein Glas von dessen Tablett, ohne näher hinzusehen. Er trank und schwankte gegen einen Stuhl.

Jemand rief: »Um Himmels willen, Philipp, sehen Sie sich vor, sonst verschütten Sie den guten Gin!« Ein anderer höhnte: »Daß bloß niemand in seiner Nähe eine Zigarette anzündet, sonst sprengt er das ganze Schiff in die Luft!«

Sherwood ignorierte das Gelächter und sah sich gehetzt um. Mit überraschend klarer Stimme zitierte er: »Wenn wir zum Sterben an-steh'n, ist's Raub an unserm Land. Und wenn wir überleben: je größer ist die Ehr', je weniger wir sind.«

Er fuhr herum, als Ransome die Messe betrat, und wäre dabei fast gefallen. Mit einer ironischen Verbeugung stammelte er: »Tut – tut mir leid, Captain, aber ich bin besoffen . . .«

Doktor Cusack sprang hinzu und fing Sherwood auf. »Ich glaube, für ihn ist die Party zu Ende.«

Ransome sah in die Gesichter, so unterschiedlich und doch plötz-lich alle ernüchtert durch Sherwoods grausames Zitat, das er dekla-riert hatte wie eine Prophezeiung.

Als Kommandant war er nur Gast in der Offiziersmesse, also war es nicht angebracht, hier gegen Sherwoods Benehmen einzuschreiten. Auch er hatte ihn noch nie in einem solchen Zustand gesehen. Mor-gen würde er das alles wieder in Ordnung bringen. Sonst . . .

Er nickte den anderen zu und ging. Aber als er schon die Leiter nach oben erreicht hatte, war immer noch kein Laut aus der Messe zu hören. Er öffnete seine Kammertür und knipste das Licht an. Das sah aus, als fiele es direkt auf Tonys Porträt an der Wand.

Sherwood war nicht der einzige Verzweifelte, dachte er, noch würde er der einzige bleiben, wenn sie erst das Tor zum Mittelmeer passiert hatten.

Oberbootsmann Beckett zog die Mütze noch tiefer über die Augen und blickte hinüber zum Felsen, um dessen Gipfel schimmernder Dunst schwebte.

Topsie Turnham stand neben ihm und beobachtete den letzten der längsseits liegenden Versorger, während ein anderes Boot den Post-sack von *Rob Roy* und *Ranger* übernahm.

»Alle Urlauber an Bord, Topsie?« Beckett warf einen Blick auf die Seeleute in ihren weißen Blusen und sauberen Shorts. »Bald werden sie wieder die alten Vogelscheuchen sein.«

Turnham nickte. »Der große weiße Vater war gestern abend an Bord, hörte ich?«

Beckett grinste. »Ja, und du hast das alles versäumt. Bist sicher um den Felsen gewetzt wie ein geiler Hund.«

Turnham hob die Schultern. »Ich habe schon mehr Admiräle gese-hen, als mir lieb ist.«

Beckett dachte darüber nach. »Aber dieser hatte seine appetitliche

Wren bei sich.« Er deutete einen Kuß an. »Ich wäre lieber mit der zusammen, als die Mittelwache zu gehen, sage ich dir!« Das Grinsen verschwand aus seinem Gesicht, er wurde wieder der strenge Coxswain. »Und was ist das, hä?«

Das war ein schmächtiger Seemann, der gerade unzeremoniell von Bord der *Ranger* über die Stelling geschoben wurde, wobei sein kleiner Körper beinahe begraben wurde von Hängematte und Seesack, Köfferchen und Gasmaske. Seine Uniform war neu und saß schlecht.

Turnham, der Buffer, ließ ein theatralisches Stöhnen hören. »Der muß mindestens schon zwölf Jahre alt sein, Swain.«

Beckett winkte die kleine Gestalt heran. »Wie ist dein Name, mein Sohn?«

»G – Gold, Sir.«

»*Gold?* Und als was kommst du an Bord?«

Der Ankömmling machte den Eindruck, als wolle er gleich in Tränen ausbrechen.

Beckett ließ sich erweichen. »Du mußt der Ersatzmann sein für den – wie hieß er noch?«

Der Buffer zeigte grinsend seine Monkeyzähne. »Für den, der sich den Tripper weggeholt hat!«

»Erschreck den Jungen doch nicht, Buffer!« Ernst sah Beckett den Kleinen an. »Welches war dein letztes Schiff?«

»Dies hier ist mein – mein erstes, Sir.« Gold sah sich auf dem geschäftigen Deck um, bemerkte die scheinbare Unordnung, von der er nichts verstand. »Ich – ich dachte, ich käme auf einen Kreuzer, Sir.«

Der Buffer warf einen verzweifelten Blick nach außenbords. »Auch noch ein Stotterer! Der hat uns gerade gefehlt!«

Beckett klopfte dem Jungen auf die Schulter und spürte diesen erstarren. »Keine Angst, Gold. Du wirst dich bald eingewöhnen. Denn wie du mit deinen eigenen Äuglein sehen kannst, ist dies kein verdammter Kreuzer!«

Boyes kam vorbei, und Beckett griff nach ihm wie nach einem Rettungsanker. »Hier, Boyes, schaff diesen Jungen in die Messe Nummer drei und bring ihn dort unter.« Zwinkernd fügte er hinzu: »Ein alter Hase wie du schafft das bestimmt, nicht wahr?«

Boyes half dem Neuen mit seinem Gepäck. Das Deck begann bereits zu vibrieren, und aus *Rob Roys* Schornstein quoll eine stärkere Rauchfahne. Sie machten klar zum Loswerfen von der Boje.

Boyes erschauerte und blickte hinauf zur Brücke, als erwarte er dort den Kommandanten zu sehen. Aber da stand nur ein einsamer Signalgast, der mit seiner Lampe hinübermorste zur Küste.

»Hier lang.« Er warf sich Golds Hängematte über die Schulter und führte ihn nach vorn.

Der Buffer schüttelte den Kopf. »Was sollen wir mit dem bloß anfangen?«

Beckett machte sich Notizen über das Eintreffen des jungen Gold. Das Räderwerk hatte bereits angefangen sich zu drehen. Böse sagte er: »Versuchen, die armen kleinen Teufel am Leben zu erhalten, was sonst?«

Boyes erinnerte sich an seine eigene Verzweiflung, als er damals das untere Messedeck betreten hatte. Jetzt, da alle Landurlauber zurückgekehrt waren, bot es ein wahrhaft chaotisches Bild. Die Männer zogen gerade Arbeitskleidung an, einige verstauten noch rasch letzte Andenken in ihren Spinden oder Seesäcken. Obergefreiter Ted Hoggan schien der einzige zu sein, der saß, und zwar auf seinem üblichen Platz am Kopf des Tisches.

Boyes sagte zu Gold: »Ich zeige dir, wo du deine Sachen hinpacken kannst. Natürlich hast du noch keinen Platz für die Hängematte, wir haben nicht genug Haken hier in der Messe.«

Gold nickte. Er fuhr zusammen, als der Lautsprecher quäkte und der Ruf die Luft erschütterte: »Alle herhören! Spezialisten auf Stationen! Bootsbesatzung antreten!« Obergefreiter Suggit, den Mund noch voller Krümel, schob sich fluchend zur Leiter durch.

Boyes trat an den Tisch und wartete, bis Hoggan aufblickte. »Ein Neuer für die Messe, Hookey.«

Hoggan musterte den Ankömmling unbewegt. »Du hast ihn eingewiesen, Gerry?«

Boyes nickte. »So ziemlich.« Dann wandte er sich an Gold. »Beim ersten Ertönen dieser Glocke hier läßt du alles fallen und rennst wie der Teufel auf deine Gefechtsstation, klar?«

Er sah nicht, wie Matrose Jardine Hoggan zuzwinkerte. »Hör auf den Rat eines alten Hasen, mein Sohn.« Er legte Boyes den Arm um die Schulter wie damals bei der Bestattung auf See. »Gerry hier wird dich schon richtig . . .«

Wieder ertönte der Lautsprecher und ließ sie alle aufblicken. »Alle Mann auf Auslaufstationen! Klar bei Trossen und Fendern!«

Hoggan griff nach seiner Mütze und sah zu, wie Boyes den Neuen die Leiter hinaufschob; er lächelte ein wenig traurig. »Es geht wieder los...« Aber er war bereits allein, das Messedeck ringsum leer.

XII »Einer von uns«

Leutnant Tudor Morgan blickte vom Sprachrohr zum Steuerhaus auf und blinzelte ins grelle Licht. »Null-vier-fünf liegt an, Sir!«

Ransome ging zur anderen Seite der Brücke und zog eine Grimasse, als sein nackter Arm die Stahlplatten berührte. Sie waren heiß wie eine Ofentür. Er hob das Glas übers Brückenkleid und beobachtete, wie die Boote der Flottille ihre Stationen für den nächsten Suchstreifen einnahmen. Die an der Rah gesetzten schwarzen Bälle zeigten an, daß sie das Gerät an Backbord schleppten.

Das Einhalten der Formation klappte jetzt so gut, als seien sie alle untereinander durch eine Trosse verbunden. Sein Blick glitt an den mit Tarnfarbe gestrichenen Booten entlang und erhaschte gelegentlich das farbige Aufleuchten der kleinen Flaggen auf den durchs Wasser eilenden Spurbojen. Die Zufahrtswege nach Malta... Sie hatten im ersten klaren Morgenlicht angefangen zu suchen, genau wie am Vortag. Jetzt, am Vormittag, war der Horizont im Dunst nicht zu erkennen, und die unermeßliche Wasserfläche sah aus wie blaßblaue Milch, über die eine niedrige Dünung lief. Der Himmel hatte überhaupt keine Farbe, und die Sonne, obwohl von Dunst verschleiert, schien zu glühen wie ein Feuerofen.

Die Leute, die achtern am Suchgerät beschäftigt waren oder am Oberdeck arbeiteten, waren beinahe nackt, braungebrannt oder unangenehm gerötet. Wie anders war es doch hier als in der Nordsee und im Kanal, dachte Ransome.

Kaum zu glauben, daß der verschwommene rötliche Fleck achteraus tatsächlich Malta sein sollte und daß diese Gewässer hier so lange und hart umkämpft gewesen waren. Der Meeresgrund war übersät mit Wracks jeder Größe, vom Flugzeugträger bis zur kleinen Korvette, ja selbst zum chinesischen Kanonenboot. Diese Flußschiffe waren ins Mittelmeer beordert worden, um die in arge Bedrängnis geratene britische Flotte zu unterstützen: Schiffe aus Rudyard Kiplings Marine gegen Sturzkampfbomber, Schnellboote und erstklassige italienische Kreuzer. Die Verluste waren entsprechend hoch.

Und jetzt sah es hier so aus, als hätte es niemals Krieg gegeben. Im ersten Morgenlicht waren sie an einer großen Flottille minensuchen-

150

der Trawler vorbeigekommen, Schiffe von dem Typ, der dazu beigetragen hatte, die Fahrwasser rund um England offenzuhalten; viele von ihnen waren Veteranen von Dünkirchen und dem mißglückten Unternehmen gegen Norwegen.

Rob Roy steuerte Nordost; die Küste Siziliens lag ungefähr vierzig Meilen voraus. Noch vor wenigen Monaten war dieses Gebiet von der deutschen Luftwaffe beherrscht worden, ein Friedhof für jedes Schiff, das versuchte, mit Nachschub und Lebensmitteln nach Malta durchzustoßen. Beinahe über Nacht, so schien es, hatte sich alles verändert. Malta war entsetzt, neue Landebahnen waren in aller Eile von den Amerikanern gebaut worden, und täglich starteten Jagdpatrouillen.

Er hörte Sherwood mit Morgan sprechen, während die beiden über der Karte brüteten. Jetzt auf See waren sie wieder ein gutes Team. Sherwood hatte sich für sein Benehmen auf der Party entschuldigt, und Ransome hatte es dabei belassen. Was es auch gewesen sein mochte, das Sherwood so aus der Fassung gebracht hatte, er schien sich jetzt wieder unter Kontrolle zu haben.

Ransome blickte zum Achterdeck und sah Richard Wakely mit seinem Kameramann die nächste Einstellung besprechen. Ransome spürte Hargraves Verlegenheit, als er längere Zeit posieren mußte. Vielleicht war es nötig, aber es wirkte billig auf die beobachtenden Seeleute, die nur zu oft die rauhe Wirklichkeit erlebt hatten.

Ransome trat wieder zur Vorkante Brücke und richtete sein Glas nach vorn. Die See war leer, die Dünung hob und senkte sich so langsam, als atme sie. Nichts zu sehen, nicht einmal eine Möwe oder ein springender Fisch.

Aber Minen waren da oder hatten zumindest hier gelegen, bis das gründliche Räumen begann. Briten, Italiener, Deutsche, alle hatten Minen gelegt, dieses Gewässer war eine regelrechte Todesfalle für jedes Schiff gewesen. Aber viele hatten den Minenfeldern getrotzt; Unterseeboote waren durch den schweigenden Wald rostiger Trossen mit ihren drohenden Stahlkugeln geschlüpft, um Malta Nachschub zu bringen. Dort mußten sie selbst noch im Hafen bei Tag getaucht liegen, um den Bombern zu entgehen, die innerhalb von Minuten sowohl von Sizilien als auch vom italienischen Festland starten konnten. Im Schutz der Nacht löschten sie dann ihre kostbare Ladung: Treibstoff, Munition, Lebensmittel und alles andere, was sie noch in ihren engen Rümpfen hatten stauen können. Selbst die Torpedorohre wurden vollgepfropft mit lebenswichtigen Versor

gungsgütern, obwohl das die U-Boote wehrlos machte, auch für die ge-
fährliche Rückfahrt. Viele kehrten tatsächlich niemals zurück.

Rob Roy allein hatte hier schon zwanzig Minen, *Ranger* sogar drei
mehr geräumt. Mit etwas Glück ging das erheblich leichter als im Kanal mit seinen starken Gezeitenströmungen. Hier gab es zumindest
keine Tide, und wenn man eine Mine . . . Ransome unterbrach seine
Gedanken. Abrupt fragte er: »Noch eine Stunde?«

Sherwood sah ihn an. Sein Haar war von der Sonne noch heller aus-
gebleicht. »Ja. Wir sind nah genug an Sizilien, Sir.« Er blickte über das
glitzernde Wasser. »Sicher wissen die bereits, was hier vorgeht.«

Ransome nickte. Wahrscheinlich dachte jeder Seemann der Flottille
dasselbe: Der Feind, schweigend, unsichtbar, mußte seit Wochen wissen, daß eine Invasion bevorstand.

»Noch vier Tage.« Er dachte an das Bündel von Aufmarschplänen
und Geheimdienstberichten im Safe seiner Kammer. Die See war leer,
und doch versammelte sich in Gibraltar und in den schwerbeschädig-
ten nordafrikanischen Häfen wie Alexandria, wo *Rob Roy* Treibstoff
ergänzt hatte, eine ungeheure Flotte von Landungsschiffen und ihren
Sicherungsfahrzeugen, bereit für den Großangriff auf Sizilien. Er fügte
hinzu: »Aber die Deutschen machen sich gewiß mehr Sorgen als wir.«

Richard Wakely erschien auf der Brücke, von seinem runden Gesicht troff der Schweiß.

»Was für ein Tag, Kapitän!« Mit einem seidenen Taschentuch betupfte er sich die Stirn. »Wir machen hier noch ein paar Aufnahmen,
für den Fall, daß das Licht sich ändert.« An das gesamte Brückenper-
sonal gerichtet, fuhr er strahlend fort: »Ich möchte nicht das Geringste
veräumen!«

Sherwood hatte schon die dunkle Sonnenbrille aufgesetzt, die er
häufig auf der Brücke trug. »Sie müssen eine ganze Menge vom Krieg
gesehen haben.«

Wakely lächelte geschmeichelt. »Das stimmt. Ich habe Glück gehabt.«

»Ist Ihnen jemals ein Brigadegeneral de Courcey an der Westfront
begegnet, Sir?« Sherwood schien plötzlich sehr interessiert zu sein.
»Alex de Courcey?«

Wakely tupfte sich den Hals ab. »Kann ich nicht mit Sicherheit sagen. Aber schließlich treffe ich so viele, müssen Sie wissen.« Zum ersten Mal sah er Sherwood an. »Sie kennen ihn?«

»Er war ein Freund meines verstorbenen Vaters. Sie pflegten zusammen auf Jagd zu gehen.«

»Verstehe.« Wakely wandte sich ab. »Machen wir weiter, es gibt noch viel zu tun.« Er rief seinen Kameramann.

Als er verschwunden war, fragte Ransome leise: »Was hat es mit de Courcey für eine Bewandtnis?«

Sherwood nahm die Sonnenbrille ab und putzte sie mit seinem Hemd. Sein Blick war bitterernst.

»Wakely weiß genau, von wem ich spreche. Alex wurde befördert und zum Stab versetzt, nachdem er sich bei den Panzern ausgezeichnet hatte. Er hat meinem Vater von Richard Wakely erzählt, den er in den ersten Tagen in Frankreich kennenlernte, als er noch Kommandeur der Panzertruppe war.«

»Sie schätzen Wakely nicht besonders?« fragte Ransome scharf. »Los, spucken Sie's aus, Mann!«

Sherwood warf einen vorsichtigen Blick auf den nächsten Ausguckposten. Der Mann schien außer Hörweite zu sein.

»Wakely ist ein Schwindler, ein regelrechter Betrüger«, fuhr Sherwood fort. »Er war damals während der ganzen Zeit nicht ein einziges Mal auch nur in der Nähe der Front. Nach dem Fall von Dünkirchen verschwand er in die Vereinigten Staaten, um seine kostbare Haut in Sicherheit zu bringen.« Er sah Ransome an und lächelte entschuldigend. »Das hat mir jedenfalls mein Vater erzählt.«

Ransome stieg auf seinen heißen Stuhl, bei dessen Berührung er schmerzlich zusammenzuckte. »Sie sind ein bißchen zu zynisch, scheint mir.«

Sherwood blickte zur Leiter, als erwarte er, Wakely dort lauschen zu sehen. »Seine berühmte Reportage über El Alamein.« Er schüttelte den Kopf. »Ich gehe jede Wette ein, daß er sie aus seiner Suite im Shepheard's Hotel in Kairo gesendet hat.«

Beide drehten sich um, als Mackay rief: »Signal von *Dunlin*, Sir: Mine geschnitten!«

Ransome sah die bunten Signalflaggen drüben an der Rah auswehen.

»Geben Sie an *Dryaden*: zu *Dunlin* aufschließen.«

Ransome ignorierte das Klappern des Signalscheinwerfers und die Aufregung auf der Brücke. Noch eine Mine! Um so besser. Er richtete sein Glas auf den schnittigen Trawler aus Island und sah dessen helle Bugwelle bei der Fahrtvermehrung anwachsen. Die Scharfschützen auf seinem Vorschiff bereiteten sich darauf vor, ein weiteres der tödlichen Eier zu knacken.

»Dort ist sie, Sir! Dicht bei *Dunlins* Heck!« Vom Achterdeck hörte man spöttischen Beifall, und Ransome fragte sich, ob Wakelys Kameramann den Augenblick wohl im Bild festhielt.

Signalobergefreiter Mackay sah durch sein altes Teleskop, seine Lippen bewegten sich schweigend, während er einen anderen Morsespruch mitlas. »Von *Scythe*, Sir: Flottillenchef schließt von Südwesten heran.«

Ransome wartete, bis *Dryaden* heran war, dann richtete er sein Glas wieder achteraus.

Bliss stieß also zu ihnen; bisher hatte er sich damit begnügt, bei den Trawlern zu bleiben.

»Von *Bedworth*, Sir!« Breit spreizte Mackay die Beine. »Maschinen im Anflug von Norden!«

Ransome ließ das Glas auf die Brust fallen. »Verstanden zeigen.« In seinem Kopf schrillte eine Alarmglocke und erinnerte ihn an Sherwoods Worte: Die müssen doch längst wissen, was hier los ist.

Er sagte: »Der I.W.O. soll sofort unser Gerät einholen.« Er blickte auf den roten Alarmknopf unter dem Brückenkleid. Hurrarufe erklangen, als die Scharfschützen der *Dryaden* den Stahlmantel der aufgeschwommenen Mine durchlöcherten und sie auf den Meeresgrund schickten. Sah er Gespenster, oder war er wie der Kommandant der unglücklichen *Viper* zu sorglos?

Er merkte nicht, daß er es laut aussprach: »Sollen sie von mir denken, was sie wollen!« Damit drückte er auf den Knopf und hörte das Schrillen der Alarmglocken im Schiff.

»*Auf Gefechtsstationen! Auf Gefechtsstationen!*«

Die Ruhe war dahin, das Interesse an der Mine vergessen, als die Gestalten mit nacktem Oberkörper auf Stationen eilten, Stahlhelme aufsetzten und Schwimmwesten anlegten.

Entlang der Linie wurde ebenfalls Alarm ausgelöst, und Ransome spürte das Vibrieren des Rumpfes, als die neue starke Winsch ihr Gerät einholte wie ein Angler einen riesigen Schwertfisch.

»Flawaffen besetzt!«

»Coxswain am Ruder!«

»Geschützt besetzt!« Das war Bunny Fallows' Stimme mit seinem schottischen Akzent.

Ransome nahm seine weiße Mütze vom Spind und drückte sie fest auf sein widerspenstiges Haar.

»Von *Bedworth*, Sir: Nicht angreifen.«

Sherwood murmelte: »Müssen wohl unsere sein.«

Ransome verspürte ein Frösteln trotz der Hitze. Wenn es so etwas wie einen Instinkt gab, dann hatte er ihn noch nie so stark gespürt wie jetzt.

»Flugzeuge, Sir! In Rot eins-eins-null! Höhenwinkel . . .«

Ransome packte das Glas so fest, daß seine Finger schmerzten; den Rest des Satzes hörte er nicht, und es war auch nicht mehr nötig.

Dort kamen sie, nicht nur zwei oder drei, sondern ein Dutzend oder mehr; am leeren Himmel flogen sie eine Kurve, spiegelten das Sonnenlicht wie blankes Glas.

Sherwood beobachtete die winzigen Silberflecken im Glas. Der junge Morgan blickte vom Kartentisch auf und fragte: »Fliegen die nach Malta?«

Sherwood wandte nicht einmal den Kopf. »Diesmal nicht. Die sind hinter uns her!«

Ransome sagte: »Geben Sie an *Dryaden*, sie sollen Markierungsbojen werfen.« Jemand mußte den Suchstreifen beenden, wenn dies hier vorbei war. Er beobachtete das vorderste Flugzeug, das nun anfing zu drehen, bis es so aussah, als käme es direkt auf ihn zu.

»Geben Sie an Maschinenraum: Höchste Umdrehungen, wenn ich es verlange.«

Richard Wakelys Frage dröhnte in die gespannte Stille: »Was ist denn los, zum Teufel?«

Sherwood wandte den Blick noch immer nicht von den Flugzeugen. »Es gibt ein paar gute Aufnahmen für Sie, Sir. Wir werden gleich angegriffen.«

»Signal von *Bedworth*, Sir: Kurs ändern auf null-neun-null.«

Ransome nickte. »Bringen Sie sie auf den neuen Kurs.« Das war wirklich knapp. Hätte Bliss nicht eine so abrupte Kursänderung befohlen, wäre die ganze Flottille möglicherweise mit eingeholtem und zwecklos an Deck liegendem Gerät in ein Minenfeld gelaufen.

»*Da kommen sie!*«

»Beide äußerste Fahrt voraus! Steuerbord zwanzig!«

Ransome spürte die Gräting unter seinen Füßen vibrieren. Die Flugzeuge würden von achtern angreifen, aus der Sonne, damit die Artillerie sie nicht gut sehen konnte. Er dachte wieder an David dort unten auf dem Achterdeck, wo Hargrave jetzt stand, und an seinen plötzlichen Tod. »Mittschiffs! *Recht so!*«

Er sah Morgan sich über den Tochterkompaß beugen und einen Bootsmannsmaat eines der alten Lewis-MG ausrichten, die sie sich vom Heer »geliehen« hatten. Selbst der Koch war an Deck bei der

Leckwehr und um im Bedarfsfall dem Arzt zu helfen. Auf *Rob Roy* gab es keine Passagiere.

Plötzlich dachte er an Moncrieff und an seine letzte Bitte, gut auf das Schiff aufzupassen. Verbissen hämmerte er mit den Fäusten auf die Reling, als die Umdrehungen höher gingen. »Los, komm, alter Zossen – wenn nicht für mich, dann für ihn!«

Natürlich wußte der Feind Bescheid. Keine Minensucher bedeuteten keine Invasion, wenigstens so lange nicht, bis sie ersetzt waren.

Schrill schrie Wakely: »Was soll ich denn tun, um Gottes willen?«

Sherwood lächelte, während er das Parallellineal aufhob, das durch die starken Vibrationen vom Kartentisch gerutscht war.

»Wie wäre es mit dem Absingen der Nationalhymne, Sir?«

Das Steuerhaus schien zu schrumpfen, als die Blenden bis auf schmale Beobachtungsschlitze geschlossen und die Tür zugeschoben wurde. Boyes verkeilte sich in einer Ecke neben dem Koppeltisch und versuchte, sich ein Bild zu machen von dem, was draußen vorging.

Midshipman Davenport beugte sich über den Koppeltisch und berichtigte die neue Karte. Das Hemd klebte ihm schweißnaß am Körper. Beckett stand am Ruder wie üblich, wenn es kritisch wurde, und die beiden Quartermeister warteten an den Maschinentelegrafen und Umdrehungsmessern. Der Läufer Brücke duckte sich neben dem Reservetelefon. Aus dem Sprachrohr neben Becketts Kopf hörte Boyes viel von dem, was oben auf der Brücke gesprochen wurde.

Beckett bestätigte heiser: »Beide Maschinen gehen äußerste Kraft voraus, Sir!«

Schwach hörte Boyes durch das offene Artillerietelefon Fallows' Stimme: »Alle Geschütze mit Panzersprenggranaten geladen«, und das sofortige Eingreifen des Kommandanten, knapp, aber ruhig. Fallows murmelte: »Entschuldigung, Sir, ich meine hochexplosive Granaten!«

Beckett wandte sich um und flüsterte: »Dem alten Bunny fehlt seine Flasche!«

Die Stimme des Kommandanten klang jetzt anders, er sprach direkt mit dem Maschinenraum. »Ich weiß, Chief. Aber ich brauche alles, was Sie draufhaben, und zwar sofort!« Nach kurzem Zögern fügte er hinzu: »Sie kommen alle sofort rauf, wenn ich's befehle. Keine Heldentaten, klar?«

Davenport öffnete und schloß die Fäuste, seine Stimme klang heiser und ungläubig. »Rauf – wieso?«

Obergefreiter Reeves hielt sich an dem vibrierenden Maschinentelegrafen fest. »Schwimmen ist besser als gekocht zu werden, Sir.«

Auf dem Achterdeck neben dem zweiten Vier-Zoll-Geschütz beschattete Oberleutnant Hargrave die Augen und sah den Leckwehrtrupp in Deckung gehen. Der Buffer rief ihnen letzte Instruktionen zu. Das von den rasenden Schrauben aufgewühlte Kielwasser war bis auf Deckshöhe angewachsen. Gischt stieg von beiden Seiten ein, als wolle das Schiff über Heck sinken. Hargrave sah die achteraus stehenden Schiffe, von denen einige stark qualmten. Die *Bedworth* mit den von ihren Rahen wehenden Signalflaggen drehte nun in einem weiten Bogen mit der Anmut eines Vollblüters, während die Geschütze auf ihren überfluteten Decks dem Ziel folgten.

Laut rief er: »Dort sind sie, Buffer! An Backbord achteraus!« Er spürte, wie ihn die Angst würgte. »Großer Gott, so viele!«

Der Buffer saugte an seinen Zähnen und beobachtete aus zusammengekniffenen Augen die winzigen glitzernden Splitter. Er sah »Gipsy« Guttridge, den Richtschützen des Vierzöllers, der mit seiner Schutzhaube wie das Mitglied eines längst vergessenen Mönchsordens aussah, mühelos seine verschiedenen Räder drehen, während er vor sich hin summte. Die beiden grinsten sich an.

Die Artilleriesprechanlage erwachte krächzend zum Leben. »Flugzeuge Steuerbord achteraus! Höhenwinkel drei-null!«

Geschützführer und Richtschütze wirbelten ihre funkelnden Räder herum, und Guttridge murmelte: »Ich hoffe nur, Bunny hat das richtig gesehen!«

Dann tönte es aus dem Lautsprecher: »Sperrfeuer – beginnt – *jetzt!*«

Hargrave beobachtete, wie auch die anderen Schiffe achteraus Feuer eröffneten. Der Himmel war plötzlich voll treibender Rauchkleckse. Als das vorderste Flugzeug über ihren Masten in Sicht kam, züngelten mit lautem Geknatter die Perlenschnüre ihrer eigenen Leuchtspurgeschosse nach oben und verstärkten den Sperr-Riegel.

»*Feuer!*«

Das Vier-Zoll-Geschütz ruckte heftig zurück, das Verschlußstück wurde aufgerissen, Pulverqualm quoll heraus.

»Geschützführer, Ziel aufgefaßt!« Dann: »Richtschütze, Ziel aufgefaßt!«

Ein Krachen folgte, und die Granate jagte hinauf zum Himmel.

Hargrave hörte eine ungeheure Detonation und spürte, daß etwas gegen den Schiffsrumpf schlug wie eine Ramme. Er sah drüben eine mächtige Wassersäule, die bereits wieder in sich zusammenfiel, dicht neben dem dritten Minensuchboot. Aber sie schwammen noch alle, führten gerade mit Hartruder genau wie *Rob Roy* eine schnelle Kursänderung aus.

Ein Flugzeug erschien über Hargraves Kopf. Es mußte im Sturzflug heruntergekommen sein und seine Bombe geworfen haben; er bemerkte die stechenden Blitze seiner Maschinenwaffen und fuhr zusammen, als der Buffer ihn am Arm packte und hinter den heißen Stahl des Schutzschilds zerrte.

»Aufgepaßt, Sir! Dieser Schuft scheint Sie nicht zu mögen!«

Hargrave wollte grinsen, aber seine Lippen waren erstarrt. Er sah die zweimotorige Maschine dröhnend hochziehen, verfolgt von den Ketten ihrer Leuchtspurgeschosse. Deutlich erkannte er die schwarzen Balkenkreuze auf den Tragflächen und die Ölstreifen in der Nähe der noch offenen Bombenschächte.

Der Buffer zeigte nach oben. »Sie greifen jetzt von beiden Seiten an, Sir.«

Hargrave sah Kellett, den Messesteward, noch immer in seinem weißen Jackett, auf die andere Decksseite rennen, eine Maschinenpistole im Arm, während er nach oben blinzelte.

Der Buffer seufzte. »Wo steckt bloß die verdammte RAF*?«

»*Feuer!*«

Hargrave duckte sich, als eine weitere Maschine im Sturzflug durch den Pulverqualm auf sie zuraste. Seine Ohren dröhnten derartig, daß er glaubte, niemals wieder etwas hören zu können. Seine Augen tränten vom Rauch.

Er hörte das harte Rasseln von Maschinengewehrfeuer und starrte auf die rasch näher kommenden weißen Federn auf der Wasseroberfläche. Als die Geschosse das Schiff erreicht hatten, fegten sie mit metallischem Krachen übers Deck wie ein Niethammer.

Ein Mann der Leckwehr brach wild um sich schlagend zusammen; überall war Blut, leuchtend rot und genauso unwirklich wie der über allem liegende Dunst.

Der Buffer schrie: »Hebt ihn auf!« Dann warf er einen Blick auf Hargrave. »Sind Sie in Ordnung, Sir?« Seine stämmige Gestalt stieß die Männer, wohin sie gebraucht wurden, hielt kurz an, um dem verwundeten Seemann Mut zuzusprechen, während Masefield, der Sanitätsmaat, zu dem Verwundeten eilte.

---

* Royal Air Force = britische Luftwaffe

Das Boot schwankte, als das Ruder hart übergelegt wurde, und ein riesiger Schatten fegte übers Deck wie der eines Vogel Greif.

Der Buffer suchte Hargrave, der aussah, als habe er sich überhaupt nicht bewegt. Nun blickte er wieder hinauf zu dem Flugzeug und sah die Bombe aus dessen Bauch taumeln.

Mit müder Resignation verfolgte er ihren Weg. Warum wir? schien er zu fragen. Warum jetzt?

Von der Brücke aus sah auch Ransome die Bombe. *»Hart Backbord!«* Er packte das Sprachrohr, während das Rad rasch gedreht wurde.

»Ruder liegt hart Backbord, Sir!«

Er hörte die Männer keuchend ausrutschen, während *Rob Roy* die Drehung ausführte, und er dankte Gott nicht zum ersten Mal dafür, daß sie zwei Schrauben besaßen.

Die Bombe richtete sich plötzlich aus und nahm an Fallgeschwindigkeit zu, während das Flugzeug, ein Messerschmidt 110 Jagdbomber, ganz niedrig über die Brücke hinwegdonnerte. Sein Maschinengewehrfeuer prasselte auf die Back, während die Örlikons ihm mit ihren Leuchtgeschossen folgten.

Die Detonation hatte eine derartige Wucht, daß das Schiff schier aus der See gehoben wurde und Ransome für ein paar Sekunden das Schlimmste befürchtete. Er war darauf vorbereitet, die Maschinen zu stoppen, damit es nicht kopfüber auf den Meeresgrund jagte. Dann aber fiel die turmhohe Wassersäule neben der Bordwand in sich zusammen.

Er würgte und hustete, während er sich verzweifelt bemühte, auf den Beinen zu bleiben, als das Wasser über die Brücke und das Deck darunter klatschte. Er wischte sich den brennenden Gischt aus den Augen und sah den Feuerball in der Luft, der eben noch ein Flugzeug gewesen war. Glühende Wrackstücke brachen davon ab und übersäten die See mit weißen Gischtfedern.

Als sein Gehör zurückkehrte, stellte er fest, daß die Me 110 vom Kreuzfeuer aller Boote erwischt worden war, noch während die Bombe neben seinem Schiff detonierte. Nun hörte er auch die Hurrarufe der Besatzung.

Überall pfiffen und knatterten die Sprachrohre, und Ransome warf einen raschen Blick über die Brücke, ob alle davongekommen waren.

Sherwood hing über dem Tochterkompaß, Morgan sammelte die Überbleibsel seiner Karte und Navigationsinstrumente auf. Obergefreiter Mackay überprüfte sein Teleskop und sah Ransomes Blick. »Keine Schäden, Sir, Gott sei Dank!«

»Gehen Sie wieder auf Kurs!« Ransome wischte sein Glas trocken und blickte nach achtern. Die Flugzeuge waren verschwunden, verjagt vom schrecklichen Ende ihres Kameraden.

Feuereinstellung wurde befohlen, und er sah die Besatzung aus ihrer Deckung kriechen. Die meisten wirkten verwundert darüber, daß sie noch lebten.

»I.W.O. für Sie, Sir!« Der Bootsmannsmaat ließ seine Maschinenpistole sinken, und Ransome bemerkte, daß mehrere leere Magazine zu seinen Füßen lagen.

»Kommandant hier.«

»Kein Schaden im Achterschiff, Sir.« Hargraves Stimme klang benommen. »Ein Verwundeter, der Matrose Jenner. Nicht sehr schwer.« Dann fügte er zögernd hinzu: »Sind Sie in Ordnung, Sir?«

Aber Ransome hatte das Telefon bereits wieder an den Bootsmannsmaat zurückgegeben und hob von neuem sein Glas.

Das Hurrarufen war verstummt. Einige Geschützbedienungen hatten ihre Stationen verlassen und standen, Ausschau haltend, an der Reling. Wie eine improvisierte Gedenkfeier, dachte Ransome später. Das Vorderteil eines ihrer Boote schien sich über die anderen zu erheben, die See kochte um seinen Rumpf wie Dampf. Riesige, obszön wirkende Blasen und ein sich rasch ausbreitender Ölteppich stiegen nach oben. Dieses Schiff lag im Sterben.

Morgan sagte heiser: »Es ist *Scythe*, Sir.«

Mackey rief: »Von *Bedworth*, Sir: *Senja* nimmt Überlebende auf.«

Ransome nickte, während er den senkrechtstehenden Rumpf beobachtete und Schmerz über den Verlust empfand. Gleichzeitig wünschte er, daß es schnell vorbei wäre. Im Geist sah er *Scythes* Kommandanten vor sich, einen ganz jungen Oberleutnant, der das Schiff erst vor vier Monaten übernommen hatte. War er am Leben? Und wenn ja, wie würde er es überstehen?

»Kein Schaden im Maschinenraum, Sir. Erbitte Erlaubnis, mit der Fahrt herunterzugehen.«

»Beide halbe Fahrt voraus. Mackay, rufen Sie *Bedworth* und melden Sie, alles okay an Bord.« Er sprach ohne jede Erregung, als habe er keine Kraft dafür mehr übrig.

Er hörte Schritte auf der Leiter, dann zog sich Richard Wakely mühsam auf die Brücke, die Augen verstört aufgerissen.

»Ist es vorbei?« Keuchend sah er sich um und schwitzte wie vor einem Herzanfall.

Ransome sagte: »Für einige, ja.« Er riß sich zusammen, als *Scythe* langsam übers Heck zu sinken begann. Winzige Gestalten zappelten in dem scheußlichen Gemisch aus Öl und Wasser, während der große norwegische Trawler *Senja* durch das Treibgut manövrierte.

Ransome knirschte mit den Zähnen. Sie hätten zumindest Jagdschutz haben sollen, aber vielleicht wurden die Maschinen alle gebraucht, um die Truppentransporter zu schützen. Jemand stieß einen Seufzer aus, als die *Scythe* plötzlich verschwand. Sie hörten noch ein paar dumpfe Explosionen, und weiteres Treibgut brach an die Oberfläche, als wolle es die um ihr Leben ringenden Schwimmer noch weiter quälen.

Ransome wandte sich ab und musterte sein eigenes Schiff.

Die heftige Drehung hatte es gerettet. Für diesmal. Sonst hätten jetzt auch er und die Reste seiner Besatzung dort geschwommen.

Er begegnete Sherwoods Blick und sah Morgans ehrliches Gesicht sich vor Verzweiflung verzerren. Es war einer von uns, dachte er.

Der Buffer erschien auf der Brücke, die tief heruntergezogene Mütze verbarg seine Augen.

»Verzeihung, Sir, aber Jimmy – ich meine, der I.W.O., bittet um weitere Befehle. Unsere Telefonleitung ist ausgefallen. Der Torpedooffizier läßt sie schon reparieren.« Dann sah er sich auf der Brücke um, bis sein Blick auf den schlotternden Wakely fiel.

»Sie sind weg, Sir.« Kaum konnte er seine Verachtung verbergen.

»Befehle, Buffer?« Ransome zog die Pfeife aus der Tasche und hoffte nur, daß seine Finger beim Stopfen nicht zitterten. »In fünfzehn Minuten setzen wir die Minensuche fort. Was haben Sie denn erwartet?«

Ihre Blicke begegneten sich, und der Buffer grinste: »Von Ihnen, Sir, nur das Beste!«

Ransome wandte den Blick ab. Sie waren wieder einmal davongekommen.

XIII   Operation Husky

Der kleine Kartenraum, der an Ransomes Brückenkammer grenzte, war unerträglich feucht und stickig. Schwitzwasser lief über die Wände und tropfte von der Decke, was noch erheblich zu dem Unbehagen der Offiziere beitrug, die um den Tisch versammelt waren.

Ransome blickte durch das einzige offene Bullauge. Das Licht draußen war seltsam, der Himmel sah aus wie mit rauchiger Bronze überzogen. Er wartete darauf, daß sich das Deck wieder heben und dann in einer steilen Schraubenbewegung nach Steuerbord rollen würde. Jeder, der einen schwachen Magen hatte, mußte es spätestens jetzt merken, dachte er.

Es war wie ein böses Vorzeichen: Mit Tagesbeginn hatte sich das Wetter verschlechtert und der Nordwestwind stark aufgefrischt. Das war ungewöhnlich für Juli – der einzige Fehler in der Gesamtplanung für Operation Husky.

Jetzt, am späten Nachmittag, war der Wind noch stärker geworden und die See noch gröber.

Wie konnten sie unter diesen Umständen auf einen Erfolg hoffen? Bei diesem schweren Seegang würden viele Landungsfahrzeuge ihr Ziel nicht rechtzeitig erreichen; manche der flachen Fahrzeuge würden sogar kentern, was einen fürchterlichen Verlust an Menschenleben bedeutete.

Er musterte ihre gespannten Gesichter. Hargrave, tiefer gebräunt als die anderen, sah immer frisch und adrett aus. Sherwoods Augen waren hinter den hellen Wimpern verborgen, während er auf der Karte Ransomes Geheimanweisungen einzeichnete. Leutnant Morgan, der mit Leichtigkeit das Schlingern ausbalancierte, hatte seinen Notizblock bereits halbvoll geschrieben. Doktor Cusack war auch zugegen, sein intelligentes Gesicht und seine hellwachen Augen nahmen jede Einzelheit wahr. Draußen hörte man die Stimmen der Wache, das gelegentliche Ächzen und Stöhnen des Stahls und das endlose Stammeln von Morsebuchstaben aus dem Funkraum.

Schließlich sagte Ransome: »Die ersten Landungen sollen um 02.45 Uhr morgen früh erfolgen.« Er spürte, daß seine Worte wirkten wie eine kühle Brise. Operation Husky war jetzt nicht mehr ein verschwommener Plan, irgendein großes Vorhaben in der Zukunft, sondern sie geschah hier und jetzt.

Sherwood sagte: »Man wird die Sache abblasen müssen, Sir.« Fragend blickte er auf. »Glauben Sie nicht auch?«

Ransome zeigte auf die Karte. »Jede Flottille und jeder Geleitzug sammelt sich in diesem Augenblick östlich und südlich von Malta. Hunderte von Schiffen und Tausende von Männern sind beteiligt. Die Royal Air Force und die amerikanische Luftwaffe haben seit Wochen die feindlichen Flugplätze und Verteidigungsanlagen bombardiert. Das Oberkommando hätte nur noch vierundzwanzig Stunden Zeit, um die gesamte Operation abzublasen.« Er hörte den Wind um die Aufbauten heulen, er schien alle Pläne und Hoffnungen zu verhöhnen. »Wenn der Wind in dieser Stärke anhält, werden die Amerikaner, deren Landungsfahrzeuge die Südküste Siziliens ansteuern sollen, große Schwierigkeit haben.« Sein Finger glitt auf der Karte zur Südostküste Siziliens. »Hier soll die Achte Armee landen, mit den Kanadiern an ihrem linken Flügel. Die Royal Marines werden links davon an Land gehen, kurz vor der angesetzten Landezeit, um wichtige deutsche Objekte zu erobern, die sonst die Landung stören würden.«

Hargrave rieb sich das Kinn. »Ich kann mir nicht vorstellen, daß die Invasion wirklich stattfindet, Sir.« Er warf einen Blick durch das offene Bullauge auf den seltsam bösartigen Glanz des Meeres. »Sie könnte ein Trümmerfeld werden.«

Ransome nickte. »Und ein noch größeres, wenn sie versuchen, *Husky* im letzten Augenblick abzublasen. Wenn der Angriff nur um einen Tag verzögert wird, können keine Zeitpläne mehr eingehalten werden. Die meisten von uns wissen, was das bedeutet.« Er ließ seine Worte wirken. »Unsere Meteorologen lagen völlig falsch, aber genauso auch die des Feindes.« Er zwang sich zu einem Lächeln. »Das ist nicht viel, aber alles, was wir haben. Wir müssen die erste Welle der Landungstruppen unterstützen, im Schutz des Bombardements der schweren Einheiten.« Dann sah er Cusack an. »Sie werden sich mit allen Verwundeten befassen, und zwar mit denen von Infanterie, Seeleuten und Fliegern, soweit wir sie bergen können.«

Hargrave fragte: »Wann werden wir die endgültige Entscheidung erfahren, Sir?«

Ransome warf einen Blick auf die Uhr. »Zunächst werden Luftangriffe auf bestimmte Objekte stattfinden, dann gehen Gleiter und Fallschirmspringer rein, alle mit genauen Instruktionen über ihre Ziele. Sie starten noch heute abend von ihren Basen in Tunesien, und danach ...« Er brauchte den Satz nicht zu vollenden.

Statt dessen sagte er: »Wir sind nur ein winziger Teil dieser gewaltigen Unternehmung. Unsere Besatzung ist sehr jung. Ich wette, daß mindestens fünfzig Prozent noch zur Schule gingen, als Hitler in Polen einrückte, und viele auch danach. Geben Sie ihnen alles, was Sie haben. Die Jungs verdienen es.«

Er zog einen gefalteten Zettel aus der Tasche und glättete ihn. »Dies ist ein Teil eines Funkspruchs vom Oberbefehlshaber, Admiral Cunningham. Ich denke, Sie sollten ihn hören.« Er las langsam und war sich dabei des ständigen Heulens draußen sowie der Stille um den Tisch bewußt.

»Alle Kommandanten, Offiziere und Mannschaften haben die ganz individuelle und persönliche Pflicht, dafür zu sorgen, daß keinerlei Nachlassen in unserer Entschlossenheit oder Mangel an eigener Anstrengung dieses große Unternehmen gefährdet.«

Er sah auf, erwartete irgendeinen Zynismus von Sherwood oder Cusack, aber es war der junge Morgan, der aussprach, was sie wohl alle empfanden.

Morgan sagte einfach: »Das erinnert an Trafalgar*, nicht wahr? Nichts Großes, nur die richtigen Worte . . .« Er schwieg, weil die anderen ihn ansahen.

Ransome fuhr fort: »Sagen Sie es den Männern Ihrer Abteilungen weiter. Ich möchte, nein, ich muß wissen, daß sie es alle verstehen.«

Sie traten weg, und Ransome saß noch einige Zeit still da, bis er schließlich seinen Ölzeugbeutel öffnete und die letzten Zeilen des Briefes beendete, den Eve möglicherweise niemals lesen würde. Dann stieg er hinauf zur Brücke und beobachtete, wie sich der Bug durch die See rammte, wie das Wasser durch die Klüsen brach und die Speigatten überflutete. Er sah die zusammengedrängten Gestalten in Ölzeug, die trotz der ständigen Nässe schwitzten, an den Geschützen und auf Ausguck. Alles Männer, die er kannte.

Der Rest der Flottille folgte ihnen im Donnern der Brecher und durch den fliegenden Gischt; die Formation wirkte jetzt ohne *Scythe* viel kleiner. Auch das schien jedoch schon Monate zurückzuliegen*, nicht nur Tage. Und morgen – wie viele würden es dann noch sein? Er sah die *Bedworth* diagonal durch die grobe See brechen, ihr scharfer Steven zerschnitt die Kämme, so daß ihr Buggeschütz getrennt vom Rest des Schiffes zu fahren schien, weil Wasser es ständig umspülte.

Er hörte zornige Stimmen, Richard Wakely stürmte auf die Brücke. Das Hemd klebte ihm am Körper wie eine zweite Haut, sein nasses Haar war eng an den Schädel geklatscht.

---

* Nelsons berühmtes Signal vor dem Angriff auf die französisch-spanische Flotte vor Trafalgar lautete: »England expects every man to do his duty« – England erwartet, daß jedermann seine Pflicht tut! (Anm. des Übers.)

»Was tun Sie, Kapitän?« Er starrte durch das verschmierte Brükkenkleid. »Dort ist die *Bedworth!*«

Ransome sah ihn an, spürte weder Ärger noch Mitleid. »Ja, und?«

»Ich will . . .« Wakely klammerte sich an eine Stütze, als der Bug wieder tief eintauchte und das Wasser um Geschütz A rauschte. »Ich verlange, sofort auf die *Bedworth* übergesetzt zu werden!« Als Ransome schwieg, rief er: »Sie haben auch diesen verwundeten Seemann hinübergeschafft! Leugnen Sie nicht!«

Ransome dachte an den Matrosen Jenner, der, auf einer Tragbahre festgeschnallt, mühsam dem Zerstörer übergeben worden war. Er würde höchstwahrscheinlich seinen linken Fuß verlieren. Das kam darauf an, wie bald die *Bedworth* imstande war, ihn auf eines der Lazarettschiffe zu schaffen.

Die Erinnerung an Jenner rührte ihn, und er sagte scharf: »Der Mann bat darum, an Bord bleiben zu dürfen, Mr. Wakely, wußten Sie das?« Er sah einige Wachgänger lauschen, aber das störte ihn nicht. »Bei Gott, ich würde Sie mit dem größten Vergnügen hinüberschicken, glauben Sie mir, aber der Chef hat anderes im Sinn.« Er deutete über das tropfende Brückenkleid nach vorn und merkte erst jetzt, daß er vergessen hatte, sein Ölzeug anzuziehen. »Sie wollten den Krieg erleben – nun, das ist er!«

Wakely starrte ihn an, als traue er seinen Ohren nicht. »Sie wissen ja nicht, was Sie sagen! Ich werde dafür sorgen, daß Sie diese Worte bereuen!«

Ransome wandte sich ab. »Das hoffe ich, denn es würde bedeuten, daß wir beide am Leben bleiben. *Und jetzt verschwinden Sie von meiner Brücke!*«

Er hörte Wakely die Treppe hinunterrutschen und Hargrave höflich hüsteln. »Ich glaube, er hat verstanden, Sir.«

Langsam atmete Ransome aus und wischte sich das klatschnasse Gesicht. »Spüren Sie's? Der Wind beginnt abzuflauen, Number One.« Er hielt den Kopf zur Seite geneigt wie der alte Jack Weese von der Werft, wenn er das Wetter des Tages abschätzen wollte. »Die Operation wird also anlaufen. Ein Abblasen gibt es nicht mehr.«

»Sie haben es von Anfang an gewußt, Sir, nicht wahr?«

»Es war nur so ein Gefühl.« Er hob die Schultern. »Sicher war ich mir nicht.«

Obergefreiter Mackay beobachtete die *Bedworth* für den Fall, daß sie signalisieren würde, hatte aber jedes Wort gehört. Natürlich hatte der Kommandant es gewußt. Seine Instinkte waren schließlich der Grund, weshalb *Rob Roy* noch schwamm.

Als sich endlich Dunkelheit über die Flottille senkte, war die Spannung beinahe unerträglich geworden. Man hörte Berichte und Anforderungen aus den Sprachrohren und Telefonen, die wie Enden von Nervensträngen waren. Und in jedem Schiff führten diese Stränge direkt zum jeweiligen Kommandanten.

Ransome blieb in der Steuerbord-Brückennock stehen, wo er in Reichweite der Sprachrohre war, aber die schwachen Umrisse der *Ranger* beobachten konnte, die im Abstand von zwei Kabellängen* Parallelkurs steuerte. *Bedworth* hatte angeordnet, daß die Minensuchboote zwei Kiellinien bilden und die großen Trawler ihnen folgen sollten. *Ranger* war lediglich an der hohen Bugsee zu erkennen und an dem gelegentlichen Aufglänzen ihres Rumpfes, wenn sie in ein tiefes Wellental sackte.

Vor einer Stunde hatten sie eine Formation langsamer Landungsboote überholt, die sich durch die grobe See boxten wie unförmige Schuhkartons. Es waren die ersten, und man konnte sich noch immer schwer vorstellen, daß die sechzig Meilen zwischen Malta und Sizilien vollgepackt waren mit Landungs-, Transport- und Geleitfahrzeugen.

Landungsboote waren selbst bei ruhiger See schwierig zu manövrieren. Wie es bei diesem starken Wind sein würde, war kaum auszudenken. Die Verbände hatten so gut wie keine Gelegenheit gehabt, vorher zusammen zu üben und gemeinsam Manöver zu fahren, um die Landung der Soldaten, Vorräte, Panzer und anderer Kettenfahrzeuge zu gewährleisten. Die meisten Landungsboote wurden von jungen Reserveoffizieren wie Sherwood und Morgan kommandiert.

Und was war mit den Truppen? fragte sich Ransome. Viele Infanteristen mußten seekrank sein und kaum imstande, nach der Landung sofort anzugreifen. Zweifellos galt dies auch für die Panzerbesatzungen. Als die Flottille an der Küste von Wales zusammen mit dem Heer geübt hatte, war Ransome Zeuge geworden, wie ein Panzerkommandant seinen Männern erklärte, was sich ereignen würde. Wenn ein Panzer bei der Landung defekt war oder aus irgendeinem

---

* eine Kabellänge = 182,5 Meter

anderen Grund nicht starten konnte, so hatte er sie mit der ganzen Erfahrung eines Dreiundzwanzigjährigen angewiesen: »Dann schiebt ihr ihn eben durchs Wasser selbst an Land!«

»Anruf vom Radarraum, Sir.«

»Brücke.« Es war der junge Tritton, der zweite Bunny, auf den hier etwas zukam, das er sich nicht vorstellen konnte.

»*Bedworth* nimmt Station achteraus ein, Sir.«

Ransome nickte. »Verstanden.« Bliss brachte sich offensichtlich in die beste strategische Position, um sowohl die unterstützenden Fahrzeuge als auch die Landungsschiffe zu beobachten, wenn diese dichtgedrängt auf die Küste zuliefen. Ransome stellte sich im Geist die Karte vor. Er hatte sie so intensiv studiert, daß er sie mit verbundenen Augen hätte zeichnen können.

Radar meldete: »Vorland in drei-fünf-null. Entfernung zehn Meilen.«

Ransome sah auf die Uhr. »Ab sofort Funkstille wahren. Dieses Wetter hat wahrscheinlich die italienischen Patrouillen in ihren Betten festgehalten, aber ihre Empfänger funktionieren trotzdem.« Jemand, wahrscheinlich Mackay, ließ ein Lachen hören. Immerhin etwas.

Sherwood rief: »Das muß Kap Passero sein, Sir.« Seine Stimme klang vergnügt. »Wir haben's genau auf den Kopf getroffen.«

Ransome hätte am liebsten seine Pfeife angesteckt. *Rob Roy* führte die kleine Gruppe und würde möglicherweise als erste unter Beschuß geraten. Aber es war besser, als wie blind hinterher zu fahren. Dann konnte die Nacht den Ausguckposten und Wachgängern böse Streiche spielen, wenn sie beispielsweise so intensiv auf das Schiff vor ihnen starrten, daß es plötzlich wie durch ein Wunder verschwand. Gerieten sie in Panik und erhöhten die Geschwindigkeit, um zum Vordermann aufzuschließen, war die Kollision da, besonders wenn der Hintermann ebenfalls aufzuschließen versuchte und in die Wuling hineinraste.

Ransome dachte an die Männer im Schiff. Hargrave war auf dem Achterdeck, beaufsichtigte dort die Artillerie und die Leckwehr. Zweifellos wäre er lieber auf der Brücke gewesen, aber der alte Grundsatz, daß man nicht all seine Eier in einen einzigen Korb packen sollte, traf auch auf ein Schiff im Gefecht zu. Mr. Bone, grimmig wie üblich an seiner Zahnprothese saugend, stand bereit, um Hargrave zu helfen. Unten im Maschinenraum war Campbell mit seinen Leuten eingeschlossen in eine ölige, ohrenbetäubende Welt, vor Granaten oder einem Torpedo nur durch Stahlplatten geschützt, die kaum dicker waren als Sperrholz. Fallows dachte zweifellos an seinen Versprecher beim Fliegerangriff und an die richtige Munition. Cusack saß wahrscheinlich mit Sanitätsgast Pansy Masefield in der Messe, wo die Instrumente ungeduldig in ihren Behältern klapperten, und wartete wie seine Vorgänger damals vor Trafalgar.

Ransome dachte auch an Midshipman Davenport, der zusammen mit Boyes den Koppeltisch im Steuerhaus wahrnahm. Zwei Jungs aus derselben Schule, aber durch mehr als tausend Meilen getrennt. Hiernach würde Davenport seinen ersten Streifen bekommen, aber nicht auf *Rob Roy*, was Ransome nicht gerade bedauerte.

Sherwood sagte: »Es wird Zeit, Sir.«

»Danke.« Ransome trat ans Sprachrohr. »Umdrehungen für halbe Fahrt, Coxswain.« Mühelos konnte er sich Beckett unten vorstellen, obwohl er ihn eigentlich niemals am Ruder stehen sah. Er war ein Teil ihrer Stärke, genau wie Campbell und der knorrige Buffer.

»Umdrehungen eins-eins-null, Sir.«

Ransome wollte schon gehen, fragte aber noch: »Alles in Ordnung bei Ihnen, Cox'n?«

Er hörte Beckett lachen. »Klar, Sir. Uns geht's so gut wie Flöhen in einer Hundedecke!«

Ransome ging zu seinem Stuhl und lehnte sich dagegen, fühlte das Vibrieren des Decks bei jeder Schraubenumdrehung. Weniger als zehn Meilen! Die feindlichen Küstenbatterien konnten zweifellos so weit schießen.

Er blickte hinauf zu den Sternen, die ab und zu durch die hellen Wolken schimmerten. Wie damals in Plymouth, dachte er, als er mit Eve die dunklen Umrisse von Codrington House durch das Laub der Bäume gesehen hatten. Er spürte noch immer ihren Mund auf dem seinen, ihre Schultern unter seinem Arm. Wußte Eve wohl, was sie hier taten? Ließ das Schicksal, oder was immer es war, das sie zusammengeführt hatte, sie etwas ahnen?

»*Flugzeug, Sir!*«

Ransome fuhr herum. »Peilung?«

»Nicht sicher, Sir!« Der Ausguckposten schwenkte sein starkes Nachtglas. »Vielleicht habe ich mich getäuscht, aber da war ein Geräusch.«

Ransome trat hinter ihn. Der Mann war einer ihrer besten Ausguckleute und aus diesem Grund jetzt auch hier auf der Brücke. Auf jedem Schiff würden die Männer nun die Köpfe in diese Richtung drehen und ihre Helme und Wollmützen abnehmen, damit ihr Gehör nicht beeinträchtigt wurde.

Sherwood kam hinzu. »Bomber?« fragte er leise.

Ransome trat ein wenig beiseite und hielt die Hände hinter die Ohren. »Glaube ich nicht. Falsche Richtung.« In der Dunkelheit sah er ihn an. »Wahrscheinlich die Gleiter, von denen wir gehört haben.«

Sherwood schüttelte den Kopf. »Nein, Sir. Noch zu weit ab. Die Transportmaschinen sollen die Schlepptrossen doch erst fünfzig Meilen im Hinterland loswerfen.«

»Flugzeug, Sir!« Der Seemann, der zuerst gemeldet hatte, trat erschrocken hinter seinem Nachtglas hervor, und das war kein Wunder. Etwas wie eine riesige Fledermaus hob sich schwarz vom jetzt helleren Himmel ab und schwebte über dem Schiff, als wolle es dieses packen.

Jemand rief: »Um Himmels willen, die haben die Gleiter viel zu früh losgeworfen!

Ransome erstarrte, als das ungeheure Flugboot direkt über sie hinwegschwebte; die Luft rauschte in den Schwingen wie ein starker Wind im Hochwald. Jetzt kam noch ein Gleiter, direkt hinter dem ersten und wild schwankend, als sein Pilot merkte, daß der Anflug schiefging. Es lag am starken Gegenwind, an einer Fehlkalkulation oder an Unerfahrenheit – auf alle Fälle war es jetzt zu spät.

Sie hörten den ersten Gleiter aufschlagen, sahen die weißen Wassersäulen, als eine seiner Schwingen abgerissen wurde. Ransome versuchte, sich nicht die schrecklichen Einzelheiten an Bord vorzustellen: die dichtgedrängten Soldaten im Inneren, schwer beladen mit Waffen und Ausrüstung . . .

Tritton meldete mit brüchiger Stimme: »I.W.O., Sir!« Er bückte sich, als ein weiterer Gleiter über sie hinweghuschte und weiter vorn ins Wasser stürzte. »Er erbittet Erlaubnis, Flöße und Kletternetze auszubringen, Sir.«

Ransome wandte sich ab, als der nächste Gleiter gegen die hohen Wellen stieß und sich mit einem gewaltigen Aufspritzen überschlug. Menschen starben dort, ertranken, und wußten nicht wieso oder warum.

Er hörte sich antworten: »Abgelehnt! Wir sind hier, um die Landung zu unterstützen, und nicht, um nach Überlebenden zu suchen.« Kaum erkannte er seine eigene Stimme wieder. »Einer der Trawler wird sie aufnehmen.«

Sherwood beobachtete ihn, spürte seine Qual und teilte sie. Morgan flüsterte: »Mein Gott, was für eine Entscheidung!«

Sherwood sah ein paar kleine Lichtpunkte, querab und in ziemlicher Entfernung: Schwimmwestenlampen. Für Seeleute waren sie kein ungewöhnlicher Anblick, aber für diese armen Teufel mußte es schrecklich sein.

»Leuchtsignal, Sir! Recht voraus!«

Ransome starrte durch das gläserne Brückenkleid und sah die rötliche Leuchtgranate am Himmel schweben wie ein Tropfen glühenden Eisens. Was bedeutete das? Waren die Royal Marines schon an Land, oder hatten die Deutschen gemerkt, daß der Angriff trotz allem stattfand? Die Brücke war plötzlich hell erleuchtet, als hielte jemand eine riesige Fackel darüber. Gesichter und Armaturen zeichneten sich deutlich ab. Plötzlich blitzte es hinter ihnen am Horizont auf wie bei einem Wetterleuchten. Ransome wartete und zählte die Sekunden. Dann endlich hörte er das ferne Krachen schwerer Artillerie und fast gleichzeitig das Heulen der sie überfliegenden Granaten. Vor ihnen an Land blitzte es auf, als die ersten schweren Salven dort einschlugen.

Ransome zog seine Mütze tiefer in die Stirn und stellte sich oben auf die Grätings. Immer weiter zurück blieben die schwimmenden Luftlandesoldaten – falls sie so lange überlebt hatten. Auch sie mußten das Heulen der Granaten über ihren Köpfen hören, abgefeuert von den unsichtbaren schweren Einheiten der Alliierten, und würden erkennen, daß man sie vergessen hatte.

Das Ganze war ein schrecklicher Irrsinn, aber die zerschmetterten Gleiter wurden allmählich bedeutungslos.

»Beide Maschinen langsame Fahrt voraus!«

In wenigen Minuten würden die ersten Landungsschiffe dieses Sektors an Steuerbord vorbeiziehen. Ihr Einsatz würde dann ebenfalls beginnen.

Hargrave klammerte sich an den Schutzschild des achteren Vier-Zoll-Geschützes und bemühte sich, nicht die Augen zuzukneifen, als der Horizont immer wieder grell aufflammte. Er rief sich noch einmal Ransomes grausame Entscheidung ins Gedächtnis. Er akzeptierte sie als richtig, fragte sich aber, ob er genauso entschieden hätte. Er hatte die riesigen Gleiter vom Himmel herabsinken sehen. Einige von ihnen hielten sich noch ein wenig länger in der Luft als ihre Gefährten, bevor auch sie in die See stürzten.

Er fuhr zusammen, als eine weitere mächtige Salve über sie hinwegheulte. Achteraus von ihnen standen sowohl Schlachtschiffe als auch Kreuzer: die Marine, für die er erzogen worden war. Auch das alte Flaggschiff *Warspite*, das Aushängeschild der Mittelmeerflotte, würde höchstwahrscheinlich seine Stimme ertönen lassen und seine Salven von rund neun Tonnen pro Minute auf Ziele abfeuern, die der Feuerleitoffizier nicht einmal sehen konnte.

Seine Geschützbedienungen brachen in Hurrarufe aus, als die Silhouetten der Landungsfahrzeuge an *Rob Roy* vorbeizogen. Hargrave schnauzte sie an: »Ruhe, verdammt noch mal!« Er spürte ihren Ärger, aber schließlich konnte der Befehlsübermittler jeden Augenblick einen neuen Befehl von der Brücke durchsagen.

Zwischen dem rollenden Donner des schweren Geschützfeuers hörten sie, wie die kabbelige See gegen die plumpen Steven und Laderampen der Landungsschiffe schlug, während die kleineren Boote mit Infanterie so dicht hinter ihnen herfuhren, als fürchteten sie, sich zu verirren.

Plötzlich hörte Hargrave einen Dudelsack. Welch braver, verrückter Soldat brachte es fertig, in diesem Augenblick zu spielen? Schon die nächste Salve löschte die klagende Weise aus. Hargrave stellte sich die hinter den stählernen Klappen aufgereihten Panzer vor und die qualmerfüllte Luft, als die Motoren jetzt angeworfen wurden. In den kleineren Infanteriebooten würden die Männer mit aufgepflanzten Bajonetten und angezogenen Beinen auf den Augenblick des Auflaufens warten.

Der Buffer erschien. »Die Feuerlöschtrupps sind überall verteilt.« Er sah den Oberleutnant an. »Gute Idee von Ihnen, Sir.«

Hargrave spürte ein heftiges Verlangen zu gähnen, aber er unterdrückte es. Man hatte ihm oft erzählt, das sei ein erstes Anzeichen von Furcht.

Gipsy Guttridge wischte die Optik seines Geschützes mit dem Handschuh sauber. »Wird schon heller.«

Der Buffer grunzte. »Als ich vor dem Krieg einmal in Sizilien war . . .« Er brach ab, weil die See zwischen den beiden Kiellinien der Minensucher detonierte und eine gewaltige Wassersäule aufwarf. »Puh!«

Gischt trieb übers Deck, Hargrave spürte den Geschmack von Pulver und spuckte aus.

Die feindliche Artillerie war endlich aufgewacht.

Die nächste Salve detonierte an Backbord. Hargrave packte eine Relingsstütze, als das Boot stark überholte und das Deck bei der Fahrtvermehrung anfing zu vibrieren. Er blickte nach achtern und sah, daß *Dunlin* ihnen dichtauf folgte, während die anderen in der Dunkelheit nur undeutlich zu erkennen waren.

Der Befehlsübermittler preßte seine Kopfhörer gegen die Ohren und schien nicht zu merken, daß er schrie. »Warum schießen wir denn nicht?«

Gipsy Guttridge drehte sich auf seinem Sitz um und sah ihn mitleidig an. »Womit denn, mit dieser Erbsenkanone?« Er klopfte auf das Verschlußstück. »Das wäre doch nur ein Furz gegen den Wind!«

Weitere Detonationen warfen gewaltige Wassersäulen auf, die vor dem Hintergrund der düsteren See wie hohe Eisberge wirkten. Sie schienen jetzt viel näher zu sein, und Hargrave nahm an, daß sie nun das Kap gerundet hatten; er spürte an der veränderten Bewegung des Bootes, daß die See allmählich flacher wurde.

An Land sah er die orangefarbenen Blitze und das gelegentliche Glitzern von Leuchtspurgeschossen. Für die eigentliche Landung war es noch zu früh, also mußten das wohl die Stoßtrupps sein oder die Marineinfanterie aus einigen Gleitern, die doch noch ihr Ziel erreicht hatten. Granaten heulten jetzt ständig über sie hinweg, aber erst das Tageslicht würde Erfolg oder Mißerfolg enthüllen.

Jemand murmelte: »Ich hoffe nur, die wissen, wohin sie zielen!«

Gipsy Guttridge grinste. »Hörst du das, Buffer? Rührend, nicht? Ich hab's schon erlebt, daß mehr Kameraden umgekommen sind durch unser eigenes Feuer als durch den verdammten Feind.« Trotzig starrte er Hargraves Rücken an, aber der Oberleutnant reagierte nicht.

Turnham sagte: »Halt den Mund, Gipsy!«

Hargrave blickte zu den blassen Sternen auf und spürte, daß sein Herz heftig zu schlagen begann. Das Schwarze vor ihnen war Land, nicht eine Sinnestäuschung: der Höhenzug, der sich nördlich bis Syrakus erstreckte. So dicht waren sie also schon! Er packte die Reling, so fest er konnte, und riß sich zusammen. Die ganze Zeit hatte er nur einen einzigen Gedanken im Kopf, wie eine Stimme, die ihm ins Ohr rief: Wenn der Kommandant heute fiel, mußte er das Kommando übernehmen! Kann ich das? fragte er sich immer wieder.

Der Buffer packte ihn am Arm. »Runter, Sir, um Gottes willen!«

Hargrave sah einen glühenden Feuerball nur wenige Fuß über dem Wasser auf sie zurasen.

Er hatte gerade noch Zeit, sich bewußt zu werden, daß es ein Flachbahngeschoß war, vielleicht von einem Panzerabwehrgeschütz abgefeuert. Da wurde das Schiff schon von einem Riesenhammer getroffen.

Ein Mann rief ungläubig: »Nicht detoniert! Glatter Durchschuß!«

Aber Hargrave beobachtete schon die nächste Granate und wartete darauf, daß ihr Glück sie diesmal im Stich ließe.

XIV   Die Feigen und die Tapferen

Joe Beckett starrte konzentriert auf den Kompaß und rief ins Sprachrohr: »Null-drei-null liegt an, Sir! Beide Maschinen gehen äußerste Kraft voraus!«

Niemand sonst im Ruderhaus sprach. Die Männer an den Maschinentelegrafen folgten mit Blicken Becketts Händen an den polierten Speichen des Rades und empfanden tröstlich seine Stärke, während der Rumpf unter den Druckwellen der Nacheinschläge bebte.

Neben dem Koppeltisch packte Boyes die Halterung des Feuerlöschers. Das Schiff erweckte den Eindruck, als führe es mit ungeheurer Geschwindigkeit, doch er wußte, daß es nur knapp achtzehn Knoten schaffte, und auch die höchstens bei achterlichem Wind.

Er starrte die Männer an, deren Gesichter nur von Kompaßlicht und Armaturen beleuchtet wurden. Genau wie alle anderen an Bord stellte er fest, daß der Himmel bereits heller wurde; die Beobachtungsschlitze in den Blenden waren nun blaß und nicht mehr schwarz.

Beckett sagte durch zusammengebissene Zähne: »Jetzt sollten sie schon an Land sein, die armen Schweine.«

Obergefreiter Reeves murmelte: »Hier ist es auch nicht gerade gemütlich!«

Beckett brüllte ihn an: »Mach die Tür zu, du Blödmann!«

Die Steuerbordtür wurde wieder zugeschoben, und Boyes merkte, daß er noch mehr in die Ecke gedrängt wurde, weil Richard Wakely und sein Kameramann Andy sich ins Steuerhaus quetschten.

Ängstlich sah sich Wakely im Zwielicht um. »Was ist los?«

Beckett hielt eine ärgerliche Antwort zurück und drehte statt dessen leicht das Rad, um das Schiff auf Kurs zu halten. Es wäre nicht gut, sich mit Wakely anzulegen, dachte er. Schließlich war das ein berühmter Journalist, den alle kannten, und wenn er wollte, konnte er einem eine Menge Unannehmlichkeiten bereiten. Er spürte, wie sich seine Magenmuskeln verkrampften, als der Rumpf sich bei einer Detonation heftig überlegte. Schweres Granatfeuer von einer deutschen Küstenbatterie. Mit bitterem Lächeln dachte er: Oder eigene, die zu kurz liegen. Dann sah er wieder Wakely an. Der machte sich

173

vor Angst fast in die Hose; aber wieso das nach allem, was er angeblich geleistet hatte? Oder war das alles nur Propaganda gewesen, wie sie auch Goebbels und die Nazis über die deutschen Sender verbreiteten?

Wakely blickte auf den Koppeltisch, dann hinüber zu den anderen Gestalten. »Wenn sie jetzt landen, warum wird dann noch immer auf uns geschossen?«

Beckett nickte in Richtung des Sprachrohrs und knurrte: »Dort oben auf der Brücke kann man Ihnen das erklären, nicht hier.«

Andy, der Kameramann, schnallte seinen schweren Lederkasten ab. »Ich gehe nach oben und will versuchen, ein paar Aufnahmen zu machen, sobald es hell genug ist.« Er erinnerte an ein kleines Wiesel und war der Inbegriff des geknechteten Gehilfen, aber an seiner Entschlossenheit war nicht zu zweifeln. Als er nach dem Vorreiber der Tür griff, meinte er grinsend: »Wir sehen uns später, meine Herren – wenigstens hoffe ich das.« Damit verschwand er.

Wakely rief: »Der bildet sich ein . . .« Er brach ab und duckte sich, als eine Stimme aus dem Sprachrohr rief: »Granate von Backbord!«

Boyes spürte den Ruck des Schiffes, als die Granate traf. Er wußte es nicht, aber sie durchschlug die Bordwand, als wäre sie aus Papier, fuhr durch das obere Messedeck und auf der Gegenseite wieder hinaus, ohne zu detonieren.

Wakely schrie schrill: »Laßt mich hier raus!«

Beckett warf Midshipman Davenport einen kurzen Blick zu. »Halten Sie diesen Verrückten ruhig, Mister. Es ist schon schlimm genug ohne ihn.«

Eine zweite Granate streifte die Brückennock und prallte vom Schutzschild der Örlikon ab, bevor sie ins Steuerhaus schlug. Der Rest war – zumindest für Boyes – unwirklich. Die Zeit blieb stehen, als hätte seine Welt aufgehört zu existieren.

Er merkte, daß die Granate von zwei Wänden abprallte, bevor sie mit grellem weißem Blitz detonierte. Er lag auf den Knien und meinte, laut zu schreien, aber wegen seiner Taubheit war kein Ton zu hören. In seinen Fingern staken Glassplitter, und er begriff, daß der Koppeltisch zerschmettert worden war. Seine Shorts waren warm und naß. Er wollte schreien, wollte sterben, bevor der Schmerz kam.

Beckett hing über dem Ruder und versuchte, die Auswirkungen der Detonation abzuschätzen. Im Licht eines Tochterkompasses, dessen Haube abgerissen war, sah er den Obergefreiten Reeves mit weitaufgerissenen Augen über die Stahlplatten rutschen, wobei er eine blutige

174

Spur hinterließ, bis er gegen die Wand prallte und wegrollte. Trotz der schwachen Beleuchtung und des Qualms sah Beckett das Loch in Reeves' Rücken. Es war groß genug, um einen Stiefel hineinzustecken.

Beckett spürte einen Schmerz in der Hüfte, der in seiner Seite wie Feuer nach oben ausstrahlte. Aber er fiel nicht um, und der Schmerz hatte seine Stimme nicht geschwächt, als er nun rief: »Brücke!«

Er hörte Ransomes Antwort sehr nahe, seine Lippen mußten direkt am Sprachrohrtrichter sein. »Hier Kommandant!«

Beckett wischte sich den Schweiß aus den Augen und drehte die Spaken ein wenig, da der Steuerstrich auf dem Kompaß vom Kurs abzuweichen begann.

»Wir haben Verwundete, Sir!« Der Splitter in seiner Hüfte schien sich zu drehen wie ein glühendes Brandeisen. Er keuchte: »Alles Scheiße! Sorry, Sir. Aber ich kann nicht genau sagen, was los ist.«

Ransome rief: »Hilfe ist unterwegs. Können Sie Kurs halten?«

»Aye, Sir.«

»Gehen Sie auf drei-fünf-null.«

Beckett nickte nur. War er denn hier als einziger noch am Leben?

Boyes versuchte aufzustehen und einen klaren Gedanken zu fassen. Er schluchzte erleichtert auf, als er merkte, daß er bis auf die Schnitte in seiner Hand unverletzt war. Wakely hockte in einer Ecke, die Hände schützend über dem Kopf gefaltet, und stöhnte, schien aber unverletzt.

Der Posten Maschinentelegraf kniete am Boden und drehte den Läufer Brücke, der am Telefon gestanden hatte, auf die Seite. »Bert hat's erwischt, Swain«, krächzte er. Dann schrie er auf: »Mein Gott, er hat kein Gesicht mehr!«

Beckett rief nach Boyes, aber der versuchte gerade, Midshipman Davenport in eine sitzende Lage zu zerren. Es war dessen Blut, das seine Shorts durchnäßt hatte; in der seltsamen Beleuchtung sah es schwarz aus und wie Sirup.

»Mr. Davenport!« Er war den Tränen nahe, während er sich bemühte, es seinem Schulfreund bequem zu machen. Davenport mußte einen Splitter in den Rücken bekommen haben, der ihn dann über Wakely geworfen und somit dessen Leben gerettet hatte. Davenport schien tot zu sein. Das vertraute Gesicht war zu einer Maske verzerrt und sah plötzlich uralt aus.

Beckett sagte: »Halt durch, Boyes! Immer 'ne steife Oberlippe, heißt's so nicht dort, wo du herkommst?«

Die Tür wurde aufgerissen, Stabsarzt Cusack stieg über den zerbrochenen Kartentisch. Seine Füße rutschten im Blut aus, aber sein Blick erfaßte alles gleichzeitig.

Er sah den Knienden an. »Geht's noch?«

Der Posten Maschinentelegraf ließ den Kopf auf die Brust sinken. »Ich versuch's.«

Cusack nickte und wandte sich vom sterbenden Quartermeister ab; die hervorquellenden Augen, auf die ein Lichtstrahl fiel, schienen das einzige zu sein, was ihn noch mit dem Leben verband.

Dann sah der Arzt Boyes und rief rasch: »Legen Sie ihn nicht hin!« Er riß Davenports Hemd auf und warf es beiseite wie einen Fetzen. »Zwei Verbandsrollen aus meinem Beutel!« Er warf Boyes einen Blick zu. »Du machst das prima.« Beide duckten sich, als weitere schwere Granaten neben dem Schiff detonierten, und hörten das donnernde Zusammenfallen der Wassersäulen über dem Brückenaufbau.

Cusack zog Davenports nackten Oberkörper nach vorn und preßte einen großen Verband auf dessen Wunde. Zu Boyes sagte er: »Hier, binde das zusammen, meine Hände sind zu blutig.« Seine Augen glitzerten, als er zu Becketts mächtiger Gestalt aufblickte. »Sie sind auch angekratzt, Cox'n.« Dann schüttelte er den Kopf. »Aber Sie brechen bestimmt nicht zusammen. Sie nicht.«

Verzweifelt fragte Boyes: »Können wir ihn nicht hinlegen, Sir? Er atmet kaum noch.«

Cusack hörte Tritte auf der Leiter, jemand hackte Trümmer beiseite. Leise antwortete er: »Sie sind ein Freund von ihm, stimmt's?«

Boyes nickte. »Wir waren auf derselben Schule.«

Sanft sagte der Arzt: »Er stirbt, er ertrinkt in seinem eigenen Blut. Bleiben Sie bei ihm, ich werde anderswo gebraucht.« Er drückte dem Posten Maschinentelegraf einen Verband in die Hand. »Verbinde damit unseren Rudergänger, ja? Ich schicke euch jemanden, sobald ich kann.«

Im Gehen tippte er Boyes auf die Schulter. »Es dauert nicht mehr lange, Junge.«

Davenport öffnete die Augen und starrte Boyes ohne zu begreifen an.

Boyes sagte: »Alles in Ordnung. Ich bin bei dir. Du bist verwundet worden, als . . .« Erst jetzt fiel ihm auf, daß Wakely verschwunden war. »Als du Richard Wakelys Leben gerettet hast.«

»Hab' ich das?« Davenports Kopf fiel auf Boyes' Schulter. »Ich spüre nicht viel. Macht nichts.« Er wollte lachen, aber dabei lief ihm

176

Blut übers Kinn. Boyes wischte es mit einer Signalflagge weg. »Nur die Ruhe, gleich bist du in Sicherheit.«

»In Sicherheit.« Davenport starrte ihn an. »Das nächste Mal – «, er brach ab und stöhnte, »wenn du mich siehst . . .« Er versuchte sich aufzurichten, als habe er plötzlich begriffen, wolle es aber nicht akzeptieren. »Dann bin ich Leutnant, klar?« Plötzlich schloß er die Augen und schrie: »O Gott, hilf mir!«

Ein paar Sekunden vergingen, in denen das Schiff sich einmal nach der einen, dann nach der anderen Seite legte und Stimmen von überallher auf Boyes eindrangen. Endlich merkte er, daß Davenport gestorben war.

Beckett rief heiser: »Hierher, junger Mann! Du bist der einzige, der noch in einem Stück ist!«

Die Tür wurde aufgerissen, und der Buffer, eine Axt in der Hand, starrte wortlos ins Ruderhaus. Er sah die großen Blutflecken, die verbeulten Platten, und schließlich seinen Freund, der sich am Ruderrad festhielt. Um den einen Schenkel hatte er einen Verband, der sich bereits stark rötete.

»Herrgott, Swain, kannst du noch ein bißchen durchhalten? Ich schicke dir einen vom Achterdeck, um dich abzulösen.«

Beckett grinste. »Hau bloß ab, du verrückter Hund, und kümmere dich um deinen eigenen Kram.« Damit zeigte er auf Boyes. »Ich und der junge Nelson hier kommen sehr gut zurecht.«

Der Buffer nickte Boyes zu. »Wenn du fertig bist, mein Sohn, hol dir deinen Rum bei mir ab.«

Trotz seiner Schmerzen lachte Beckett. »Dazu isser noch nicht alt genug.«

Zum ersten Mal wurde der Buffer ernst. »Für mich ist er das, verdammt noch mal!«

Beckett sagte: »Übernimm mal einen Augenblick, Boyes. Du weißt doch, worauf es ankommt?« Er sah Boyes nicken. »Ich will dem armen Kerl hier noch mal seinen Verband erneuern, bevor es wieder losgeht.«

Boyes räusperte sich und rief ins Sprachrohr: »Steuerhaus – Brücke!«

Sherwood antwortete sofort und so scharf, als erwarte er das Schlimmste.

Boyes blinzelte die Tränen aus seinen Augen. »Rudergänger abgelöst, Sir! Matrose Boyes am Ruder!«

Sherwood antwortete: »Der Feind hat sein Feuer auf den Strand verlegt. Steuern Sie bis auf weiteres drei-fünf-null.«

Boyes beobachtete den Steuerstrich, bis er vor seinen Augen zu verschwimmen schien. Er fühlte sich elend und schwach, sein ganzes Wesen rebellierte gegen den Anblick und den Geruch des Todes. Aber vor allen Dingen verspürte er Stolz, weil er nicht zusammengeklappt war.

Ransome richtete das Glas übers Brückenkleid und sah im schwachen Licht der Morgendämmerung undeutlich Land voraus. Davor schimmerte die See mit dem Gewirr der verschiedensten Kielwasserlinien, während dicht am Ufer riesige Wassersäulen die Konzentration des Abwehrfeuers anzeigten.

»Steuerbord zehn.« Er beugte sich vor und starrte hinunter auf die Örlikon an Backbord; ihr Rohr zeigte sinnlos in eine Richtung achterlicher als querab, der Geschützführer hockte auf der Einstiegstufe und rieb sich den Kopf mit beiden Händen; anscheinend begriff er nicht, was um ihn vorging. Die zweite panzerbrechende Granate hatte sein Geschütz zerstört, aber wie durch ein Wunder war er unverwundet, abgesehen von den Kopfschmerzen.

Hargrave kam auf die Brücke geklettert, Gesicht und Arme schmutzbedeckt. »Drei Mann getötet und zwei durch Splitter verwundet, Sir«, meldete er völlig außer Atem.

Ransome wartete, während eine weitere Salve über ihre Köpfe hinwegheulte und irgendwo im Hinterland detonierte. Er konnte schon ihren Qualm vor dem heller werdenden Himmel erkennen; die lebhaften Blitze der Handfeuerwaffen und Mörser wirkten matter.

Ransome wußte bereits, wer unten im Steuerhaus gefallen war. Unglaublich, daß überhaupt jemand die Detonation überlebt hatte: der Älteste und der Jüngste, Beckett und Boyes. Was er über Wakely gehört hatte, stimmte offenbar: Daß andere gefallen waren und er keinen Finger gerührt hatte, um ihnen zu helfen. Hatte lediglich um seine eigene kostbare Haut gejammert.

Hargrave sagte: »Tut mir leid um den jungen Davenport, Sir.« Sie sahen sich an; beiden war bekannt, daß nur wenige an Bord den Midshipman gemocht hatten. Aber er war eifrig gewesen, hatte es nicht verdient, so früh zu enden, mit knapp achtzehn Jahren. Trotzdem war es Ransome klar, daß in wenigen Tagen – vorausgesetzt, *Rob Roy* überlebte – nur noch wenige sich seines Namens erinnern würden. Lediglich zu Hause in England – er verbot sich diese Gedanken.

»Haben Sie die sonstigen Schäden festgestellt?«

»Ja, Sir. Das Messedeck ist kaum beschädigt, und noch besteht keine Notwendigkeit, die Durchschußlöcher zu stopfen. Sie liegen gut über der Wasserlinie.«

Beide sahen auf, als zwei Staffeln Jagdbomber der RAF niedrig über ihre Köpfe hinwegdonnerten, Richtung Land. Ihre runden Kokarden schienen herunterzustarren wie Augen. Vielleicht war das am entscheidendsten, dachte Ransome. Ihre eigene Luftüberlegenheit. Sie wurden nicht mehr abgeknallt wie sitzende Enten – wenigstens nicht im Augenblick.

Morgan sah von seinem Sprachrohr herüber. »Funkspruch von *Bedworth*, Sir: Zwei treibende Minen in Südwest.«

Sherwood grunzte. »Kein Wunder nach diesem Sturm.«

Ransome nickte. »Geben Sie an *Dryaden*: Sie soll die Minen suchen und vernichten. Sie liegen genau auf ihrem Kurs.«

Hargrave lächelte melancholisch. »Wär' auch ein Jammer, wenn unserem Nymphchen der Hintern weggeblasen würde.«

Sherwoods Augen weiteten sich vor Überraschung. »Hat unser I.W.O. tatsächlich einen Witz gemacht?« Er schritt auf ihn zu und bot ihm die Hand an. »Ich gratuliere!«

Ransome merkte wie diese unerwartete Geste Morgan und sogar den jungen Tritton zu entspannen schien. Signalobergefreiter Mackay ließ ein breites Grinsen sehen.

Die Morselampe der *Bedworth* blinkte, und Mackay las mit: »Stellen Sie ein Schiff als Beistand der havarierten Landungsfahrzeuge ab.«

Sherwood murmelte: »Bliss liebt Signalsprüche, das steht mal fest.«

Ransome sagte: »Geben Sie an *Dunlin*: Sie soll Beistand leisten. Wenn nötig, werden wir sie unterstützen.«

Ein lauter Knall, allen wohlbekannt, erschütterte die Luft. *Dryaden* hatte eine der treibenden Minen gefunden und abgeschossen.

Ransome sah *Dunlin* Kurs ändern. Sie drehte aus dem Kielwasser der *Rob Roy* und steuerte auf die Masse der Landungsfahrzeuge zu, die schon dicht unter Land waren. Im heller werdenden Licht sah es aus, als sei dort ein unmögliches Gewirr von Schiffen, die ohne klare Befehle sinnlos herumführen. Manche stießen mit dem Heck voraus vom Strand zurück, ihre Kastenrümpfe lagen jetzt höher im Wasser, weil sie ihre Ladung Panzer und sonstiger Fahrzeuge abgesetzt hatten. Andere liefen volle Fahrt, folgten den Motorbooten mit ihren bunten Wimpeln, die ihnen den Weg zu den vorgeschriebenen Landeplätzen zeigten.

Das Geschützfeuer wurde lauter, und Ransome fühlte, wie die Luft zitterte unter dem anhaltenden Artillerieduell irgendwo rechts an Land. Vielleicht lag dort die Straße nach Syrakus, das laut Meldungen des Nachrichtendienstes von deutschen Elitetruppen erbittert verteidigt wurde. Wenn die Achte Armee sie nicht überrennen konnte, war die gesamte Invasion zum Stillstand verurteilt.

»Beide halbe Fahrt voraus!« Wieder hob Ransome sein Glas und beobachtete, wie *Dunlin* bei einem großen Landungsfahrzeug längsseit ging.

Der Buffer erschien auf der Brücke. »Steuerhaus von Verwundeten geräumt, Sir. Ich habe dem Coxswain zwei Mann zur Unterstützung dagelassen.« Er seufzte. »Aber Sie wissen ja selbst, wie er ist, Sir: Er will sich am Ruder nicht ablösen lassen.«

Ransome richtete sich auf, als zwei hohe Wassersäulen dicht neben *Dunlin* aufstiegen. »Zum Teufel! Sie haben *Dunlin* eingegabelt!« Er rief Mackay zu: »Geben Sie an *Dunlin*, sie sollen sofort ablegen!«

Weitere Detonationen ließen die See kochen und den dichten Qualm aufleuchten.

Sherwood sagte: »Das Landungsfahrzeug hat einen Treffer abgekriegt, Sir!«

Morgan rief: »Der Kommandant der *Dunlin* ist am Sprechfunkgerät, Sir!«

Ransome duckte sich und nahm dem Bootsmannsmaat das Mikrophon aus der Hand. »Gehorchen Sie meinem Befehl und legen Sie sofort ab!« Er kannte den Mann, einen Oberleutnant mit Namen Paul Allfrey von der Isle of Wight.

»Das kann ich nicht, Sir!« Allfreys Stimme drang mit wechselnder Lautstärke durch das Krachen . »Das Landungsboot hier ist voll Verwundeter! Ich muß es in Schlepp nehmen!«

Gerade wenn man denkt, der Tod ist an einem vorbeigegangen. Ransome rief ins Mikro: »Einverstanden! Wir helfen Ihnen.« Er lief zum Vorderteil der Brücke. »Geben Sie an *Ranger*, sie soll das Kommando übernehmen. Dann an *Bedworth*: Wir leisten *Dunlin* Beistand.«

Er blickte hinunter aufs Seitendeck und sah, wie dort die Leichen unter blutverschmiertem Segeltuch festgezurrt wurden. Er kannte sie alle, besonders Reeves. Ein guter Mann, der mit einem Unteroffizierskursus gerechnet hatte.

»Gehen Sie mit hinunter, Number One, der Buffer und Mr. Bone sollen Ihnen helfen. Schleppen ist nie einfach, und wir haben nicht viel Zeit.«

»Mein Gott!« Morgan umklammerte die Reling und nickte hinüber zur *Dunlin*. Sie hatte soeben einen Volltreffer unmittelbar hinter ihrer breiten Brücke erhalten. Da sie kleiner war als die übrigen Minensucher, schien die Granate ihre Aufbauten mit einem einzigen blendenden Blitz auseinanderzureißen. Trümmer, Mast und Radarantenne flogen über Bord, die See ringsum wurde von herabstürzenden Wrackteilen zerwühlt. Zwei weitere Wassersäulen gabelten sie ein, und trotz des Artilleriefeuers hörten sie das Krachen von Splittern, die sich durch Stahl bohrten.

Ransome beobachtete, wie sich der Abstand zwischen den beiden Schiffen verringerte.

»Cox'n?« Sein Blick ging über das gläserne Brückenkleid nach vorn. »Drehen Sie nach Backbord und nehmen Sie das Heck des Landungsschiffes voraus.« Das ersparte viele Ruderkommandos, denn Beckett, verwundet oder nicht, kannte das Verhalten der *Rob Roy* in solch einer Situation besser als irgendwer sonst.

»Beide Maschinen langsame Fahrt voraus!«

Von achtern hörte er Rufe und das Scheuern von Stahltrossen, die über Deck gezogen wurden.

Mackay ließ sein Teleskop sinken. »Von *Ranger*, Sir: Viel Glück!«

Zwei weitere Granaten schlugen dicht bei *Dunlin* ein, aber es war unmöglich, das Ausmaß ihrer Schäden zu beurteilen. Sie hatte jetzt völlig gestoppt, und Ransome sah, daß die Hälfte ihres Beiboots von den zerschmetterten Davits herabhing. Alles war in Flammen und Rauch gehüllt, der besonders am unteren Ende ihres Schornsteins herausquoll. Sie war ein altes Schiff, für den Ersten Weltkrieg gebaut. Dieser Einsatz verlangte zuviel von ihr.

Er überquerte die Brücke und packte Trittons Arm. »Übernehmen Sie das Sprachrohr.« Er sah ihn an, bis der junge Leutnant seinen Blick erwiderte. »Ich muß vorn bleiben, wo ich alles unten im Auge behalten kann.« Leise schüttelte er Trittons Arm. »Machen Sie sich keine Gedanken darüber, daß Sie Angst haben. Die meisten von uns haben Angst, früher oder später.« Er beobachtete die Wirkung seiner Worte und hoffte, daß sie anhalten würde.

Tritton nickte. »Aye, Sir. Ich tue mein Bestes.«

Ransome lauschte den Worten, die Hargrave unten an seinen Arbeitstrupp richtete. Gott sei Dank hatten sie gute Flugsicherung, denn er rechnete damit, daß Hargrave die meisten Geschützbedienungen abzog und beim Schleppmanöver mit einsetzte.

181

Obergefreiter Mackay sagte: »Signalgast wird Nachrichten übermitteln, wenn er an den Flaggen nicht gebraucht wird, Sir.«

»Guter Vorschlag. Wir werden versuchen, das Landungsschiff über Heck zu schleppen, da wahrscheinlich der Bug mit der Landeklappe beschädigt ist.« Er machte eine Pause. »Wenn dies hier vorbei ist, können Sie Ihre Sachen packen und sie in die Unteroffiziersmesse bringen.«

Sherwood rief lachend: »Herzlichen Glückwunsch, Signalmaat!«

Ransome war froh, daß er es Mackay gesagt hatte. In der nächsten Minute konnten sie möglicherweise alle tot sein, aber vorher wußte wenigstens ein guter Mann, was der Kommandant von ihm dachte.

»Beide Maschinen stopp! Steuerbord langsam zurück!« Er sah den Obergefreiten Hoggan über die Back rennen, eine aufgeschossene Wurfleine in den riesigen Händen. Sobald mit deren Hilfe die Schleppverbindung hergestellt war, konnten sie das Landungsfahrzeug aus der Gefahrenzone schleppen.

Ein betäubender Donnerschlag erschütterte die Brücke, und Ransome sah eine Flammenzunge aus *Dunlins* Bordwand brechen.

Aber die Wurfleine schlängelte sich hinüber auf die breite Brücke des Landungsschiffes, wo sie beim ersten Versuch aufgefangen wurde. Die von der brennenden *Dunlin* ausgehende Hitze versengte sein Gesicht.

Morgan rief: »Schleppleine fest, Sir!«

Eine weitere Detonation dröhnte gegen ihren Rumpf, und Ransome sah winzige Gestalten von *Dunlin* ins Wasser springen, die nun von der Brücke bis zum Achterdeck in Flammen stand. Die letzte Detonation mußte wohl ihren Maschinenraum zerrissen haben. Nicht ein einziger würde ihn lebend verlassen.

»Beide Maschinen langsame Fahrt voraus!« Ransome blickte nach achtern und sah, wie sich die Stahltrosse aus dem Wasser hob. »Beide Maschinen stopp!« Er biß sich auf die Lippen und zwang sich, die sinkende *Dunlin* zu ignorieren.

»Jetzt ganz vorsichtig! Geringste Umdrehungen!« Wenn die Stahltrosse in diesem Augenblick brach, waren sowohl das Landungsschiff wie auch *Rob Roy* dem unbarmherzigen Beschuß hilflos ausgeliefert. Mit angehaltenem Atem beobachtete er sie.

»Beide langsame Fahrt voraus!« Er sah Sherwood an. »Sagen Sie dem Doktor, er soll sich bereithalten. Wahrscheinlich haben sie keinen Arzt dort drüben.«

Tritton schluckte nervös. »Steuerhaus meldet, Schiff reagiert aufs Ruder, Sir.«

Ransome nickte und trat zum Tochterkompaß. »Neuer Kurs eins-drei-null.« Er lächelte, als er Trittons angespanntes Gesicht bemerkte. »Es klappt. Genau wie auf der Marineschule, nicht wahr?«

Der Donner einer weiteren, jedoch dumpferen Detonation rollte übers Wasser. Als Ransome zur *Dunlin* blickte, sah er deren himmelwärts gerecktes Heck mit den nun endlich stillstehenden Schrauben langsam zwischen den Schwimmern versinken.

Mackay befeuchtete sich die Lippen. »Vom Landungsschiff, Sir: Habe zweihundert Verwundete an Bord. Gott schütze Sie!«

Sherwood sagte heiser: »Tragen Sie im Logbuch ein: *Dunlin* sank um ...« Dann wandte er den Blick ab. »War es dieses Opfer wert?«

Ransome beobachtete, wie das Landungsschiff mit dem Heck voraus zögernd Fahrt aufnahm, und dachte an die hilflosen Verwundeten darin. Zur Brücke im allgemeinen sagte er: »Für die dort drüben schon.«

Ransome stand auf einem flachen Felsen, beschattete seine Augen und beobachtete das Motorboot, das im Zickzack durch die Landungsfahrzeuge steuerte, um zur *Rob Roy* zurückzukehren. Es war für ihn ein seltsames Gefühl, auf festem Boden zu stehen und sein vor Anker liegendes Schiff zu sehen, zum ersten Mal wieder seit dem Beginn der Invasion.

Dann musterte er den trümmerübersäten Strand und wunderte sich, daß hier überhaupt jemand weitergekommen war als bis zu den vorgelagerten Sandbänken. Er war stark vermint gewesen und hatte noch dazu im tödlichen Kreuzfeuer mehrerer Batterien gelegen. Aber jetzt herrschte hier ein emsiges Treiben wie in einem Bienenstock. Hemdsärmelige Soldaten ebneten die Granattrichter ein, während die Pioniere Betonwege anlegten für die Panzer und Lastwagen, die unaufhörlich aus den Landungsfahrzeugen rollten.

In drei Tagen war der Feind zurückgedrängt worden, wobei die Achte Armee wie erwartet die Hauptlast getragen hatte. Sie hatte es sogar geschafft, Syrakus am Abend des ersten Invasionstages einzunehmen und zwei Tage später den Hafen von Augusta. Damit besaß die Marine eine wertvolle Basis als Ausgangspunkt für künftige Operationen.

Die Kosten waren jedoch nur zu deutlich: halb versunkene Landungsfahrzeuge, ausgebrannte Panzer und die zahlreichen aufgepflanzten Bajonette, auf denen Stahlhelme ruhten. Sie bezeichneten die vielen Stellen, wo Angreifer gefallen waren.

Noch hörte man das Toben des Krieges, das sich jetzt ohne Unterbrechung in Richtung Catania entfernte, auf den mächtigen Ätna zu. Regelmäßig stiegen Flugzeuge auf, donnerten über den Strand und machten deutlich, wie die Kämpfe ausgehen würden.

Nach jenem ersten Tag, als *Rob Roy* das beschädigte Landungsboot an einen hierfür besser geeigneten Marineschlepper übergeben hatte, waren der Flottille ganz unterschiedliche Aufgaben übertragen worden. Dazu gehörten ein Wasserbombenangriff auf ein vermutetes feindliches U-Boot, der Abtransport von Verwundeten und das Freiräumen der Strände.

Sie hatten keine weiteren Verluste erlitten, aber ihre Wachsamkeit ließ niemals nach. Wenn sie nicht gerade gebraucht wurden, ließen sich die Männer erschöpft an Deck sinken; das Ende der *Dunlin* stand ihnen noch deutlich vor Augen.

Richard Wakely und sein findiger Kameramann hatten nichts von diesem Nachspiel gesehen. Ein schmuckes Motorboot von einem der großen Kreuzer war erschienen, während *Rob Roy* gerade Verwundete auf ein Lazarettschiff übergab, und Wakely war ohne ein Wort des Abschieds verschwunden. Vielleicht fuhr er jetzt auf einen anderen Kriegsschauplatz, um sein Publikum mit aufregenden Berichten zu fesseln? Bestimmt würde er ihnen niemals vergeben, wie er sich auf *Rob Roy* blamiert hatte. Also war es nicht nur ein Gerücht gewesen, was Sherwood über ihn erzählt hatte.

Der Kameramann jedoch hatte sich die Zeit genommen, sich bei allen zu verabschieden, die er bei den Kampfhandlungen beobachtet und gefilmt hatte: bei den Unteroffizieren in ihrer Messe, wo er einquartiert gewesen war, und schließlich bei allen auf der Brücke, wo er anscheinend einige seiner besten Filme gedreht hatte. Er war ein kleiner, unscheinbarer Mann, der jedoch Wakely, für den er arbeitete, hoch überragte.

Ein Oberstleutnant des Heeres saß am Strand auf seinem Jagdstock, rauchte eine Zigarre und lächelte freundlich.

»Wollen Sie sich die Beine vertreten, Kapitän?«

Ransome salutierte. »Es sieht noch ziemlich schlimm aus, Sir.«

Der Offizier beobachtete seine Männer, die im Schutz einiger Flakgeschütze eifrig arbeiteten. »Das Aufräumen wird noch Wochen dauern. Aber es gibt viele Italiener, die von ihren alten Bundesgenossen abgefallen sind, die können uns helfen.«

Er drehte sich um, als Sherwood, die Hände in den Taschen, herangeschlendert kam. »Sie haben da einen guten Mann, Kapitän. Er war uns eine große Hilfe, bis unsere Spezialisten eintrafen.« Der Oberstleutnant lächelte, wodurch die Anspannung aus seinem Gesicht wich. »Er stieß auf ein paar meiner Leute in einer zerbombten Kirche, sie suchten dort nach ›Souvenirs‹. Drin lag ein toter Deutscher mit ausgestrecktem Arm, an dem er eine wirklich verführerische Uhr trug. Einer meiner Männer wollte sie gerade mitgehen lassen, als Ihr Oberleutnant erschien und ihn bremste. Er befestigte eine Leine an dem Arm, trieb meine Soldaten nach draußen – sehr zu deren Ärger –, dann zog er am anderen Ende.« Der Oberstleutnant spreizte die Hände. »An der Leiche war eine Mine angebracht gewesen, die nun detonierte und die Kirche einstürzen ließ. Meine Männer machten große Augen.«

Sherwood trat zu ihnen und salutierte müde. »Ihre eigenen Spezialisten sind jetzt da, Colonel. Die sollten es schaffen.«

Ransome beobachtete ihn. Sherwood war gerade dem Tod von der Schippe gesprungen, dennoch wirkte er völlig ruhig, beinahe desinteressiert. Unheimlich.

Langsam stopfte sich Ransome eine Pfeife und beobachtete dabei mißtrauisch seine Hände in der Erwartung, daß sie zitterten, jetzt da alles vorüber war. Wann hatte er zum letzten Mal geschlafen? Er wußte es nicht mehr.

»Ah, endlich kriegen wir Tabak!«

Ransome wandte sich um und sah eine kleine Gruppe Soldaten mit Rot-Kreuz-Binden und Tragbahren. Der Offizier, der diese Worte gerufen hatte, war ein Major. Sein Gesicht war noch völlig verschmutzt, und er hatte rotgeränderte Augen, die wirkten, als blicke er durch eine Maske.

Frohlockend sagte er zu seinem Kameraden, einem Oberleutnant: »Ich wußte doch, daß bei den Briten jemand Pfeife rauchen würde!«

Sie waren Kanadier, einige von denen, die westlich von Kap Correnti gelandet waren.

Alle schüttelten einander herzlich die Hände.

Ransome reichte ihnen seinen Tabaksbeutel, und beide Kanadier holten ihre Pfeifen aus der Tasche.

Der Oberstleutnant stellte vor: »Dies ist Fregattenkapitän Ransome. Sein Schiff schleppte am ersten Tag das Landungsboot mit den Verwundeten aus dem feindlichen Feuer.«

Der Major sah ihn seltsam an. »Ransome?« Dann wandte er sich an den Oberleutnant. »Sag mal, Frank, warum kommt mir der Name so bekannt vor?«

Der Oberleutnant schwieg einen Augenblick, die noch nicht angezündete Pfeife in der Hand. »Sie wissen doch, die Partisanen . . .«

Der Major nickte. »Ach ja, stimmt. Wir haben ein paar sizilianische Partisanen aufgestöbert, die sich vor den Deutschen in den Bergen verborgen hielten. Es waren wohl eher Banditen. Aber sie kamen zu meinen Leuten, um nicht fälschlich erschossen zu werden.«

Ransome stand wie erstarrt; trotz der staubigen Hitze war ihm eiskalt.

Der Major fuhr fort: »Es ist natürlich ein Zufall, aber sie hatten einen Mann vor den Deutschen versteckt, einen jungen Offizier, den Fischer aus dem Wasser . . .«

Ransome packte ihn am Arm. »Wo? Wo ist er?«

Der Major spürte Ransomes Dringlichkeit und Verzweiflung.

»Geh und bring ihn her, Frank.«

Ransome sah zwei Träger mit ihrer Bahre den Hang herunterkommen.

Der Major fuhr fort: »Die Partisanen sahen, daß er verwundet war, und holten einen Arzt aus dem Dorf. Er mußte ihn operieren, hatte aber keine Betäubungsmittel . . .« Er brach ab, als Ransome über den Strand davonrannte. »Was ist denn los?«

Leise sagte Sherwood: »Fragen Sie nicht. Drücken Sie lieber die Daumen!«

Die Träger setzten die Bahre ab, und Ransome ließ sich daneben auf die Knie sinken.

Mit äußerster Vorsicht zog er die Decke über dem schmutzigen Verband beiseite und strich ganz zart etwas Sand aus dem Haar seines Bruders. Dann legte er den Arm um Tonys nackte Schultern und drückte ihn ein paar Sekunden lang fest an sich. Er konnte nicht sprechen.

Sein Bruder öffnete die Augen und starrte ihn an, zuerst ohne ihn zu erkennen, dann ungläubig.

Ransome flüsterte: »Du bist bald wieder gesund, Tony, das verspreche ich dir. Ganz gesund!«

Sherwood sagte zu den anderen: »Es ist sein jüngerer Bruder, er war als gefallen gemeldet. Tag und Nacht hat er den Schmerz mit sich herumgetragen, aber die meisten von uns haben nichts davon gemerkt.« Er sah Ransome den Kopf des Jungen an seine Brust drükken. »Wir waren allesamt zu sehr damit beschäftigt, an uns selbst zu denken.«

Der Oberstleutnant sagte zu den Sanitätern: »Lassen Sie die beiden noch ein paar Minuten in Ruhe, dann bringen Sie den Jungen mit den anderen zum Feldlazarett.«

Jetzt endlich hielt der kanadische Major ein Streichholz an seinen Pfeifenkopf. »Und da heißt es immer, Wunder seien aus der Mode gekommen!

XV   Nachwirkungen

Oberleutnant Trevor Hargrave wandte sich um und berührte grüßend die Mütze, als Ransome aus seiner Seekabine kam und die Brücke betrat.

»Steuerbordwache auf Gefechtsstationen, Sir.« Hargrave wartete, während Ransome zum Tochterkompaß trat und ihn mit dem Handschuh abwischte. »Kurs ist null-sieben-null, Sir, Umdrehungen für elf Knoten.«

Ransome dehnte die Arme und unterdrückte ein Frösteln.

»Danke, Number One.«

Es war acht Uhr morgens, die Vormittagswache der *Rob Roy* ging ihren verschiedenen Tätigkeiten nach, sei es an den Waffen oder im Maschinenraum. Ransome trug einen Ölmantel über seinem alten Dufflecoat und hatte sich ein trockenes Handtuch um den Hals gewickelt, trotzdem war ihm kalt. Er war schon zu lange auf der Brücke; gerade hatte er allerdings ein paar Augenblicke allein in seiner Seekabine zugebracht und sich den Luxus kochendheißen Rasierwassers sowie einen Becher von Ted Kelletts starkem Kaffee geleistet. Sein Gesicht brannte noch von der Rasur, und er fragte sich, ob sie wirklich notwendig gewesen war.

Er trat an den Kartentisch, wo Leutnant Morgan ihm Platz machte.

Eigentlich sollte er Erleichterung verspüren und Freude, daß er wieder nach Hause zurückkehren konnte.

Er blätterte im Logbuch und hielt es dicht vor die abgeschirmte Lampe. Es war beinahe noch so dunkel wie in der Nacht an diesem letzten Tag des Novembers 1943. Ransome kam es vor, als machten Zeit und Entfernung jenen anderen Krieg im Mittelmeer bereits unwirklich; die Erinnerung an Sizilien und die folgenden Monate bestand nur noch aus verschwommenen Bildern.

Zwei Monate nach der Landung dort hatten die Alliierten ihre zweite Invasion gestartet, Operation *Avalanche** auf dem italienischen Festland. Zuerst waren sie an der umkämpften Küste von Salerno gelandet, später dann in einer gewagten Zangenbewegung bei Anzio. Der Feind war diesmal darauf vorbereitet, und jeder Meter mußte hart erkämpft werden. Die Deutschen hatten neue Waffen eingesetzt, zum Beispiel Gleitbomben; sie wurden von ihren Flugzeugen aus dirigiert und steuerten zielsuchend die größeren Einheiten an, von denen viele, wie das Schlachtschiff *Warspite*, schwere Beschädigungen und Verluste hinnehmen mußten. Der amerikanische Kreuzer *Savannah* hatte einen Volltreffer erhalten, der einen Geschützturm durchschlug und tief im Inneren detonierte, was verheerende Wassereinbrüche und mehr als hundert Gefallene bedeutete. Die Deutschen warfen nun alles in den Kampf, ohne Rücksicht auf das Kriegsrecht. Zwei Lazarettschiffe, die *Newfoundland* und die *Leinster*, erhielten Bombentreffer, obwohl sie die hellbeleuchteten roten Kreuze trugen; das erstere sank mit hohen Verlusten an Menschenleben.

Rob Roy und der Rest der Flottille spielten jedoch bei dieser zweiten Invasion keine Rolle. Alle Boote kehrten nach Malta zurück, um das Fahrwasser dort auch für die schwersten Schlacht- und Transportschiffe mit ihrem hohen Tiefgang freizuräumen.

Einige der Kriegstrawler waren versenkt worden, aber *Rob Roys* dezimierte Flottille schien jetzt von dem Glück begünstigt, das ihr vorher gefehlt hatte, als *Scythe* und *Dunlin* versenkt worden waren.

Der Befehl, nach England zurückzukehren, kam ganz unerwartet. Sogar Bliss auf seiner *Bedworth* wurde davon völlig überrascht, denn der Krieg im Mittelmeer war noch keineswegs beendet. Gerade waren Meldungen gekommen, daß der Vormarsch der Alliierten steckengeblieben sei, wegen schlechtem Wetter und dem Einsatz deutscher Verstärkungen. Die Hoffnung auf einen baldigen Sieg schwand dahin.

In Gibraltar hatte die Flottille einen kurzen Aufenthalt für Reparaturen eingelegt, bevor sie sich als zusätzliche Geleitsicherung einem kleineren heimkehrenden Konvoi anschloß.

Dieser Konvoi hatte sich dann nordwärts in Richtung der Irischen See aufgelöst. Bei dem Gedanken daran schlug Ransomes Herz immer noch schneller. All diese Meilen, die Luftangriffe, das frenetische Schrillen der Alarmglocken in der Nacht, das Detonieren von Minen und Bomben – sie waren wirklich wieder am Eingang zum Englischen

---

* Lawine

Kanal. Fünf Meilen querab stand der uralte Leuchtturm von Wolf Rock, was bedeutete, daß Cornwall nur zwölf Meilen entfernt war. Er spürte es an den heftigen Bewegungen des Schiffes im Seegang, an dem treibenden Gischt und Sprühregen, der das gläserne Brückenkleid peitschte. Die Kälte drang ihm bis ins Mark. Ja, der Englische Kanal im Winter . . .

Ransome dachte an Tony, an den schrecklichen Augenblick der Ungewißheit, als er die Decke zurückgeschlagen hatte. Jetzt lag Tony sicher und wohlversorgt im Lazarett, obwohl er nur knapp davongekommen war. Die Wunde in seiner Seite stammte von einem gezackten Granatsplitter und hatte sich trotz aller Bemühungen seiner Retter infiziert. Er hatte bei den Partisanen in einer kleinen Höhle gelegen und sich wie sie hauptsächlich von Ziegenmilch und Fisch ernährt. Alles, was sie besaßen, hatten sie redlich mit ihm geteilt.

Soweit Ransome feststellen konnte, war Tony der einzige Überlebende seines Motortorpedobootes. Vielleicht würde er ihm ja eines Tages erzählen, was sich ereignet hatte.

Ransome stieg auf seinen Brückenstuhl und steckte die vor Kälte steifen Hände in die Taschen.

Nachdem sie sich vom Konvoi getrennt hatten, waren sie mit der Fahrt heruntergegangen, weil *Firebrand* eine Stopfbuchse am Heck reparieren mußte. Als sie so langsam durch die Dunkelheit krochen, hatte es nur wenige gegeben, die das alte Minensuchboot mit seinen ständigen Defekten nicht verfluchten. Denn eins stand fest: Was sich in Italien auch ereignen mochte, im Atlantik waren die Deutschen so aktiv wie bisher. Bei ihrem langsamen Rückmarsch hatten sie viele aufgegebene Wracks gesichtet und große Ölflecken voller Treibgut. Sie stammten von angegriffenen Geleitzügen oder einem Einzelfahrer, der ins Fadenkreuz eines U-Boots geraten war.

Ransome bemühte sich, den Regen zu ignorieren, der ihm übers Gesicht lief und sein Handtuch tränkte. Wenig hatte sich zu Hause verändert, dachte er, mit einer Ausnahme: Kleinst-U-Boote hatten es geschafft, tief in den norwegischen Fjord einzudringen, in dem das letzte deutsche Schlachtschiff, die *Tirpitz*, vor Anker lag. Es war das mächtigste Kriegsschiff der Welt, ein Schwesterschiff der unglücklichen *Bismarck*, und verkörperte die einzige wirkliche Bedrohung für die britische Flotte und die Geleitzüge. Die schweren Einheiten der Home Fleet mußten in Scapa Flow bleiben für den Fall, daß die *Tirpitz* einen Ausbruch machte und mit ihrer mächtigen Bewaffnung schwere Verheerungen auf den Nachschubrouten Englands anrichtete.

189

Die Kleinst-U-Boote hatten nun erreicht, was schon andere vor ihnen vergeblich versucht hatten. Es war ihnen gelungen, Haftminen am Unterwasserschiff der ankernden *Tirpitz* anzubringen. Niemand kannte genau das volle Ausmaß der Schäden, weil die meisten Zwerg-U-Boote danach versenkt und ihre Besatzungen gefangengenommen worden waren. Doch wahrscheinlich würde die *Tirpitz* nie mehr zum Einsatz kommen. Es mußte wie der Kampf zwischen David und Goliath gewesen sein, dachte Ransome.

Ihm fielen die Befehle für *Rob Roy* ein: Nach Devenport in die Werft zu gehen und zusammen mit *Ranger* eine Grundüberholung vornehmen zu lassen. Die anderen Boote sollten sich auf verschiedene Werften verteilen.

Er machte sich klar, wie stark sich seine Besatzung während der letzten Monate verändert hatte. Wahrscheinlich hatten die meisten von ihnen zum ersten Mal so weit entfernt von zu Hause zusammen mit der wirklichen Flotte gekämpft, den Dickschiffen mit ihren turmhohen Aufbauten und riesigen Kriegsflaggen. All das war für sie neu und erregend gewesen, denn ihre bisherige Welt hatte aus rauher See und kleinen Schiffen bestanden, aus stämmigen Trawlern und schlanken Zerstörern, Trampfrachtern und den »Husaren zur See«, den leichten Küstenstreitkräften. Und immer in der Nähe: Das ständigen Angriffen ausgesetzte England, schäbig, heruntergewirtschaftet, aber trotzig. Der leuchtende Himmel des Mittelmeers und die heiße Sonne hatten die Männer verändert, dachte er.

Plymouth kam ihm in den Sinn; wann hatte er Eve zum letzten Mal gesehen? Würde sie noch immer etwas für ihn empfinden? War es falsch zu hoffen, daß sie ihn genauso sehr brauchte wie er sie? Er hatte ihr geschrieben, sooft er Zeit dazu fand, aber keine Antwort erhalten. Die Post folgte vielleicht noch der *Rob Roy* durchs ganze Mittelmeer, nach Malta und Alexandria bis Gibraltar. Minensucher standen weit unten auf der Dringlichkeitsliste der Marinepostämter.

»Tee, Sir?« Der Bootsmannsmaat reichte Ransome einen schweren Becher mit dunklem süßem Tee, wie es ihn nur auf See gab.

Und wie hatte es ihn selbst beeinflußt? fragte er sich. Wie hatte er die ständige Beanspruchung, die schwere Verantwortung verkraftet? Und die Notwendigkeit, stets Autorität zu sein, obwohl sein Herz ganz anders entschieden hätte? Würde Eve ihm das anmerken?

Er dachte auch an diejenigen, die keinen Heimkehrer mehr zu erwarten hatten: an die Eltern von Midshipman Davenport und die Familien der anderen Gefallenen. Würden seine Briefe ihnen helfen? Möglicherweise machten sie ihn verantwortlich für den Verlust ihrer Angehörigen.

Dunlin hatte mehr Glück gehabt als die meisten, ihre Verluste betrugen nur sieben Mann. Aber ihr junger Kommandant Allfrey von der Isle of Weight zählte nicht zu den Überlebenden.

Auf dem unteren Deck hörte Ransome Schritte. Ihm war klar, daß da ein paar Männer an die Reling getreten waren und nach dem Land Ausschau hielten.

Er hörte, daß Morgan etwas ins Sprachrohr sagte, das zum Koppeltisch unter ihnen führte. Dort stand der junge Boyes, der Davenports Aufgabe übernommen hatte. Es ging um eine Tonne, die vom Radar aufgefaßt worden war und nun mit der Karte verglichen werden mußte.

Ransome glitt von seinem Stuhl. Die Schiffsgeräusche ringsum waren verstummt bis auf das gelegentliche Knirschen nassen Stahls und das regelmäßige Piepsen aus dem Ortungsraum. Er blickte übers Brückenkleid. Die Backbord-Örlikon hatte nie wieder richtig funktioniert, nachdem sie von der panzerbrechenden Granate getroffen worden war, und Fallows war darüber immer noch wütend. Eine weitere Arbeit für die Werft in Devenport.

Im grauen Dämmerlicht waren allmählich vertraute Gestalten zu erkennen: der Matrose Jardine, der Obergefreite Hoggan, zwei der härtesten Männer der Besatzung. Dann der Matrose »Chalky« White, dessen eines Lid immer nervös zuckte; Gipsy Guttridge und die anderen. Wie mochten sie sich jetzt fühlen? Ransome erinnerte sich an Morgans Vergleich mit Trafalgar kurz vor der Invasion. Aber es gab keine stolzen Segelpyramiden mehr, um die Herzen der Beobachter an der Küste zu wärmen. Was da heimkehrte, waren lediglich acht kleine Schiffe, müde und rostig, eingebeult durch zahlreiche Zusammenstöße mit Landungsstegen oder Festmachebojen, oft in pechdunkler Nacht.

Ransome blickte hinauf zum Schornstein mit seiner nach querab treibenden Rauchfahne und dachte an das, was Commander Moncrieff ihm beim Abschied aufgetragen hatte. Nun, er hatte gut auf sie aufgepaßt. Wieder einmal war *Rob Roy* davongekommen und kehrte nun nach Hause zurück.

Oberleutnant Philipp Sherwood kroch unter der Abschirmung des Kartentischs hervor, wo er einen Funkspruch vom Oberkommando in Plymouth gelesen hatte, der Anordnungen für das Eindocken morgen früh enthielt mit dem Nachsatz: »Das Werftpersonal kommt vormittags an Bord.«

Ransome wandte sich wieder nach vorn. Es war ein langer und seltsam gespannter Tag gewesen. Erst als sie dicht unter Land Kap Lizard passiert hatten und der schwere Duft der täglichen Rumration und andere Gerüche aus der Kombüse in der Luft hingen, hatte er wirklich an ihre Rückkehr geglaubt.

Nun ging es mit Nordost-Kurs vorbei an seinem Heimatort Fowey, der irgendwo an Backbord in Dunst und Dunkelheit lag, bis schließlich wie schwerelos das Vorland Rame Head auftauchte; diese Landspitze stand wie ein Wächter vor der Westeinfahrt in den Plymouth Sound, bezeichnet durch ein einzelnes Blinkfeuer, das sie nun passierten.

Es war Unsinn, bis morgen mit Eindocken zu warten, denn damit würden sie einen weiteren Tag verlieren. Aber es war eine schwierige Einfahrt, vorbei an Drake's Island und weiter durch das enge Fahrwasser, anstrengend selbst bei hellem Tageslicht.

»Sagen Sie Fallows, er soll seine Backbord-Örlikon klarmachen zum Auswechseln.«

Sherwood nickte, gab es durch und nahm seine Position im vorderen Teil der Brücke wieder ein. Seltsam, dachte er, Bunny Fallows sprach in den letzten Tagen kaum noch mit jemandem; das konnte nicht nur an seinem Ärger über Tritton und Morgan liegen. Irgend etwas mußte an ihm nagen wie eine Krankheit. Furcht war es nicht, Fallows besaß gar nicht die dafür erforderliche Phantasie.

Sherwood verbannte Fallows aus seinen Gedanken und richtete sein Glas achteraus. *Ranger* fuhr irgendwo in ihrem Kielwasser, die einzige, die ihnen noch geblieben war. Die übrigen waren schon unterwegs nach Chatham und Harwich, Rosyth und Tynemouth.

Er hörte Morgan leise mit dem Signalgast sprechen. Würde die Besatzung jetzt auseinanderbrechen? Durch Beförderungen, Kurse an verschiedenen Orten, Versetzungen auf andere Schiffe, um Platz zu machen für Grünschnäbel wie Gold und Boyes, der allerdings nicht mehr ganz so jugendlich wirkte. Auch *Ranger* hatte jetzt einen Spezialisten für das Entschärfen von Minen an Bord. Es traf sich gut, daß auch der andere Offizier genau wie Sherwood ein Patent als Wachführer besaß. Dadurch war der Dienst auf der Brücke etwas aufgelockert und bestand nicht nur aus vier Stunden Wache, vier Stunden Freiwache. Der Kommandant jedoch war immer hier oben.

Sherwood zwang sich, nicht an die junge Frau zu denken, die er in London kennengelernt hatte. Rosemary war ihr Name. Oft kam sie ihm in den Sinn, wenn er so unvorbereitet war wie im Augenblick. Er kehrte heim – aber wozu? Er verfügte über ein umfangreiches Bankkonto, zu dessen Höhe er fast nichts beigetragen hatte. Er besaß Häuser voller Erinnerungen, besaß Herkunft und Bildung, die aber im Krieg wenig zählten.

Er konnte *Rob Roy* verlassen, war jedoch überrascht, daß der Gedanke daran schmerzte. Früher hatte er angenommen, Gefühle kümmerten ihn überhaupt nicht. In dieser Beziehung zumindest mußte er sich verändert haben. Selbst wenn er Rosemary nicht wiedersehen wollte, konnte er sie doch zumindest anrufen. Schließlich war er ihr noch eine Erklärung schuldig für die Art, wie er verschwunden war, nachdem . . . Wieder schob er den Gedanken von sich.

Ich darf nicht solche Überlegungen anstellen, sagte er sich. Nächste oder vielleicht übernächste Woche würde man ihn wieder zur Untersuchung einer neuen technischen Gemeinheit des Feindes rufen, zu einer Falle, die man eigens für seinesgleichen konstruiert hatte. Er mußte lächeln, als er an den Ärger der Soldaten dachte, die er aus der zerbombten Kirche gejagt hatte, und an ihren verwirrt gestammelten Dank hinterher. Er wollte lieber nicht daran denken, daß einige dieser Männer jetzt möglicherweise schon tot waren.

Ein schmaler Schatten überquerte die Brücke: Matrose Boyes. Sherwood hörte Ransomes Stimme: »Ich möchte, daß Sie die Arbeit am Koppeltisch ganz übernehmen, Boyes. Sie haben sich gut gemacht.« Boyes murmelte eine Antwort, und Ransome fügte hinzu: »Ich werde dafür sorgen, daß das auch in Ihre Papiere aufgenommen wird.«

Boyes starrte die Silhouette des Kommandanten an. »Papiere, Sir?« flüsterte er.

»Ich bin der Meinung, Sie sollten nochmals einen Versuch machen, Boyes. Mit Ihrer Offiziersanwärterprüfung. Was halten Sie davon?«

Boyes konnte vor Aufregung kaum sprechen. Das war sein größter Wunsch, und doch hatte er ein Gefühl der Treulosigkeit gegenüber den Kameraden, die ihm geholfen und ihn in das brutale Leben des Mannschaftsdecks eingeführt hatten.

»B – Besten Dank, Sir.«

Ransome schloß: »Gleich laufen wir in den Plymouth Sound ein, machen Sie Ihre Karten dafür fertig.«

Boyes kletterte die Leiter hinunter und sah Morgan mit weißen Zähnen grinsen, als er bei ihm vorbeikam. Nochmals *einen Versuch?* Man hatte ihm ja damals nicht mal die Gelegenheit zum ersten Versuch gegeben. Was würde seine Mutter wohl dazu sagen?

Der Lautsprecher ertönte: »Achtung, Backbordwache! Klar vorn und achtern zum Einlaufen!«

Boyes packte die Reling, noch verbeult von der Granate, die im Steuerhaus eingeschlagen war. Noch immer konnte er nicht richtig schlafen, dieses Blutbad quälte ihn wie ein endloser Alptraum. Er sah Reeves mit vor Entsetzen hervorquellenden Augen dasitzen, spürte noch immer Davenport sich gegen ihn lehnen, während er sein Blut heraushustete, das ihn erstickte. Die aufgerichtete Gestalt des Coxswain sah er, zäh und von unerwarteter Freundlichkeit. Noch immer hinkte er ein wenig nach seiner Verwundung, fürchtete aber nichts so sehr wie an Land versetzt zu werden.

Wenn der Kommandant seine Papiere einreichte, mußte Boyes all dies hier verlassen; ihm war klar, daß es später nie mehr dasselbe sein würde. So grübelte Boyes, während die *Rob Roy* zwischen den Blinkbojen in den Hafen einlief, wo eine geschäftige Barkasse die Führung übernahm.

Obergefreiter Gipsy Guttridge hatte es geschafft, alle Gedanken an seine Frau zu verdrängen, solange das Schiff im Mittelmeer stationiert war. Jetzt aber war er wieder daheim, und während er mit den anderen auf dem Achterdeck zwischen den aufgeschossenen Festmachern wartete, fragte er sich, was er wohl tun würde, wenn er ihr wieder begegnete. Ein Freund hatte ihm vor einiger Zeit geschrieben, daß sie ein Verhältnis mit einem Pionier von der örtlichen Garnison hätte. Diese Beschuldigung hatte er ihr dann beim Wiedersehen an den Kopf geworfen, doch der Streit hatte schließlich mit einer leidenschaftlichen Versöhnung im Bett geendet. Aber in Gibraltar hatte ihn jetzt ein weiterer Brief dieses »Freundes« erwartet. Guttridge packte die Reling fester und drehte sein Gesicht den beißenden Schneeflocken entgegen. Wenn ich den Kerl erwische, dachte er, dann bringe ich sie alle beide um, egal wer es ist.

In der Messe saß Leutnant Fallows allein am Tisch und kaute lustlos auf seinem Corned beef herum. Er starrte auf das Tischtuch nieder, das noch schmutzig war von der letzten Mahlzeit, und schenkte sich schließlich noch einen Becher Kaffee ein. Dabei hätte er einen Drink nie nötiger gehabt als jetzt. Er schluckte trocken und glaubte beinahe zu hören, wie Schnaps in ein glänzendes frisches Glas floß. Was sollte er bloß machen? Er sah dem Steward nach, der durch die Messe schritt. Es war geradezu Irrsinn, solche Schuldgefühle zu haben. Oder war es Furcht? Aber der Steward war nicht Parsons; der war jetzt vorn auf der Back beim Festmachen.

Ich muß den Verstand verloren haben, diesem Schuft Geld zu geben, dachte Fallows. Er zog seine zollfreien Zigaretten aus der Tasche und gab dem Messesteward ein Zeichen, den Tisch abzuräumen. Aber Parsons hatte ihm erklärt, er würde das Schiff bald verlassen und einen Artilleriekursus besuchen. Dort sollte er auch zum Gefreiten befördert werden. Sie würden sich also niemals wiedersehen.

Fallows wischte sich den Schweiß von der Stirn, obwohl es in der Messe ausgesprochen kalt war. Er hätte festbleiben und diese widerliche kleine Ratte zertrampeln sollen, als er ihm zum ersten Mal die Geschichte mit Tinker erzählte.

Fallows sah den einzelnen wellenförmigen Streifen auf seiner alten Jacke an. Falls er es schaffte, Oberleutnant zu werden, würde er sich sicherer fühlen. Und dann ... Er drückte die Zigarette aus. Parsons hatte ihn zuerst nur gebeten, ihm Geld zu leihen. Aber bald darauf hatte er ihn nochmals angeschnorrt, damit seine Gläubiger stillhielten, bis er den Artilleriekursus beendet hatte. Plötzlich dachte Fallows an seinen Vater in Glasgow, einen streitsüchtigen Trunkenbold, der seit Jahren kaum gearbeitet hatte und ihnen allen das Leben zur Hölle machte. »Du wirst es niemals schaffen bei diesen hochgestochenen Affen!« hatte er ihm prophezeit. »Ich kenne dich zu gut, du wirst in deinem eigenen Scheißdreck ausrutschen!«

Niemand an Bord wußte oder kümmerte sich darum, was es Fallows gekostet hatte, diesen abgeschabten Goldstreifen zu bekommen. Und trotz allen Bemühens, seine niedrige Herkunft zu vertuschen, hatte eine widerliche Ratte wie Parsons ihn durchschaut. Natürlich hätte er sofort zum Kommandanten gehen sollen. Vielleicht hätte das seine Aussicht auf Beförderung ruiniert, aber es wäre besser gewesen als einen Matrosen zu bestechen, damit er die Wahrheit verheimlichte; denn so würde es aussehen vor den kalten Augen der Beisitzer in einer Kriegsgerichtsverhandlung.

Fallows lebte nur von seinem mageren Sold und hatte kein weiteres Einkommen. Mehrmals war er mit seinen Messebons in Verzug geraten und hatte sich Geld leihen müssen. Jetzt, da Parsons ihn ständig erpreßte, war er gezwungen gewesen, sich mit einem Freund in Alexandria auf ein Geschäft einzulassen. Der Freund war Zahlmeister in einem der dortigen Vorratslager, und es ging um Schiffsfarbe. Fallows sollte lediglich für ein paar Lieferungen quittieren, die gar nicht an Bord gekommen waren. Hundertmal hatte er sich gesagt, daß Parsons selbst viel zu sehr in die Sache verwickelt war, um ihm schaden zu können. Er war ein rachsüchtiger, unbeliebter Mann an Bord. Würde er jemanden finden, der seine Geschichte glaubte?

Stabsarzt Cusack kam in die Messe und ließ sich in einen der schäbigen Sessel fallen. »Man kann das Land schon riechen!« Neugierig betrachtete er Fallows, als dieser nachdenklich blieb und schwieg. »Ein paarmal dachte ich da unten, daß ich nie wieder grünes Gras sehen würde.«

Fallows stand auf. »Ich muß jetzt gehen.«

Cusack lehnte sich zurück und starrte die Decksbalken an. Dieser Einsatz war eine wichtige Erfahrung für ihn gewesen; ihm war klar, daß er nicht mehr ins Lazarett zurück wollte. Er dachte an die Männer, die er kennengelernt hatte, an ihre Hoffnungen und Geheimnisse. Grimmig lächelte er. Er hatte einen Bruder, der Priester in Galway war; vielleicht wäre der an der Front besser angebracht, aber einen Arzt brauchten sie auch.

Oben auf der Brücke stand Ransome und blickte hinunter auf die eifrige Tätigkeit an Deck. Es waren nur Schatten zu erkennen und Kommandorufe zu hören, aber er hätte die *Rob Roy* auch mit verbundenen Augen führen können.

In der Dunkelheit hörte er rhythmisches Wasserrauschen und sah einen der alten Raddampfer, die in Devenport als Schlepper Verwendung fanden. Der stand jetzt klar zur Hilfeleistung für sie, seine Brücke und Back waren vollkommen verschneit.

»Backbord stopp!« Er hörte Sherwood den Befehl wiederholen und die sofortige Quittierung aus dem Maschinenraum. »Backbord langsame Fahrt zurück!« Er wischte sich den Schnee aus den Augen.

»Heckleine ist fest, Sir!« Das war Morgan.

Von der Back hörte er jetzt: »Vorleine wird an Land geholt, Sir!«

»Backbord stopp, Steuerbord langsame Fahrt zurück!« Er spürte einen Ruck und hörte den Ruf nach mehr Fendern. »Beide stopp!«

Hargraves Stimme ertönte auf der Back, wo er das Festmachen überwachte: »Spring- und Querleine ausbringen!«

Durch das Schneegestöber sah Ransome eine Morselampe blinken. Ein Gruß, neue Befehle? Er war zu müde, als daß es ihn noch interessiert hätte.

»Alles fest vorn und achtern, Sir!« Sherwood sah durch den Schneefall zu ihm auf.

»Maschinen abstellen.«

Das Boot schüttelte sich noch einmal und lag dann still, während ein niedriger Schatten langsam vorbeizog. Das war *Ranger*, die nun weiter vorn festmachte. Der wachsame Schlepper drosch mit seinem Rad das Wasser, drehte dann mit der Leichtigkeit eines Londoner Taxis und verschwand in der Dunkelheit.

Mackay rief: »Ein ziemlich ungewöhnlicher Morsespruch, Sir.« Nur mühsam hielt er das Lachen zurück. »Von den Wrens im Signalturm: *Willkommen daheim!*«

Ransome stieg die Leiter hinunter. »Antworten Sie: besten Dank von uns allen!«

Aber er dachte dabei nur an Eve. Ihm kam es vor, als habe sie diese Worte für ihn persönlich ausgesprochen.

XVI   Lebensadern

Commander Peregrine Bliss warf seine mit Eichenlaub verzierte Mütze achtlos auf das Schränkchen und setzte sich auf Ransomes zweiten Stuhl.

»Alles klar, Ian?« Seine Augen strahlten, und seine starken Hände wirkten so unbeholfen, als seien sie Untätigkeit nicht gewohnt.

Ransome nickte. Es war ihr erster Tag in der Werft von Devenport, ein anstrengender Tag. Alle möglichen Leute wollten ihn sprechen, mindestens fünf Rundgänge im Schiff mußte er mit verschiedenen Vorarbeitern und Spezialisten machen und außerdem den größten Teil der Besatzung auf Urlaub schicken. Es waren erst einige Monate seit ihrem letzten Urlaub vergangen, aber sie erschienen ihm wie Jahre.

»Die Werft braucht angeblich mindestens drei Wochen, Sir«, sagte er. »Anscheinend ist eine ganze Latte von Reparaturen nötig, dazu kommt die Kesselreinigung.« Er rief sich Hargraves Gesicht ins Gedächtnis, als dieser von Bord ging. Er hatte sich irgendwie verändert, wirkte unsicher und schien die *Rob Roy* nur zögernd zu verlassen. Ransome fragte sich, ob das eventuell mit seinem Vater und dessen schönem Flaggleutnant Rosalind Pearce zusammenhing.

»Ich weiß, daß ich an Bord bleiben muß, Sir, aber ich könnte Oberleutnant Sherwood auf Urlaub schicken. Ein Offizier ist genug für mich, und schließlich habe ich noch die Number One von *Ranger* in Rufweite.«

Bliss betrachtete seine Finger. »Ich habe bereits veranlaßt, daß Sherwood an Bord bleibt.« Lächelnd sah er auf. »Nur ein oder zwei Tage, danach ist es natürlich Ihnen überlassen.«

Ransome überflog die Namensliste auf seinem Schreibtisch, deren Durchschlag er bereits auf die *Bedworth* geschickt hatte, damit Bliss sie begutachten konnte. Vielleicht wollte Bliss Sherwood auf ein anderes Schiff versetzen? Erfahrene Wachgänger waren überall so rar wie Gold.

Aber wieder einmal erwies sich, daß er Bliss falsch eingeschätzt hatte.

»Ich habe Ihre Aufstellung der vorgeschlagenen Beförderungen durchgelesen. Einigen stimme ich zu, andere müssen noch warten.« Er sah in Ransomes enttäuschtes Gesicht und fügte hinzu: »Sie können es natürlich besser beurteilen, aber . . .«

Ransome beendete den Satz für ihn: »Diesmal sind mehrere dabei, bei denen eine Beförderung überfällig ist, Sir.«

Doch Bliss wich aus. »Ich habe gesehen, daß Sie den Matrosen Boyes noch einmal für einen Offizierskurs eingereicht haben. Soviel ich weiß, ist er beim letzten Mal durchgefallen?«

»Er wurde gar nicht erst ordnungsgemäß geprüft, Sir.«

Bliss grinste. »Ihrer Meinung nach. Wir müssen den Ausbildern schon vertrauen. Sicherlich verstehen sie ihren Job.«

Mühsam beherrscht antwortete Ransome: »Ich habe Boyes außerdem vorgeschlagen zur lobenden Erwähnung.«

»Auch das habe ich gesehen; ein guter Gedanke. Kein Prüfungsausschuß könnte einem Jungen, der lobend erwähnt worden ist, eine Wiederaufnahme seiner Bewerbung abschlagen.« Lachend warf Bliss den Kopf zurück. »Bei Gott, Sie sind ein gerissener Halunke, Ian. Aber ich hätte wahrscheinlich dasselbe getan.«

»Was Oberleutnant Sherwood betrifft, Sir . . .«

Es klopfte, und Bliss sagte beiläufig: »Ich hoffe, Sie haben nichts dagegen, Ian, daß ich ihn gleich rufen ließ, als ich an Bord kam.«

Ihre Blicke begegneten sich. War das eine Herausforderung?

Ransome rief: »Herein!«

Bliss meinte: »Ausgezeichnet! Jetzt kann ich es Ihnen beiden gleichzeitig erklären, somit sparen wir Zeit.«

Sherwood sah sich nach einem Stuhl um, und als er feststellte, daß keiner mehr frei war, lehnte er sich gegen die geschlossene Tür. Damit schien er Verärgerung anzudeuten, daß er von Bliss herbeizitiert worden war.

Dieser musterte ihn gleichmütig. »Ich kenne Sie, Sherwood, kenne Ihren Personalbogen. Und der ist verdammt günstig.«

Sherwoods Stimme klang überrascht. »Danke, Sir.«

Ransome beobachtete die beiden. Sherwood verlor schon seine im Mittelmeer erworbene Bräune. Seltsam, daß er eigentlich immer blaß aussah: Seine Haut, sein Haar, seine Augenwimpern, alles war hell, sogar seine Augen. Wie die einer Katze, dachte Ransome, die sich fragt, ob sie schnurren oder kratzen soll.

»Sie haben in der Flottille wertvolle Arbeit geleistet.« Bliss wandte sich jetzt an Ransome. »Tatsache ist, Ian, wir haben zwei neue deutsche Magnetminen gefunden.« Ohne ihn anzusehen, fragte er Sherwood: »Ich glaube, Sie haben letzten Winter eine entschärft?«

Ransome sah Sherwood nicken, sein Trotz ließ allmählich nach, während er sich erinnerte – an diese Mine oder eine andere davor.

Bliss fuhr fort: »Die erste wurde in der Themsemündung gefunden. Commander Foulerton behauptete, es sei eine besonders raffinierte Konstruktion gewesen. Sie kennen ihn?«

Sherwood nickte, und eine blonde Strähne fiel ihm in die Stirn. »Er war unser Ausbilder beim Minenkurs auf HMS *Vernon*. Alles, was ich über Magnetminen weiß, hat er mir beigebracht.«

Bliss beugte sich vor. »Nun, jetzt haben wir eine zweite Mine dieses Typs in der Nähe von Portland Bill liegen, immer vorausgesetzt, daß sie noch nicht hochgegangen ist. Wir haben den Fund geheimgehalten – die Deutschen müssen ja nicht wissen, daß wir eine studieren werden.« Er warf Ransome einen kurzen Blick zu. »Mit etwas Glück, heißt das.«

Sherwoods Gesicht erstarrte, als habe er einen Geist gesehen.

Rasch sagte Ransome: »Ich sehe nicht ein, warum wir . . .«

Bliss fiel ihm ins Wort: »Ich kann nicht den Minenoffizier der *Ranger* hinschicken, er hat nicht Sherwoods Erfahrung.«

»Was ist denn mit diesem Commander Foulerton, wen schlägt er vor, Sir?« fragte Ransome.

»Das ist es ja gerade, Ian.« Kalt sah Bliss Sherwood an. »Foulerton kam um, als er an der Mine in der Themsemündung arbeitete. Die einzige Information, die wir besitzen, sind die Worte, die er seinem Assistenten über Telefon zugerufen hat. Seinen Tod hält man noch geheim.«

Sherwood sagte leise: »O Gott!«

Bliss fügte hinzu: »Ich würde Sie nicht darum bitten, aber . . .«

Ransome fing an, seine Pfeife zu stopfen. Portland war einer der wichtigsten Kriegshäfen an der Südküste, etwa siebzig Meilen entfernt. »Aber Sherwood hat an Bord noch andere Tätigkeiten ausgeübt, Sir«, beharrte er. »Außerdem braucht er einen Assistenten . . .«

Bliss wandte keinen Blick von Sherwood. »Ich gebe Ihnen einen mit. Natürlich kann ich Ihnen nicht befehlen, den Auftrag zu übernehmen, Sherwood.«

Sherwood drehte seine Mütze in den Händen. »Aber genau das haben Sie soeben getan.« Seine Augen reflektierten die grelle Deckenbeleuchtung.

Sherwood sah Ransome an. »Ich packe meine Sachen, Sir. Und ich möchte niemanden dabeihaben, den ich nicht kenne. Wenn Wakeford einwilligt, würde ich ihn gern mitnehmen.«

Bliss war erstaunt. »Das ist doch Ihr Schreiber, Ian. Was weiß der denn von Minen?«

Ransome war genauso überrascht, ließ es sich aber nicht anmerken. Von Sherwood ging etwas so Zwingendes und Trauriges aus, daß es alles andere überdeckte.

Sherwood sagte ruhig: »Schreibergefreiter Wakeford war Physik- und Chemielehrer in einem erstklassigen Gymnasium. Wußten Sie das nicht, Sir?« Er gab sich keine Mühe, seine Verachtung zu verbergen. »Ihm wurde jedoch gesagt, er sei zu alt, um Reserveoffizier zu werden. Er ist gerade zweiunddreißig. Also nicht zu alt, um sich als Gefreiter auf Minensuchern den Arsch wegblasen zu lassen!«

Bliss ignorierte den Ausbruch. Vielleicht war er so erleichtert über Sherwoods Einwilligung, daß er ihm diese Worte durchgehen ließ.

»Lassen Sie ihn holen.« Ransome vergegenwärtigte sich den ruhigen Schreibergefreiten, der als sein Helfer, Sekretär und Schatten fungierte, seit er an Bord der *Rob Roy* war. Ein zurückhaltender, stiller Mann.

Sherwood erläuterte: »Ich habe mit Wakeford oft über Minen gesprochen. Er versteht davon mehr als jeder andere an Bord und hat außerdem ein hervorragendes Gedächtnis.« Mit bitterem Lächeln fügte er hinzu: »Aber die Marine scheinen solche Kleinigkeiten nicht zu kümmern.«

Ransome nickte ihm zu. »Ich möchte Sie noch sprechen, bevor Sie von Bord gehen.« Als sich die Tür hinter Sherwood geschlossen hatte, sagte er: »Ich bin über den Einsatz Sherwoods nicht einer Meinung mit Ihnen, Sir.«

»Warum nicht? Weil Sie ihn kennen – oder weil Sie ihn brauchen?« Bliss musterte Ransome. »Oder weil Sie denken, er sei schon so durchgedreht, daß er es nicht schafft?« Sein Ton wurde schärfer. »Ich rege mich über Personalangelegenheiten nicht mehr auf, Ian. Mein Gott, ich habe genügend junge Burschen gekannt, die dann ge-

200

fallen sind – und Sie haben das auch. Das ist der verdammte Krieg, Ian. Es nützt nichts, wenn wir uns zu sehr engagieren. Ich habe das mehr als hundert Mal durchgemacht. Sherwood ist wahrscheinlich der Beste für diese Aufgabe und im Augenblick ohnehin der einzige, den wir zur Verfügung haben.« Er beugte sich vor. »Die Meteorologen haben uns gutes Wetter versprochen, jedenfalls für Winterzeiten. Wenn der Wind nur noch ein bißchen abflaut, hat Sherwood eine reelle Chance. Wir müssen unbedingt wissen, was mit dieser Mine los ist. Die Alliierten werden im nächsten Jahr eine Invasion in Frankreich starten, wir müssen deshalb jede neue Waffe, die sich die Deutschen ausdenken, in den Griff bekommen.«

»Ich möchte Sherwood gern begleiten.«

Bliss' Gesicht wurde sanfter. »Das habe ich fast erwartet. Aber ich brauche Sie hier. Ich werde ihn begleiten. Ich weiß, daß er mich haßt – aber das ist besser als Ihre ständige Besorgnis.« Er entspannte sich und lächelte. »Außerdem würde unser Vizeadmiral, der im Geiste stets bei uns ist wie Gott bei den Notleidenden, es von mir erwarten.«

Bliss stand auf und nahm seine Mütze. »Lassen Sie meinen Fahrer rufen.«

Ransome folgte ihm hinaus auf das verdunkelte Deck. Der erste Tag in der Werft, und wie hatte er geendet! Bliss hatte also genau gewußt, daß Sherwood zusagen würde, und schon einen Wagen für die Fahrt nach Portland organisiert.

Sherwood erschien mit einer kleinen Tasche in der Hand. Er trug jetzt einen alten blauen Overall und Gummistiefel, wie immer bei diesen gefährlichen Einsätzen.

Mit einem Blick zum Himmel meinte er: »Kein Schnee mehr in der Luft, das ist gut.« Seine Stimme klang kühl, beinahe desinteressiert. Er sah Ransome an und fügte leise hinzu: »Ich danke Ihnen, daß Sie versucht haben, mir das zu ersparen.« Dann hob er die Schultern. »Es wird genauso ablaufen wie immer, nehme ich an.«

Sie hörten Schritte auf dem Stahldeck, der Schreibergefreite eilte herbei.

»Wakeford hat also eingewilligt?«

Zum ersten Mal lächelte Sherwood. »Er war froh, mitkommen zu dürfen. Sie spannen ihn wohl zu sehr ein, Sir.«

Wakeford sah Ransome an. »Tut mir leid, Sir, daß ich Sie so Hals über Kopf verlassen muß. Aber ich habe alle Ordner, die Sie für die Werft brauchen, herausgelegt und . . .«

Ransome ergriff ihn am Arm; durch den Ärmel des Regenmantels fühlte er sich an wie Haut und Knochen.

»Passen Sie gut auf sich auf. Ich komme hier ohne Sie nicht zurecht.« Dann trat er beiseite. »Das gilt für Sie beide.«

Leutnant Morgan, der als Offizier vom Dienst an Bord blieb, sah den dreien nach und sagte: »Ihr Schreiber hat einige Briefe hinterlassen, Sir. Für seine Angehörigen.«

Ransome fröstelte es. Sherwood hatte niemanden, dem er noch schreiben wollte. Außerdem hätte er es ohnehin nicht getan.

Zu Morgan sagte er: »Es sieht leider so aus, als ob sich Ihre Beförderung noch ein wenig verzögern würde.«

Morgan starrte hinaus in die Dunkelheit, aber die drei Gestalten waren schon verschwunden.

»Mit einem Mal scheint mir das nicht mehr so wichtig, Sir.« Kopfschüttelnd fügte er hinzu: »Der Tod wartet eben immer hinter der nächsten Ecke, nicht wahr, Sir?«

Morgan hatte ein Talent für passende Aussprüche, dachte Ransome.

Reverend Simon Warwick stützte sich mit einer Hand auf den Kaminsims und blickte nachdenklich in die Flammen des fröhlichen Holzfeuers. Es vermittelte zwar nur die Illusion von Wärme, denn dieser Raum war wie alle anderen in Codrington House viel zu groß, um richtig beheizt zu werden. Sobald man vom Kamin zurücktrat, machte sich ein eisiger Atem bemerkbar. Er sah seine Frau an, die mit einer Dame vom Weiblichen Hilfsdienst am Tisch saß. Betty war dort bis zu ihrem Bombenschock das aktivste Mitglied gewesen.

Manchmal war es schwierig, Gottes Wege zu begreifen, dachte er.

Die beiden Frauen überprüften die Liste der Geschenke, die von Ladenbesitzern und Bauern für die Weihnachtsverlosung zugesagt waren. Warwick dachte ebenfalls an Weihnachten und daran, wie schwierig es sein würde, dieses weitläufige Haus zu dekorieren, um das Fest für die vielen Evakuierten und Ausgebombten ein wenig freundlicher zu gestalten.

Aber er konnte sich nicht so recht konzentrieren. Er hörte das Klappern der Teller und Bestecke aus dem Speiseraum, wo zwei Freiwillige den Abendbrottisch deckten, und hoffte, daß die Dame vom Hilfsdienst gehen würde, bevor die ersten Hausbewohner erschienen. Ihm war klar, daß dies ein unchristlicher Gedanke war, und genauso wußte er auch, warum es ihm schwerfiel, sich auf Weihnachten zu konzentrieren.

Ohne das Geklapper des Geschirrs hätte er bestimmt Eves Stimme aus der Halle gehört, wo das Privattelefon stand. Böse runzelte er die Stirn. Im Geist sah er ihr Gesicht und das des jungen Kapitänleutnants vor sich, der so selbstsicher war. Er hatte zwar nett geplaudert, aber wenn sich ihre Blicke über dem Tisch trafen, redeten sie eine andere Sprache. Warwick hatte dabei einen Anflug von Eifersucht verspürt, mehr wie ein Freier als wie ein Vater.

Aber Eve war eben am Telefon gewesen, als Ransome anrief. Warwick überlegte, ob er sie herbeigerufen hätte, wenn er selbst den Hörer abgenommen hätte. Aber mit irgendeiner Ausrede konnte er es nur verzögern, nicht verhindern. Der Gedanke fraß an ihm.

Die Dame vom Hilfsdienst stand auf und klappte ihre Handtasche zu. Sie war eine stämmige, tüchtige Frau, Friedensrichterin und Witwe eines Generalmajors. »Auf Wiedersehen, Reverend.« Ihr Händedruck war wie ihr schwerer Gang, fest und noch lange spürbar.

»Ich werde Sie zum Wagen begleiten.« Warwick biß sich auf die Lippen. Die beiden waren alte Freundinnen, aber er wußte, daß Betty ihren Namen schon wieder vergessen hatte.

Die Tür ging auf, und Eve trat ein. Sie trug ihren dicken Wollpullover und ihre Lieblingshose mit den Farbflecken. Fröstelnd schlang sie die Arme um sich und sagte: »Ich bin der reinste Eiszapfen!«

Betty fragte lächelnd: »Wie geht's ihm, mein Kind?«

Eve sah ihre Mutter liebevoll an. »Ganz gut, Mami.« Dann schlug sie die Augen nieder. »Ich – ich glaube, er hat eine schlimme Zeit hinter sich.«

Die Dame vom Hilfsdienst rief: »Was soll das, Betty? Eine heimliche Liebe? Ich muß schon sagen, überrascht bin ich nicht!«

Warwick griff ein: »Es geht um einen jungen Mann, den wir früher immer in unseren Ferien getroffen haben, bevor . . .« Er beendete den Satz nicht.

Die Frau sagte: »Verstehe!« Sie durchquerte den Raum und legte Eve beide Hände auf die Schultern. »Er hat Glück, der Junge!«

Eve wandte ein: »Ian ist ein Mann, kein Junge. Er ist Kommandant eines Minensuchboots.« Das klang wie Trotz, auch ihrem Vater gegenüber, der ihr keine Gefühle zubilligte. Wenn ihre Mutter noch gesund gewesen wäre, hätte sie ihr geholfen und alles verstanden. Jetzt aber schien ihr Geist ständig abzuschweifen, sie war zu vertieft in Gedanken, an denen niemand mehr teilhaben konnte.

Schließlich sagte Eve: »Ich gehe duschen und – «, sie schaute hinab auf ihre verschmutzte Hose, »und mich umziehen.«

203

Warwick steckte die Hände in die Taschen seiner Soutane. »Aber mach nicht zu lange. Wir wollen früh essen, falls es wieder einen Luftangriff auf Plymouth gibt.«

Eve schloß die Tür hinter sich und lehnte sich dagegen. Sie hoffte, daß der dicke Pullover es geschafft hatte, ihr heftiges Atmen zu verbergen, das sich seit dem Telefongespräch mit Ian noch nicht beruhigt hatte. Die Verständigung war schlecht gewesen, aber sie hatte trotzdem die Veränderung in seiner Stimme gespürt, die vorsichtige Art, wie er sprach; als wäre jedes Wort kostbar.

Nichts konnte ihr intensives Glücksgefühl mindern, auch ihr Vater nicht. Ian war zurückgekommen, nach all den gefährlichen Monaten, Tagen und Stunden, und sein Schiff lag sicher in der Werft. Es hätte auch irgendwo in Schottland oder Nordengland sein können, aber nein, *Rob Roy* war hierhergekommen, nach Plymouth. Er konnte nicht sagen, wann er es schaffen würde, sie zu besuchen. Da waren noch einige »Dinge«, die er vorher erledigen mußte, und sofort hatte sie ein ängstliches Gefühl verspürt, als ob jemand, der ihm nahestand, in Gefahr sei.

Sie rannte die hohe Wendeltreppe hinauf in ihr Zimmer und stand einen Augenblick keuchend am Fenster, bevor sie die schweren Verdunklungsvorhänge zuzog. Es hatte zwar geschneit, aber der meiste Schnee war schon wieder geschmolzen. Vielleicht würde Ian zu Weihnachten Heimaturlaub bekommen? Sie warf sich aufs Bett und preßte ihren alten Teddybär an sich.

Dann dachte sie an seinen Bruder, den unverwüstlichen Tony, der noch im Lazarett lag. Der war auf alle Fälle über Weihnachten zu Hause; er hatte ihr geschrieben und das unerwartete Treffen mit Ian in Sizilien geschildert. Daraufhin hatte sie es sich nicht nehmen lassen, einen Besuch bei seinen Eltern in Fowey zu machen. Sein Vater hatte sie fest an sich gedrückt und sie behandelt wie ein Familienmitglied. Die Mutter dagegen hatte höfliche Distanz gewahrt, ähnlich wie ihr eigener Vater Ian gegenüber. Sie war zu seinem alten Boot, der *Barracuda*, gelaufen und hatte mit Jack Weese gesprochen, der so sehnsüchtig darauf wartete, daß der junge Herr Ian endgültig nach Hause kam.

Wieder einmal holte sie Ians kostbare Briefe heraus und begann zu lesen, auch den großen Zeitungsartikel von dem berühmten Kriegsberichterstatter Richard Wakely. Er war fast genauso aufregend wie seine Reportagen im Radio, so daß sie fast glaubte, Ians vertraute Stimme zu hören, das schrille Heulen der Sturzkampfbomber, das

204

Donnern der Detonationen und das Gewehrfeuer der Truppen, die sich von den sizilianischen Stränden ins Land kämpften.

Richard Wakely hatte genau neben dem Kommandanten gestanden, hätte ihn berühren können. Wakelys Kameramann hatte einige Fotos geschossen, eins davon von Ian. Lange sah sie dieses Bild an. Oh, liebster aller Männer, ich liebe dich so sehr!

Wakely hatte den Artikel genauso beendet wie seine Sendungen: »Zusammen haben dieser junge Kommandant und ich dem Tod ins Auge geschaut, und wieder einmal sind wir davongekommen.«

Sie hatte an die Zeitung geschrieben und gefragt, ob sie einen Abzug von Ians Bild kaufen könne, aber bisher keine Antwort erhalten.

Behutsam öffnete Eve eine Schublade unten an ihrem Schrank und holte ein Nachthemd heraus. Sie entfernte das kleine Riechkissen aus Rosenknospen und Lavendel, aber der kräftige Duft blieb in der feinen weißen Seide haften. Lächelnd hielt sie das Nachthemd vor ihren Körper, betrachtete ihr Spiegelbild und erinnerte sich, wie sie es gekauft hatte. Dazu hatte sie fast ihr gesamtes Postsparkonto abgehoben, damals, als der Erwerb solcher Luxusgüter noch möglich war. Jetzt gab es so etwas nur noch für die ganz Reichen auf dem Schwarzmarkt. Sie war mit dem Omnibus in eine andere Stadt gefahren, um das Geld dort abzuheben, weil sie befürchtete, die hiesige Postbeamtin könnte bei ihrem Vater petzen.

Entschlossen zog sie sich aus, bis sie ganz nackt vor dem Spiegel stand. Wieder hielt sie sich das Nachthemd an. Sie würde es nicht anziehen bis . . . Zwei Jahre besaß sie es schon. Sie hatte damals und auch vorher gewußt, daß sie Ian haben wollte, keinen anderen. Hätte er sich jedoch einer anderen zugewandt, wollte sie niemals heiraten. Sie begriff noch immer nicht, wieso sie sich dessen so sicher war. Aber sie hatte es einfach gewußt.

Ihre Mutter rief: »Brauchst du noch lange, Kind?«

Lächelnd faltete sie das Nachthemd wieder zusammen und legte das Riechkissen hinein. »Noch zehn Minuten, Mami!«

Dann schritt sie nackt durch das eiskalte Zimmer und ging endlich unter die Dusche.

Bald würden sie sich für all die verlorene Zeit schadlos halten – zusammen.

Der große Stabswagen schien wie blind in die Dunkelheit hineinzurasen. Die fast vollständig abgeblendeten Scheinwerfer rissen die

Gegenstände so abrupt aus dem Schatten, als habe die Fahrerin die Kontrolle über den Wagen verloren. Commander Bliss murmelte: »Ich bin weiß Gott froh, daß sie die Straße so genau kennt!«

Sie war eine Wren-Gefreite vom Stab des Oberkommandos in Plymouth, ein zierliches, drahtiges Mädchen, das die rasende Fahrt besonders zu genießen schien.

Sherwood sah helle Häuschen vorbeifliegen, die sich neben der Straße zu ducken schienen; dann kamen wieder offene Felder und finstere Hecken, in denen Schnee glänzte. Einmal starrte ein Pferd sie an, dessen Augen im schwachen Scheinwerferlicht unheimlich leuchteten. Bis nach Exeter fuhren sie so, dann landeinwärts nach Honyton in Devon. Die Scheibenwischer kämpften vergebens gegen den Schlamm, den die anderen Autos von der Straße hochrissen. Die meisten waren Militärfahrzeuge, stellte Sherwood fest, riesige Lastwagen, die die volle Breite der unmarkierten Straße ausfüllten.

Vorn saß der Schreibergefreite Wakeford steif neben der Fahrerin, beide Füße fest auf den Boden gestemmt. Sherwood hatte von Wakefords hinterlassenen Briefen gehört und fragte sich, warum er nicht dasselbe getan hatte. Nur eine kurze Mitteilung für Rosemary, ein paar Worte zur Erklärung, warum er sie schlafend zurückgelassen und nicht einmal geschrieben hatte.

Wenn dieser Job schiefging ... Er blickte aus dem schmutzigen Fenster, um eine Unterhaltung mit Bliss zu vermeiden. Der sprach ohnehin nur vom Krieg und hatte offenbar für nichts anderes Interesse als für die Abendnachrichten um neun Uhr. Einmal hatte er unterwegs anhalten lassen und telefoniert. Als er zurückkam, sagte er, die Mine läge noch unversehrt an Ort und Stelle. Seine Stimme hatte beinahe erleichtert geklungen, als würde es der Liste seiner Erfolge schaden, wenn sie inzwischen explodiert wäre.

Wieder dachte Sherwood an die junge Frau. Wie sie sich aneinander geklammert und sich vollständig verausgabt hatten ... Sie war so lange allein gewesen. Konnte sie sich an ihren Mann überhaupt noch erinnern? Hatte sie in Gedanken *ihn* geliebt in ihrer letzten verzweifelten Nacht in Mayfair?

Sherwood hörte das Klappern seiner Tasche hinter dem Sitz, als der Wagen sich stark überlegte, um einem Mann auszuweichen, der ein Fahrrad schob. Böse schimpfte er hinter ihnen her, und die kleine Wren murmelte: »Blöder Hund! Der will wohl seinen Namen in die Zeitung bringen.« Dann erinnerte sie sich ihres ranghohen Passagiers. »Verzeihung, Sir.«

206

Bliss erwiderte fröhlich: »Sind Sie sicher, daß wir nicht auch in den Unfallbericht kommen?«

Sherwood dachte an die beiden Flaschen mit Gin, die er neben dem Werkzeug in seiner Tasche hatte. Das war es, was er jetzt gebraucht hätte: Vergessen! Immer noch konnte er nicht an Commander Foulertons Tod glauben. Unmöglich, daß gerade ihm so etwas passiert sein sollte; er war doch geradezu ein Genie. Ein ruhiger, bescheidener Mann, der mehr über Minen wußte als jeder andere, seien sie magnetisch oder akustisch, aus der Luft abgeworfen oder durch irgendein Schiff gelegt.

Was Bliss nicht erwähnt hatte, war, daß Foulerton aus dem Mannschaftstand hervorgegangen, schon als Junge in die Marine eingetreten und durch Fleiß und Intelligenz nach oben gekommen war. Diese wenigen Männer, die aus dem Mannschaftsdeck mühsam zur Brücke aufgestiegen waren, bildeten das Rückgrat der Marine: wie der Ingenieur-Offizier John Campbell auf der *Rob Roy* und der arme alte Bone mit seiner schlechtsitzenden Zahnprothese. Sie alle mußten nun beiseite treten und die Auszeichnungen Jüngeren überlassen, aber ohne sie hätte die Flotte gar nicht erst auslaufen können.

Sherwood beugte sich vor, als habe er einen Zeitzünder ticken gehört. »Die See – ich kann sie riechen!«

Die Wren rief über die Schulter, ohne den Blick von der Straße zu wenden: »Stimmt, Sir, das war Lyme Regis. Wir sind jetzt in Dorset und in etwa einer Stunde am Ziel.«

Bliss sagte gereizt: »Ein paar Stunden Schlaf könnten nichts schaden. Ich hoffe, man hat daran gedacht, Unterkünfte für uns zu bestellen.«

Sherwood tippte dem jungen Mädchen auf die Schulter. »Wie heißt der nächste Ort?«

»Bridport, Sir. Wir müssen dort normalerweise zur Kontrolle anhalten, vorausgesetzt, daß die Militärpolizisten nicht alle im Pub sitzen.«

»Ich würde dort gern telefonieren.«

Sie schien die Entschlossenheit in seinem Ton zu spüren. »Ich weiß, wo das möglich ist, Sir.«

Sherwood zog seine Brieftasche heraus und tastete im Dunkeln nach dem kleinen Notizbuch. Warum hatte er sich Rosemarys Telefonnummer notiert? Was hatte er sich damals davon versprochen?

Mit unverminderter Geschwindigkeit jagten sie durch den Checkpoint, wo sie eine undeutliche, behelmte Gestalt neben der Sandsackbarriere lässig durchwinkte.

Bliss knurrte: »Wir hätten genausogut Deutsche sein können, verdammt noch mal!«

Die Wren war froh darüber, daß Bliss ihr Grinsen nicht erkennen konnte. Sie kannte die meisten Männer an diesen Kontrollstationen, von denen nur wenige es gewagt hätten, den Wagen des Oberbefehlshabers zu stoppen.

Fröhlich rief sie: »Da sind wir, Sir.«

Langsam bog der Wagen von der Hauptstraße ab, und Sherwood sah einen kleinen Gasthof, dessen verwittertes Schild in der kühlen Brise schwankte.

Bliss war ungehalten. »Bleiben Sie nicht zu lange.« Aber dann überlegte er es sich. Warum sollte er nicht inzwischen ein Glas im Pub trinken? Er hatte schließlich noch offen. Er lud Wakeford ein, aber der schüttelte den Kopf. »Heute abend lieber nicht, Sir, besten Dank. Morgen ja, aber heute ist es was anderes.«

Als die beiden Offiziere den Wagen verlassen und sich in der Dunkelheit getrennt hatten, fragte die Wren: »Was hat denn das zu bedeuten?«

Wakeford hob die Schultern. »Das ist Oberleutnant Sherwood, der kürzlich das Georgskreuz erhalten hat, erinnern Sie sich?« Er sah, wie sich ihre Augen in dem schmalen Gesicht weiteten. »Er will jemanden anrufen, vielleicht ist es seine letzte Chance.«

Der Wirt musterte Sherwood ohne jede Neugier; dessen alter Kampfanzug mit dem ausgeblichenen Goldstreifen ließ darauf schließen, daß er etwas Besonderes vorhatte. Das war jedoch an diesem Küstenstreifen nichts Neues. Im allgemeinen war es besser, nicht zu fragen.

»Telefon, Skipper? Hier durch und geradeaus . . .«

Sherwood setzte sich auf den kleinen Hocker und hielt sein Notizbuch dicht unter die Lampe. Er wählte die Nummer, mußte aber die Vermittlung um Hilfe bitten. Dann war die Leitung besetzt, und er glaubte, draußen das heftige Zuschlagen einer Wagentür zu hören: Bliss, der seine Ungeduld zum Ausdruck brachte.

Sherwood preßte die Lippen zusammen. Sollte er doch! Für ihn war das alles kein Risiko, sondern eine nette Ausflugsfahrt.

Eine Männerstimme antwortete, und Sherwood hätte beinahe aufgelegt, bis ihm einfiel, daß sie bei ihren Eltern lebte.

»Äh, könnte ich mit äh – Rosemary sprechen, bitte?«

Es folgte eine längere Pause, während der Mann nachzudenken schien. Schließlich sagte er: »Dafür ist es ein bißchen spät, oder?«

Sherwood fühlte, wie Verzweiflung in ihm aufstieg. »Ich muß sie aber sprechen!«

»Wer Sie auch sein mögen, meine Tochter ist nicht . . .«

Es gab ein dumpfes Geräusch, und dann hörte er plötzlich ihre Stimme, klar und deutlich. »Wer ist da?«

Er versuchte es ihr zu erklären: »Ich *mußte* dich sprechen. Ich wollte dir sagen . . .« Weiter kam er nicht.

»Oh, Philipp, wo bist du? Ich hatte solche Angst, so schreckliche Angst um dich. Ich dachte, daß du böse auf mich warst, daß ich irgend etwas getan . . .«

Er fiel ihr ins Wort. »Bitte hör zu, ich muß gleich wieder weg. Ich habe eine schwierige Aufgabe vor mir.« Jetzt, da er davon angefangen hatte, konnte er nicht mehr aufhören. »Es könnte sein, daß mir etwas passieren wird.« Er hörte ihr scharfes Einatmen und fuhr hastig fort: »Ich wollte dir nur sagen, daß du viel für mich getan hast. Daß mich diese Tage mit dir sehr glücklich gemacht haben.«

Sie sagte: »Ich weiß, mich auch. Ich habe dir ein paarmal geschrieben, aber . . .«

»Die Briefe laufen wohl noch immer hinter mir her.«

Er hörte den Wagen draußen hupen. »Ich wollte dich nicht verletzen, Rosemary, du hast genug Kummer gehabt. Aber ich konnte nicht . . .« Er starrte das Telefon an, seine Augen brannten.

Sie sagte rasch: »Leg bitte noch nicht auf. Was es auch ist, wo du auch hingehst, bitte sieh dich vor. Für mich, wenn sonst für niemanden. Ich muß dich wiedersehen, Philipp!« Sie wartete. »Bist du noch da?«

»Ja.« Die Kehle war ihm wie zugeschnürt. »Auf Wiedersehen, Liebste.« Er legte auf, warf zwei Pennies in die kleine Dose neben dem Apparat und ging durch die Bar nach draußen. Wortlos stieg er in den Wagen.

Wakeford fragte leise: »Alles in Ordnung, Sir?«

Sherwood sah aus dem Fenster. »Ja, jetzt schon.«

Er sprach kein einziges Wort mehr, bis der Wagen hielt und die offene See ihn anfunkelte wie ein alter Feind.

Es dauerte nur ein paar Minuten, bis er alle Fakten wußte, die er brauchte. Der Fallschirm der Mine hatte sich an einem gesunkenen Fischerboot verhakt. Der Wind war noch immer schwach, aber es sah so aus, als wollte er bald auffrischen; vielleicht würde es auch anfangen zu schneien.

Auf dem Rücksitz eines Heereswagens, der zum Bombenentschärfungskommando gehörte, studierte er die Karte. Neben ihm saßen schwer atmend zwei Pionieroffiziere und ein Oberleutnant zur See vom Marinestützpunkt Portland. Die Mine lag am Chesil Beach, einem trockenfallenden Steinstreifen, der am Nordende von Portland Bill parallel zur Küste verlief, und einem Friedhof für viele Schiffe, schon seit Jahrhunderten. Es war ein unheimlicher Ort, selbst am hellen Tag.

Sherwood sagte entschlossen: »Es ist gerade Niedrigwasser, wir müssen die Sache also rasch erledigen. Wenn der Fallschirm sich bei Flut losreißt und die Mine auf den Strand geworfen wird und detoniert, haben wir den Schlamassel.«

Die beiden Pioniere nickten gleichzeitig. Sie hatten wahrscheinlich selbst schon genügend Bomben entschärft, sonst wären sie wohl nicht hiergewesen. Der eine sagte: »Wir haben das Telefonkabel für morgen früh bestellt.«

Sherwood stieg aus und sog prüfend die bitterkalte feuchte Luft ein. Morgen konnte es zu spät sein. Aber warum dachte er das? Ging es ihm wirklich um die Mine, oder hatte er das Gefühl, daß seine Nerven bis morgen nicht durchhalten würden?

»Es muß jetzt sofort passieren. Ich brauche zwei helle Lampen.« Er lachte únd brach damit die plötzliche Spannung. »Die Verdunkelungsvorschriften werden wir so lange außer Kraft setzen!«

»Was höre ich da von Verdunkelung?« Vizeadmiral Hargrave, gefolgt von zwei Offizieren, marschierte auf dem Strand heran.

Sherwood murmelte: »Mein Gott, hier geht's ja zu wie auf einem Flaggschiff!«

Der Vizeadmiral studierte die Karte. »Sie haben recht, Sherwood.« An Bliss richtete er kein einziges Wort. »Sehen Sie zu, daß Sie's gleich hinter sich bringen.« Einer seiner Flaggleutnants eilte von dannen. Dem anderen befahl er barsch: »Sagen Sie dem Polizeichef, er soll sofort mit der Evakuierung beginnen. Diese Häuser dort oben und alle anderen, die vielleicht . . .«

Sherwood bückte sich über seine Tasche. »In die Luft fliegen können, Sir?«

Der Vizeadmiral kicherte in sich hinein. »Tut mir leid, Philip.«

Sherwood ergriff Wakeford am Arm und führte ihn beiseite. »Dort drüben ist eine Betonmauer, offenbar von den Royal Engineers errichtet. Gehen Sie mit dem Telefon dort hinüber und bleiben Sie dahinter in Deckung.«

»Jawohl, Sir.«

210

Sherwood befeuchtete sich die Lippen. »Hören Sie, ich kann Sie nicht immer Schreiberobergefreiter Wakeford nennen, zumindest nicht in dieser Situation. Wie ist Ihr Vorname?«

Wakeford blickte zum Strand. »Horace, Sir. Aber den Namen konnte ich noch nie leiden.«

Es schien Sherwood plötzlich ungeheuer wichtig, engen Kontakt zu diesem anständigen und gebildeten Mann zu finden. Er war womöglich der letzte, der seine Stimme hören würde. Er mußte alles protokollieren, damit dann der nächste arme Idiot ... Er fragte weiter: »Und wie nannten die Schulkinder Sie hinter Ihrem Rücken?«

Wakeford lächelte ein wenig verlegen. »Stinky, Sir. Wegen meiner chemischen Versuche.«

»Dann nenne ich Sie also auch so.« Sherwood reichte ihm seine Mütze. »Der Lärm vom Land ist äußerst störend. Ich muß Sie einwandfrei hören können.« Nochmals ergriff er seinen Arm. »Also los. Und wenn ich rufe, werfen Sie sich sofort zu Boden.«

Wakeford starrte ihn an. »Wenn ... Ich meine, Sir, wie lange bleibt danach noch Zeit?«

Sherwood nahm seine Tasche auf. »Wenn der Zünder losgeht, sind es gewöhnlich noch zwölf Sekunden.«

Wakeford blickte ihm nach, als er über den Strand ging, wo noch weitere Gestalten am Rand des Wasser standen; einige hielten ein kleines Schlauchboot fest.

Sherwood sah, daß die Pioniere die Leitung eines Feldtelefons legten, indem sie durch das flache Wasser wateten und das Boot vor sich herschoben. Wenn das Wasser wieder zu steigen begann, würde es auf jeden Fall zu spät sein. Während er sich am Boot festhielt und mit den anderen zusammen durchs Wasser patschte, versuchte er sich an alles zu erinnern, was er über diesen Minentyp gelernt hatte. Er enthielt mehr als fünfzehnhundert Pfund des tödlichen Hexan, genug, um mehrere Häuserreihen umzulegen oder einen Kreuzer zu versenken.

Ein Pionier knipste eine Lampe an, und Sherwood konnte sich die Verwirrung darüber an der Küste vorstellen. Die Mine lag dicht vor seinen Füßen, halb versunken im Sand. Der zerrissene Fallschirm verschwand im tieferen Wasser. Sie war bedeutend sauberer, als Minen sonst zu sein pflegten, weil sie von der See überspült worden war. Die letzte, die er entschärft hatte, war völlig schwarz gewesen vom Auspuffqualm des Flugzeugs, das sie abgeworfen hatte. Hier aber konnte er im hellen Licht die Kennbuchstaben und Ziffern klar erkennen. Das Ding schien in der Strömung hin und her zu rollen, aber das war

211

nur eine optische Täuschung, hervorgerufen durch das Licht. Andernfalls wären sie bereits tot gewesen.

»Also, Sergeant, bringen Sie Ihre Leute weg.« Die Männer verschwanden in der Dunkelheit.

Sherwood spürte die eiskalte Seebrise im Gesicht. Er hatte um Wakefords willen ermutigend von zwölf Sekunden gesprochen, aber das war nur eine Hoffnung. Das eigentliche Problem bestand darin, daß es nichts gab, wo man sich vor dieser Detonation verstecken konnte, kein Haus, keine Gartenmauer oder wie im letzten Fall einen Bahndamm. Die Mine war detoniert, und er hatte zwei ganze Eisenbahnwaggons über seinen Kopf davonfliegen sehen, als wären es Papierdrachen.

Er prüfte das Telefon. »Hören Sie mich, Stinky?« Er zwang sich, über den Spitznamen zu kichern, obwohl er das Gefühl hatte, als würde alle Luft aus ihm herausgepreßt.

»Jawohl, Sir.«

»Schreiben Sie: eine Mine vom Typ sieben. Das ist die einzige Klassifizierung, die wir bisher kennen.« Er maß mit seinem Blick ihre Größe, bewegte den Lichtstrahl ganz langsam weiter, bis er unter der Mine ins Wasser drang. »Knapp drei Meter lang, würde ich sagen.« Er machte eine kurze Pause und zerrte seine Tasche auf einen kleinen Sandhügel, wo sie vor dem Wasser sicher war. Die Geräusche der See waren hier draußen so laut, daß er fürchtete, das leise Surren des Zünders möglicherweise zu überhören. Aber das würde dann ohnhin keinen Unterschied mehr machen.

»Ich habe den Zünder gefunden.« Er suchte nach seinem speziellen Tasterzirkel, den er immer benutzte, um eine Bewegung des Zünders und die dadurch erfolgende Aktivierung zu verhindern. Dann wischte er sich den Gischt – oder war es Schweiß? – aus den Augen und setzte den Taster fest auf den Haltering, der den Zünder in seiner Ruhestellung festhielt.

Er schaukelte auf den Hacken vor und zurück. »Da stimmt was nicht.« Er merkte gar nicht, daß er laut sprach.

»Was denn, Sir?«

»Bin mir noch nicht sicher.« Wieder starrte er hinunter ins Wasser. Täuschte er sich, oder war es wirklich schon gestiegen?

»Es ist zu leicht, Stinky. Ich bräuchte den Zünder nur herauszuschrauben, genau wie bei den früheren Modellen.«

Wakeford sagte: »Vorsicht, Sir.«

Sherwood lächelte trotz seiner überreizten Nerven. Vorsicht? Com-

212

mander Foulerton war umgekommen, als er versucht hatte, eine dieser Minen zu entschärfen. Dabei war er der größere Experte gewesen. Das Entschärfen dieser Minenart schien ein Kinderspiel zu sein. Dennoch war es nur einem glücklichen Umstand zu verdanken, daß sie von der See saubergewaschen und in der richtigen Lage zur Ruhe gekommen war.

Sherwood ging langsam an der Mine entlang und tastete mit der freien Hand ihre Oberfläche ab, als sei sie ein lebendiges Tier. Dann kehrte er wieder zum Zünder zurück und berührte den Haltering mit den Fingerspitzen. Ein paar Umdrehungen, und das ganze Ding würde herausrutschen. So hatte es wohl Foulerton gemacht.

Plötzlich begann seine Hand zu zittern, als habe er Schüttelfrost. Er steckte die Lampe in seinen Beutel und packte das Handgelenk mit der Linken. Um Himmels willen, jetzt doch nicht! Wieder versuchte er es. An Land, auf trockenem Boden, hätte er es vielleicht riskiert, am Heißauge eine Leine anzuschlagen. Als wolle er ihn verhöhnen, wühlte der Wind in seinem Haar; ein Teil des nassen Fallschirms klatschte gegen seine Beine wie ein weißes Leichentuch.

Er durfte keine Zeit mehr verlieren. Aber er bebte am ganzen Körper. Die Selbstkontrolle zu verlieren, hatte er immer mehr als alles andere gefürchtet.

Wieder hob er die Lampe und begann seine sorgfältige Untersuchung von neuem. Eine innere Stimme schien zu spotten: Du schiebst es nur auf! Es ist sowieso vorbei mit dir. Warum also nicht einfach dem widerlichen Ding einen Tritt geben, dann ist im selben Augenblick alles vorüber.

Sherwood klammerte sich an seine Erinnerung wie ein Mann im Strudel seines sinkenden Schiffes an eine Planke. Er hörte wieder ihre Stimme am Telefon. Wann war das gewesen, vor ein, zwei Stunden? Sollte das wirklich schon alles sein?

Er zog den Spezialschlüssel hervor, den er sich selbst angefertigt hatte. Foulerton hatte möglicherweise das Original benutzt.

Wie blind starrte er sein im Wasser flimmerndes Spiegelbild an. *Heißauge!* Es kam ihm vor, als schreie ihm die Mine selbst dieses Wort zu. Beinahe hätte er die Lampe fallen lassen.

Langsam und sorgfältig sagte er ins Feldtelefon: »Stinky, diese Mine hat Heißaugen. Vor achtzehn Monaten haben die Deutschen aufgehört, sie anzubringen.«

»Ich – ich verstehe nicht, Sir.«

»Versuchen Sie's gar nicht erst, alter Junge.« Er wiederholte die

Worte, die er dem kanadischen Major in Sizilien gesagt hatte: »Beten Sie lieber!«

Er verband das Heißauge mit dem Zünder, spannte seinen Schlüssel, drehte ihn einmal herum und starrte dann hinauf zu den niedrigen Wolken. *Zwölf Sekunden!* Er legte sein ganzes Feingefühl in die nächste Drehung. Nichts passierte zuerst, dann platzte etwas von der frischen Farbe ab, und der Schlüssel drehte sich leichter.

Er keuchte: »Es sitzt unter dem Auge, Stinky.« Er ließ die Lampe neben seinen Stiefel fallen, der bereits mit eisigem Seewasser gefüllt war. Noch eine Drehung, dann noch eine. Wieviel Zeit würde ihm bleiben, um zu beobachten, was nun passierte?

Er rief: »Der zweite Zünder sitzt unter dem Heißauge. Ich drehe ihn jetzt heraus.« Er setzte den Tasterzirkel an und fing an zu drehen. Angenommen, Foulerton war auch so weit gekommen? Dann war das hier die eigentliche Falle.

Er schrie: »Egal, ihr Schweine! Jetzt ist alles zu spät!« Er drehte weiter.

Der Zünder glitt in seine Hand, und die plötzliche Stille schien seine Ohren zu verstopfen wie Fingerspitzen. Sherwood kehrte zu dem eigentlichen Haltering zurück und setzte dort seinen Tasterzirkel an. In dieser Lücke saß der erste Zünder, der jetzt aber durch seine Entdeckung harmlos geworden war. Ohne seinen warnenden Instinkt wäre die Mine bei der ersten oder zweiten Drehung des Halterings detoniert.

Er hörte Wakeford rufen: »Alles in Ordnung, Sir? Antworten Sie!«

Er beugte sich über die Mine und keuchte ins Telefon: »Kommt her und holt mich raus! Ich – ich kann nicht mehr!« Er erbrach sich über die Sprechmuschel des Telefons und schleuderte es in die See.

Männer rannten durchs Wasser auf ihn zu, jemand legte ihm den Arm um die Schulter, und eine Stimme rief: »Kommt her, legt mit Hand an! Der arme Kerl ist restlos erledigt!«

Nun sah Sherwood auch Wakeford hinter seiner Mauer hervorkommen, obgleich er sich nicht erinnern konnte, wie er dort hingeraten war. Der Strand war nicht mehr leer, dunkle Gestalten rannten emsig in alle Richtungen.

Commander Bliss ergriff seine Hand, sie war wie ein Stück Eis. Er sagte: »Ich habe mich immer gefragt, was ihr Burschen da eigentlich macht. Jetzt, da ich es weiß, möchte ich bloß wissen, wie ihr es durchsteht. Das war eine verdammt wackere Leistung, die Sie da eben vollbracht haben!«

Sherwood versuchte zu sprechen, stammelte aber nur sinnloses Zeug. Er zitterte derartig, daß er gefallen wäre, wenn man ihn nicht gestützt hätte. Die Fahrerin legte ihm eine Decke um die Schultern, lachte und weinte gleichzeitig, der Vizeadmiral stampfte mit seinem Spazierstock auf den Boden und rief strahlend: »Na, was sagt ihr jetzt?«

Wakeford flüsterte: »Was ist los, Sir?«

»Bring mich bloß weg von hier, Stinky. Irgendwohin, wo ich telefonieren kann.« Dann schwanden ihm die Sinne.

Bliss sagte: »Rufen Sie die *Rob Roy* an. Sagen Sie dem Kommandanten, daß hier alles in Ordnung ist.« Er sah Sherwood nach, den ein paar Soldaten den Strand hinauf zur Straße trugen, und murmelte: »Ich weiß nicht, wie viele verdammte Minen dieser Oberleutnant schon entschärft hat, aber ich schwöre bei Gott, dies war seine letzte.« Er blickte hinaus auf das dunkle Wasser, sah aber nur den schwachen Schein der Lampe, die Sherwood verloren hatte. Die Flut begann immer stärker aufzulaufen.

Als Wakeford zum Wagen zurückkehrte, saß Sherwood dort auf dem Rücksitz, die Decke um die Schultern und das Gesicht in den Händen vergraben.

Die Wren flüsterte: »Er hat sich noch einmal übergeben.«

Sherwood blickte auf, in der Dunkelheit wirkten seine Augen wie schwarze Löcher. »Telefon?«

»Wollen Sie in diesem Zustand wirklich telefonieren, Sir?«

»Bitte.« Seine leise Stimme war fast nicht zu verstehen. »Helft mir.«

Sie fanden ein Telefon auf dem Polizeirevier, wo die Nachricht von der Entschärfung der Mine den Hauptgesprächsstoff bildete. Morgen würden die Pioniere sie aus dem Wasser holen, und danach war es Sache der wissenschaftlichen Experten, sie gründlich zu untersuchen.

Sherwood fand sich in einem kleinen Dienstzimmer mit Fahndungsfotos an den Wänden wieder. Wakeford wählte die gewünschte Nummer für ihn, übergab ihm den Hörer und zog sich dann taktvoll zurück.

Sherwood preßte den Hörer ans Ohr und hörte sofort ihre Stimme. Heiser meldete er sich.

Wie erlöst sagte sie: »Philip! Ich wußte, daß du anrufen würdest. Ich hätte auch die ganze Nacht darauf gewartet. Bitte sag mir, was ich jetzt tun soll.«

Sherwood stammelte: »Ich möchte dich sehen. *Jetzt!* Ich – ich brauche dich!«

Rasch antwortete sie: »Wo bist du? Ich komme sofort.«

Er versuchte zu lachen, aber es mißlang. »Ich bin hier im Polizeirevier, und sie haben mir angeboten, mich zu dir zu fahren.«

Beruhigend sagte sie: »Ich bin hier und warte auf dich. Mach dir keine Gedanken, nur komm!«

Aber diesmal konnte Sherwood nicht antworten. Er sank über dem Telefon zusammen.

XVII Ein Wiedersehen

Ian Ransome trampelte kurz auf den Steinfliesen des Flurs, um die Blutzirkulation in seinen Beinen zu beleben, und sah zu, wie der Schnee gleichmäßig vom trüben Nachmittagshimmel herabrieselte. Alle Augenblicke drehte er sich um und blickte hinüber zu dem mächtigen Gebäude der Abtei und den Menschengruppen, die dieser zustrebten.

Viele von ihnen waren in Uniform, und zwar waren alle drei Teilstreitkräfte vertreten. Sie übertrafen an Zahl die Zivilisten. Einige wurden von ihren Freundinnen begleitet, andere waren allein und gingen rasch und ohne sich umzusehen. Es wurde nicht gegrüßt, obwohl alle Dienstgrade vertreten waren, vom Rekruten bis hinauf zum Staffelkapitän des hiesigen Fliegerhorstes.

Eve hatte diesen Ort für ihr Treffen ausgewählt. Das war vor drei Tagen gewesen, und seither hatten sie nur kurze, hastige Telefongespräche führen können. Aber jetzt sollte ein Konzert in der Abtei stattfinden, veranstaltet von Musikern aus Plymouth und Umgebung. Eve hatte sich daran erinnert, daß Ransome klassische Musik liebte, und zwei Karten gekauft.

Ransome sah auf seine Uhr und stellte dabei fest, daß Schnee an seinem Ärmel klebte. Er dachte an Sherwood und daran, was Dr. Cusack über ihn berichtet hatte. Der scharfsinnige irische Arzt hatte Sherwood in der Obhut der jungen Frau vorgefunden, zu der er unmittelbar nach dem Entschärfen der Mine gebracht worden war.

»Vorher hatte er keine Angst empfunden«, sagte der Arzt, »weil er nicht mehr am Leben hing. Doch jetzt hat sich für ihn alles verändert. Er und diese Frau haben einander gefunden, wie, das blieb für mich ziemlich unklar. Aber Sherwood hat mir erklärt, wie die Angst dies-

216

mal bei der Arbeit an der Mine über ihn gekommen ist. Er dachte ans Sterben und hatte zum ersten Mal den dringenden Wunsch zu überleben.«

Glücklicherweise wurde Sherwood jetzt nicht zum Dienst herangezogen. Er wollte zwar zurückkehren auf die *Rob Roy*, aber Ransome hatte das Gefühl, daß seine einsamen Abenteuer mit Minen für immer vorüber waren.

Er hörte das Zuschlagen einer Tür hinter sich und fuhr herum. Vielleicht war Eve anderen Sinnes geworden? Oder es war etwas dazwischengekommen? Ein kleiner Bus hatte angehalten, Schlamm tropfte von seinen Kotflügeln herab, und plötzlich war sie da! Mit ausgestreckten Armen rannte sie auf ihn zu, ohne sich um die anderen Passagiere und den grinsenden Fahrer zu kümmern.

Lange hielten sie einander umschlungen. Keiner von beiden sagte ein Wort, sie vergewisserten sich nur, daß sie wirklich wieder beisammen waren.

Schließlich fragte Eve: »Sollen wir hineingehen?« Sie blickte suchend in sein Gesicht und entdeckte alles: die Schatten unter seinen Augen, die kleinen scharfen Falten um seine Mundwinkel. Sie sehnte sich danach, ihn zu umarmen, ihn an sich zu drücken, als sei er ein Kind, und diese Zeichen der Anspannung wegzuküssen.

Ransome legte ihr den Arm um die Schultern und führte sie durch das uralte Portal der Abtei, wo er den Schnee von seiner Mütze schüttelte. Eine verhutzelte Platzanweiserin brachte sie zu ihrem Platz in einem alten Kirchenstuhl. Es war sehr kalt, aber auf seltsame Weise rührend mit den flackernden Kerzen und der zeitlos strengen Umgebung.

Eve schmiegte sich an ihn, und er breitete seinen Mantel über ihre Knie wie eine Reisedecke. Sie flüsterte: »Es gibt hier keine Heizung, wir müssen Kohle sparen.«

Ein Mann in einer ihm unbekannten Uniform tippte Ransome auf die Schulter. »Entschuldigen Sie, Sir, würden Sie bitte diese Gruppe in die Kirchenstühle lassen?«

Ransome hatte sich schon gefragt, warum die restlichen Kirchenstühle leer blieben, während die Bänke allesamt dicht besetzt waren.

Eine Reihe junger Luftwaffenoffiziere schob sich an ihnen vorbei, ohne ein Wort zu sagen und ohne nach rechts oder links zu blicken. Der höchste Dienstgrad der Gruppe war ein Oberleutnant; alle waren etwa in Eves Alter.

Als der letzte an ihnen vorbeiging, stieß er ein Gebetbuch zu Boden; er bückte sich und reichte es Eve mit einer gemurmelten Entschuldigung. Er war früher wohl ein gutaussehender junger Mann gewesen, aber jetzt war sein halbes Gesicht verbrannt. Es wirkte wie Wachs, und das eine starre Glasauge schien alles nur noch schlimmer zu machen. Seine Kameraden sahen alle ähnlich aus, verbrannt, verstümmelt und irgendwie verwirrt.

Eve sagte: »Danke. Leider ist selbst in einem so großen Kirchenschiff nicht genügend Platz.«

Der junge Fliegeroffizier starrte sie an, offenbar erstaunt darüber, daß ein so hübsches junges Mädchen mit ihm sprach, als sei er völlig gesund. Vielleicht hatte er selbst eine Freundin wie Eve gehabt, bevor er verwundet wurde.

Ransome sah sein eines gesundes Auge feucht werden, bis einer seiner Kameraden ihn am Ärmel zog und scherzend sagte: »Komm weiter, Bill, sie ist bereits in den Händen der Marine!«

Welche Qual mochte ihnen jede einzelne Stunde bereiten? Sie waren die Helden von gestern.

Ransome sah sich um. Die verwundeten Flieger hatten bestimmt die gleichen Bedürfnisse wie alle anderen Soldaten. Hier mußten sie sich vorkommen wie in einer Oase, wo man versuchte, ein wenig von dem gutzumachen, was sie verloren hatten.

Das Orchester setzte sich zurecht, und während ein älterer Laienpriester die Einführungsrede hielt, verbreitete sich die beim Stimmen der Instrumente übliche Spannung.

Als erstes hörten sie Barockmusik von Telemann und nach einer Pause von fünfzehn Minuten Händels Wassermusik. Ransome dachte an die immer kleiner werdende Sammlung seiner Schallplatten auf der *Rob Roy*. Zu nahe Detonationen hatten den größten Teil davon vernichtet.

Und die ganze Zeit war er sich Eves Anwesenheit an seiner Seite bewußt, spürte ihre Wärme, roch den Duft ihres langen Haars, und wenn er ihr Profil betrachtete, kehrten die Erinnerungen an früher zurück. War es falsch von ihm, sich in Kriegszeiten solche Hoffnungen zu machen? War es anständig, sich zu einer Liebe zu bekennen, wenn mit jedem Tag die Aussichten auf sein Überleben geringer wurden?

Dann war das Konzert zu Ende, und sie standen wieder draußen im Schneegestöber.

»Ich muß zurück an Bord.« Er haßte jedes seiner Worte.

»Ich weiß.« Sie schob ihren Arm durch seinen, und gemeinsam gingen sie hinüber zum Bus. »Du hast mich ja gewarnt.« Dann

218

wandte sie sich ihm voll zu und sah ihn an. »Ich bin so glücklich, Ian, wenigstens neben dir gesessen zu haben ... Ich werde dieses Konzert niemals vergessen.«

Der Bus quälte sich durch ein paar tiefe Pfützen und blieb schließlich stehen, so daß sie einsteigen konnten. Es waren etwas mehr als dreißig Kilometer bis Plymouth, und doch verging ihnen die Fahrt so rasch, als seien es nur wenige Minuten. Als sie die Außenbezirke der Stadt erreichten, war es stockdunkel, lediglich die fallenden Schneeflocken verliehen der schwarzen Nacht Leben. Als Ransome sie beim Aussteigen an sich drückte, spürte er sehr deutlich, daß sie kein Schulmädchen mehr war; er merkte auch, daß sie seine sehnsüchtigen Gedanken erriet.

Leise fragte sie: »Wann können wir uns wiedersehen? Bitte mach es bald möglich. Ich bin so unruhig, ich versuche immer, dich in Gedanken zu begleiten. Dann habe ich dein Foto in der Zeitung und die Reportage gesehen, da wußte ich, wie schlimm es für dich gewesen ist.«

Er erwiderte: »Morgen rufe ich dich an. Bis dahin sollte an Bord alles geregelt sein.« Er sah sie lange an, dann küßte er sie zart auf die Wange und spürte, wie Schnee auf seinen Lippen schmolz. »Willst du mit mir kommen?«

Sie nickte, den Tränen nahe.

»Sei bitte nicht traurig, Eve. Ich liebe dich mehr als jemals zuvor und möchte dich mit niemandem teilen.«

Mit den Fingerspitzen tippte sie ihm auf den Mund. »Ich weiß. Früher hätte ich nicht gewagt zuzugeben, wie ich an dich denke. Ich hätte nie geglaubt, daß ich so empfinden könnte, so – so wollüstig!«

Ein weiterer Bus kam auf sie zugerollt. Atemlos sagte sie: »Ich möchte dir ganz gehören, Ian.« Dann küßte sie ihn heftig auf den Mund und rannte zu ihrem Bus. Er sah, wie sie eins der beschlagenen Fenster mit dem Ärmel abwischte, um ihm zuwinken zu können, als der Bus in Richtung Codrington House davonfuhr.

Dann steckte er die Hände in die Taschen seines Überziehers, schritt langsam hinein in die tiefe Dunkelheit und dachte an ihre letzten Worte: *Ich möchte dir ganz gehören.* Keine Forderungen oder Bedingungen, nicht der geringste Zweifel; ohne daß sie es wußte, hatte sie ihm schon das größte Geschenk von allen gemacht, ihr Vertrauen.

Als er die *Rob Roy* erreichte, war gerade Fliegeralarm. Zwei Seeleute der Anwesenheitswache waren wegen Trunkenheit und Schlägerei in der Werftkantine festgenommen worden, und Vizeadmiral Hargrave hatte schon mehrmals telefonisch nach ihm gefragt.

Ransome hörte sich Morgans Bericht an, dann klopfte er ihm auf den Arm. »Tun Sie, was Sie für richtig halten. Dann kommen Sie in meine Kammer und hören mit mir zusammen Musik.«

Perplex sah Leutnant Morgan ihm nach und lächelte dann; wie eine Katze vor der Sahneschüssel, so zufrieden, dachte er. Es wurde aber auch höchste Zeit für den Skipper.

Matrose Boyes fühlte, wie sein Herz höher schlug, als ein Dreitonner mit Tarnanstrich auf den Platz rollte und seine uniformierten Fahrgäste in den Schneematsch entließ. Einen Augenblick glaubte er, Connie sei nicht mitgekommen, und ihm wurde klar, wie sehr er sie wiederzusehen wünschte. Dann entdeckte er sie, und ihr Gesicht erhellte sich, während sie sich durch die Soldaten und Mädchen ihrer Batterie drängte, die mit ihr zusammen in die Stadt gekommen waren.

Sie ließ sich von ihm küssen und trat dann einen Schritt zurück, um ihn anzusehen. »Seit wann bist du denn zurück?«

»Seit zwei Tagen.« Es klang wie eine Entschuldigung. »Ich mußte erst die Eltern eines Kameraden aufsuchen. Er ist vor Sizilien gefallen.«

Sie hängte sich bei ihm ein und sagte: »Schon gut, Gerry. Ich nehme dich mit zu einer Party. Zumindest wird es dort warm sein, und es kostet keinen Eintritt.«

Während sie gingen, sah sie ihn eingehend an. Irgendwie hatte er sich verändert. Er war nicht reifer geworden, das wäre zu einfach; er hatte sogar noch hilfloser gewirkt als früher, als er mit der Mitteilung herausplatzte, daß einer seiner Kameraden vor Sizilien gefallen sei. Sein Gesicht hatte dabei eine Verzweiflung ausgedrückt, die ihn älter erscheinen ließ.

Sie überquerten eine Straße am Flußufer, wo die mächtigen Schornsteine des Kraftwerks von Kingston an der Themse sich vom düsteren Himmel abhoben wie verlassene Leuchttürme. Boyes wußte nicht, wo sie ihn hinführen wollte. Er hatte gehofft, mit ihr allein sein zu können.

Dann dachte er wieder an seinen Besuch bei Davenports Eltern. Es war, als sei der Midshipman noch immer dort zu Hause. Die Wohnung war totenstill. Sie waren sehr höflich gewesen, aber als er später ging, hatte er das Gefühl, als nähmen ihm Davenports Eltern übel, daß er noch am Leben war, während ihr Sohn auf dem Boden des Mittelmeers lag.

Davonports Vater hatte nur gefragt: »Mußte er sehr leiden? Konnte er noch sprechen?«

Boyes hatte so wahrheitsgemäß geantwortet wie er konnte. »Er hat nicht viel gespürt.« Er dachte an Davenport, der sich an die Aussicht auf Beförderung geklammert hatte wie an einen Talisman, selbst noch als das Leben aus ihm herausströmte.

Davonports Mutter hatte ihn scharf gefragt: »Wie können Sie das wissen?«

Boyes war aufgestanden. »Weil ich bei ihm war. Er starb in meinen Armen.« Früher hätte er wahrscheinlich gestottert und sich in der Defensive gefühlt, aber diese Phase hatte er überwunden.

Connie zerrte ihn am Arm um eine Ecke in eine Straße mit Häusern aus viktorianischer Zeit. Vor einem davon hielt sie an. »Hier ist es. Kann vielleicht ganz lustig werden.«

Ein krächzendes Grammophon spielte Tanzmusik im Wohnzimmer, wo mehrere Personen herumsaßen, Witze erzählten und in die vor ihnen stehenden Kästen mit Flaschenbier griffen. Der Eigentümer des Hauses war anscheinend der hiesige Schlachter, der mit dem Heer gute Geschäfte machte. Seine Frau, lebhaft aussehend und temperamentvoll, mit gefärbtem Blondhaar, trug erstaunlicherweise ein prächtiges Abendkleid und war viel jünger als ihr Ehemann. Beide hießen Boyes und Connie herzlich willkommen.

Da war auch Connies Freundin Sheila mit einem Flakschützen ihrer Batterie und ein dicker Feldwebel, dessen Beziehung zu dem Schlachter wohl die Party ermöglicht hatte. Ein Flugzeugmonteur und seine Freundin, die auf irgendeine Weise mit dem Gastgeber verwandt waren, bildeten den Rest der Gesellschaft.

Connie setzte sich auf das Sofa und nahm ein Bierglas vom Tisch. »Prost, Feldwebel!«

Der Feldwebel strahlte sie an und strich sich seinen rötlichen Schnurrbar. Dann nickte er Boyes zu. »Es lebe die Marine!« Vom Gastgeber ließ er sich ein volles Bierglas geben und drückte es Boyes in die Hand. »Komm, mein Sohn, trink! Dann wachsen dir endlich Haare auf der Brust!«

Doch Boyes paßte auf, daß er nicht zuviel trank. Er war es nicht gewohnt und auch noch zu jung für die tägliche Rumration, woran Beckett ihn oft genug erinnert hatte. Der Gedanke an den Coxswain und dessen geilen Freund, den Buffer, deprimierte ihn. Er hörte wieder das schrille Heulen der hin und her sausenden Granate im Steuerhaus, sah wieder die Sterbenden und Wakelys Versuch, sich unter dem Tisch zu verstecken, wo der blutende Davenport lag.

Connie sah seinen Gesichtsausdruck und rief entsetzt: »Was ist denn, Gerry?«

Er schüttelte den Kopf, darauf bedacht, nicht alles zu verderben. »Ich hab' nur einen Geist gesehen, das ist alles.« Besorgt blickte er sich im Raum um. Alle Lichter bis auf eine Tischlampe waren gelöscht. Sheila und ihr Unteroffizier lagen sich in den Armen, ihre bloßen Füße krümmten sich über seinen mächtigen Armeestiefeln. Der Flugzeugmechaniker und sein Mädchen versuchten zu tanzen und dabei nicht gegen die Bierkästen und die leeren Flaschen zu stoßen.

Boyes blinzelte. Hatten diese paar Leute all die Flaschen ausgetrunken? Dann sah er den Schlachter und begriff, daß dieser den Hauptanteil des Biers vertilgt hatte. Er lehnte in einer Ecke, sein Mund stand offen, Hemd und Weste waren naß von verschüttetem Bier. Für ihn war die Party bereits vorbei.

Der Mechaniker und sein Mädchen verschwanden ohne ein Wort, so daß nur noch der Feldwebel und die Frau des Schlachters in der Mitte des Zimmers tanzten. Der Feldwebel hatte ihr den Arm um die Taille gelegt und preßte sie an sich, während sie die Hände über seinem Nacken verschränkte. Ihr Körper bewegte sich immer weiter, auch als die Platte schon abgelaufen war. Die freie Hand des Feldwebels tastete unter dem Rock ihres Abendkleides herum.

Connie drehte die Platte um, dann sah sie Boyes an und hielt ihm die ausgestreckte Hand hin. »Die werden uns hier bestimmt nicht vermissen.«

Sie führte ihn die Treppe hinauf in einen schmalen Flur und fragte: »Bist du Weihnachten zu Hause?«

»Weiß noch nicht.« Er merkte, daß sie ihn bei dieser Frage nicht ansah, und spürte dieselbe freudige Erregung wie damals im Kino.

Sie öffnete eine Tür und wartete, bis er im Zimmer war. Dann schloß sie hinter ihm ab und drehte sich zu ihm um. »Ich glaube nicht, daß sie heute abend ihr Ehebett brauchen, was meinst du, Gerry?«

Boyes wurde es fast schwindlig; seine Gefühle für Connie, aber auch Unsicherheit, ja sogar Angst durchtobten ihn; er war außerstande zu sprechen.

Connie trat auf ihn zu und griff nach seinem blauen Matrosenkragen mit den weißen Streifen. Leise sagte sie: »Du mußt mir ein wenig helfen, Gerry.« Damit zog sie ihm die Matrosenbluse über den Kopf und warf sie auf einen Stuhl. Er hörte sich selbst sagen: »Tut mir leid, Connie, ich habe noch nie . . .«

Sie nickte langsam. »Ich weiß. Das ist es ja gerade, was mich an dir reizt.« Sie zog sich aus, bis sie nur noch Unterwäsche und Strümpfe anhatte. Dann warf sie sich aufs Bett und sah ihn an. »Ich sollte in solch einem Augenblick Wäsche aus reiner Seide tragen, nicht die schäbige Heeresunterwäsche.« Dabei kicherte sie verschämt.

Boyes setzte sich neben sie und berührte vorsichtig die Haut ihrer Brüste. Sie rollte sich herum, um es für ihn leichter zu machen, bis sie schließlich nackt vor ihm lag. Überrascht stellte sie fest, daß sie sogar eine gewisse Scheu empfand, während er sich entkleidete.

Sie klappte die Decke auf. »Schlüpf hier neben mich, es ist verdammt kalt in diesem Zimmer!«

Aber Boyes zögerte noch, ohne zu wissen warum, und betrachtete sie. Ihr lockiges, jetzt zerwühltes Haar hob sich dunkel von den weißen Kissen ab, ihre Brüste waren so voll, wie er erwartet hatte. Er quälte sich noch einen Augenblick mit seiner Verwirrung, dann kroch er zu ihr ins Bett.

Jede Sekunde konnte jemand an die Tür klopfen, aber nichts als dieser Augenblick zählte, nichts als seine Connie.

Sie legte sich zurück und genoß es, wie er ihre Brüste streichelte; dann glitten seine Hände abwärts bis zu ihrem lockigen Fellchen und den glatten Innenseiten ihrer Oberschenkel. Sie streckte die Arme aus und packte ihn, spürte, wie sein ganzer Körper bebte.

»Komm, Gerry!« murmelte sie in sein Ohr. Es war für ihn das erste Mal, aber trotzdem gab es für sie beide weder Zögern noch Enttäuschung.

Oberleutnant Hargrave schritt rasch durch die Hotelhalle und sah sich zwischen all den Uniformen um. Es war das erste Mal, daß er ins Savoy zurückkehrte, seit sein Vater hier für ihn anläßlich seiner Beförderung zum Leutnant ein Essen gegeben hatte. Mein Gott, wie lange lag das schon zurück!

Hargrave kam direkt vom Haus seiner Familie in Hampshire, wo er sein ganzes Leben über gewohnt hatte und auch geboren war. Es war alt, bequem und unverändert – obwohl jetzt die Blumenbeete in einen Gemüsegarten verwandelt waren und es dort Schweineställe gab, die allerdings so weit wie möglich vom Haus entfernt lagen.

Seine Mutter hatte ihm erklärt, daß sein Vater in London war und sein Hauptquartier jetzt wieder nach England verlegt hatte. Er mußte sich dort ständig bereithalten für kurzfristig angesetzte Besprechungen, weil Churchill häufig seinen Rat suchte, wenn Schiffe und Truppen verlegt wurden. Hargrave fragte sich, ob seine Mutter dies alles wirklich glaubte. Denn bei der Admiralität hatte man ihn informiert, daß sein Vater, der Vizeadmiral, auf Urlaub sei.

Ein älterer Angestellter hatte ihm jedoch zugeflüstert: »Ihr Vater geht häufig auf einen Drink ins Savoy, wenn er hier fertig ist, Sir.« Seine wäßrigen Augen leuchteten auf, als Hargrave ihm eine Pfundnote zusteckte. »Gott segne Sie, Sir.«

»Kann ich Ihnen helfen, Sir?«

Der Hotelportier sah Hargrave ernst an. Wahrscheinlich war er der Ansicht, dies sei kein Ort für einen jungen Oberleutnant, aktiv oder nicht.

»Ich suche meinen Vater.« Er spürte, wie ihn einige in der Halle beobachteten, und ärgerte sich. »Vizeadmiral Hargrave.«

Der Portier zögerte keinen Augenblick. »Ich glaube nicht, daß er im Hause ist, Sir. Aber ich werde sofort nachfragen lassen.«

Ein kleiner Page drängte sich durch die Menge und trug an einer Stange ein Schild mit der Aufschrift: *Im Augenblick ist Fliegeralarm*. Niemand nahm auch nur die geringste Notiz davon.

»Das nenne ich eine Überraschung, Oberleutnant!«

Noch immer ärgerlich, drehte er sich um und fuhr zurück, als er die junge Frau sah, die ihn anlächelte.

Ross Pearce sah ganz und gar nicht wie der Flaggleutnant eines Admirals aus. Sie trug ein langes Kleid aus dunkelblauer Seide, auf der einen Schulter von einer Diamantspange gehalten, die ein Vermögen gekostet haben mußte.

»Ich hoffe, es ist eine angenehme Überraschung?« Sie schien ein wenig zu schmollen. Obwohl alle sie mit neidischen Blicken beobachteten, war sie offensichtlich imstande, dies völlig zu ignorieren.

Hargrave sagte: »Ich suche hier meinen Vater.«

»Oh, mein Lieber, ich fürchte, er ist nicht da.« Mit der Zungenspitze fuhr sie sich über die Oberlippe. »Und ich bin nicht befugt, seinen Aufenthaltsort zu verraten.«

Hargrave erwiderte: »Nun, zumindest Sie sollten ihn doch wissen!«

Ihr Lächeln schwand. »Ich kann Ihre Gefühle verstehen, aber ich habe nicht vor, mir Anzüglichkeiten gefallen zu lassen.«

Hargrave trat dichter an sie heran. »Tut mir leid. Ich hatte nicht die Absicht, mich wie ein Schuljunge zu benehmen, wirklich nicht. Können wir einen neuen Anfang machen?«

Er erwartete eine weitere Zurückweisung und war überrascht über seine Enttäuschung.

Langsam nickte sie und musterte ihn dabei ohne jede Neugier. »Wie ich bereits sagte, Ihr Vater ist nicht hier.« Sie hob die Schultern. »Aber setzen Sie sich zu mir, wenn Sie mögen. Sie können mir von Operation Husky erzählen.« Das erwähnte sie so beiläufig, als wäre sie an der Südküste Siziliens mit dabeigewesen. »Ich möchte gern mehr darüber erfahren. All die Berichte, die stündlich in unserem Hauptquartier in Malta eintreffen, beruhen nicht unbedingt auf Wahrheit, oder?«

Ein Kellner trat heran. »Soll ich den Tisch für zwei Personen dekken, Mylady?«

Sie lächelte. »Bitte.«

Hargrave war verblüfft. »Mylady? Tut mir leid, das wußte ich nicht.«

»Macht es denn einen Unterschied? Auf jeden Fall hält es der Vizeadmiral ohne Adelstitel für praktischer. Er dominiert gern, aber das wissen Sie wohl selbst.«

Hargrave wußte nicht, was er antworten sollte. Eine so direkte, herausfordernde Frau hatte er bisher noch nicht erlebt. Schon nach diesen wenigen Minuten nötigte sie ihm Respekt ab, auch fühlte er sich seltsam angeregt; der ursprüngliche Grund seines Herkommens war jedenfalls unwichtig geworden.

Sie warf einen Blick auf die Speisenkarte. »Nach dem Essen wollen wir über Sie sprechen und über das Kommando, das Sie sich erhoffen. Ist Ihnen das recht?«

Hargrave hatte das Gefühl, in etwas hineinzugeraten, das bereits seiner Kontrolle entglitt.

Ransome saß auf der gepolsterten Armlehne seines vertrauten Sessels und spürte die Wärme, zugleich aber auch die Unwirklichkeit seines Elternhauses. Sein Vater lehnte am Kamin, in dem riesige Holzklötze brannten, und trug sein altes Sportjackett mit den Lederflicken auf den Ellbogen; Jack Weese trank aus einem großen Zinnkrug Apfelwein, freute sich über das Zusammensein der Familie, die er mehr liebte als seine eigene, und lauschte der Unterhaltung. Seine Frau war in der Küche und half Mrs. Ransome bei der Zubereitung des Sonntagsmahles, das gewaltig zu werden versprach.

Gelegentlich drückte Ransome zärtlich Eves Schulter. Sie saß unter ihm in dem tiefen Sessel, und sooft sie seine Hand fühlte, lehnte sie sich ihr vorsichtig entgegen oder hob das Gesicht zu ihm auf.

225

Besorgt betrachtete Ransome seinen Bruder Tony. Selbst nach mehrmonatiger Behandlung und zwei Operationen wirkte er mit seiner schweren Verwundung immer noch sehr blaß und dünn. Mit den Motortorpedobooten war es für ihn aus, das hatte man ihm schon mitgeteilt. Seine erste Enttäuschung darüber schien er überwunden zu haben; jetzt war seine Hauptsorge, daß die Marine ihn womöglich ganz dienstuntauglich schreiben würde. Das war zwar unwahrscheinlich, aber Tony hatte zuviel Zeit, um über seine Zukunft nachzudenken.

Eve fragte ihn: »Kannst du dich schon erinnern, was dir auf Sizilien widerfahren ist?«

Tony starrte in sein leeres Glas. »Nicht genau. Wir schlichen an der Küste entlang, weil der Skipper hoffte, einen von Rommels Transporten aus Nordafrika zu erwischen.« Ransome sah, wie der Griff seiner Finger um das Glas sich verkrampfte. »Dann war da ein Blitz, genau unter dem Bug. Als ich wieder zu mir kam, stellte ich fest, daß ich im Bach trieb. An viel mehr kann ich mich nicht erinnern. Nur an einige undeutliche Bilder: ein Boot und Fischer, die sich später als Partisanen entpuppten. Dann war da der kleine Arzt; er tat, was er konnte, sonst wäre ich jetzt tot.« Er blickte auf, als seine Mutter unter die Tür trat und zuhörte. »Tut mir leid, Mami.«

»Hast du den Arzt noch mal wiedergesehen?« Sein Vater sah ihn an.

Tony senkte den Kopf. »Die Deutschen erschossen den armen kleinen Kerl, als sie abrückten.«

Ransome mischte sich ein. »Ich werde diesen Tag am Strand niemals vergessen.«

Tony schien froh über die Unterbrechung. »Und was war mit dir?« Sein Blick ging zwischen den beiden hin und her. »Was habt ihr erlebt?«

Eve antwortete zuerst. »Wir waren beim Konzert in der Abtei.«

Tony zog eine Grimasse. »Klassische Musik? Mit der kann ich nichts anfangen.« Seine Blicke jedoch redeten eine andere Sprache. Sie fragten: *Liebt ihr euch? Seid ihr ein Paar geworden?*

Eve drehte sich um und nahm seine Hand. Ransome merkte, wie die anderen sie beobachteten, meinte, Eves stillen Trotz zu spüren. »Die Sonne scheint, Ian. Gehst du mit mir hinaus zum Boot?«

Seine Mutter rief ihnen nach: »Bleibt nicht zu lange. In einer halben Stunde können wir essen.«

Ransome legte Eve eine Öljacke über die Schultern, denn im Hausflur hing immer Ölzeug, das von der Familie und den Arbeitern der

Werft benutzt wurde. Draußen begrüßte sie strahlender Sonnenschein, aber die klare Luft war noch eiskalt. Von einigen Abdeckplanen der aufgepallten Boote stieg leichter Dampf auf, und die Wintersonne trocknete die Pfützen des nächtlichen Regens.

Zusammen schritten sie eingehakt durch das hohe, ungepflegte Gras, vorbei an den vertrauten Bootsschuppen und Hellingen, den verstreuten, rostigen Maschinenteilen, Bilgepumpen und anderem Gerät. Wortlos gingen sie hinunter zu dem Teil der Bootswerft, wo die *Barracuda* etwas abseits stand, vom Bug bis zum Heck mit einer schwarzen Persenning zugedeckt. Auch diese dampfte leicht, und Ransome spürte Trauer. War die *Barracuda* auch ein Teil seines unerfüllbaren Traums? Würde sie hier bis in alle Ewigkeit verrotten und vergessen werden?

Eve wandte sich ihm zu und sah ihn an. Das lange Haar verhüllte ihre Wangen, so daß nur ihre Augen klar erkennbar waren.

»Irgendwas stimmt nicht, Ian. Was ist es? Bitte, sag's mir. Denk an unser Versprechen – keine Geheimnisse!«

Er ergriff ihre Hände; am liebsten hätte er sie an sich gezogen.

»*Rob Roys* Überholung ist auf ein Minimum zusammengestrichen worden. Wir müssen bald wieder auslaufen.«

Leise und kläglich fragte sie: »Weihnachten bist du also nicht zu Hause?«

»Nein, diesmal nicht.« So sehr er sich auch anstrengte, er konnte seine Betrübnis nicht verbergen. Vier Jahre dauerte nun schon der Krieg, und er war noch kein einziges Mal über Weihnachten zu Hause gewesen. Vor Eve war ihm das auch nie so wichtig erschienen.

»Aber warum?« Trotzig stieß sie diese Worte hervor, wieder ganz das kleine Mädchen, das er vor vielen Jahren hier in der Werft kennengelernt hatte.

»Wir müssen alle Zufahrtswege offen halten. Bei der augenblicklichen Kriegslage müssen die Schiffe schnell dorthin geschickt werden, wo man sie am günstigsten einsetzen kann.«

Sie drückte seinen Arm. »Für die zweite Front?«

Ransome nickte und sah sich auf der Werft um. Von den kastenartigen Landungsfahrzeugen lagen nur noch zwei halbfertige hier. Auch das war ein Beweis. Die Alliierten waren bereit zum Zuschlagen oder würden es zumindest bald sein, wenn das Wetter hielt.

Eve spürte seine trübe Stimmung und packte seinen Arm. »Nichts kann uns trennen, Ian!« sagte sie. »Jetzt ist es an mir, dir zu helfen.« Sie deutete hinüber auf die Häuser des gegenüberliegenden Ufers.

227

»Denkst du noch an das Häuschen dort drüben, in dem meine Familie jedes Jahr Ferien machte? Ich konnte an nichts anderes denken, wenn ich kam, als dich zu sehen, dir meine Bilder und Skizzen zeigen zu können. Einmal kam ich zur Werft, aber du warst gerade bei einer Reserveübung.«

»Damals wußte ich das nicht, Eve.«

Sie schien ihn nicht zu hören. »Ich fuhr zurück nach Polruan und weinte mir die Seele aus dem Leib. Mein Vater dachte, mir sei was Schlimmes zugestoßen.« Sie lachte so bitter, daß Ransome ihre Stimme kaum wiedererkannte. »Wie konntest du wissen, daß ich dich liebte? Daß ich schon damals die deine war und nie einen anderen angesehen habe?«

Ransome hielt sie fest und sagte zögernd: »Ich hatte damals Angst, dir zu zeigen, was ich für dich empfand. Aber jetzt weißt du's.«

Etwas in seinem Ton ließ sie sich zu ihm umwenden, diesmal mit strahlenden Augen. »Ich möchte hier heiraten« sagte sie, »möchte immer für dich dasein, möchte beim Läuten der Glocken mit dir durch das Kirchenschiff schreiten . . .«

Ransome drückte sie noch fester an sich. Ihre Worte riefen ihn in die brutale Gegenwart zurück, denn Glocken würden jetzt nur dann läuten, wenn die Landung deutscher Fallschirmjäger gemeldet wurde. Außerdem waren die meisten für Kriegszwecke eingeschmolzen worden.

Leise weinte sie an seiner Brust, sagte aber trotzig: »Genauso möchte ich es haben.« Sie löste sich von ihm und ging auf die Flußböschung; ihr Haar wehte in der Brise. »Ich möchte nur mit dir zusammensein.« Sie zeigte über den Fluß. »Ich kann unser Häuschen sehen, dort neben dem mit den blauen Fensterläden. Ist es leer?«

Ransome umfaßte ihre Schultern. »Ja. Die meisten waren ja nur für Feriengäste. Für militärische Zwecke sind sie zu klein.«

Sie wirbelte herum, ihre großen Augen leuchteten. »Eines Tages, schon sehr bald, könnten wir . . .«

»Könnten wir was?« Er glaubte es zu wissen, wagte es aber nicht auszusprechen.

Sie hob sich auf die Zehenspitzen, um ihr Gesicht an seine Wange zu schmiegen.

»Könnten wir das Häuschen mieten? Nur für uns zwei?« Sie lehnte sich zurück, als er die Arme um sie legte. »Es wäre dann für kurze Zeit unser Heim. Nicht irgendein Hotelzimmer mit anzüglichen Bemerkungen und lüsternen Blicken. Ein Haus für uns allein!«

Er spürte ihren Herzschlag; oder war es sein eigener? »Die Leute werden es trotzdem erfahren. Das ist hier nun mal so.« Als sie nichts erwiderte, fuhr er fort: »Ich muß dir das sagen, Eve. Ich weiß nicht, wann es sein wird, aber ich wäre glücklicher darüber als über sonstwas auf der Welt.«

Sie trat zur *Barracuda* und schob die Hand unter die nasse Persenning. Ransome hörte sie sagen: »Wünsch uns Glück, liebes altes Boot!« Als er zu ihr trat, flüsterte sie: »Paß bitte gut auf dich auf, du liebster aller Männer!«

Jemand rief nach ihnen, und Ransome sagte: »Ja, ich werde auf mich aufpassen.« Arm in Arm schritten sie zum Haus zurück, als sei es schon immer so gewesen.

Vom Fenster aus beobachtete Ted Ransome, wie sie den Pfad herunterkamen, und fragte: »Was hältst du davon, Jack?«

»Ein schönes Paar!« Feierlich hob Jack Weese sein Glas. »Gott schenke ihnen Glück!«

Tony in seinem Stuhl grinste, zuckte aber schmerzlich zusammen, als seine scheußliche Wunde sich wieder bemerkbar machte. Er war kaum jemals frei von Schmerzen. Insgeheim hatte er immer gewußt, wie es um Eve und Ian stand. Er rief sich mit überraschender Klarheit Ians Gesicht ins Gedächtnis, nur eine Handbreit über seinem eigenen, als er hilflos auf dieser verdammten Tragbahre lag.

Es war kaum überraschend, dachte er. Schließlich waren sie enger verbunden als Brüder normalerweise.

Als Dunkelheit sich über die Werft von Devenport senkte, kehrte der Regen wieder zurück, und zwar heftiger als in der vergangenen Nacht. Der sonntägliche Sonnenschein war vergessen.

Leutnant »Bunny« Fallows blieb stehen, um sich zu orientieren. Er atmete heftig, in seinem Kopf drehte sich alles, nachdem er verschiedene Kneipen aufgesucht hatte. Er war nicht auf Urlaub gegangen, obwohl er dazu berechtigt gewesen wäre. Aber der Gedanke, sein Elternhaus zu sehen und all das, was ihn dort erwartete, machte ihm die Entscheidung leicht, an Bord zu bleiben; außerdem hatte er jetzt nicht das nötige Geld für ein Hotel.

Das verdunkelte Werftgelände war immer eine Falle für den Unvorsichtigen, betrunken oder nüchtern, und Fallows hatte zu viele Gins intus, um sicher über das Gewirr von Laufstegen und Brücken zu kommen. Die dunklen Silhouetten der Schiffe zeichneten sich im heftigen Regen undeutlich ab. Sie lagen hier zur Reparatur oder vollständigen Überholung, wie sie ursprünglich auch für *Rob Roy* angesetzt gewesen war. Aber all das hatte man bereits abgeblasen. Nur die dringendsten Reparaturen sollten ausgeführt werden, und die Werftarbeiter hatten das Schiff schon verlassen.

Aber Fallows hatte trotz der Schmerzen hinter seinen Augen und des sauren Geschmacks im Mund andere Dinge in seinem wirren Kopf. An diesem Morgen hatte er Tudor Morgan getroffen und zu seinem Erstaunen gesehen, daß dieser einen zweiten Goldstreifen am Ärmel trug, viel heller und glänzender als der alte.

Morgan war an Bord geblieben, statt auf einen Navigationskursus zu gehen, aber trotzdem war seine Beförderung zum Oberleutnant durchgekommen. Fallows konnte es immer noch nicht fassen. Zwar war Morgan ein Berufsseemann, der bei der Handelsmarine angefangen hatte, aber ihr Dienstalter war etwa das gleiche.

Während er sich von einer Kneipe in die nächste hangelte und sich vollaufen ließ, überlegte er, warum er selbst übergangen worden war. Wohl wegen des jungen Tinker. Dieser Schurke Parsons, der ohnehin von Bord auf einen Artilleriekursus ging, nach dem er befördert werden sollte, mußte wohl irgend etwas ausgeplaudert haben.

Fallows klammerte sich an ein Kettengeländer und starrte hinauf in den Regen, bis er ein wenig klarer im Kopf wurde. Jetzt liefen sie also bald wieder aus, und Gott allein mochte wissen, wohin. Morgan war befördert, während er weiterhin Leutnant blieb. Bestimmt würde man an Bord über ihn lachen.

Von einem anderen Laufsteg sah er eine schwankende Gestalt auf sich zukommen, und einen Augenblick glaubte er an Halluzinationen. Aber Matrose Parsons richtete sich auf und wischte sich den Mund mit dem Handgelenk. Von ihm ging ein säuerlicher Geruch nach Erbrochenem aus, trotz des heftigen Regens; Parsons hatte also auch getrunken, sich wohl von alten Kameraden verabschiedet. Er bemerkte Fallows und verbeugte sich spöttisch, sein Kragen war schwarz vor Nässe, und seine Mütze fiel unbemerkt auf den Laufsteg.

»Wir müssen auch Abschied nehmen, nicht wahr, *Mister* Fallows?« Er lachte und wäre beinahe hingefallen. Es war äußerst witzig, diesen Offizier jetzt hier zu treffen. Selbst in der Dunkelheit konnte er dessen Verdruß erkennen.

Fallows rief wütend: »Du widerlicher kleiner Schurke! Und das nach allem, was ich für dich getan habe!«

Parsons fing an zu lachen. »Schlag's dir aus dem Kopf, Bunny! In der Liebe und im Krieg ist alles erlaubt. Und du hast uns wie Dreck behandelt, das weißt du!« Er beugte sich vor, um Fallows besser sehen zu können.

Dieser sagte heiser: »Du hast ihnen erzählt, was ich in dieser Nacht zu Tinker gesagt habe!«

Parsons konnte es kaum glauben. »Wem soll ich was erzählt haben? Du warst doch in dieser Nacht viel zu betrunken, um überhaupt reden zu können! Tinker hat gar nicht mit dir gesprochen!«

Fallows wischte sich das Gesicht ab und schrie: »Du lügst! Ich hab' dir doch Geld gegeben, damit du schweigst!«

Höhnisch sagte Parsons: »Ach, was soll's?« Er winkte ab. »Du wirst auf alle Fälle noch lange an mich denken, wie?«

Fallows sah nur noch rot. Er sprang vor, um Parsons zu schlagen, ohne Rücksicht auf die Folgen. Dieser stieß ein schrilles Lachen aus und wich zurück. Die Kette in seinem Rücken hing an dieser Stelle nur ein paar Handbreit über dem Laufsteg. Zu spät merkte Parsons, daß sie ihn nicht hielt; sein Kichern wurde zu einem entsetzten Schrei, als er rücklings in das Hafenbecken stürzte, wo ein zerbombter Zerstörer in der Nässe wie schwarzes Eis glänzte.

Wild sah Fallows sich um, in seinem Kopf drehte sich alles. Er hatte keinen zweiten Schrei oder Hilferuf gehört, denn – was er nicht wußte – Parsons war mit dem Kopf auf den Betonrand geschlagen und vermutlich schon tot gewesen, als er ins Wasser fiel.

Regen tropfte von Fallows' Mütze. Nach einiger Zeit, die ihm wie eine Ewigkeit vorkam, beugte er sich vor und starrte hinunter ins Becken. Er sah Parsons' Mütze auf dem Laufsteg liegen, wo sie hingefallen war, und fing an zu lachen. Minutenlang konnte er damit nicht aufhören. Dann trat er die Mütze wie einen Fußball ins Wasser und setzte seinen Weg fort.

XVIII   Signale

»Flamborough Head peilt drei-drei-null, Sir. Abstand sieben Meilen!«

Ransome blickte auf die Karte, Kopf und Schultern unter der wasserdichten Abdeckhaube, während er die eingezeichneten Koppelorte und Peilungen überprüfte. Er spürte, wie ihm der Regen gegen Gesäß und Beine peitschte. Auf seine Öljacke hämmerte er wie mit Schrotkugeln.

Januar in der Nordsee: Die Welt bestand aus drei Schattierungen von Grau, und alles war freudlos und feindlich. Er rieb sich die Augen und preßte die Ellbogen auf den Kartentisch, als das Boot sich hob und wie betrunken in der steilen achterlichen See rollte. In der Nordsee gab es zwar nicht den gewaltigen Seegang des Atlantiks, aber diese ständige, übelkeiterregende Korkenzieherbewegung war in mancher Beziehung viel schlimmer.

Er hörte Oberleutnant Morgan den Rudergänger tadeln, weil der ein wenig vom Kurs abgekommen war. Ungewöhnlich bei Morgan, diese gereizte Stimmung, aber die gesamte Besatzung war sauer, seit sie aus Devenport ausgelaufen waren, ohne Weihnachten abzuwarten. Das war vor fast einem Monat gewesen. Jetzt, da *Rob Roy* sich an der Spitze der Flottille voranarbeitete, waren das Mittelmeer mit seinem Sonnenschein, Malta und Alexandria nur noch verschwommene Erinnerungen.

Selbst die anderen Kriegsereignisse schienen in weiter Ferne zu liegen. So war am zweiten Weihnachtstag, als sie ihr gewohntes Fahrwasser freisuchten, das deutsche Schlachtschiff *Scharnhorst* durch die Geschütze der *Duke of York* versenkt worden. Es war ein fürchterlicher Kampf gewesen, mitten in einem arktischen Schneesturm. Feind oder nicht, die *Scharnhorst* war auch von ihren Gegnern bewundert worden, und über ihr Geschick hatten sich bereits Legenden gebildet. Jetzt, ohne ihre drohende Gegenwart, konnten mehr britische Kriegsschiffe für die Invasionsflotte bereitgestellt werden.

Aber so bedeutend dieser Sieg auch war, er berührte kaum die abgekämpften Männer auf den Minensuchbooten.

Ransome zog den Kopf unter der Haube des Kartentisches hervor und schritt hinüber zu seinem Stuhl. Er wandte sich um, als Leutnant Fallows die Leiter heraufpolterte und oben einen Augenblick stehenblieb, um die aus dem grauen Dunkel heranstürmenden weißen Schaumkämme zu studieren. Kein Horizont war zu erkennen. Es war jetzt Mittag, und die Wache wurde gerade abgelöst. Ein weiterer Grund für die Gereiztheit waren die vielen neuen Gesichter an Bord als Ersatz für diejenigen, die abkommandiert worden waren.

Sherwood war noch immer an Land, und Dr. Cusack hielt Kontakt mit ihm über einen Kollegen. Er würde an Bord zurückkommen, aber seine Arbeit als Minenentschärfer nicht wieder aufnehmen. Man vermißte ihn sehr als erfahrenen Wachgänger, aber auch als Freund.

Ein anderer Offizier, der jetzt ebenfalls in der Messe fehlte, war der Torpedooffizier Bone. Ransome hatte ihm seine Versetzung in ein Ausbildungslager mitgeteilt, dort sollte er Seeleuten das schwierige Geschäft des Minensuchens beibringen.

Bone ließ sich weder Freude noch Enttäuschung anmerken. Nach so vielen Dienstjahren in der Marine konnte ihn nichts mehr überraschen. Aber zu Ransomes Verwunderung streckte er diesem seine Pranke hin und murmelte: »Sie waren ein guter Kommandant, Sir. Hätte nirgends einen besseren finden können.« Dann ging er.

Ebenfalls nicht mehr dabei war Pansy Masefield, der Sanitätsunteroffizier. Seit Dr. Cusack die Gesundheitspflege an Bord übernommen hatte, fühlte er sich überflüssig; nun nahm er seine Versetzung an ein großes Lazarett in Portsmouth ohne Kommentar hin.

Ransome hörte Mackay mit dem jungen Signalgasten sprechen, der soeben auf Wache gezogen war. Mackay trug zwar noch sein altes Abzeichen auf dem Ärmel, aber darüber die gekreuzten Anker des Unteroffiziers. Er war jetzt Signalmaat. Wahrscheinlich würden sie ihn auf der *Rob Roy* nicht behalten können, sobald seine Beförderung offiziell bestätigt war. Seine große Erfahrung würde ihnen fehlen.

Morgan sagte soeben: »In sieben Minuten Zeit zum Kehrtmachen, Leutnant«, und trat neben Fallows, der Eintragungen auf der Karte überprüfte. Am Heiligen Abend war er schrecklich betrunken gewesen, und Hargrave hatte schon gedroht, ihn dem Kommandanten zu melden. Danach hatte Fallows sich auffallend gebessert und bemühte sich nun, dem I.W.O. aus dem Weg zu gehen.

»Vormittagswache abgelöst, Sir!« Morgan berührte salutierend seinen Mützenschirm. »Ich bringe das neue Milchgesicht zur Mittelwache mit herauf, wenn's recht ist, Sir. Er muß ja irgendwann anfangen.«

Ransome lächelte. Davenports Ersatz hieß Colin Piers, war achtzehn Jahre alt und hatte ein rundes Kindergesicht. Niemand hatte Zeit gehabt, ihn an Bord einzuführen, zumal er gleich vom ersten Tag an schrecklich seekrank gewesen war.

Ransomes Gesuch zur Wiederaufnahme des Matrosen Boyes in den Kursus für Offiziersanwärter war genehmigt worden, und die lobende Erwähnung seines Namens erschien am selben Tag. Ransome hatte ihm das alles persönlich mitgeteilt und war gerührt über den aufrichtigen Dank des Jungen. Eines war sicher: Boyes besaß schon große Erfahrung in der Arbeit an der Seekarte und auch am

Radar-Koppeltisch, während der neue Midshipman noch mit grünem Gesicht durch das Schiff torkelte. Also erledigte Boyes auch weiterhin diese Aufgaben alleine.

Fallows war nach vorn an die Brückenreling getreten, während sein jüngerer Wachgänger, Leutnant Tritton, an den Sprachrohren stand. Tritton war zwar jung und völlig unerfahren, hatte aber trotzdem Bones Aufgabe übernehmen müssen. Was ihm an Erfahrung fehlte, machte er wett durch seinen goldenen Humor. Die Männer mußten bei der Arbeit immer wieder über seine jungenhaften Witze lachen. Er hatte es geschafft, die Erinnerung an den schlimmen Luftangriff zu tilgen.

Ransome sagte: »Geben Sie dem I.W.O. durch, er soll das Suchgerät einholen.« Er sah Fallows an. »In Ihrer Abteilung alles in Ordnung?«

Fallows wandte sich halb ab, wobei seine roten Haarsträhnen unter der Mütze flatterten wie die Schwingen eines Vogels. »Ja, Sir. Matrose Norton hat sich als Richtschütze ganz gut eingearbeitet.«

Ransome fragte sich noch immer, warum Matrose Parsons nicht vom Urlaub zurückgekommen war. Er hatte sich schon lange für den Artilleriekursus auf der Unteroffizierschule beworben, und es war doch töricht, diese Chance wegen einer Urlaubsüberschreitung zu verpatzen. Deshalb hatte er eigentlich einen Funkspruch erwartet, daß Parsons krank geworden sei. Der Coxswain hatte in Erfahrung gebracht, daß Parsons an Land gegangen war, um mit ein paar alten Freunden seine Versetzung zu feiern. Becketts Kommentar lautete: »*Freunde*, Sir? Ein Typ wie der hat doch keine Freunde!«

Aber es war kein Funkspruch gekommen, deshalb mußten sie schließlich Polizei und Militärpolizei benachrichtigen. Es war ein Jammer, aber Parsons Aussicht auf Beförderung war damit wohl geschwunden.

Ransome hob sein Glas und richtete es auf ihren Hintermann: *Firebrand*. Sie rollte so heftig, daß sie ihnen einmal den Boden und im nächsten Augenblick die offene Brücke zeigte. Die seltsame Beleuchtung färbte ihre Bugwelle und das Kielwasser schmutziggelb.

»Gerät ein, Sir!« Der Brücken-Bootsmaat O'Connor sah Fallows nach, der zum Tochterkompaß ging. Wie viele andere hatte auch er Grund, Fallows zu hassen. Der hatte einst an seinem Atem gerochen und behauptet, er habe auf Wache getrunken. Es war ein unglücklicher Zufall für O'Connor, daß Fallows damals gerade nüchtern war. So war er zum Rapport beim I.W.O. bestellt worden mit dem Ergebnis, daß er sein Abzeichen für gute Führung verlor und außerdem Strafarbeit aufgebrummt bekam.

Bei der Weihnachtsfeier hatte Fallows noch mehr getrunken als sonst und war an Deck getaumelt. Trotz der Kälte war er volltrunken auf den Wasserbomben eingeschlafen. O'Connor war gekommen, um ihn zu wecken, aber als er seinen Arm ergriff, spürte er zu seinem Entsetzen den Wunsch, ihn über Bord zu kippen. Er hatte den bewußtlosen Fallows schon an die Reling gezerrt. Bei der starken Ebbströmung, die gurgelnd an der Boje vorbeizog, würde jeder annehmen, Fallows sei in seiner Trunkenheit über Bord gefallen.

Plötzlich jedoch war ein Heizer aus dem Maschinenluk aufgetaucht und hatte fröhlich gerufen: »Hallo, Pat! Ich helfe dir, das betrunkene Schwein nach achtern zu schaffen!«

Fallows hatte von all dem nichts gemerkt. Nun musterte O'Connor ihn böse. Hätte er es wirklich getan? Er fürchtete sich vor der Antwort.

Ransome sagte: »Fangen Sie an mit der Drehung, Fallows.«

Eine Gestalt in Ölzeug kam auf die Brücke und reichte ihm einen zusammengefalteten Funkspruch.

»Danke.« Er hielt ihn unter die Haube und las ihn, bevor die Schrift des Funkers aufgeweicht wurde. Traurig sagte er: »Sie haben den Matrosen Parsons gefunden. Er ist tot, anscheinend ertrunken.«

Dann hörte er Tritton fragen: »Wo bleibt die Drehung, Bunny?«

Wütend rief Ransome: »Steuerbord zwanzig!« Er schob Fallows beiseite und sah auf den Kompaß. »Was zum Teufel ist los mit Ihnen? Sie sind doch nun oft genug Wache gegangen!«

Fallows öffnete den Mund und schloß ihn wieder. »Entschuldigung, Sir«, stammelte er.

»Mittschiffs!« Er hörte die Wiederholung des Rudergängers. »Recht so!«

Der Rudergänger rief durchs Sprachrohr: »Recht so, Sir! Kurs nullsieben-null!« Das stimmte genau, aber schließlich hatten sie diese Fahrrinne schon oft abgesucht.

Ransome trat beiseite und hob das Glas, um den kleinen Farbklecks zu beobachten: eine neue Fahrwasserboje, die vom Trawler *Senja* geworfen worden war. Dann erst sah er Fallows an. »Sie wissen, wie schmal das Fahrwasser hier ist. Passen Sie also künftig besser auf!«

Wieder einmal war er grob zu einem, der sich nicht verteidigen konnte. Aber *Rob Roy* und die gesamte Besatzung waren wichtiger. Er stieg auf seinen Stuhl und befahl: »Setzen Sie Signal: Gerät an Steuerbord ausbringen und Position einnehmen.«

So ging es immer weiter bei einem Wetter, das es schwierig machte, Kurs und Position zu halten. Dazu kam die Besorgnis, daß sie vorhin eventuell eine treibende Mine übersehen hatten und jetzt eins ihrer obszönen Hörner berühren würden.

Fallows trat vom Stuhl weg und richtete sein Glas querab. Man hatte Parsons also gefunden! Er mußte sich unter dem zerbombten Zerstörer verfangen haben. Fallows war am nächsten Tag zum Hafenbecken zurückgekehrt, wo einige Männer auf dem beschädigten Schiff arbeiteten, hatte aber nichts gesehen, nicht einmal Parsons Mütze, und auch nichts von einem entsprechenden Fund gehört.

Seit Tagen hatte er vor Angst geschwitzt bei dem Gedanken, daß Parsons sich vielleicht gerettet oder daß man ihn noch lebend gefunden hatte. Jetzt aber lag das alles hinter ihm. Parsons war wirklich tot, und es hieß, er sei wohl im Suff ins Hafenbecken gefallen und ertrunken.

Fallows verspürte ein irrsinniges Verlangen zu lachen und mußte die Zähne zusammenbeißen. Es war alles seine Schuld gewesen, aber Parsons hatte dafür bezahlt.

Mitte Februar lagen *Rob Roy* und *Ranger* in Hull zur Brennstoffübernahme, als ihre kleine Welt wieder einmal in Unordnung geriet.

Ransome saß in seiner Kammer und las einen Brief von Eve. Der Dienstbetrieb lief auch ohne ihn und gewährte ihm einen Augenblick des Alleinseins. Starker Regen prasselte auf die Decks, silbrige Bäche schossen durch die Speigatten; nur ein gelegentliches Quietschen des Ladegeschirrs oder undeutliche Rufe zeigten, daß an Bord wirklich gearbeitet wurde.

Hull war ein unwirtlicher Ort, selbst nach einem längeren Seetörn. Die Stadt hatte so zahlreiche Bombenangriffe hinnehmen müssen, daß sie kaum wiederzuerkennen war. Aber es hieß, die Abfertigung der Schiffe im Hafen ginge noch schneller vonstatten als je zuvor.

Er ließ Eves Brief sinken, als Steward Kellett die Tür öffnete. »Verzeihung, Sir, aber der Kommandant der *Ranger* ist soeben an Bord gekommen.«

Kapitänleutnant Gregory trat in die Kammer, nickte Kellett kurz zu und sagte: »Entschuldigung, Ian, daß ich so hereinplatze.« Er zog eine Dose zollfreier Zigaretten aus der Tasche. »Aber ich bin abkommandiert worden, Ian. Das ist der Grund.«

Ransome wartete. Sie hatten so vieles gemeinsam erlebt und so viele untergehen sehen, deren Glückssträhne zu Ende war: *Fawn, Dunlin, Scythe* und andere, an deren Namen sie sich kaum noch erinnerten.

Gregory fuhr fort: »Das gehört wohl alles zur Planung für die Invasion. Ich soll eine neugebildete Flottille von kleinen Räumbooten übernehmen, wobei mir Bliss völlig freie Hand läßt.«

Ransome fragte: »Freust du dich? Du bist bestimmt der richtige Mann dafür.«

Gregory sah sich in der Kammer um, die genauso war wie seine eigene. »Ich werde *Ranger* vermissen, Ian.«

»Ich weiß. Wir werden dich auch vermissen.« Er holte eine Flasche und zwei Gläser aus dem Wandschränkchen. Ohne Gregory würde die *Ranger* nicht mehr dieselbe sein. Auch er hatte das Gefühl, etwas verloren zu haben.

Er füllte die Gläser und schob eins über den Tisch. »Prost!«

Gregory trank einen kleinen Schluck und hielt dann inne. Endlich fragte er: »Du weißt es also noch nicht?«

»Was weiß ich nicht?«

»Der neue Skipper der *Ranger* ist Oberleutnant Trevor Hargrave.«

Erstaunt starrte Ransome ihn an. »Nein, das wußte ich wirklich nicht.«

Gregory lächelte. »Ach, mir ist es gleich. Ich habe unter Kommandanten gedient, die der Ansicht waren, jeder sei zu ersetzen. Aber trotzdem . . .«

Ransome füllte die Gläser von neuem. Also verlor er auch Hargrave, der endlich sein eigenes Kommando bekam. Er fühlte, wie Zorn in ihm aufstieg. Dafür hatte bestimmt dessen alter Herr gesorgt. Gregory wurde befördert, und da der I.W.O. auf *Ranger* noch zu jung und erst kurze Zeit an Bord war, war mit etwas Nachhilfe die Wahl auf Hargrave gefallen. Er besaß jetzt genügend Erfahrung, konnte das Schiff gut manövrieren und gehörte schon längere Zeit zur Flottille.

Die Tür öffnete sich, Schreibergefreite Wakeford sah herein. »Verzeihung, Sir. Ich kann ja später wiederkommen.«

Ransome sah den dicken Umschlag in Wakefords Hand. »Geben Sie schon her.«

Wakeford war genau wie vorher – fleißig, ruhig und zurückhaltend. Es fiel Ransome schwer, ihn sich am Strand bei Portland mit dem Feldtelefon vorzustellen, wie er mit Sherwood sprach, auf seine Mitteilungen wartete, um alles niederzuschreiben, und dessen letzte Worte gehört hätte, falls die Mine detoniert wäre.

Ohne Gregory anzublicken, sagte Wakeford: »Dies hier betrifft den I.W.O., Sir.«

Ransom überflog den Inhalt und sagte: »Ich glaube, ein weiterer

Schluck ist jetzt fällig, Jim. Wir verlegen in drei Tagen nach Falmouth. Hargrave wird erst dort das Kommando übernehmen.«

»Falmouth?« Nachdenklich sah Gregory ihn an. »Das ist dort, wo ich die neue Flottille übernehmen soll. Bedeutet das . . .«

Ransome schenkte die Gläser noch einmal voll und prüfte die Flasche. Sein Vorrat ging langsam zu Ende.

Er erwiderte: »Ich glaube, ja. Es wird wohl die Überholung für die Invasion sein, die wirklich große Überholung, die sie uns kürzlich gestrichen haben.«

Gregory sah auf seine Uhr. »Dann gehe ich jetzt lieber zurück. Ich werde es meinen Offizieren in der Messe mitteilen, sie kommen ohnehin alle zum Mittagessen an Bord.«

Als Gregory gegangen war, nahm Ransome das Telefon und ließ Hargrave rufen. Als dieser eintrat, schob er ihm die Versetzungsbefehle zu. »Setzen Sie sich lieber hin, bevor Sie das lesen.«

Er sah, wie Hargraves Blick langsam über den kurzen, trockenen Text wanderte. Selbst als er von seiner eigenen Versetzung auf die *Ranger* las, war ihm keine Erregung anzumerken. Eines war klar: Hargrave hatte nichts davon gewußt. Ein so guter Schauspieler war er nicht, um sich derartig verstellen zu können.

»Ich verstehe nicht, Sir.« Hargrave starrte ihn verständnislos an. »*Ranger* ist doch unser Schwesterschiff. Und Gregory?«

Ransome lächelte grimmig. »Wir gehen jetzt wieder nach Falmouth. Steigen Sie auf *Ranger* ein und beobachten Sie genau, was Gregory tut, denn auch er wird bald versetzt. *Ranger* mag unser Schwesterschiff sein, aber die Besatzung ist nun einmal an ihn und seine Art gewöhnt.«

Hargrave stand auf. »Wenn ich drüben allen Anforderungen gerecht werde, Sir, dann ist das *Ihr* Verdienst.« Noch benommen verließ er die Kammer.

Ransome starrte auf die geschlossene Tür. Es war nicht so wie damals, als er den armen David verloren hatte. Der war ihm ein wirklicher Freund gewesen, der beste seit seinem Eintritt in die Marine. Noch heute sah er ihn im Geist oft vor sich, in den eisigen Nächten auf der Brücke oder als schattenhafte Gestalt im Ölzeug, die nach achtern eilte, wenn der Befehl zum Ausbringen des Suchgeräts kam. Er dachte auch an die schwarzgekleideten Frauen und an das Schulmädchen, das fast wie Eve ausgesehen hatte.

Er lehnte sich zurück und lächelte. Heute abend würde er sie anrufen und ihr sein Kommen mitteilen. Das war bestimmt kein Verrat militärischer Geheimnisse.

Hargrave versuchte seine Gedanken zu ordnen und den Glücksfall zu begreifen, der sich ihm bot. Den Buffer, der ihm eine Namensliste mit der veränderten Wachaufstellung zeigen wollte, ließ er stehen, als hätte er kein Wort gehört. Verblüfft starrte der Buffer hinter ihm her. »Mein Gott, der Jimmy führt sich ja heute auf wie eine Hure bei der Taufe!«

Hargrave blieb achtern an der großen Winsch stehen und dachte an Rosalind Pearce, an die Dinge, die sie auf ihre kühle Art umrissen hatte und die er ihrer Meinung nach brauchte. Es war, als bewege sie Schachfiguren auf dem Brett. Gregorys Beförderung und Versetzung brachte ihm das Kommando über die *Ranger* ein und vielleicht auch einen weiteren halben Goldstreifen. Er sah sich um, blickte hinauf zur verlassenen Brücke. Was war los mit ihm? Über eines war er sich klar: Er war vollkommen vernarrt in Rosalind Pearce. Mühelos hatte sie sich mit ihm gemessen, ihn auf Distanz gehalten und ihm nicht einmal die Andeutung eines Versprechens gemacht. Noch nie hatte er jemanden wie sie getroffen. Je öfter er sie sah, desto weniger konnte er sich vorstellen, daß sein Vater bei ihr mehr Erfolg gehabt hatte als er.

Er warf einen Blick hinüber auf die längsseit liegende *Ranger*. Fallreepsposten und Quartermeister beobachteten ihn, obwohl sie es sich nicht anmerken ließen. Die Neuigkeit hatte sich bestimmt schon im Schiff verbreitet: *Rob Roys* Jimmy steigt auf den Stuhl unseres alten Skippers.

Aber das war es schließlich, wofür er ausgebildet worden war. Es bedeutete nur die nächste Stufe auf der Leiter. Er würde vielleicht nie erfahren, ob er sein erstes eigenes Kommando dem Einfluß seines Vaters verdankte, es war jedoch sehr wahrscheinlich. Der Vater von Rosalind war ein Viscount und hatte ausgesprochenes Interesse an der Marine. Noch dazu gehörte er einem entsprechenden Ausschuß im Oberhaus an. Was gut für Hargrave war, konnte sich als noch vorteilhafter für seinen Vater, den Vizeadmiral, erweisen.

Würde er *Rob Roy* vermissen? Nur die Zeit konnte das beantworten.

Eve stand hinter ihrer Mutter und betrachtete deren Spiegelbild im Aufsatz des Toilettentisches. Sie hörte das Heulen des Windes an den Fenstern und oben am Dach, aber der Regen war vorbei. Morgen sollte schönes Wetter sein, nach Aussage des Postboten.

Dieser war zwar ein wenig alt für seine Aufgabe, aber er hatte sich wieder zur Verfügung gestellt, um die Lücken zu schließen, welche die jungen Leute hinterlassen hatten, die man zum Militär eingezogen hatte. Er benutzte immer spezielle Signale, wenn er mit seinem roten Fahrrad den gewundenen Weg heraufradelte und sah, daß Eve auf ihn wartete. Ein Wink bedeutete, daß er einen Brief von ihm brachte. Hatte er keinen, hielt er den Daumen hoch als Zeichen, daß wohl bald einer kommen würde.

Heute morgen hatte er gewunken.

Er reichte ihr einen großen Stoß Briefe für Codrington House. Es waren die üblichen Antworten auf Gesuche, Anfragen nach Arbeitsstellen oder Angebote von Unterkünften für die Ausgebombten und Heimatlosen. Und auch ein Brief in dem wohlbekannten braunen Umschlag war dabei.

»Ich nehme an, er versichert Ihnen, daß er Sie immer noch liebt, Miss Eve.« Dauernd zog er sie auf. Seine Entschuldigung war, er sei alt genug, um ihr Großvater zu sein.

Es war ein wunderschöner Brief. Sie hörte beim Lesen Ians Stimme, sah seine grauen Augen, spürte die Berührung seiner Hand. Außerdem hatte er angerufen. Wieder war es sehr schwierig gewesen, die Verbindung herzustellen, aber er hatte es geschafft.

Er wurde hierher in den Süden versetzt, zu ihr! Ihre Finger, in denen sie den Kamm hielt, um ihre Mutter zu frisieren, zitterten, und ihre Augen trafen sich plötzlich im Spiegel.

»Was ist, mein Liebes?«

Eve lächelte. »Ich habe heute morgen einen Brief bekommen.« Sie beobachtete das Spiegelbild ihrer Mutter und suchte nach Anzeichen der Neugier. »Von Ian.«

»Von wem, mein Liebes?«

Eve ergriff die Bürste und strich das Haar ihrer Mutter über den Schläfen zurecht. »Von Ian Ransome.«

Sie hielt mitten in der Bewegung inne, ihre Hand mit der Bürste blieb in der Luft hängen. Es war, als sei ein Vorhang aufgezogen worden oder als fiele Licht in einen verdunkelten Raum. Die Augen ihrer Mutter waren plötzlich so klar wie früher, fragend und ein wenig amüsiert.

»Du liebst ihn wirklich, nicht wahr, Eve?«

Eve nickte, wagte kaum zu sprechen.

»Dann nimm ihn dir, mein Liebling! Tu's, sobald es die Zeit erlaubt. Hab' ihn lieb. Ich merke ja, daß er den Grund und Boden anbetet, auf dem du gehst.«

Irgendwo schlug ein loser Fensterladen gegen die Wand, und der

Lärm ließ den Kontakt zwischen ihnen abreißen. Eve flüsterte: »Ich liebe ihn ja so sehr . . .« Aber die Augen im Spiegel antworteten nicht mehr.

Ihre Mutter sagte gleichgültig: »Hol mir doch bitte meine Brille, Liebes. Ich habe sie im Arbeitszimmer gelassen.« Als Eve aus der Tür ging, hörte sie sie noch murmeln: »Oder war es in . . .«

In der Halle spielte das Radio, das der Nachtportier immer laufen ließ, um wach zu bleiben. Eves Herz erstarrte und wurde zu Eis, als sie hörte: »Die Admiralität bedauert, den Verlust des Unterseebootes *Skilful* mitteilen zu müssen . . .« Und den Verlust von . . . den Verlust von . . . den Verlust von . . . »Die nächsten Angehörigen sind benachrichtigt worden.«

Eve preßte die Hände auf die Brust und wartete, bis ihr Atem wieder ruhiger ging. Dann übermannte sie ein Gefühl der Dankbarkeit, daß es Ian nicht getroffen hatte, und schließlich Scham und Mitleid für die armen Männer, die dort draußen irgendwo gefallen waren – unter welchen Umständen, das konnte sie nur ahnen.

Sie sah sich in dem schattigen Arbeitszimmer um. Ian würde nicht sterben, er nicht! Endlich fiel ihr wieder ein, weswegen ihre Mutter sie hinuntergeschickt hatte. Aber sie konnte die Brille nirgends entdecken. Vielleicht hatte sie sie in die Schreibtischschublade gelegt. Es wäre nicht das erste Mal gewesen.

Seltsam, daß sie noch immer ein schlechtes Gewissen hatte, wenn sie den Schreibtisch ihres Vaters öffnete. Sie wollte das Schuldgefühl weglachen, wollte laut aussprechen, daß sie ihn liebte, genau wie ihre Mutter. Schließlich zog sie die Schublade auf, ohne Rücksicht auf das laute Geräusch. Vater war ja in der Stadt.

Dann erstarrte sie. In der hintersten Ecke lag ein großer Umschlag, der das Wappen der Zeitung trug und den großen Aufkleber: FOTOS – BITTE NICHT KNICKEN. Der Brief war an sie adressiert. Sorgfältig schlitzte sie den Umschlag auf und nahm den steifen Schutzkarton heraus.

Einige Minuten vertiefte sie sich in die Betrachtung der Fotografie, an die ein Gruß ihrer Zeitung geklammert war. Das Bild war so klar, so lebendig: Ian auf seiner Brücke, er zeigte hinauf zum Himmel, sein geliebtes Gesicht war gespannt und sehr männlich.

Sie preßte das Foto an ihre Brust und stieg die Treppe hinauf. Dabei blickte sie ins Schlafzimmer ihrer Mutter und sah, daß diese ihre Brille bereits auf der Nase hatte und ein Album mit Festtagspostkarten betrachtete, die sie früher gesammelt hatte.

Hatte sie wirklich vergessen, wo die Brille lag? Oder hatte sie auf diese Weise ihrer Tochter mitteilen wollen, daß ihr Vater das Foto des Mannes, den sie liebte, unterschlagen und vor ihr verborgen hatte?

Eve rannte in ihr Zimmer und warf sich aufs Bett.

Wie konnte er nur!

Nach einiger Zeit stand sie auf und lehnte das Foto an die Uhr auf ihrem Nachttisch; dann holte sie wieder einmal das weiße Nachthemd aus seiner Schublade.

XIX   Liebe und Erinnerung

Der Frühling schien dieses Jahr recht spät an die Westküste zu kommen. Zwar war der Himmel oft blau und wolkenlos, und die Heckenrosen in den Gärten leuchteten in hellem Rosa. Aber der Ärmelkanal, der ruhelos gegen die gezackten Felsen der Küste von Cornwall brandete, hatte es keineswegs eilig, den Winter abzuschütteln.

Ransome schritt den Weg von der kleinen Fähre hinauf und blieb noch einmal stehen, um über die Bootswerft am anderen Flußufer zu blicken. Sie war wie der gesamte Fluß fast völlig verborgen unter der Menge Landungsfahrzeuge und bewaffneter Boote jeglicher Art, von denen einige wahrscheinlich schon unter Jack Weeses Aufsicht entstanden waren. Man spürte es an der ganzen Küste, dachte Ransome, wohin man auch ging, in den engen Straßen und den überfüllten Häfen. Es war wie das dumpfe Dröhnen ferner Trommeln, aufrührend und voller Drohung.

Der Krieg war wieder näher gekommen; vielleicht war das der Grund. An diesen Küsten hatten sie zwar genug von ihm gesehen und gespürt, aber niemals waren sie so eng einbezogen worden wie jetzt.

Auch hier in Polruan, direkt gegenüber seinem Elternhaus, konnte Ransome es spüren. Es war nicht mehr das fröhliche Feriendorf, das es selbst während der dunkelsten Kriegstage gewesen war. Überall bewegten sich Truppen oder Kettenfahrzeuge, genauso wie die Schiffe, die sie bald in die Schlacht auf der anderen Seite des Englischen Kanals bringen würden. Sie füllten jeden noch so kleinen Fluß, so daß es kaum möglich schien, die bevorstehende Invasion geheimzuhalten.

In anderen Teilen der Welt wurde erbittert weitergekämpft: im Pazifik und an der russischen Front, wo im letzten kalten Winter angeblich Millionen umgekommen waren; in Burma war die vergessene 14. Armee nicht mehr auf dem Rückzug; und obwohl die Alliierten in

Italien nur sehr langsam vorwärtskamen, gab es dafür doch anderen Trost: Die Italiener, zumindest diejenigen, die das Glück hatten, auf der richtigen Seite der Front zu stehen, hatten sich den Alliierten ergeben, und der Rest ihrer Flotte lag nun im Schutz der Kanonen von Malta.

Das Hier und Heute jedoch sah anders aus. Die Geschützbettungen hinter ihren Sandsäcken, die bedrückenden Stacheldrahtverhaue an den kleinen Stränden Cornwalls, wo einst Kinder gespielt hatten, redeten eine andere Sprache. Viele dieser ehemaligen Kinder waren sicherlich schon in Uniform und warteten auf den Tag der Invasion.

Ransome fragte sich, was seine Eltern eigentlich von diesem Häuschen in Polruan hielten. Die örtliche Bevölkerung wußte natürlich inzwischen Bescheid, aber die kommenden Ereignisse würden dies im Augenblick wohl bedeutungslos erscheinen lassen. Er hatte es Eve gegenüber in einem Telefonat erwähnt, als er ihr mitteilte, daß er endlich Urlaub hatte und zu ihr kommen könne.

Sie hatte erwidert: »Komm schnell, ich warte auf dich. Es muß hier sein, Ian, verstehst du? Ich möchte, daß es anständig und sauber geschieht. Wir wollen jedem Menschen ins Gesicht sehen und sagen können: So ist es gewesen! Alles andere kümmert mich nicht.«

Als er sie von Falmouth aus anrief und ihr sagte, daß er das Häuschen gemietet hatte, schnappte sie vor Aufregung nach Luft und konnte es kaum glauben. »Wie hast du das fertiggebracht?«

Selbst noch in der Erinnerung mußte er lächeln. Fertiggebracht? Der alte Isaak Proby, dem drei der Häuschen gehörten, war nur zu gern bereit gewesen, ihm eins davon zu vermieten. Feriengäste kamen kaum noch hierher, es gab zu viele Sperrgebiete, verbotene Wege über die Klippen oder Warnungen vor Minenfeldern.

Ransome stieg den kleinen gepflasterten Pfad hinauf. Auf einer Seite war eine Mauer, über die man sich lehnen und hinunterblicken konnte auf die Häuser unten am Ufer und das Wasser.

Er blieb stehen und stützte sich mit den Ellbogen auf die verwitterten Steine. Es wurde also Wirklichkeit, genauso wie Eve es sich gewünscht hatte. Später würde es vielleicht noch genug Schmerz und Trauer geben. Wieder und wieder hatten sie Einsatzbesprechungen gehalten, bis sie keine Informationen mehr in sich aufnehmen konnten. Sie kannten bereits die gesamte Strategie der Invasion, die beteiligten Schiffe und deren Kommandanten, die Heereseinheiten und die Einzelheiten der vorgesehenen Landungsplätze. Viele von ihnen würden an diesem Tage fallen.

Er durfte Eve gegenüber nichts davon erwähnen. Das Überleben war eine Frage des Zufalls, des Glücks und des Geschicks. Er war jetzt über zwei Jahre Kommandant der *Rob Roy*, hatte Tausende von Meilen zurückgelegt und unzählige Minen aus dem Weg geräumt. Anfangs hatte er damit gerechnet, höchstens sechs Monate am Leben zu bleiben. Jetzt lebte er also von geborgter Zeit, und das war die gefährlichste von allen.

Er schüttelte die trüben Gedanken ab und stieg den steiler werdenden Pfad hinauf. Es wimmelte überall von Uniformen, und er war froh, als er die Tür des Häuschens erreicht hatte. Die unregelmäßigen Steine der Hauswand waren frisch gestrichen, im kleinen Garten wuchsen blühender Rhododendron sowie blaue und rote Lupinen. Hier durfte normalerweise alles wild wachsen, aber Ransome merkte, daß sich jemand bemüht hatte, ein wenig aufzuräumen.

Die Tür flog auf, und Eve streckte ihm die Arme entgegen. Fest drückte er sie an sich und küßte ihr langes Haar. Keiner von beiden sprach ein Wort.

Im Wohnzimmer standen frische Rhododendronblüten in einem großen Kupfertopf, und im Kamin brannte ein Holzfeuer. Eve zappelte in seinen Armen, als er sie über die Schwelle trug. Atemlos sagte sie: »Ich mußte Feuer machen, es war so feucht hier drin.« Lachend half sie ihm beim Ausziehen der Jacke, wartete darauf, daß er seine Nervosität verlor. Lampenfieber war etwas, das sie schon lange nicht mehr empfand. Ihr schien das Ganze vorbestimmt. Nun, da die Tür geschlossen war und das Sonnenlicht auf den gerahmten Druck eines alten italienischen Meisters fiel, wünschte sie sich nur, daß Ian sich hier glücklich und zufrieden fühlen möge.

Ransome sah den gedeckten Tisch, die Messer und Gabeln. »Aber das sind doch unsere . . .«

Strahlend nickte sie. »Dein Vater hat sie herübergeschickt – und noch andere Dinge.« Ein wenig sank ihr der Mut. »Ich habe nicht viel von daheim mitgebracht. Es war ziemlich schwierig.«

Sie wartete, bis er sich ans Feuer setzte und seine Pfeife stopfte; dann kniete sie vor ihm nieder und ließ den Kopf auf seine Knie sinken, so daß ihr Haar auf den Boden herabhing. Leise sagte sie: »Ich muß es dich fragen: Wie lange haben wir Zeit?«

Ransome bemühte sich, nicht an sein Schiff und die anderen Minensucher zu denken, die auf den Auslaufbefehl warteten. Manche hatten vorgeschlagen, die ganze Unternehmung auf unbestimmte Zeit zu verschieben. Die Wetterberichte waren äußerst ungünstig, genau wie vor der Landung auf Sizilien. Und während der ganzen Zeit wartete die riesige Armada aus Schiffen und Männern, Muskeln und Stahl.

»Wenn ich nicht vorzeitig zurückgerufen werde – zwei Tage.«

»Aber hier ist kein Telefon!« Das klang wie ein Aufschrei.

Er strich ihr übers Haar, das sich wie warme Seide anfühlte. »Sie finden einen immer.«

Die Leute von der Küstenwache wußten, wo er war. Eine Nachricht würde ihn innerhalb von Minuten erreichen.

Leise fragte Eve: »Können wir trotzdem ein paar Spaziergänge machen?«

»Natürlich.«

Sie ließ das Kinn auf sein Knie sinken. »Dein Vater hat mir auch einen Brief geschickt.« Ihre Lippen bebten. »Er schrieb, daß er auf mich aufpassen wird, wenn du vorzeitig zurück mußt. Er will mich auch fahren...« Sie brach ab und schlang die Arme um ihn. »Noch nicht so bald, Liebster. Bitte nicht!«

Ransome griff nach seiner Jacke und zog ein Päckchen aus der Tasche. »Ich wollte ihn dir erst später geben, aber... Hoffentlich gefällt er dir. Es war nur so ein Impuls von mir.«

Sie wickelte das Päckchen aus und hielt einen Ring ans Sonnenlicht. Er schien zu glühen, zuerst rot, dann weiß, der Glanz der kleinen Rubine und Brillanten ging ineinander über.

Leise fragte sie: »Wo hast du ihn entdeckt?«

Ransome nahm ihr den Ring vorsichtig aus der Hand und betrachtete ihn. Als die *Rob Roy* in Alexandria lag, war er nach Kairo beordert worden, um dort einige Offiziere zu treffen, die mit Waffenlieferungen an die Partisanen zu tun hatten. Er sah im Geist wieder den alten Juwelier im Basar vor sich, der ihn gespannt beobachtete, als er diesen Ring aussuchte. Es war weder ein Trauring noch ein Verlobungsring im herkömmlichen Sinne. Aber Ransome hatte das Gefühl, daß er zu Eve paßte.

Als er ihr die Geschichte erzählte, sagte sie: »Er ist entzückend!« Dann reckte sie sich und küßte ihn zart auf den Mund. »Du hast immer so schöne Überraschungen für mich.« Dann sah sie ihn mit großen Augen an. »Bitte, steck ihn mir an.«

Als sie die linke Hand hob, ergriff er ihr Gelenk und sagte: »Ich liebe dich, Eve. Eines Tages werden wir heiraten.«

»Und bis zu diesem Tag«, sie entzog ihm die beringte Hand und hielt sie ins Sonnenlicht, »sind wir verlobt.«

Sie sahen sich an und lachten wie zwei Verschwörer. Dann stand sie auf, und als er versuchte, sie festzuhalten, schüttelte sie den Kopf. »Erst mußt du etwas essen oder wenigstens trinken.«

Rückwärts ging sie zur Tür, als könne sie es nicht ertragen, ihn aus den Augen zu verlieren. An der Tür blieb sie stehen und sagte: »Ach, ich kann einfach nicht vernünftig bleiben, Liebster. Ich sehne mich schon so lange nach dir, warum sollte ich jetzt noch warten?«

Er stand auf und sah sie an, beobachtete, wie sich der Feuerschein in ihren Augen spiegelte. Aufgeregt flüsterte sie: »Laß mir noch fünf Minuten Zeit.« Sie rannte ins Nebenzimmer und schloß die Tür hinter sich.

Sein Vater wußte also Bescheid, aber Eves Familie anscheinend nicht. Die Folgen kannte keiner von ihnen; aber bestimmt würden sie nichts bereuen. Hier gab es weder Krieg noch Gefahr.

Er wartete noch ein wenig, dann öffnete er die Tür und ging hinein. Er war sich nicht im klaren darüber, was er erwartet hatte. Vielleicht glaubte er, Eve im Bett vorzufinden, den Blick auf die Tür gerichtet; vielleicht war sie nervös oder scheu, jetzt, da der Augenblick gekommen war. Vielleicht fragte sie sich, ob die Wirklichkeit ihren Traum zerstören würde.

Aber sie stand am Fenster. Mit einer Hand hatte sie den schweren Verdunkelungsvorhang zurückgeschlagen und blickte hinunter auf den schon dämmrigen Fluß. Sie trug ein weißes Nachtgewand mit hüschen Spitzen an Dekolleté und Saum, das lediglich von zwei dünnen Trägern gehalten wurde. Ihr Haar hing lose herab und schimmerte im Licht der einzigen Nachttischlampe.

Er bemerkte ihre Spannung, als er auf sie zuschritt. Sie stammelte: »Ich hab's für dich aufgehoben.«

Ransome legte ihr die Hände auf die Schultern und stellte überrascht fest, daß sie eiskalt waren. Vorsichtig drehte er sie zu sich herum und hielt sie auf Armeslänge von sich ab. Ihre Hand ließ den Vorhang los und sank herab. Sie sah nicht auf, dennoch fühlte sie seinen Blick.

Heiser flüsterte er: »Du bist so süß, Eve.« Er legte einen Arm um sie und zog sie an sich, fühlte ihren geschmeidigen Körper durch die dünne Seide, den Druck ihrer Brüste. Als sie endlich zu ihm aufblickte, sah er die Freude über seine Worte in ihren Augen.

Sie warf ihm die Arme um den Hals und schüttelte sich das Haar aus dem Gesicht.

»Ich bin ganz verrückt nach dir, aber ich schäme mich nicht. Nur

246

möchte ich durch meine Unerfahrenheit nichts verderben. Ich will erwachsen sein!« Sie drückte das Gesicht an seines und zitterte am ganzen Körper, als sie sein Verlangen spürte.

»Du magst ja erwachsen sein, Eve, aber du bist noch immer mein Mädchen.« Sie protestierte nicht, als er sie zum Bett führte. »Du kannst gar nichts verderben.« Er setzte sich neben sie und küßte sie, zuerst ganz sanft, dann mit wachsender Leidenschaft. Er spürte, wie heftig sein Herz schlug, und drückte sie noch fester an sich. Er fühlte, wie sie die Lippen öffnete.

Schließlich ließ sie sich zurücksinken und breitete die Arme aus. Er streichelte ihre bloßen Schultern und durch die Seide ihre festen Brüste. Dann beugte er sich über sie und küßte ihre Haut, bis sie atemlos keuchte: »Oh, Ian, ich hätte nie gedacht, daß es so schön ist!«

Sie stemmte sich hoch, als er ihr das Nachtgewand über den Kopf zog, und sah ihm in die Augen, als sie nackt dalag, das lange Haar über Kissen und Bettkante gebreitet.

Flüsternd bat sie: »Dreh dich nicht weg.« Sie sah ihm zu, als er sich auszog, und nur das Klopfen ihres Herzens verriet ihre Erregung. Er kniete neben ihr nieder und tastete streichelnd über ihre Brust und weiter hinunter bis zu dem dunklen Dreieck, das er schon durch das dünne Nachthemd gesehen hatte.

Sie hob die Hände und packte seine Schultern. »Ich bin noch nie mit einem Mann zusammengewesen. Das weißt du, nicht wahr?«

Er nickte. »Ich bin bestimmt ganz vorsichtig, Liebling.«

Sie zog ihn fester an sich. »Aber ich möchte nicht, daß du aufhörst.« Bittend sah sie ihn an. »Ich will den Schmerz aushalten... Mit der Zeit wird es besser werden.«

Sie keuchte, als sie seinen Körper auf ihrem fühlte. Ransome schob ihr den Arm unter die Schultern und küßte sie liebevoll. Am liebsten hätte er vor Glück laut aufgeschrien. Er spürte, wie sie sich hob, um ihn zu empfangen, dann zog sie ihn zu sich herunter. Ihre Hände glitten an seinem Rücken abwärts und drückten ihn so fest, daß ihre Nägel seine Haut ritzten.

»Jetzt, Ian, bitte jetzt!« stammelte sie.

Ransome spürte, wie sich ihr Körper ergab, küßte sie fest auf den Mund, drang in sie ein und wurde umschlossen, als sei er ein Teil ihrer selbst.

Danach lagen sie noch lange wach nebeneinander. Sie hatte ein Bein über ihn gelegt, ihr Fuß spielte mit dem seinen. Ihre Augen, ganz dicht vor seinen, waren so groß, daß sie fast ihr Gesicht ausfüllten.

247

»Ich wußte, daß es wunderbar sein würde. Jetzt kann uns nichts mehr trennen.«

Ransome strich ihr das Haar von der Wange. »Und ich wußte, daß du so sein würdest wie jetzt. Du siehst so entzückend aus, das kannst du dir gar nicht vorstellen.«

Sie küßten sich innig, aber diesmal lockerten sie ihre Umarmung nicht.

Am nächsten Tag machten sie einen langen Spaziergang und blickten hinaus auf die See. Sie sah böse und feindselig aus, ihre Brecher jagten dicht hintereinander auf die Küste zu, wo alles in Gischt gehüllt war.

Weit draußen, beinahe verborgen im Dunst, sahen sie Schiffe. Ransome wurde das Herz schwer. Für ihn war es ein nur zu vertrauter Anblick, aber er hatte gehofft, ihr diesen ersparen zu können. Die See schien lange Arme zu haben, die sich nach ihm ausstreckten und ihm keinen Platz ließen, sich zu verstecken.

»Was sind das für Schiffe, Ian?« Sie hing an seinem Arm, das Haar mit einem Schal bedeckt, und sah so entspannt und glücklich aus, daß er am liebsten nicht geantwortet hätte.

Plötzlich stieg zwischen den Schiffen eine weiße Wassersäule empor und zerriß den trüben Horizont. Sekunden später schlug ein gedämpftes Dröhnen gegen die Klippen.

Leise fragte sie: »Es sind Minensucher, nicht wahr?«

Er nickte. »Trawler aus Falmouth, höchstwahrscheinlich.«

Sie packte seinen Arm. »Sie wirken so klein. Es ist ein Wunder, wie sie diese starken Detonationen aushalten.«

Ransome schlug einen anderen Weg ein, so daß sie die See im Rücken hatten. Aber es gab kein Entrinnen. Das Gelände, in dem er und Tony einst herumgestrolcht waren, wurde jetzt beherrscht von einem schlitzäugigen Bunker aus Beton, und das Gras war übersät mit dicken Pfählen, die das Landen kleiner Flugzeuge oder Gleiter verhindern sollten.

Sie flüsterte: »Du wirst doch vorsichtig sein? Versprich's mir!«

»Das bin ich, glaub mir.« Als er sie küßte, spürte er auf ihrer Wange den salzigen Geschmack von Tränen. »Ich liebe dich. Wir lieben uns. Wir sind füreinander geschaffen.«

Sie gingen den Pfad hinunter, das Donnern der Brandung hinter ihnen wurde schwächer.

»Fährst du nach Codrington House zurück?«

Energisch schüttelte sie den Kopf. »Noch nicht. Dein Vater hat gesagt, ich kann bei ihnen bleiben, solange ich möchte. Meine Mutter weiß es. Sie mag dich sehr.«

»Das macht mich glücklich.«

Sie würde also bei seinen Eltern wohnen und sich dort nicht so einsam vorkommen. Sein Vater hatte auch hierbei eine Hand im Spiel, und dafür war er ihm dankbar. Bestimmt wußte er, daß die Invasion unmittelbar bevorstand. Der Gedanke schnitt durch ihn wie ein Skalpell: Sie waren seine nächsten Angehörigen und würden als erste benachrichtigt werden, wenn etwas schiefging. Er legte Eve den Arm um die Schultern. Dann würde sie dort sein, den Schmerz mit seiner Familie teilen.

»Es war wundervoll . . .« Sie bogen in ihre Straße ein, und sofort sah er den Wagen der Küstenwache, der dicht vor dem Häuschen parkte.

O Gott! Er verlangsamte den Schritt, suchte nach Worten.

Endlich sagte er: »Sie kommen mich holen. Es ist ein Rückruf.«

Eve fuhr herum und starrte ihn ungläubig an. »Noch nicht, Ian! Wir hatten ja nur eine einzige Nacht zusammen.«

Dann ließ sie den Kopf hängen und sagte mühsam beherrscht: »Ich bin dir wirklich keine große Hilfe, nicht wahr?«

Sie gingen zum Wagen, und der Mann der Küstenwache überreichte Ransome einen versiegelten Umschlag. Dabei sagte er: »Ist eben erst angekommen, Sir, muß wohl dringend sein. Unten wartet ein Wagen auf Sie.«

»Bin gleich wieder da.« Sie traten ins Haus und sahen sich in stummer Verzweiflung an.

Mit gebrochener Stimme sagte sie: »Es war so schön mit dir, Liebster!«

Er sah zu, wie sie das Nachthemd zusammenlegte und in ihr Köfferchen packte.

»Augenblick noch.« Er nahm es wieder aus dem Koffer und preßte die Seide an sein Gesicht; die Erinnerung an ihr kurzes Zusammensein überwältigte ihn.

»Es hat einen so wundervollen Duft. Ich werde ihn niemals vergessen.«

Ihre Blicke trafen sich, und sie sagte leise: »Das ist das Riechkissen. Rosen und Lavendel.« Dann trat sie dicht an ihn heran und flüsterte: »Sie stehen für Liebe und Erinnerung.«

249

XX   Tag der Abrechnung

Minensuchboot *Rob Roy* führte eine weitere Kursänderung aus und drehte auf den nächsten Suchstreifen ein.

Ransome stand vorn auf der Brücke und beobachtete die Spurboje mit ihrer kleinen grünen Flagge, die auf den Wellen tanzte, dann richtete er sein Glas auf das nächste Schiff, das jetzt achteraus seine Position einnahm.

Es war ein trüber Abend mit leichtem Nieselregen, der nichts von einem Junitag hatte.

Becketts Stimme sagte aus dem Steuerhaus: »Zwo-null-null liegt an, Sir.« Ruhelos trat Ransome von einem Fuß auf den anderen und zog die Mütze tiefer in die Stirn. Es war ein ganz normaler Tag gewesen – und doch völlig anders. Man spürte es überall: Erwartung, Erleichterung, Sorge und vor allem Entspannung. Das Warten und bange Zweifeln waren vorüber. Die Männer, die unten am Gerät arbeiteten, an ihren Geschützen oder auf Ausguck standen, hatten das Gefühl, als gehöre der Kanal wieder ihnen allein.

Commander Bliss hatte eine Kommandantensitzung einberufen, sobald Ransome nach Falmouth zurückgekehrt war. Die Flottille sollte in Sofortbereitschaft gehen, unabhängig davon, wie die Wetterfrösche auch unken mochten. Weitere Verzögerungen waren kaum tragbar. Achtundvierzig Stunden der widersprüchlichsten Signale lagen hinter ihnen, dazu kamen die Meldungen des Nachrichtendienstes und die sich ständig ändernden Erkennungssignale. Dann aber hatte Bliss ohne Umschweife erklärt: »Es geht los! Dienstag morgen landen wir in der Normandie wie vorgesehen.«

Jetzt waren sie hier im mittleren Kanal und suchten in Richtung auf die französische Küste zu. Die Invasion war nicht länger ein Plan oder ein Entwurf, sie sollte auch nicht etwa im nächsten Monat stattfinden, sondern morgen früh bei Hellwerden.

Ransome spürte einen kalten Schauer. All diese Schiffe, Hunderte davon waren auf konvergierenden Kursen aus Ost und West unterwegs zum Treffpunkt südlich der Isle of Wight, der bereits den Spitznamen »Piccadilly Circus« erhalten hatte. Aus Harwich, Chatham und Hull, aus Portsmouth und Plymouth sowie aus jeder kleinen Bucht der Südküste kamen sie herbei: so viele Schiffe! Nur die Möwen hoch oben konnten sich ein vollständiges Bild machen. Aber die zwei Tage Verzögerung konnten den Alliierten teuer zu stehen kommen, denn trotz der absoluten Luftherrschaft und ständigen Patrouillenflüge bei Tag und Nacht mußte der Feind längst wissen, was er zu erwarten hatte. Nur nicht, wo.

Als die Minensucher und anderen Kleinfahrzeuge der Gruppe Bliss von Falmouth aus direkt in ihre vorgesehenen Seegebiete gefahren waren, hatten sie lediglich einen winzigen Ausschnitt des gewaltigen Aufmarsches gesehen. Da waren Schiffe jeden Typs und jeder Größe, Landungsboote voller Panzer, Waffen und Truppen, während ihnen andere, seltsam aussehende Fahrzeuge folgten, die Stahlbrükken, Pontons und den lebenswichtigen Nachschub an Treibstoff heranschafften, damit alles in Bewegung blieb.

Da Ransome bereits verschiedentlich von übereifrigen eigenen Kommandanten unter Feuer genommen worden war, hatte er Makkay befohlen, die Minensuchlichter bereitzuhalten und damit ihre Absicht erkennen zu geben, statt durch buchstabengetreue Befolgung der Verdunkelungsvorschriften eine Gefahr heraufzubeschwören. Als er Fallows' Stimme vom Geschütz unter der Brücke hörte, dachte er an die Mitteilung, die ihm Bliss in letzter Minute vor dem Auslaufen gemacht hatte.

»Ich habe eine Anzeige gegen Ihren Leutnant Fallows vorliegen. Es geht um Fälschungen von Bestell- und Lieferscheinen für Farbe, die gar nicht an Bord genommen wurde, sondern auf dem Schwarzmarkt landete. Bestimmt wird er sich vor dem Untersuchungsrichter zu verantworten haben. Ich überlasse es natürlich Ihnen, wann Sie es ihm sagen. Sicherlich möchten Sie im Augenblick keinen personellen Wechsel bei all dem, was vor uns liegt.« Dabei hatte er sein wärmstes Lächeln gezeigt. »Es hängt also ganz von Ihnen ab.«

Mit anderen Worten: Wenn etwas schiefging, würde Ransome und nicht Bliss die Verantwortung dafür zu tragen haben.

Jetzt schritt Ransome unruhig auf der Brücke hin und her und musterte die neuen Leute, darunter auch Signalgast Darley, der als Ersatz an Bord gekommen war. Mackay ließ den Jungen dauernd dies oder jenes holen. Die beiden erinnerten Ransome an einen alten Hund mit einem Welpen.

Ranger hielt Station achteraus von *Rob Roy* und stampfte stark im steilen Seegang. Ihre Umrisse waren bereits verschwommen, bald würde es dunkel sein. Aber dieser Suchstreifen mußte noch beendet werden.

Er fragte sich, wie Hargrave wohl mit seinem ersten selbständigen Kommando zurechtkam und wie Gregory mit seiner Herde kleiner Minenräumboote, die irgendwo achteraus bei *Bedworth* und den Si-

251

cherungsbooten standen. Jemand reichte ihm einen Becher Kakao, so süß, daß er wie heißer Sirup in der Kehle klebenblieb. Er enthielt erheblich mehr als die übliche Portion Rum. Zweifellos war das Bekketts Werk.

Ransome klopfte auf seine Tasche und fühlte darin die Form des Ölzeugbeutels. Diesmal enthielt er jedoch ein anderes Bild, ein kleines Selbstporträt, das Eve ihm ein wenig schüchtern in die Hand gedrückt hatte. Es zeigte sie an der Staffelei sitzend. Im Hintergrund sah man die *Barracuda*, bemerkenswert genau wiedergegeben, obwohl das Boot schon so lange unter seiner Persenning verborgen war. Auf die Rückseite hatte sie geschrieben: »Dem liebsten aller Männer!«

Dies war jedoch nicht die einzige Botschaft, die sie ihm mitgegeben hatte. Die letzte stak in einem versiegelten Umschlag, den sie ihm überreicht hatte, bevor der Dienstwagen mit ihm davongefahren war. Sie rief ihm nach: »Lies es später!« Dann hatte sie sich abgewandt, damit er ihre Tränen nicht sah.

Der Umschlag enthielt ein ganz entzückendes Gedicht, das sie bestimmt mit großer Sorgfalt ausgesucht hatte. Es erinnerte ihn an seine Schultage, aber sie hatte es in ihrer eigenen Handschrift ein wenig abgeändert und ihrer Situation angepaßt. Beim Lesen war ihm, als stünde sie neben ihm und spräche beruhigend auf ihn ein.

Er ging wieder auf die andere Seite der Brücke und fühlte, wie das Schiff heftig rollte. Bei der herrschenden starken Gegenströmung und behindert durch das schwere Gerät lief *Rob Roy* lediglich sieben Knoten. Er stampfte mit seinen ledernen Seestiefeln mehrmals auf. Empfand er Angst? Oder war es die Furcht zu versagen, etwas zu übersehen, eine winzige, aber lebenswichtige Kleinigkeit?

Unter seinen Füßen hörte Matrose Boyes das Stampfen und blickte zur Decke des Steuerhauses auf. Der neben ihm stehende neue Midshipman Piers starrte ihn mit weit aufgerissenen Augen an. »Was war das?«

Beckett, der lässig hinter dem Rad stand, trotzdem aber den Blick unverwandt auf den Kompaß gerichtet hielt, sagte: »Das waren keine Angstschweißtropfen, sondern nur der Skipper, der Dampf abläßt.« Er machte sich nicht die Mühe, bei dem Grünschnabel *Sir* hinzuzufügen. Als er das Rad übernahm, hatte er kühn behauptet, er würde jetzt am Ruder bleiben, bis sie vollendet hätten, weshalb sie gekommen waren. Er trug sein bestes Jackett mit den glänzenden goldgestickten Abzeichen auf den Aufschlägen.

Er spürte noch immer die schmerzende Narbe an seiner Hüfte, wo der glühende Splitter ihn getroffen hatte; aber er achtete nicht darauf. Man hatte ihm dafür noch die Spange zu seiner Tapferkeitsmedaille verliehen.

Die Tür wurde geöffnet und wieder geschlossen: Der Buffer, mit einer starken Stablampe in der Hand, überprüfte zum letzten Mal die Leckwehr.

Beckett grinste träge. »Ich hoffe, du hast einen zu deiner Größe passenden Stahlhelm, Buffer. Wär' doch schade, wenn sie dir deinen Poller abschießen!«

Schlagfertig erwiderte der Buffer: »Ich hätte eigentlich erwartet, daß du heute deine braune Hose trägst, Swain!«

Boyes sah ihm nach, als er eilig wieder nach draußen ging. Ihre beiläufige Neckerei gab ihm Trost und Auftrieb.

Er versuchte, Connie aus seinen Gedanken zu verbannen, schaffte es aber nicht. Er sah sie ständig auf dem Bett oder in seinen Armen. Mehrmals hatte er versucht, sie anzurufen, aber im Wachlokal ihrer Batterie war man nicht imstande oder nicht willens, ihm zu helfen.

Im Mannschaftsraum hatte ihn dann Gefreiter Jardine gefragt: »Was zum Teufel ist mit dir los, Gerry? Du machst ein Gesicht wie Liverpool im Regen!«

Der Raum war leer bis auf sie beide, und Boyes hatte ihm sein Herz ausgeschüttet, obwohl er damit rechnete, daß Jardine sich über ihn lustig machen würde.

Jardine hatte ihn jedoch nachdenklich angesehen. »Diese Connie kommt mir ziemlich ausgepufft vor. Mir scheint, sie ist nichts für dich. Wenn du erst deinen Goldstreifen auf dem Ärmel hast, wirst du dir hoffentlich was anderes suchen.«

Verblüfft hatte Boyes ihn angestarrt: »Du weißt es schon?«

Lachend hatte Jardine erwidert: »Klar! Das ganze verdammte Schiff weiß es. Aber auch wenn du später mal Offizier wirst, bist du trotzdem in Ordnung, Junge. Durch dieses Mädchen bist du um eine Erfahrung reicher geworden.« Kopfschüttelnd hatte er hinzugefügt: »Mein Gott, Gerry, die hat dich doch nur zum Frühstück vernascht!« Boyes aber war immer noch nicht völlig überzeugt.

Alle erstarrten, als Sherwoods Stimme aus dem Sprachrohr ertönte: »Die Spurboje ist nicht mehr zu sehen, Sir!«

Midshipman Piers packte Boyes am Arm. »Was bedeutet das?«

Boyes antwortete zögernd: »Daß die Spurboje unter der Oberfläche verschwunden ist. Wir müssen irgendwas erwischt haben.« Er sah ihn an, bemerkte aber die Verständnislosigkeit des Jüngeren.

253

Beckett unterbrach sie: »Klar zum Minenabschießen, Jungs! Es wird höchste Zeit, daß ihr euren Sold verdient!«

Oberleutnant Sherwood umklammerte einen Ladebaum und sah in die kochende See, die unter dem Heck hervorquoll. Sie machten nur langsame Fahrt, aber hier achtern, wo das Wasser ohnehin fast bis zum Deck reichte, wenn *Rob Roy* ihren Bug in die anstürmenden Kämme bohrte, entstand der Eindruck von Geschwindigkeit.

Sherwood beobachtete die dunkle Silhouette der *Ranger* auf ihrer etwas versetzten achterlichen Station; ihr Steven wurde ständig von Gischt überspült. Die übrigen Minensucher waren in der Dunkelheit nicht mehr zu erkennen. Sherwood knöpfte seinen Ölmantel bis zum Hals zu, obwohl er darunter schwitzte; aber ohne ihn wäre er bald bis auf die Haut durchnäßt worden.

Die Nässe tropfte von Sherwoods Mützenschirm, während er achteraus starrte. Er war der Ansicht, daß er alles unter Kontrolle habe, wenigstens das, was er ringsum sehen konnte; dazu kamen die Dinge, die er nur vermutete auf Grund der Meldungen, die ständig eintrafen. Sie hatten alle gewußt, daß es bald losgehen würde. Jetzt war es soweit, und so lange am Leben geblieben zu sein, war ein wirkliches Geschenk.

Wenn jemand diesen Gedanken laut ausgesprochen hätte, wäre Sherwood früher wütend auf ihn losgefahren. Wie hatte er sich nur so verändern können? Freundschaft und Liebe hatte er für Verrücktheit gehalten, ganz zu schweigen von einer Heirat in Kriegszeiten. Aber die Augenblicke neben der Fallschirmmine hatten ihn wirklich verändert. Er blickte auf die anderen vor Nässe glänzenden Gestalten, auf das schlanke Rohr des achteren Vier-Zoll-Geschützes über ihnen.

Als er sich ins Gedächtnis rief, wie er es Ransome am Tag seiner Rückkehr erzählt hatte, mußte er jetzt noch lächeln.

»Ich habe sie gefragt, ob sie mich heiraten will.« Bei diesen Worten hatte er verschämt gegrinst, überrascht von seiner eigenen Schüchternheit. Aber Ransome hatte ihm kräftig die Hand gedrückt und gesagt: »Ich auch!«

Also hatte der Skipper auch ein Mädchen, obwohl niemand das vermutete. Diese Mitteilung hütete Sherwood wie ein kostbares Geheimnis.

Clarke rief: »Die Spurboje, Sir!« Die älteren Leute merkten es schon, wenn sich der Ton der vibrierenden Stahltrosse etwas änderte. »Wir haben etwas im Gerät!« Clarkes Augen leuchteten weiß im trüben Licht. »Sagen Sie es besser dem Alten, Sir.«

254

Sherwood griff zum Handtelefon. »Die Spurboje ist nicht mehr zu sehen, Sir.« Er sah Guttridge vom Geschütz herunterstarren. Der Obergefreite war mit zwei blaugeschlagenen Augen vom Urlaub zurückgekommen, aber er war ein harter Mann, und niemand wagte darüber zu lachen.

Ransomes Antwort kam sofort: »Gerät einholen!« Dann, nach kurzem Zögern: »Seien Sie vorsichtig, Philipp.«

Sherwood nickte Clarke zu. »Hol ein.« Er hörte den Buffer keuchend über das Seitendeck laufen. »Achterdeck räumen und Deckung nehmen!« Er machte eine Pause, erwartete fast, daß seine Glieder anfingen zu zittern. »Schön langsam hieven, Clarke. Vielleicht ist es nur ein Wrackteil.«

Clarke antwortete nicht, ließ aber den einkommenden Draht über seine behandschuhte Faust laufen und knurrte: »Glatt wie 'n Kinderarsch.«

Sherwood wartete ab. Selbst im schwachen Licht sah er, daß der Stahldraht wie poliert glänzte, ein Beweis dafür, daß er über Grund gelaufen war.

»Guttridge! Lassen Sie die Geschützbedienung wegtreten.« Sherwood sah sich um, konnte aber in der Dunkelheit kaum noch die Reling erkennen. Wenn es eine Mine war, mußte sie nun gleich unter der Heckwulst auftauchen.

»Langsam, Clarke!«

Clarke biß die Zähne zusammen. Er spürte sie jetzt ganz deutlich, als müsse er und nicht die Winsch den vollen Zug aushalten – wie ein Hochseeangler mit einem Schwertfisch an der Leine.

Sherwood kniete sich hin und fluchte, als sein Bein dabei auf einer Niete landete. »Sie ist gleich oben. Melden Sie es dem Kommandaten.« Er streckte die Hand aus. »Geben Sie mir die Stablampe, Buffer. Ich muß einen Blick darauf werfen, und zum Teufel mit der Verdunkelung!«

Er knipste die Lampe an und sah mehrere Dinge zugleich: Als erstes die Spurboje, die sich abmühte, an die Oberfläche zu steigen; er sah das Scherbrett, das im Lichtstrahl hell leuchtete, während es langsam näher kam, und direkt unter seinem ausgestreckten Arm sah er die Mine.

Er hörte Clarke nach Luft schnappen und wie aus weiter Ferne jemanden die Meldung zur Brücke hinaufrufen. Im selben Augenblick schien das Deck unter ihm wegzukippen; er vermutete, daß eine Schraube mit höchster Umdrehungszahl rückwärts lief, um das Heck wegzudrehen.

255

Er sah die Mine auf sich zutaumeln und merkte, daß er sie ohne Angst beobachten konnte. Nur noch Sekunden zu leben ... In den Gischt hinein rief er: »Ich liebe dich!«

Dann schien die Mine beiseite zu schweben, von der abrupten Kursänderung weggeschoben. Sie kollidierte mit dem Scherbrett am Ende des Geräts, und die dunkle See blitzte auf in einer grellen Detonation.

Sherwood spürte, daß er von einem gewaltigen Wasserschwall, der völlig geräuschlos übers Deck fegte, umgerissen wurde. Als sein Gehör zurückkehrte, fing er noch die letzten Hurrarufe auf, merkte, daß der Buffer ihm auf den Rücken schlug und schrie: »Wir brauchen ein neues Scherbrett, Sir!«

Ein Seemann meinte traurig: »All die toten Fische – ein Jammer, daß wir sie nicht für die Kombüse einsammeln können!«

Mühsam stand Sherwood auf. Seine Mütze war verschwunden, die Stablampe ebenfalls. Das war verdammt knapp gewesen!

Unten im Maschinenraum beobachtete Campbell, wie die Umdrehungen der beiden Schrauben wieder gleichmäßig wurden. Einer seiner Heizer gratulierte ihm mit nach oben gerecktem Daumen, während dicht neben seiner Hand die glitzernde Maschine ohrenbetäubend ratterte.

Der ganze Maschinenraum hatte gedröhnt wie ein leeres Ölfaß, auf das mit einem gewaltigen Hammer eingeschlagen wurde. Campbell grinste seinen Assistenten an, wandte seinen Anzeigetafeln den Rücken und summte ein altes Minensucherlied, das niemand außer ihm hörte. Während er sich das verschwitzte Gesicht wischte, dachte er, daß Alfred Bone recht daran getan hatte, auszusteigen. Es war soeben nur um Haaresbreite gutgegangen. Er hatte die Bordwand betrachtet, an der jeder einzelne Tropfen im Rhythmus der Schiffsschrauben vibrierte, und einen fürchterlichen Augenblick geglaubt, nun sei eingetreten, was sie insgeheim immer fürchteten.

Das Telefon schrillte. »Chief!« Er mußte seine ölverschmierte Hand auf das freie Ohr drücken, um hören zu können.

»Hier Kommandant. Alles in Ordnung bei euch da unten? Tut mir leid mit dem Krach. Was bloß die Nachbarn von uns denken?«

Der Chief grinste und spürte, daß die Spannung von ihm abfiel. »Alles in Ordnung, Sir! Aber sagen Sie's bitte rechtzeitig, wenn Sie das noch mal machen.«

Auf der Brücke gab Ransome das Sprechgerät an den Bootsmannsmaat zurück und sagte zu Morgan: »Hoffen wir, daß dies die letzte Mine war.«

Morgan nahm die Mütze ab und ließ sein lockiges Haar fliegen. Er hatte sich eingebildet, die Mine sehen zu können, als Ransome das Schiff in dieser harten Drehung herumgerissen hatte. Im nächsten Augenblick ... hatte er gedacht und dabei das Zittern seiner Beine gespürt.

Jetzt meldete der Bootsmannsmaat am Sprachrohr mit unsicherer Stimme: »Verzeihung, Sir, der Artillerieoffizier gibt durch, daß die Steuerbordreling weggerissen worden ist bei dem – äh, Knall!« Er mußte sich zusammennehmen, um nicht in unsinniges Gelächter auszubrechen.

Ransome stieg wieder auf seinen Stuhl und nickte bedeutsam. »Sagen Sie Mr. Fallows, daß ich sofort eine neue Reling bestelle, wenn wir im Hafen sind.«

Mackay grinste breit und tätschelte dem jungen Signalgast den Arm. »Wie eine Herde Kinder!« Der Spott verbarg jedoch nicht seine Bewunderung und Erleichterung.

Lange vor Tagesanbruch war allen klar, daß es keine Planänderung in letzter Minute gegeben hatte. Die Invasion rollte mit voller Gewalt und allen Streitkräften an.

Die ganze Nacht hatten Ransome und die Wachgänger bei ihm auf der Brücke das Vibrieren in der Luft gespürt, als eine Bomberwelle nach der anderen hinüberflog zur Küste der Normandie. Hunderte mußten es gewesen sein, wenn nicht gar Tausende.

Und jetzt, in der grauen Dämmerung, wurde die Küste erhellt von einer nicht enden wollenden Feuerlinie. Sie leuchtete rot und orangefarben, und darüber schwebte eine ungeheure Rauchwand. Es sah aus wie der Eingang zur Hölle.

Wie mochte wohl den Truppen in ihren Landungsfahrzeugen zumute sein? Sie waren unterwegs zum Rendezvous mit dem Tod, einem kleinen Kreuz auf der Karte oder auf einer Luftaufnahme. Aber nur wenige Landungsfahrzeuge waren von *Rob Roys* Brücke aus sichtbar, obwohl Ransome wußte, daß sie die ganze Breite des Kanals ausfüllten. Die letzten verließen noch die Sammelgebiete, während die vorderen ihre Soldaten bereits ins Feuer entließen.

Ransome hob das Glas und beobachtete das Gewirr von Blitzen, die vom Land aufzusteigen schienen. Augenblicke später fielen schwere Granaten zwischen die alliierte Armada, während die Luft dröhnte vom Krachen der Detonationen.

Wie vor Sizilien, so feuerten auch hier die Großkampfschiffe aus

257

einer Position hinter dem Horizont. Aber das Aufblitzen ihrer Einschläge beleuchtete die Küste wie ein tödliches Szenario.

Bedworth kreuzte mit imponierender Bugwelle durch die Versorgungsfahrzeuge, während ihr abgeblendeter Signalscheinwerfer hektisch blinkte. »Vormarsch wie befohlen, Sir.« Mackay ließ das starke Fernglas wieder sinken.

»Beide langsame Fahrt voraus.« Ransome stützte sich aufs Brückenkleid und beobachtete die Landungsfahrzeuge, die sich querab auf beiden Seiten durch das kabbelige Wasser arbeiteten. Diesmal gab es keinen Dudelsackpfeifer, er hätte auch nicht hierher gepaßt. Alle waren dankbar, daß sie dies noch erleben konnten: die größte Invasion aller Zeiten.

Ein Teil der kanadischen 3. Division steuerte das Gebiet an der französischen Küste an, das den Codenamen »Juno« erhalten hatte. Ransome dachte an den pfeiferauchenden kanadischen Major an der Küste von Sizilien. Vielleicht war auch er heute dabei?

Ihm fiel plötzlich etwas ein, und er rief: »Mackay! Setzen Sie beide Gefechtsflaggen! Wir wollen es ihnen zeigen!«

Mackay starrte ihn verwundert an, dann nickte er. »Aye, aye, Sir.«

»Sir!« Morgan hob sein Glas, dessen Linsen rot aufglühten im feurigen Widerschein. »Irgendeinen armen Teufel hat es erwischt, Sir.«

Ransome wandte den Blick ab, als weitere Wassersäulen zwischen den Landungsfahrzeugen gen Himmel stiegen. Er blickte erst auf, als die große Gefechtsflagge von *Rob Roys* Steuerbordrah auswehte; eine zweite an Backbord folgte. Dieses Schiff war zwar zu klein für eine solche Zurschaustellung, aber vielleicht würde sie den beobachtenden Soldaten Mut einflößen, während sie die Sekunden zählten, bis die Laderampen herabfielen.

Ein gekentertes Landungsfahrzeug trieb vorbei, zwei Soldaten standen auf dem Kiel und warfen ihre Stiefel und Waffen weg, weil der Rumpf unter ihnen wegsackte. Einer der beiden winkte.

Schwere Granaten donnerten über ihre Köpfe hinweg, und als Ransome das Glas auf die allmählich klarer hervortretende Küste richtete, sah er einen viermotorigen Bomber herabtaumeln wie ein welkes Blatt und im Qualm verschwinden. Das künstliche Gewitter ließ die Wolken aufleuchten wie Silber. Dann fiel ein zweites Flugzeug ins Meer, ohne daß es überhaupt sein Bombenziel in Sicht bekommen hatte. Ransome beobachtete es hoffnungsvoll und sprach ein kurzes Gebet. Aber kein Fallschirm trieb im Wasser. Für diese Männer hatte das Leben hier geendet.

»Backbord zehn. Mittschiffs. Rechts so!«

Morgan wandte sich ihm zu. »Eins-sechs-null liegt an, Sir.«

Die Minensucher hatten ihre Aufgabe erfüllt. Noch während ihm dieser Gedanke durch den Kopf ging, sah Ransome einen großen Schlachtkreuzer, der zweifellos als einer der letzten das Aufmarschgebiet verlassen hatte, mit hocherhobenen Geschützrohren und ständig ins Binnenland feuernd an sich vorbeirauschen.

Sherwood kam auf die Brücke. »Gerät ein und gesichert, Sir!« Er beobachtete die hohen Wassersäulen zwischen den Landungsfahrzeugen, die manchmal so aussahen, als seien sie von Gischt versenkt worden; dann jedoch tauchten sie wieder auf und pflügten genauso entschlossen wie vorher durch die See.

Ransome sagte: »Lassen Sie die achteren Geschütze räumen und die Rettungsnetze klarlegen. Bald werden sie benötigt werden.«

Er hörte Bravorufe und sah einige Männer nach achtern zeigen. *Ranger* und der Rest der Flottille waren ihrem Beispiel gefolgt und hatten ebenfalls weiße Gefechtsflaggen gesetzt. Die Schiffe darunter wirkten womöglich noch kleiner als vorher.

Leutnant Fallows stand auf der Back mit in die Hüften gestemmten Händen und sah Guttridge entgegen.

»Der Buffer sagt, Sie brauchen Hilfe, Sir?« Guttridge stieß die Frage ziemlich patzig hervor, denn ihn schmerzten noch immer die Prügel, die er bezogen hatte, als er zu Hause seine Frau und deren Liebhaber zur Rede stellen wollte. Er hatte nicht erwartet, daß der Kerl so riesig war, und auch nicht, daß ihre beiden stämmigen Brüder ihm helfen würden. Sie hatte ihn angeschrien: »Du wagst es, von Treue zu sprechen, du Mistkerl? Was war denn mit all den Mädchen, die du vernascht hast?« Dann hatten sie ihn alle zusammen nach Strich und Faden verprügelt. Nein, er war nicht in der Stimmung für Bunny Fallows' Macken, auch wenn heute die Invasion stattfand.

Fallows knurrte: »Diese Reling . . .« Er zeigte auf die herabhängenden Drähte. »Die Explosion hat einen starken Schäkel geknackt wie eine Möhre. Sieht schlimm aus!«

»Und was soll ich dagegen tun?« Guttridge stellte fest, daß die Geschützbedienung über ihre Panzerung blickte und der Auseinandersetzung zu lauschen versuchte.

Irgendwer rief: »Da kommen die Husaren zur See!«

In Pfeilformation donnerten Motorkanonenboote an ihnen vorbei und kreuzten ihren Kurs, die Geschütze und Maschinengewehre bereits auf das vor ihnen liegende Land gerichtet. Große Gefechtsflaggen wehten von jeder Gaffel, und die Offiziere im Ölmantel glichen mit ihren flotten weißen Schals dem Traumbild, das sich die Schuljugend von den Helden der Nation machte.

Einige Seeleute winkten, während *Rob Roy* mit gleichmäßigen acht Knoten dahinzog.

Fallows schrie Guttridge an: »Ich spreche mit Ihnen! Wenn Sie sich weiter so unverschämt benehmen, sorge ich dafür, daß Sie Ihr Abzeichen am Ärmel wieder verlieren!« Er mußte sich an einer Relingsstütze festhalten, weil das Kielwasser der schnellen Kanonenboote den Bug anhob.

Guttridge beobachtete den Leutnant und hoffte, daß er das Gleichgewicht verlieren und über Bord fallen würde. Bestimmt hätte ihm dann kein einziger hier eine Rettungsleine zugeworfen. Aber Fallows klammerte sich an seine Relingsstütze. Die Augen quollen ihm fast aus dem Kopf, als er hinter der zurückflutenden Bugwelle ins Wasser starrte.

Er wollte schreien, wollte warnen, aber in diesen wenigen Sekunden sah er nur die Mine, die in einer trägen Spirale aus der Tiefe emporstieg, wo sie möglicherweise seit Jahren ungestört geruht hatte.

Guttridge sah den Schrecken in Fallows Gesicht und schrie: »Runter! In Deckung!«

Dann stieß die Mine kratzend gegen die Bordwand, und ihre Welt barst auseinander.

Oberleutnant Trevor Hargrave blickte nach oben, als eine weitere Salve schwerer Granaten über ihre Köpfe hinweggorgelte. Es dröhnte, als ob ein Dutzend Expreßzüge zur gleichen Zeit vorbeidonnerten. Der Lärm war so stark, daß man unwillkürlich erwartete, die Granaten sehen zu können.

Der Seemann am Sprechgerät meldete: »Gerät ein und gesichert, Sir!«

Hargarve nickte. Wie lange würde es noch dauern, fragte er sich, bis ihm die Gesichter der Männer an Bord so vertraut waren wie die auf *Rob Roy*? Er sah sich auf der Brücke um, musterte die geduckten Gestalten der Ausguckposten und des Signalgefreiten, der aber nicht Mackay war. Gerade hißte er die große weiße Gefechtsflagge an der Signalrah. Die *Ranger* war nun sein Schiff, er war hier der Kommandant. Er verspürte Stolz, der aber mit Wehmut durchsetzt war.

260

Er sah die *Bedworth* sich durch eine Gruppe kleiner Minenräumboote schieben und lächelte bitter. In Falmouth hatte er einen Mitschüler, der bereits Kapitänleutnant beim Stab war, über Bliss ausgefragt. Er wollte wissen, warum dieser sich nicht mit Vizeadmiral Hargrave vertrug.

Sein Freund hatte ihm grinsend auf den Arm geklopft. »Mein Gott, Trevor, deine Familie muß ja eng zusammenhalten, wenn dieses saftige Geheimnis noch nicht bis zu dir gedrungen ist!«

Als Hargrave weiterbohrte, hatte sein Schulkamerad schließlich erklärt: »Dein alter Herr war einst Kommandant eines Zerstörers, auf dem auch Bliss fuhr. Es war allgemein bekannt, daß er der jungen Frau von Bliss nachstellte – anscheinend mit Erfolg. Seitdem herrscht keine ausgesprochene Zuneigung zwischen den beiden.«

Hargrave biß sich auf die Lippen. Noch vor einiger Zeit hätte er seinen Vater erbittert verteidigt, aber jetzt glaubte er dem Schulfreund. Er spürte Schmerz und Erniedrigung. Die wunderschöne Rosalind Pearce hatte ihm inzwischen ihre private Telefonnummer gegeben: »Wenn wir uns das nächste Mal treffen, Trevor, wollen wir ein paar nette Stunden miteinander verbringen.«

Zwei Nächte, bevor *Rob Roy* den Auslaufbefehl erhielt, hatte er in ihrer Wohnung in Mayfair angerufen. Wie ein Schock hatte es ihn getroffen, als unter der angegebenen Nummer sein Vater antwortete. Schnell hatte er den Hörer wieder aufgelegt, ohne etwas zu sagen. Aber es schmerzte immer noch.

In diesem Augenblick rief Leutnant John Dent: »Vom Funkraum, Sir. Die ersten Truppen sind gelandet!«

Hargrave musterte den dunklen Himmel und die kabbelige See, die immer dichter bedeckt war mit Wrackteilen, gekenterten oder ausgebrannten Landungsfahrzeugen.

Sie hatten es geschafft!

Nun war ihm auch klar, was er zu tun hatte: Er würde Rosalind und seinen Vater benutzen, so wie sie einander benutzten.

Er hörte halberstickte Hurrarufe aus dem Steuerhaus und beugte sich über das Sprachrohr. »Schluß mit dem Lärm dort unten! Unser Kurs ist eins-sechs-null und nicht zwei Grad daneben.«

Gischt sprühte über das gläserne Brückenkleid und durchnäßte Hargraves Oberhemd. Er sah, daß der Leutnant ein Grinsen unterdrückte, und sagte reumütig: »Ich habe mich geirrt. Invasion oder nicht, Schlips und Kragen sind auf der Brücke unangebracht.«

Plötzlich zuckte ein greller Blitz auf, gefolgt von einer Detonation, die *Rangers* Bordwand mit voller Wucht traf. Einen Augenblick dachte Hargrave, sie hätten ein versunkenes Wrack oder eine nicht verzeichnete Sandbank gestreift. Dann jedoch starrte er entsetzt zu der gewaltigen Wassersäule hinüber, die vom Deck der *Rob Roy* aufzusteigen schien, turmhoch und so stabil, als wolle sie nie mehr zusammenfallen. *Rangers* I.W.O., ein junger Oberleutnant aus Neuseeland, kam auf die Brücke gestürmt.

»Dicht an der Bordwand, Sir! Sie ist auf eine Mine gelaufen, verdammter Mist!« Seine Worte klangen ungläubig.

Hargrave beobachtete die weiße Wassersäule, die jetzt in Kaskaden herunterkam und sich zur Seite neigte.

Der Signalgefreite rief: »Von *Bedworth*, Sir: Übernehmen Sie das Kommando über die Flottille. Die Motorboote leisten *Rob Roy* Hilfe.«

Hargrave starrte sein altes Schiff an, bis ihm die Augen weh taten. Er glaubte, Bilder zu sehen wie in einem Album: Fallows, zu betrunken, um seine Fragen zu beantworten; Ransome in seiner kleinen Kammer, der gleichen, wie er sie jetzt bewohnte, wenn *Ranger* im Hafen lag; Campbell, der alte Bone und der feindselige Sherwood. Bekkett und der Buffer, dazu der Mitshipman, der umgekommen war.

Mit fester Stimme rief er: »Nicht beachten! Geben Sie an *Firebird*: Übernehmen Sie das Kommando über die Flottille. Ich leiste Beistand.« Er hämmerte mit der Faust auf den Handlauf, wie er es bei Ransome gesehen hatte. »Beide Maschinen äußerste Kraft voraus!«

Zwar mißachtete er einen direkten Befehl von Bliss, aber plötzlich schien ihm das nicht mehr wichtig. Auch seine künftige Laufbahn interessierte ihn nicht mehr. *Rob Roy* war noch immer sein Schiff. Nur das zählte.

Der I.W.O. und der Leutnant tauschten vielsagende Blicke aus. Es steckte also doch mehr in ihrem neuen Kommandanten, als sie angenommen hatten.

Morgan drängte sich zu Ransome unter den Segeltuchbezug und blickte auf die Karte nieder.

Ransome sagte: »Wir bleiben auf Kurs, bis wir diesen Punkt hier erreichen.« Mit dem Stechzirkel tippte er auf ein eingezeichnetes Bleistiftkreuz. »Sechs Meilen vor der Küste.«

Morgan rieb sich das Kinn. Es knirschte, weil er sich eigentlich zweimal am Tag rasieren mußte. »Danach . . .«

Die Welt unter ihren Füßen schien zu explodieren. Das Krachen war nervenzerfetzend, und das Schiff verlor mit schrecklicher Plötzlichkeit alle Fahrt.

Ransome fand sich auf den Knien wieder, neben ihm lag Morgan und hustete. Alles war voll Qualm. Als Ransome mühsam auf die Beine kam, wäre er fast von neuem gefallen. Ihre Schlagseite wurde rasch schlimmer.

Er reichte Morgan die Hand, um ihm beim Aufstehen zu helfen, aber ein Schmerz durchbohrte wie glühendes Eisen seine linke Schulter.

Morgan zog sich mühsam neben ihm hoch. »Was ist mit Ihnen?«

Ransome hangelte sich zu seinem Stuhl, hielt sich daran fest und biß vor Schmerz die Zähne zusammen. Keuchend sagte er: »Ein paar Rippen angeknackst, denke ich.« Er sah sich auf der schrägliegenden Brücke um, noch benommen von der Detonation.

Rob Roy, sein Schiff, war auf eine Mine gelaufen! Vielleicht war es tödlich verwundet. Er mußte überlegen, mußte veranlassen, was er immer gefürchtet hatte.

Als erstes rief er: »Beide Maschinen stopp!«

Die Reaktion aus dem Steuerhaus kam sofort: »Keine Antwort aus dem Maschinenraum, Sir!« Er hörte Beckett husten. »Ruder funktioniert nicht mehr – Kompaß ist kaputt . . . Alles ein Chaos hier unten.«

Ransome gab Morgan ein Zeichen. »Übernehmen Sie. Lassen Sie das Steuerhaus räumen. Ich muß mit dem Chief sprechen.« Er starrte einen der Ausguckposten an, und ihm wurde beinahe übel. Der Mann war von der Wucht der Detonation gegen die graue Stahlwand geschleudert worden, die seinen Kopf knackte wie eine Eierschale. Ein schmieriger Blutstreifen führte daran hinunter bis zu den Grätings, und weiteres Blut sammelte sich in den Speigatten. Mackay kniete auf einem umgekippten Flaggenspind und hielt sich die Wange, die ein Glassplitter bis auf den Knochen durchschlagen hatte. Der Bootsmannsmaat saß mit im Schoß gefalteten Händen da, als ruhe er sich aus. Nur seine vorquellenden Augen verrieten, daß er durch den Detonationsdruck sofort getötet worden war.

Hätte Ransome sich nicht gerade über den Kartentisch gebeugt . . . Mit äußerster Anstrengung versuchte er, seine Gedanken zu ordnen, und schleppte sich zur Leiter. In seiner Seekammer war ein weiteres Telefon, das direkt mit dem Maschinenraum verbunden war. Aber das Stampfen der Maschinen hatte schon aufgehört.

Er nahm das Handtelefon aus seiner Klammer am Schott, und Campbell meldete sich, bevor er selbst sprechen konnte.

Der Chief sagte knapp: »Wir machen viel Wasser, an Steuerbord vorn. Aus den Tanks dort verlieren wir auch Öl.«

Ransome preßte die Stirn gegen die kalte Stahlwand und nickte mit geschlossenen Augen. Den Gestank des Treibstoffs hatte er schon gerochen. Oft genug war er dabeigewesen, wenn andere Schiffe starben. Das Auslaufen ihres Treibstoffs war, als verlören sie ihr Blut.

»Schicken Sie Ihre Männer herauf, Chief.«

Campbell erwiderte: »Die Pumpen schaffen es noch, Sir. Ich bleibe mit den Männern hier unten.«

Ransome sah, daß Sherwood zur Tür hereinblickte, und stellte fest, in welch schrägem Winkel er stand. Das Schiff legte sich also noch mehr über. Männer riefen, und er hörte metallisches Kratzen an Deck, hörte das Trampeln rennender Menschen. Unordnung überall, wo eben noch Disziplin und Ordnung geherrscht hatten.

Sherwood bemerkte seine Verzweiflung und sagte rasch: »Alle Wasserbomben sind gesichert, Sir. Der Buffer steht mit seinen Männern bereit bei Schlauchbooten und Rettungsflößen. Der Kutter ist klar zum Fieren, aber das Motorboot ist hin.«

Er half Ransome auf. Nicht erwähnt hatte er, daß das Motorboot, das zerschmettert in den Steuerborddavits hing, die Hauptwucht der Detonation abbekommen hatte.

Leutnant Tritton war vom hereinschießenden Wasserschwall an Deck geschleudert worden und lag noch festgekeilt unter Wrackteilen. Dr. Cusack war bei ihm, unterstützt von dem verängstigten neuen Sanitätsgast, der ihm die Instrumente reichte. Sherwood wurde übel bei dem Gedanken, daß der Arzt durch Fleisch und Knochen schneiden würde, während das Schiff immer tiefer sackte.

Ein vor ihnen treibendes großes Landungsschiff erhielt einen Granattreffer unterhalb der Brücke, wo bereits zwei verlassene Panzer ausbrannten. Sherwood überlegte. Sie waren nur ein paar Meilen von der Küste entfernt, und die Geschütze würden sich sofort auf die *Rob Roy* richten, sobald das Landungsschiff untergegangen war.

Ransome fragte: »Wie viele Ausfälle?« Er hatte den Arm um Sherwoods Schulter gelegt und humpelte, von diesem gestützt, durch die Tür.

»Bunny Fallows hat es erwischt, Sir, auch Guttridge. Einige von der Geschützbedienung hat es ziemlich durchgeschüttelt, aber nur Hoggan ist schwer verwundet.«

Das Deck holte mit einem Ruck noch stärker über. Ransome zog sich hinauf zur Brücke, legte den Kopf zurück und atmete ein paarmal frische Luft ein. Ohne Campbells rasches Handeln, der sofort, auch ohne Befehl, die Maschinen gestoppt hatte, wäre das nächste Schott unter dem Druck des Fahrtstroms gebrochen, und *Rob Roy* läge bereits auf dem Meeresgrund.

Dr. Cusack kam über die Glasscherben heran, spürte die unausgesprochene Frage in Sherwoods Blick und hob die Schultern. »Mußte ihm das Bein abnehmen. Keine andere Wahl.« Er half Ransome in den Stuhl. »Lassen Sie mich das mal ansehen.«

Ransome sagte: »Gehen Sie lieber hinüber und kümmern Sie sich um den Signalmaat.«

Mackay blickte hinunter aufs Deck, die Augen entsetzt aufgerissen. »Ein solches Kind!« Er sah ihnen allen in die Gesichter. »Das war er doch, um Himmels willen! Wie können wir zulassen, daß Kinder wie er sterben?«

Sherwood stieg aufs Flaggenspind, das der junge Signalgast namens Darley benutzt hatte, um die Flagge zu klarieren, die sich in der Flaggleine verfangen hatte. Die Wucht der Detonation hatte ihn von der Brücke geschleudert wie ein Bündel Lumpen. Seine leichte Gestalt lag jetzt an Deck, und seine Augen starrten hinauf zu den Wolken, als könne er nicht fassen, was sich ereignet hatte.

Beckett erschien auf der Brücke und berührte grüßend seine Mütze. Wie Boyes und der verängstigte Midshipman, die hinter ihm herkamen, war er mit weißen Farbsplittern von der Decke des Steuerhauses übersät. »Keine Ausfälle im Steuerhaus, Sir.« Er sah hinüber zu dem Landungsschiff, das jetzt vom Bug bis zum Heck in Flammen stand. »Ein paar haben Kopfschmerzen, das ist alles.« Er sah den erschütterten Mackay an und fügte rauh hinzu: »Macht nichts, Alex. Hätte genausogut jemanden von uns treffen können.«

Mackay nahm sein Fernglas und wischte es sauber. Er blickte nicht einmal auf, als eine Granate knapp hundert Meter entfernt detonierte.

Ransome überlegte. Sollte er das Schiff aufgeben? Es blieb ihm wohl keine andere Wahl. Das Überleben der Männer war wichtiger. Zögernd meldete Morgan: »Bergungsboote laufen auf uns zu, Sir.«

Ransome richtete sich auf, zuckte zusammen und drückte eine Hand gegen die schmerzende Seite. »Mustern Sie die Verwundeten und machen Sie dann klar zum Ausbringen der Rettungsinseln und Flöße, Coxswain.« Er blickte über das schräge Deck, auf dem die Leichen noch so lagen, wie sie gefallen waren.

Er mußte das Schiff aufgeben, und das nach allem, was sie zusammen durchgemacht hatten! All diese Tausende von Meilen, all diese verdammten Minen, die sie geräumt hatten, damit andere Schiffe fahren konnten.

Wieder schüttelte sich der Rumpf, und die Reste des Mastes, der durch die Detonation umgekippt war, rutschten mit der zerschmetterten Radarantenne über die achtere Brückenreling und dann über Bord.

Wenn sie doch nur fahren könnten! Dann hätte er die *Rob Roy* schon irgendwie nach Hause gebracht, und wenn er die ganze Strecke mit nur einer Schraube und über den Achtersteven fahren mußte!

Mit starrem Gesicht erschien der Buffer oben auf der Leiter.

»Die Männer sind gemustert, Sir. Acht verwundet, fünf gefallen.« Zögernd fügte er hinzu: »Zwei werden vermißt.«

Ransome fuhr sich mit den Fingern durchs Haar. Die beiden Vermißten mußten Fallows und Guttridge sein. Sie würden niemals gefunden werden, denn von ihnen war bestimmt nichts übriggeblieben.

Sorgenvoll sah der Buffer seinen Freund an. »Okay, Swain?«

Beckett seufzte. »War schon glücklicher, Buffer.«

Dieser sah sich überall um wie ein Mann, dem man etwas Kostbares geraubt hatte. »Ich auch.«

Jemand sagte dumpf: »Da fährt unser verdammter Flottillenchef.«

Bliss mußte genau gesehen haben, was sich ereignet hatte. *Rob Roy* war also für ihn bereits Vergangenheit und abgeschrieben.

Ransome trat an die achtere Brückenreling und starrte zum Heck. Beide Schrauben mußten schon aus dem Wasser ragen. Die Back vorn lag so tief, daß die Anker bereits überspült wurden.

Sherwood kam zurück. »Die Schotten halten, Sir, Gott allein weiß, wieso.« Er dachte an das klaffende Leck im Messedeck, das tief unten bei der Bilge anfing und sich nach oben verbreitete. Ihre kleine private Welt war völlig ruiniert: Seestiefel, Strümpfe, Kleider, alles schwamm in stinkendem Öl. Ein Brief von zu Hause, eine Landgangsmütze mit dem neuen Band *HM Minesweeper* schimmerte durch den Sumpf.

Sherwood beobachtete den Kommandanten und fühlte mit ihm, als sei es auch sein Schiff. »Soll ich Befehl zum Verlassen geben, Sir? Wenn wir bewegungslos liegenbleiben, werden die Deutschen . . .«

»Ich weiß.« Ransomes Hand tastete nach dem Ölzeugbeutel in seiner Tasche. Eve würde alles erfahren und verstehen.

Abrupt nickte er. »*Ich* werde es tun.« Er formte mit den Händen einen Trichter und sah, daß sie alle ungläubig zur Brücke heraufstarrten, nicht gewillt, das Schiff aufzugeben.

Mackay stand auf, richtete sein Fernglas auf *Ranger* und sagte mit gebrochener Stimme: »Wenn du das noch sehen könntest, Junge!«

Ransome glaubte, er sei nun vollends durchgedreht. Aber dann rief Mackay, so laut er konnte: »Von *Ranger*, Sir: Beabsichtige, Sie in Schlepp zu nehmen!«

Fassungslos starrte Ransome hinüber. Die Flottille war befehlsgemäß weitergefahren; wie also konnte Hargrave noch hier sein und Beistand anbieten?

Sherwood blickte ihn an. »Was halten Sie davon, Sir?«

Ransome sah ihm ins Gesicht. Sie waren einander nie nähergewesen als in diesem Augenblick.

»Geben Sie an *Ranger*: Wir bleiben zusammen.« Er lauschte dem Klappern von Mackays Lampe. »Wir lassen uns über den Achtersteven schleppen, Number One.« Selbst überrascht von der neuen Kraft in seiner Stimme schloß er: »So könnten wir's schaffen.«

Während Sherwood und der Buffer nach achtern eilten, um die Schleppleinen bereitzulegen, drehte die *Ranger* bereits in voller Fahrt auf sie zu. Hargrave hatte die von den Küstenbatterien drohende Gefahr erkannt und wollte keine Zeit verlieren.

Ransome blickte hinunter auf den riesigen Ölfleck, der sich rings um sein Schiff ausbreitete und die Wogen glättete wie eine fettige Decke. Das konnte sich als hilfreich erweisen, wenn die Schleppleine den ersten kritischen Ruck aushalten mußte.

Die Männer an Deck führten die Kommandos aus, aber ihre Blicke ruhten noch immer auf den überall sichtbaren Schäden. Die meisten zusätzlichen Helfer waren Heizer, die der Chief an Deck geschickt hatte. Er selbst war mit dem Assistenten im Maschinenraum geblieben, um die Pumpen zu überwachen, die sich verzweifelt bemühten, den Wasserstand zwischen den beiden Schotten wenigstens gleichzuhalten. Wenn eins der Schotten brach, mußte die *Rob Roy* innerhalb von Minuten sinken.

Mit Erleichterung bemerkte Ransome, daß die Verwundeten neben eine der großen Rettungsinseln gelegt wurden, so daß sie eine bessere Chance hatten, falls das Schlimmste eintrat. Die Toten waren bereits mit Segeltuch bedeckt. Neben dem amputierten Leutnant Tritton saß der junge Sanitätsgast, hielt dessen Handgelenk und lauschte auf sein mühsames Atmen. Hoffentlich hatte Dr. Cusack dafür gesorgt, daß Tritton vorläufig keine Schmerzen verspürte.

Ein weiteres Rettungsfloß wurde auf das Seitendeck geschafft, und Ransome dachte an diese eine Mine, die sie erwischt hatte, nach all den vielen Meilen und Risiken, nach den unzähligen ihresgleichen, die sie vernichtet hatten. Diese eine Mine hatte womöglich seit Jahren unten gelauert, nachdem sie wahrscheinlich von den Briten selbst gelegt worden war, um die Küstenschiffahrt zu schützen. Ihr Ankertau mußte sich irgendwo verhakt haben, deshalb hatte sie ungestört all die Zeit über geruht, bis die übermütigen Motorkanonenboote sie mit ihrem Kielwasser wachrüttelten.

Ransomes Stiefel rutschten auf den schrägliegenden Grätings aus, und er fühlte den Schmerz des Schiffes wie seinen eigenen. Die Detonation hatte die stählerne Panzerung des Steuerhauses eingedrückt wie billiges Blech. Dann war die Druckwelle an Steuerbordseite entlanggefegt und hatte manches beiseite geschleudert, aber nicht alles. Dem Geschützführer der Örlikon hatte der Luftdruck den Helm vom Kopf gerissen, so daß der Kinnriemen ihn erdrosselte. Kein Wunder, daß die Seeleute es haßten, Stahlhelme zu tragen, wie oft dieser Befehl auch wiederholt wurde.

Allmählich wurde aus dem Wirrwarr wieder Ordnung. Stahltrossen, Leinen und Stropps bedeckten das Seitendeck. Alles mußte mit Muskelkraft bewegt werden, denn sämtliche Winschen waren ausgefallen. Wenn sie jetzt von einem feindlichen Flugzeug angegriffen wurden, konnten sie sich nicht einmal verteidigen, weil die mit Maschinenkraft bewegten Geschütze nutzlos waren.

Ransome hob das Glas und sah Hargrave über das Wasser spähen, während die *Ranger* aufdrehte und mit dem Heck voraus auf sie zukam; ihre Schrauben wühlten viel Schaum auf, trotz des dicken Ölteppichs.

Eine Wurfleine schlängelte sich herüber, war aber zu kurz und fiel ins schmutzige Wasser; ihr folgte eine zweite, diesmal mit einem Gewicht am Ende, das sein Ziel nicht verfehlte. Hände streckten sich aus, und Ransome hörte den Buffer greulich fluchen, als ihm einer vor die Füße geriet.

Er beobachtete Hargrave, der sich zu einem Lächeln zwang und sich dann nach achtern wandte, um seiner Besatzung einen Befehl zuzurufen. Die Schrauben hatten gestoppt, dann gingen sie auf langsame Fahrt voraus.

Morgan flüsterte: »Jetzt geht es unter!«

Das brennende Landungsschiff lag auf der Seite, die Panzer rutschten übers Deck und durchbrachen krachend die dünne Bordwand, während ein paar kleine Gestalten vor der hereinflutenden See zu fliehen versuchten; mit träger Verachtung schwemmte sie sie von ihrem letzten Zufluchtsort und verschluckte sie mitsamt dem Schiff.

Donnernd detonierte eine Granate dicht neben einem Beistand leistenden Rettungsfahrzeug. Ihr folgte eine weitere, worauf das Motorboot Fahrt aufnahm und rasch im treibenden Qualm verschwand.

Morgan dachte: Jetzt kommen wir dran!

Ransome hielt den Atem an, als die triefende Schleppleine langsam über die Lücke zwischen den beiden Schiffen an Bord geholt wurde. Die dünne Wurfleine war nicht zu sehen, so daß die schwere Schlepptrosse sich ohne jede Hilfe wie eine riesige Seeschlange zu bewegen schien.

Er hörte Jubelrufe, als das Auge der Stahltrosse am Poller festgemacht und die Lose eingeholt wurde. Mackay meinte leise: »Das Schiff war immer gut zu uns, Sir. Es hat es wirklich verdient, daß wir es nicht aufgeben.«

Beckett sah sich das geschickte Manöver der *Ranger* an, die jetzt Leine steckte, bis die Mitte der Schlepptrosse im treibenden Öl verschwand. Dann knurrte er: »Ich muß zugeben, Hargrave hat sein Schiff gut im Griff. Aber schließlich hat er ja auf *Rob Roy* gelernt.«

Wieder tastete Ransome nach dem Ölzeugbeutel an seiner schmerzenden Seite. »Er ist jetzt ein alter Hase, genau wie wir alle.«

Die Sirene der *Ranger* heulte schauerlich auf, und dann kam – zunächst ganz langsam, dann rascher – die Schlepptrosse steif. Mit wachsendem Selbstvertrauen nahmen beide Schiffe Fahrt auf, und die Trosse hielt.

Ransome packte die Reling unter dem zersplitterten Brückenkleid und beobachtete *Ranger*, bis diese vor seinen Augen zu verschwimmen schien. Leise sagte er: »Gott sei Dank, es ist geschafft. Nun wollen wir unsere alte *Rob Roy* auch sicher nach Hause bringen.«

Maritimes im Ullstein Buch

Bill Beavis
Anker mittschiffs! (20722)

Ernle Bradford
Großkampfschiffe (22349)

Dieter Bromund
Kompaßkurs Mord! (22137)

Fritz Brustat-Naval
Kaperfahrt zu
fernen Meeren (20637)
Die Kap-Hoorn-Saga (20831)
Im Wind der Ozeane (20949)
Windjammer auf großer
Fahrt (22030)
Um Kopf und Kragen
(22241)

L.-G. Buchheim
Das Segelschiff (22096)

Alexander Enfield
Kapitänsgarn (20961)

Gerd Engel
Florida-Transfer (22015)
Münchhausen im Ölzeug
(22138)
Einmal Nordsee linksherum
(22286)
Sieben-Meere-Garn (22524)

Wilfried Erdmann
Der blaue Traum (20844)

Horst Falliner
Brauchen Doktor
an Bord! (20627)
Ganz oben auf dem
Sonnendeck (20925)

Gorch Fock
Seefahrt ist not! (20728)

Cecil Scott Forester
11 Romane um
Horatio Hornblower
Die letzte Fahrt der Bismarck
(22430)

Rollo Gebhard
Seefieber (20597)
Ein Mann und sein Boot
(22055)

**Rollo Gebhard/
Angelika Zilcher**
Mit Rollo
um die Welt (20526)

Kurt Gerdau
Keiner singt ihre Lieder
(20912)
La Paloma, oje! (22194)

Horst Haftmann
Oft spuckt mir Neptun Gischt
aufs Deck (20206)
Mit Neptun
auf du und du (20535)

Jan de Hartog
Der Commodore (22477)

Alexander Kent
19 marinehistorische
Romane um Richard
Bolitho und 22 moderne
Seekriegsromane

Wolfgang J. Krauss
Seewind (20282)
Seetang (20308)
Kielwasser (20518)
Ihr Hafen ist die See (20540)
Nebel vor
Jan Mayen (20579)
Wider den Wind
und die Wellen (20708)
Von der Sucht
des Segelns (20808)

Klaus-P. Kurz
Westwärts wie die Wolken
(22111)

Sam Llewellyn
Laß das Riff ihn töten (22067)
Ein Leichentuch aus Gischt
(22230)

Wolfram zu Mondfeld
Das Piratenkochbuch
(20869)

Nicholas Monsarrat
Der ewige Seemann,
Bd. 1 (20227)
Der ewige Seemann,
Bd. 2 (20299)

C. N. Parkinson
Horatio Hornblower (22207)

Dudley Pope
Leutnant Ramage (22268)
Die Trommel schlug zum
Streite (22308)
Ramage und die Freibeuter
(22496)
Kommandant Ramage
(22538)

Herbert Ruland
Eispatrouille (22164)
Seemeilensteine (22319)

Hank Searls
Über Bord (20658)

Antony Trew
Regattafieber (20776)

Karl Vettermann
Hollingers Lagune (22363)

Rudolf Wagner
Weit, weit voraus liegt
Antigua (22390)

James Dillon White
5 Romane um Roger Kelso

Richard Woodman
Die Augen der Flotte (20531)
Kurier zum
Kap der Stürme (20585)
Die Mörserflottille (20666)
Der Mann
unterm Floß (20881)
In fernen Gewässern (22124)
Der falsche Lotse (22375)
Die Korvette (22559)

Herbert Ruland

Eispatrouille

Mit Spezialschiffen
auf hoher See

Ullstein Buch 22164

Hier geht es um die Helfer auf See: Schiffe und Männer, deren Aufgabe es ist, das Schlimmste zu verhüten. In spannenden Reportagen werden ihre Einsätze geschildert: auf Hochsee-Bergungsschleppern, Rettungskreuzern, Fischereischutzbooten im Nordmeer, auf Eiswachtkuttern vor Neufundland und Kabellegern im Atlantik. Reich an Dramatik und realistischer Härte, gibt dieses Buch Einblick in den Dienst unerschrockener Spezialisten, ohne die das Leben auf See noch viel gefährlicher wäre.

ein Ullstein Buch